Jeffery Deaver
Tod eines Pornostars

Jeffery Deaver

Tod eines Pornostars

Roman

Aus dem Amerikanischen
von Gerold Hens

Rotbuch Verlag

Für Wiz, Chris, Charlotte und Isabel

Bibliografische Information Der Deutschen Bibliothek

Die Deutsche Bibliothek verzeichnet diese Publikation in der Deutschen Nationalbibliografie; detaillierte bibliografische Daten sind im Internet über http://dnb.ddb.de abrufbar

Rotbuch | Sabine Groenewold Verlage, Hamburg 2003
Originaltitel: »Death of a Blue Movie Star«
Erschienen 1990 bei Bantam Books, New York
Umschlagkonzept: Meta Design, Berlin
Umschlaggestaltung: projekt ® | Cathrin Günther
Fotografie: © Stockmarket, image 100ltd
Herstellung: Das Herstellungsbüro, Hamburg
Satz: Greiner & Reichel, Köln
Druck: Clausen & Bosse, Leck
Printed in Germany

ISBN 3-434-53121-1

Informationen zu unserem Verlagsprogramm finden Sie im Internet unter www.rotbuch.de

Ich fordere ein Theater,
in dem die Schauspieler sind wie Opfer
auf dem Scheiterhaufen,
ein Fanal in den Flammen.

Antonin Artaud

1

Rune war an dem Kino vorbeigegangen und drei Blocks entfernt, als die Bombe explodierte.

Auf keinen Fall war das Dynamit gewesen, wie es beim Abriss von Häusern verwendet wurde – das *wusste* sie, schließlich wohnte sie seit Jahren in Manhattan, wo ständig etwas abgerissen und neu aufgebaut wurde. Das Geräusch war viel zu laut – ein gewaltiger, schmerzhafter Knall, als sei ein Dampfkessel heruntergedonnert. Die schwarzen Rauchwirbel und die gedämpften Schreie ließen keinen Zweifel.

Dann Sirenen, Rufe, rennende Menschen. Sie reckte den Kopf, konnte aber von ihrem Standort nichts sehen.

Rune lief in die Richtung, blieb dann aber stehen und schaute auf eine Uhr – eine von dreien an ihrem Handgelenk, die einzige, die ging. Sie war jetzt schon zu spät – sie hätte schon vor einer halben Stunde im Studio sein sollen. Was soll's, dachte sie, wenn die mich sowieso anbrüllen, dann kann ich auch mit 'ner guten Story ankommen, dann wird's nicht so schlimm.

Ja, nein?

Also los. Sie ging in Richtung Süden, um sich das Blutbad anzusehen.

Die Explosion selbst war gar nicht so stark gewesen. Sie hatte keinen Krater in den Boden gerissen, und die einzigen Fenster, die herausgeflogen waren, waren das des Kinos und das Schaufenster der Kneipe ein Haus weiter. Nein, das eigentlich

Schlimme war das Feuer. Büschel brennender Polsterung waren anscheinend durch die Luft geflogen wie Leuchtspurgeschosse in Kriegsfilmen und hatten Tapeten und Teppiche und die Haare der Besucher und das ganze Gerümpel in Brand gesetzt, das der Besitzer wahrscheinlich seit zehn Jahren vorschriftsmäßig auf Vordermann hätte bringen müssen. Als Rune an Ort und Stelle war, hatte das Feuer seinen Teil schon erledigt, und das Velvet Venus Theater *(Eintritt nur ab 18. Beste Leinwand der Stadt)* war nicht mehr.

Auf der Eighth Avenue herrschte das Chaos. Zwischen 42nd und 46th Street war sie völlig gesperrt. Die winzige Rune, dünn und nur knapp über einsfünfzig groß, zwängte sich mühelos durch die Schaulustigen bis nach vorn. Den Obdachlosen und Schleppern und Hütchenspielern und Jugendlichen machte es einen Heidenspaß, die reibungslose Choreografie der Männer und Frauen von etwa zwölf Löschzügen vor Ort zu beobachten. Als das Dach des Kinos einstürzte und ein Funkenregen über die Straße sprühte, brach die Menge in Ohs und Ahs aus, als bewunderte sie das Feuerwerk von Macy's über dem East River.

Die Mannschaften der New Yorker Feuerwehr leisteten gute Arbeit, und innerhalb von zwanzig Minuten war das Feuer ›niedergeschlagen‹, wie sie es einen Feuerwehrmann nennen hörte, und der dramatische Teil war vorbei. Das Kino, eine Kneipe, ein Deli und eine Peepshow waren zerstört.

Dann verstummte das Gemurmel der Menge, und alle verfolgten in ehrfürchtigem Schweigen, wie die Sanitäter die Leichen heraustrugen. Oder das, was von ihnen übrig war.

Rune spürte ihr Herz wild pochen, als die grünen Säcke an ihr vorbeigefahren und -getragen wurden. Selbst die Jungs vom Notdienst, die, wie sie annahm, an solche Sachen so ziemlich gewöhnt waren, sahen verstört und blass um die Nase aus. Sie hatten die Lippen fest zusammengekniffen und den Blick starr vor sich zu Boden gerichtet.

Sie drängte sich näher zu der Stelle, wo einer der Sanitäter mit einem Feuerwehrmann sprach. Und obwohl der junge Mann versuchte, den Coolen zu spielen und die Worte mit einem Grinsen herauszubringen, zitterte ihm die Stimme. »Vier Tote, aber zwei sind voll Matsch – da ist nicht mal mehr genug Gebiss übrig.«

Sie schluckte; einen Augenblick lang hielten sich Übelkeit und der Drang zu weinen die Waage.

Die Übelkeit kam wieder, als ihr noch etwas anderes bewusst wurde: Drei bis vier Tonnen qualmender Beton lagen nun auf genau jenen Gehwegplatten, über die sie wenige Minuten zuvor noch geschlendert war. Gelaufen und gehüpft war wie ein Schulmädchen, das darauf achtet, nicht auf die Rillen zu treten, damit ihre Mutter sich den Hals nicht bräche, sich die Kinoplakate angeschaut und das lange blonde Haar des Stars von *Lüsterne Cousinen* bewundert hatte.

Genau an der gleichen Stelle! Ein paar Minuten früher und …

»Was ist denn passiert?«, fragte Rune eine pockennarbige junge Frau in einem engen roten T-Shirt. Ihre Stimme krächzte, und sie musste die Frage wiederholen.

»Eine Bombe, eine Gasleitung.« Die Frau zuckte die Achseln. »Propangas vielleicht. Keine Ahnung.«

Rune nickte langsam.

Die Cops waren abwesend und gelangweilt. »Weitergehen, na los, Leute. Weitergehen«, grollten sie im Befehlston.

Rune blieb, wo sie war.

»Entschuldigung, Miss«, sprach eine höfliche Männerstimme sie an. Rune wandte sich um und sah einen Cowboy. »Darf ich mal vorbei?« Er war aus dem ausgebrannten Kino gekommen und wollte zu einer Gruppe von Polizisten, die mitten auf der Straße standen.

Er war etwa einsfünfundachtzig groß. Trug Bluejeans, ein Arbeitshemd und eine Armeeweste, die vor lauter Stahlplatten ganz steif war. Stiefel. Er hatte zurückgekämmte, sich lichtende Haare und einen Schnauzer. Seine Miene war abweisend und düster. Er trug zerschlissene Leinenhandschuhe. Rune warf einen Blick auf die Marke, die an seinem breiten, schmutzigen Gürtel befestigt war, und trat beiseite.

Er duckte sich unter dem gelben Absperrband durch und betrat die Straße. Sie schlüpfte hinter ihm her. Er blieb an einem blau-weißen Kombi stehen, der mit BOMBENKOMMANDO beschriftet war, und stützte sich auf die Kühlerhaube. Rune, die sich in Hörweite schlich, lauschte.

»Was haben wir?«, fragte ein fetter Mensch in braunem Anzug den Cowboy.

»Sieht aus wie Plastik. 'n halbes Kilo.« Er blickte unter grau melierten Augenbrauen auf. »Ich kapier's nicht. Hier gibt's keine IRA-Ziele. Die Kneipe hat einem Griechen gehört.« Er nickte. »Und die Mafia jagt Sachen nur nachts in die Luft. Und überhaupt nehmen *die*, wenn sie Leuten Angst einjagen wollen, weil sie das Schutzgeld nicht bezahlen, gewöhnlich Tuvex von 'ner Baustelle oder vielleicht mal 'ne Sprenggranate. Etwas, das viel Krach macht. Aber Plastik vom Militär? Gleich neben der Gasleitung? Kapier ich nicht.«

»Wir haben hier etwas.« Ein Streifenpolizist trat näher und reichte dem Cowboy eine Plastiktüte. Darinnen befand sich ein angekohltes Stück Papier. »Wir wollen es noch auf Spuren untersuchen, wenn Sie also bitte vorsichtig wären, Sir.«

Der Cowboy nickte und las.

Rune versuchte, einen Blick darauf zu erhaschen. Erkannte eine saubere Handschrift. Und dunkle Flecke. Sie fragte sich, ob das Blut war.

Der Cowboy hob den Kopf. »Sind Sie irgendwer?«

»Meine Mutter findet, schon.« Rasch versuchte sie es mit einem Lächeln. Er beachtete es nicht und musterte sie kritisch. Vielleicht, um sich darüber klar zu werden, ob sie eine Zeugin war. Oder die Bombenlegerin. Sie beschloss, nicht den

Schlauberger zu spielen. »Ich wollte nur wissen, was da draufsteht.«

»Sie dürften sich eigentlich hier nicht aufhalten.«

»Ich bin Reporterin. Ich bin nur neugierig, was passiert ist.«

»Wieso sind Sie nicht irgendwo anders neugierig?«, schlug der Braune Anzug vor.

Worüber sie sauer wurde, und sie war schon drauf und dran, ihm zu sagen, dass sie als Steuerzahlerin – was sie nicht war – sein Gehalt bezahle, aber genau in diesem Moment hatte der Braune Anzug den Zettel zu Ende gelesen und tippte dem Cowboy auf den Arm. »Was soll 'n das für 'n Schwert sein?«

»Nie davon gehört«, sagte der Cowboy, der Rune ganz vergaß, »aber die wollen in die Nachrichten, und da kommen sie auch hin, bis was Besseres kommt.« Dann fiel ihm etwas auf, und er trat einen Schritt weg von dem Kombi. Der Braune Anzug schaute woanders hin, und Rune warf einen Blick auf die Botschaft auf dem angebrannten Papier.

Und der erste Engel posaunte; da entstand Hagel und Feuer, mit Blut vermischt, und wurde auf die Erde geworfen; und der dritte Teil der Erde verbrannte ...

Eine Warnung vom Schwerte Jesu

Einen Augenblick später kam der Cowboy zurück, gefolgt von einem jungen Priester.

»Hier ist es, Father.« Der Cowboy reichte ihm die Plastiktüte. Der Mann befühlte beim Lesen sein Ohr und nickte mit aufeinander gepressten Lippen. Feierlich, als sei er auf einem Begräbnis. Was, wie Rune fand, auch genau der Fall war.

»Das ist aus der *Offenbarung des Johannes*«, sagte der Priester. »Achtes Kapitel, Vers ... sieben oder sechs vielleicht. Ich bin mir nicht ...«

»Worum geht es bei dieser ›Offenbarung‹?«, fragte der Cowboy. »Um so was wie Erleuchtung?«

Der Priester stieß ein höfliches, unverbindliches Lachen aus, bevor ihm klar wurde, dass der Cowboy nicht scherzte. »Es geht dabei um das Ende der Welt. Die Apokalypse.«

In diesem Augenblick bemerkte der Braune Anzug Rune durch den gebeugten Arm des Cowboys. »He, Sie da, hauen Sie ab.«

Der Cowboy drehte sich um, sagte aber kein Wort.

»Ich habe das Recht zu erfahren, was hier vorgeht. Ich bin gerade vor einer Minute hier vorbeigegangen. Ich hätte getötet werden können.«

»Klar«, sagte der Braune Anzug. »Sind Sie aber nicht. Schlagen Sie drei Kreuze. Hören Sie, ich hab's satt, Ihnen andauernd zu erzählen, Sie sollen hier verschwinden.«

»Gut. Ich hab's nämlich auch satt, mir das andauernd anzuhören.« Rune grinste.

Der Cowboy musste sich ein Lächeln verkneifen.

»Sofort.« Der Braune Anzug trat einen Schritt vor.

»Okay, okay.« Rune ging weiter.

Aber langsam – nur um zu zeigen, dass sie sie nicht *sehr* eingeschüchtert hatten. Dank ihres zögerlichen Aufbruchs konnte sie noch hören, was der junge Priester zu dem Cowboy und dem Braunen Anzug sagte.

»Ich sage es Ihnen nicht gern, aber wenn dieser Zettel etwas mit dem Bombenanschlag zu tun hat, dann hat das nichts Gutes zu bedeuten.«

»Wieso nicht?«, fragte der Cowboy.

»Der Vers. Er handelt von dem *ersten* Engel. In dem ganzen Abschnitt gibt es insgesamt sieben Engel.«

»Tatsächlich?«, fragte der Braune Anzug.

»Ich schätze, das hat zu bedeuten, dass Sie sich auf noch sechs weitere gefasst machen müssen, bevor Gott die Tafel auswischt.«

Im Büro von L&R Productions auf der 21th Street holte Rune ein Bier aus dem Kühlschrank. Es handelte sich um einen alten Kenmore und war eines ihrer Lieblingsstücke. Auf der Tür war ein erhabenes Muster angebracht, das dem Kühlergrill eines 1950er Studebaker ähnelte, und er hatte eine große silberne Klinke, die aussah, als gehöre sie ans Schott eines U-Boots.

Sie sah ihr Spiegelbild in einem schäbigen Spiegel auf dem Empfangstresen und erblickte im Neonlicht des Büros ihr gedämpftes, schwarz-grünes Porträt: ein Mädchen in rotem Minirock, bedruckt mit Dinosaurierfiguren, und zwei ärmellosen T-Shirts, eines weiß, eines marineblau. Ihre rotbraunen Haare waren zu einem Pferdeschwanz zurückgekämmt, was ihr rundes Gesicht ein bisschen weniger rund erscheinen ließ. Zusätzlich zu den Armbanduhren trug Rune drei weitere Schmuckstücke – einen an zwei Enden sich verjüngenden Kristall, einen einzelnen goldfarbenen Ohrring in Form des Eiffelturms und ein silbernes Armband in Form zweier verschlungener Hände, das zerbrochen und wieder zusammengelötet worden war. Das wenige Make-up, das sie an diesem Morgen aufgelegt hatte, hatte sich im Schweiß des Augustnachmittags und im Spritzwasser aus einem offenen Hydranten auf der 31st Street, unter den sie einfach den Kopf hatte halten müssen, aufgelöst. Rune machte sich ohnehin nicht viel aus Make-up. Am besten, fand sie, wirkte sie beim geringstmöglichen Aufwand. Wenn sie ihrem Aussehen zu viel Aufmerksamkeit widmete, dann wurde aus einer eleganten Lady ein Clown und aus einem Vamp eine Nutte.

Ihre Theorie von Mode: Du bist klein geraten, und gelegentlich bist du schön. Halt dich ans Einfache. T-Shirts, Boots und Saurier. Verwende Haarspray nur, um Fliegen umzubringen und Sachen in Hefte zu kleben.

Sie rieb die Bierflasche an ihrer Wange und setzte sich an den Schreibtisch.

Das Büro von L&R war ein guter Spiegel der finanziellen Verhältnisse der Firma. Graue Stahlmöbel, circa 1967. Linoleum mit Rissen. Stapel aus vergilbten Rechnungen, Storyboards, Theaterjahrbücher und Zettel, auf denen ein dichter Pelz aus großstädtischem Schmutz saß.

Larry und Bob, ihre Chefs, waren Australier, Dokumentarfilmer und – wie Rune an den meisten Tagen fand – Verrückte. Als Produzenten von Werbespots für Werbeagenturen in Melbourne und New York hatten sie noch etwas anderes entwickelt als ein massives künstlerisches Selbstbewusstsein: Sie waren ihren eigenen *wortwörtlichen* Worten zufolge ›verflucht scheißgut‹. Sie fraßen wie die Tiere, rülpsten, sabberten über Blondinen mit fetten Möpsen und schwelgten in düsteren Stimmungen. Zwischen den Fernsehwerbespots produzierten und drehten sie einige der besten Dokumentationen, die je auf PBS oder auf Channel 4 in England oder im Film Forum gelaufen waren.

Rune hatte hier einen Job ergattert, in der Hoffnung, ein Stück dieses Zaubers würde auf sie abfärben.

Das war nun ein Jahr her, und viel getan hatte sich noch nicht.

Larry, der Teilhaber mit dem längeren Bart, betrat das Büro. Seine Tagesuniform: Boots, schwarze Lederhose und ein schwarzes, blusenartiges Springerhemd, bei dem jeder einzelne Knopf einer harten Prüfung durch seinen Schmerbauch ausgesetzt war.

»Wird auch langsam Zeit. Wo bist du gewesen?«

Sie hielt das Schneider-Objektiv hoch, das sie bei Optirental in Midtown abgeholt hatte. Er streckte die Hand danach aus, aber sie hielt es außer Reichweite. »Die haben gesagt, du hättest dein Konto überzogen …«

»Mein Konto?« Larry war tief getroffen.

»… und sie wollten 'ne höhere Einzahlung. Ich hab ihnen 'nen Scheck geben müssen. Einen Scheck von mir.«

»Schön, ich steck ihn dir in die Lohntüte.«

»Du steckst ihn mir in die Tasche.«

»Hör zu, du kannst nicht andauernd so zu spät kommen, Liebes. Was wäre, wenn wir gedreht hätten?« Er nahm das Objektiv an sich. »Zeit ist Geld, klar?«

»Nein, Geld ist Geld«, konterte Rune. »Ich bin blank, und ich will, dass du's mir zurückgibst. Komm schon, Larry. Ich brauch's wirklich.«

»Nimm's dir aus der Portokasse.«

»In der Portokasse waren noch nie mehr als sechs Dollar, seit ich hier arbeite. Das weißt du genau.«

»Stimmt.« Er begutachtete das Objektiv, ein wunderschönes Stück deutscher Optik und Feinmechanik.

Rune rührte sich nicht. Starrte ihn unverwandt an.

Er hob den Kopf. Seufzte. »Wie viel war's, verflucht noch mal?«

»Vierzig Dollar.«

»Mein Gott.« Er wühlte in seiner Tasche und gab ihr zwei Zwanziger.

Sie lächelte verbindlich. »Vielen Dank, Boss.«

»Hör zu, Liebes, ich hab da 'ne Wahnsinnssitzung am Laufen …«

»Nicht noch ein Werbespot, Larry. Ach, komm. Verkauft euch doch nicht so billig.«

»Dadurch kommt die Miete rein. Und dein Gehalt. Also … ich brauche vier Kaffee. Einen koffeinfreien, einen normalen, zwei mit Zucker. Und zwei Tee.« Er schaute sie mit einem Blick äußerster Güte an, mit dem er ihr verzieh, dass sie ihr Geld von ihm zurückverlangt hatte. »Noch etwas – ich würd dich nicht drum bitten, wenn's nicht sein müsste, aber mein Sportmantel … weißt du, der schwarze? Der ist in der Reinigung, und ich muss noch …«

»Keine Wäsche. Ich bin Produktionsassistentin.«

»Rune.«

»Schreibt's euch hinter die Ohren. Produktionsassistenz. Das bedeutet nicht Trockenreinigungsassistenz.«

»Bittebitte?«

»Produktion und Wäsche. Ganz was anderes. Wie Tag und Nacht.«

»Du darfst beim nächsten Mal auch die Arriflex benutzen«, sagte er.

»Keine Wäsche.«

»Herrgott!«

Sie trank ihr Bier aus. »Larry, ich wollte dich was fragen.«

»Ich hab dir doch erst 'ne Gehaltserhöhung gegeben.«

»Hast du von dem Anschlag gehört? In Midtown. Da ist ein Pornokino in die Luft geflogen.«

»Kein Schuppen, wo du Stammgast bist, hoffe ich.«

»Ich bin gerade vorbeigegangen, kurz bevor es passiert ist. Sieht aus, als sei es so 'ne religiöse Gruppe gewesen. Irgendwelche rechten Fanatiker oder so was. Und weißt du was, ich würd gerne 'nen Film drüber drehen.«

»Du?«

»'nen Dokumentarfilm.«

In ihrer typischen gekrümmten Haltung kam Rune Larry bis an den zweiten Hemdenknopf von oben. Als sie sich jetzt aufrichtete, reichte sie ihm fast bis an den Kragen. »Ich bin zu euch gekommen, um zu lernen, wie man Filme macht. Das ist jetzt elf Monate her, und alles, was ich mache, ist Kaffee holen und am Set Ausrüstung rumschleppen und Kabel aufwickeln und Filmrollen wegbringen und Bobs zotteligen Hund ausführen.«

»Ich hab gedacht, du magst ihn.«

»Er ist ein wunderbarer Hund. Darum geht's nicht.«

Er blickte auf seine Rolex. »Die warten auf mich.«

»Lass mich's machen, Larry. Ich nenn dich auch im Abspann als Produzent.«

»Scheißgroßzügig von dir. Und was weißt du über Dokumentarfilme?«

Sie zwang ihren kleinen Mund zu einem Lächeln, das Bewunderung ausdrücken sollte. »Ich hab dir fast ein ganzes Jahr lang zugesehen.«

»Mumm. Alles was du hast, ist Mumm. Du hast keine Ahnung vom Filmen.«

»Mehr, als du denkst«, sagte Rune.

»Hör zu, Liebes, ich will mich ja nicht zu 'nem Wahnsinnsgenie hochstilisieren, aber ich hab zurzeit fünfzig, sechzig Bewerbungen in meinem Schreibtisch liegen. Und die meisten von denen würden sterben für das Privileg, mir meine Scheißwäsche holen zu dürfen.«

»Ich zahl selbst für den Film.«

»Na schön. Vergiss die Wäsche. Ich hab das Zimmer voll mit Leuten, die Koffein brauchen.« Er steckte ihr einen verkrumpelten Fünfer in die Hand. »*Bitte* hol Kaffee.«

»Darf ich nach der Arbeit die Kamera benutzen?«

Ein weiterer Blick auf die Uhr. »Scheiße. Na schön. Aber keine Filmkamera. Die Betacam.«

»Och, Larry, *Video*?«

»Video ist eine gute Übung, Liebes. Aber du kaufst dir dein eigenes Scheißband. Und ich überprüf jeden Abend die Arris und die Bolexe. Und wenn eine fehlt, und sei's auch nur für 'ne halbe Stunde, dann bist du gefeuert. Und die Arbeit machst du in deiner Freizeit. Mehr ist nicht drin.«

Sie wandte sich zum Gehen. »Hey, Liebes, eins noch ... Dieser Anschlag oder was das war, da berichten die Nachrichten schon drüber.«

Rune nickte, als sie die Intensität erkannte, die sie in seinen Augen sah, wenn er am Set drehte oder zusammen mit Bob oder dem Kameramann Ideen wälzte. Sie hörte genau zu. Er fuhr fort. »Benutz den Anschlag als Aufhänger.«

»Als Aufhänger?«

»Wenn du einen guten Dokumentarfilm drehen willst, mach einen Film, bei dem es um den Anschlag geht, aber auch wieder nicht um den Anschlag.«

»Hört sich an wie Zen.«

»Scheißzen, genau.« Er verzog den Mund. »Und in meinen Tee drei Stück Zucker. Letztes Mal hast du's vergessen, Scheiße noch mal.«

Rune bezahlte den Tee und den Kaffee, als sie sich an Stu erinnerte. Sie war erstaunt, dass sie nicht schon früher an ihn gedacht hatte. Und so zahlte sie dem Typ in dem Deli zwei Dollar von ihrem eigenen Geld, denn als solches betrachtete sie das Wechselgeld für Larry, um die Becher an L&R liefern zu lassen.

Dann ging sie hinaus und stapfte zur U-Bahn.

Ein Low Rider, eine fünfzehn Jahre alte, beigefarbene Limousine, knatterte hinter ihr her. Die Hupe ertönte, und aus den Schatten des Vordersitzes kam eine zweideutige Aufforderung, die im Tuckern des Straßenkreuzers verloren ging. Das Auto beschleunigte und fuhr davon.

Gott, war das heiß. Auf halbem Weg zur U-Bahn-Station kaufte sie sich von einem Straßenverkäufer, einem Latino, eine Papiertüte mit geschabtem Eis. Rune schüttelte den Kopf, als er auf die Sirupflaschen aus Plastik deutete, lächelte über seinen verblüfften Gesichtsausdruck und rieb sich das Eis über die Stirn, um dann eine Hand voll in den Ausschnitt ihres T-Shirts fallen zu lassen. Das fand er scharf, und sie ließ ihn mit einem nachdenklichen Ausdruck im Gesicht stehen, während er vielleicht über einen neuen Absatzmarkt für seine Waren nachgrübelte.

Glühend heiß.

Gemein heiß.

Das Eis schmolz, bevor sie die U-Bahn erreicht hatte, und noch bevor der Zug einfuhr, war die Feuchtigkeit verdampft.

Der A-Train fuhr unter den Straßen wieder zurück in Richtung Midtown. Irgendwo über ihr befand sich die rauchende Ruine des Velvet Venus Theater. Rune blickte starr aus dem Fenster. Ob wohl hier unten im U-Bahn-System jemand lebte?, fragte sie sich. Vielleicht gab es hier ja ganze Sippen von Obdachlosen, Familien, die sich in den verlassenen Tunnels eingerichtet hatten. Das wäre auch ein tolles Thema für einen Dokumentarfilm gewesen. *Leben unter den Straßen.*

Und dann hatte sie einen Einfall. Der Film sollte von einer Einzelperson handeln. Jemand, der von dem Anschlag betroffen war. Sie dachte an die Filme, die sie mochte – die handelten nie von Themen oder abstrakten Vorstellungen. Sie handelten von Menschen. Was mit ihnen geschah. Aber wen sollte sie sich herauspicken? Einen Kinobesucher, der verletzt worden war? Nein, dabei würde ihr niemand freiwillig helfen. Wer würde zugeben wollen, dass er in einem Pornokino verletzt worden war. Wie wäre es mit dem Besitzer oder einem Produzenten von Pornofilmen? *Schmierig* fiel ihr dazu ein. Eines war Rune klar: Die Hauptfigur muss den Zuschauern sympathisch sein. Und irgend so ein Widerling aus der Mafia, oder wer auch immer solche Filme machte, würde nicht viel Sympathie beim Publikum erregen.

Um den Anschlag, aber auch wieder nicht um den Anschlag.

Während die U-Bahn unter der Erde weiterraste, wurde sie immer aufgeregter, je mehr sie über den Dokumentarfilm nachdachte. Oh, ein Film wie dieser würde sie zwar nicht in den Ruhm katapultieren, aber er würde ihr – wie lautete das Wort noch? – *Reputation* verleihen. Die Liste ihrer abgebrochenen Berufe war lang: Angestellte, Kellnerin, Verkäuferin, Putzfrau, Schaufensterdekorateurin ... Geschäftstüchtigkeit war nicht ihre Stärke. Das eine Mal, als Rune zu einigem Geld gekommen war, hatte sich Richard, ihr Ex-Freund, Dutzende sicherer Anlagemöglichkeiten ausgedacht. Geschäfte, in die man einsteigen, Aktien, in die man investieren sollte. Aus Versehen hatte sie seine Anlageunterlagen auf dem Karussell im Central Park liegen lassen. Aber das hatte auch nichts gemacht, da sie das meiste Geld für eine neue Wohnung ausgegeben hatte.

In bin nicht so gut, was das Praktische angeht, hatte sie zu ihm gesagt.

Gut war sie darin, worin sie schon immer gut gewesen war: Geschichten – wie Märchen und Filme. Und trotz der wiederholten Warnung ihrer Mutter, als sie noch jünger gewesen war (»Beim Film kann kein Mädchen Geld verdienen, außer Du-weißt-schon-welchen-Mädchen«), schienen die Chancen, im Film Karriere machen zu können, weit größer zu sein als in der Märchenbranche.

Sie war, hatte sie beschlossen, zum Filmemachen geboren, und der hier – ein richtiger, erwachsener Film (ein *Dokumentarfilm*: die ernsthaftesten aller ernsthaften Filme) – hatte in der letzten oder den zwei letzten Stunden eine lebenswichtige Bedeutung gewonnen, so allumfassend wie der Luftdruck, der sie traf, als die U-Bahn in den Tunnel eintauchte. So oder so, dieser Dokumentarfilm würde gedreht werden.

Sie schaute aus dem Fenster. Welche unterirdischen Kolonien hier auch leben mochten, sie würden noch ein paar Jahre darauf warten müssen, dass ihre Geschichte erzählt wurde.

Der Zug raste an ihnen oder an Ratten oder an Müll oder an überhaupt nichts vorüber, während Rune an nichts anderes mehr dachte als an ihren Film.

... aber auch wieder nicht um den Anschlag.

In den Büros der Belvedere Postproduction war die Klimaanlage ausgefallen.

»Bitte nicht«, stöhnte sie.

Stu winkte ihr, ohne vom *Gourmet* aufzublicken.

»Ich fass es nicht«, sagte Rune. »Geht ihr hier nicht ein?«

Sie ging zum Fenster und versuchte, die verschmierte Scheibe mit dem Hühnerdraht zu öffnen. Sie war vor Alter und Farbe und wurmförmigen Kittstreifen festgebacken. Sie konzentrierte sich auf das grüne Band des Hudson River, während sie sich abmühte. Ihre Muskeln ächzten. Sie stöhnte laut auf. Stu spürte, dass sein Stichwort gefallen war, und begutachtete das Fenster von seinem Stuhl aus, bevor er sich hochwuchtete. Er war jung und massig, hatte seine Muskeln aber vor allem beim Teigkneten und dem Schlagen von Eiweiß in Kupferschüsseln erworben. Nach drei Minuten gab er sich atemlos geschlagen.

»Da kriegen wir sowieso nur die heiße Luft von draußen rein.« Er setzte sich wieder. Er machte sich Notizen für ein Rezept und runzelte die Stirn. »Willst du hier was abholen? Ich glaub nicht, dass wir was für L&R machen.«

»Nee, ich wollte dich nur was fragen. Was Persönliches.«

»Zum Beispiel?«

»Wer deine Kunden sind, zum Beispiel.«

»Und das ist was Persönliches? Na ja, vor allem Werbeagenturen und Independent-Filmemacher. Gelegentlich auch Fernsehsender und große Studios, aber ...«

»Wer sind die Independents?«

»Du weißt schon, kleine Firmen, die Dokumentationen oder Spielfilme mit Minibudget drehen. Wie L&R ... Du grinst so und verbirgst irgendwas, und da gibt's so 'n alten Spruch über Butter, die im Mund schmilzt, aus dem ich nie schlau geworden bin, der mir hier aber zu passen scheint. Was ist los?«

»Hast du schon mal Erwachsenenfilme gemacht?«

Er zuckte die Achseln. »Ach, Porno. Klar. Machen wir jede Menge. Ich dachte, du wolltest mich was Vertrauliches fragen.«

»Kannst du mir den Namen von jemandem in einer der Firmen nennen?«

»Ich weiß nicht. Ist das nicht so ’ne Frage des Berufsethos? Verschwiegenheit ...«

»Stu, wir reden hier von ’ner Firma, die Filme dreht, die wahrscheinlich im größten Teil der Welt illegal sind, und du machst dir Sorgen um dein Berufsethos?«

Stu zuckte die Achseln. »Wenn du nicht verrätst, dass ich dich geschickt habe, dann könntest du’s bei Lame Duck Productions versuchen. Die gehören zu den Großen. Sind nur ’n paar Straßen von euch weg.«

»Von L&R?«

»Klar. Auf der 19th, Nähe 5th.«

Die riesige Rolodex des Mannes drehte sich und verströmte einen Geruch wie eine Bibliothek am Nachmittag. Er schrieb die Adresse auf.

»Haben die eine Schauspielerin, die berühmt in der Branche ist?«

»In welcher Branche?«

»Erwachsenenfilme.«

»Das fragst du mich? Keine Ahnung.«

»Wenn du bei der Postproduction die Credits einarbeitest, siehst du dann nicht die Namen? Welchen Namen siehst du am häufigsten?«

Er überlegte einen Augenblick. »Na ja, ich weiß nicht, ob die berühmt ist, aber da gibt’s eine Schauspielerin bei Lame Duck, die ich ständig sehe. Ihr Name ist Shelly Lowe.«

Irgendwie kam ihr der Name bekannt vor.

»Hat sie ein schmales Gesicht, blond?«

»Ja, glaub schon. Ich hab nicht so sehr auf ihr Gesicht geachtet.«

Rune runzelte die Stirn. »Du bist ein dirty old man.«

»Kennst du sie?«, fragte er.

»Es hat einen Bombenanschlag auf ein Pornokino am Times Square gegeben ... Hast du davon gehört?«

»Nein.«

»Heute erst, vor ein paar Stunden. Ich glaube, sie war in einem der Filme, die gerade gezeigt wurden, als es passiert ist.«

Perfekt.

Rune steckte die Adresse in ihre Schultertasche aus Plastikleopardenfell.

Stu lehnte sich mit seinem Stuhl zurück.

»Na?«, fragte Rune.

»Na was?«

»Bist du nicht neugierig, wieso ich gefragt hab?«

Stu hob eine Hand. »Ist schon gut. Manche Dinge bleiben am besten geheim.« Er schlug seine Zeitschrift auf. »Hast du schon mal *tarte aux marrons* gemacht?«

2

Kontraste.

Rune saß in dem riesigen Loft, das die Lobby der Lame Duck Productions bildete, und beobachtete die beiden jungen Frauen, die quer durch den Raum auf einen Tisch zustrebten. Ventilatoren rotierten langsam an der Decke, verteilten klimatisierte Brisen im ganzen Raum.

Die Frau, die voranging, schritt dahin, als besäße sie ein Diplom dafür. Ihre Füße waren nach vorn gerichtet, ihr Rücken gerade, die Hüften starr. Sie hatte honigblonde Haare, die mit einem geflochtenen Band aus regenbogenfarbenen Schnüren nach hinten gebunden waren. Sie trug einen weißen Overall, der jedoch nicht geschmacklos wirkte, weil sie anstelle von Boots Sandalen trug und einen schmalen braunen Ledergürtel.

Rune musterte sie genau, war sich aber nicht sicher, ob es sich um die gleiche Frau handelte, die sie auf dem Plakat gesehen hatte. Auf jenem Foto, dem vor dem Pornokino, war ihr Make-up gut gewesen; heute hatte die Frau einen stumpfen Teint. Sie wirkte sehr abgespannt.

Die andere Frau war jünger. Sie war klein, hatte ein glänzendes Gesicht, und ihr Körper schien aus den Nähten ihrer Kleidung zu platzen. Sie hatte einen riesigen, hervorstehenden – zweifellos künstlichen – Busen und breite Schultern. Das schwarze Top ließ eine scharf geschnittene Hüfte erkennen; der Minirock krönte dünne Beine. Bei diesem Herzchen war in puncto Geschmack nichts mehr zu retten; sie trug Pumps mit spitzen Absätzen, ihre dünnen Haare waren mit Glimmerspray gebändigt, und sie hatte rotbraunes Make-up aufgelegt, das die Wirkung ihrer breiten, slawischen Nase ein wenig dämpfte.

Sähe gar nicht so schlecht aus, dachte Rune, wenn ihre Mutter sie richtig angezogen hätte.

Sie blieben vor ihr stehen. Die Kleinere lächelte. »Sie sind also die Reporterin von, was war das noch, *Erotic Film Monthly*?«, sagte die große Blondine kopfschüttelnd. »Ich dachte eigentlich, ich würde jeden bei den Branchenblättern kennen. Sind Sie neu bei denen?«

Rune wollte die Lüge schon weiterspinnen. »Was ich wirklich bin, ist, nicht ehrlich.«

Was ihr ein schwaches Lächeln einbrachte. »Ach.«

»Ich hab am Empfang gelogen. Um reinzukommen. Sind Sie Shelly Lowe?«

Flüchtiges Stirnrunzeln, dann ein neugieriges Lächeln. »Ja«, sagte sie. »Aber das ist nicht mein richtiger Name.«

Der Handschlag war kräftig, selbstbewusst.

»Ich bin Nicole«, sagte ihre Freundin. »Das ist mein richtiger Name. Aber mein Nachname nicht. D'Orleans.« Sie sprach ihn französisch aus. »Aber geschrieben wird er wie die Stadt.«

Rune nahm ihre Hand vorsichtig; Nicole hatte Fingernägel von über zwei Zentimetern Länge.

»Mein Name ist Rune.«

»Interessant«, sagte Shelly. »Ich der echt?«

Rune zuckte die Achseln. »So echt wie Ihrer.«

»In unserer Branche gibt's 'ne Menge Künstlernamen«, sagte Shelly. »Ich komme manchmal gar nicht mehr mit. Und jetzt sagen Sie mir mal, wieso Sie eine Lügnerin sind.«

»Ich dachte, die schmeißen mich raus, wenn ich ehrlich bin.«

»Warum sollten sie? Sind Sie 'ne rechtsradikale Irre? Sie sehen nicht so aus.«

»Ich möchte einen Film über Sie drehen«, sagte Rune.

»Was Sie nicht sagen.«

»Haben Sie von dem Bombenanschlag gehört?«

»Oh, das war furchtbar«, sagte Nicole, die es auf übertriebene Weise buchstäblich schüttelte.

»Wir haben alle davon gehört.«

»Den möchte ich als Sprungbrett für meinen Film verwenden.«

»Und ich bin diejenige, zu der Sie hinspringen wollen?«, fragte Shelly.

Rune dachte über die Worte nach und erwog, ihr zu widersprechen. »Darauf läuft es in etwa hinaus«, sagte sie jedoch.

»Wieso ich?«

»Eigentlich nur aus Zufall. Als die Bombe hochging, wurde gerade ein Film mit Ihnen vorgeführt.«

Shelly nickte bedächtig, und Rune ertappte sich dabei, dass sie sie anstarrte. Nicole verzog ihr breites, glänzendes Gesicht bei der Erwähnung der Explosion und der Toten in dem Kino, schloss die Augen und bekreuzigte sich förmlich, während Shelly, mit gekreuzten Armen an eine Säule gelehnt, nur zuhörte.

Rune schwirrte der Kopf. Unter Shellys Blick kam sie sich jung und dumm vor, ein Kind, dem man gutmütig zuhört.

Nicole zog ein Päckchen zuckerfreien Kaugummi aus der Tasche, wickelte einen Streifen aus und fing an zu kauen. »Das hab ich jedenfalls vor«, sagte Rune.

»Kennen Sie sich ein bisschen in der Pornofilmbranche aus?«, fragte Shelly.

»Ich hab mal in 'nem Videoladen gearbeitet. Mein Boss sagte immer, bei den Erwachsenenfilmen sei die Gewinnspanne am größten.«

Sie war ganz stolz darauf, etwas über *Geschäfte* zu wissen. Gewinnspanne. Eine erwachsene Art, über Fickstreifen zu reden.

»Da steckt eine Menge Geld drin«, sagte Shelly. Sie besaß Augen, die von innen her leuchteten. Ein blassblauer Laserstrahl. Momentan blickten sie ganz eindringlich, aber Rune spürte, dass sie sie abschalten konnte – dass Shelly von einem Augenblick auf den anderen wählen konnte, durch einen winzigen Nervenimpuls, durchdringend oder wütend oder unversöhnlich zu blicken. Rune nahm außerdem an, dass ihre Augen gewöhnlich nicht humorvoll aufblitzten und dass es da eine Menge gab, was sie nicht verrieten. Sie beschloss, ihren Dokumentarfilm mit einer Einstellung auf Shellys Augen einsetzen zu lassen.

Die Schauspielerin sagte nichts und musterte Nicole, die hingebungsvoll auf ihrem Kaugummi herumkaute.

»Spielen Sie beide, irgendwie, miteinander?« Rune lief knallrot an.

Die Schauspielerinnen wechselten einen Blick und lachten.

»Ich meine ...«, setzte Rune an.

»Ob wir miteinander arbeiten?«, ergänzte Nicole.

»Manchmal«, sagte Shelly.

»Wir wohnen auch zusammen«, sagte Nicole.

Runes Blick wanderte zu den Eisensäulen und der Blechdecke. »Interessanter Ort hier, dieses Studio.«

»Das war früher eine Damenhemdenfabrik.«

»Echt? Was ’n das?«, fragte Nicole.

»Eine Bluse«, sagte Shelly, ohne den Blick von der Decke zu wenden.

Shelly ist hoch gewachsen und keine atemberaubende Schönheit. Ihre Präsenz ist Folge ihrer Figur (und ihrer Augen!). Ihre Wangenknochen sind niedrig. Ihre Haut besitzt die Beschaffenheit und die blasse Tönung einer leichten Sommerbräune. »Wie ich in dieses Gewerbe geraten bin? Ich bin mit zwölf vergewaltigt worden. Mein Onkel hat mich missbraucht. Ich bin heroinsüchtig – überspiele ich das nicht gut? Ich wurde von Wanderarbeitern in Michigan gekidnappt …«

Nicole zündete sich eine Zigarette an. Den Kaugummi bearbeitete sie weiter.

Shelly senkte den Blick von den Blechplatten zu Rune. »Das soll also ein Dokumentarfilm werden?«

»Wie die auf PBS«, sagte Rune.

»Mich hat mal so ’n Typ gefragt, ob ich einen machen würde«, sagte Nicole. »Einen Dokumentarfilm. Aber ihr könnt euch schon denken, was der wirklich wollte.«

»Immer noch heiß draußen?«, fragte Shelly.

»Kochend heiß.«

Nicole stieß ein kurzes Lachen aus, obwohl Rune keine Ahnung hatte, woran sie dabei dachte.

Shelly ging an eine Stelle, wo kühle Luft zu Boden strömte. Sie drehte sich um und musterte Rune. »Sie wirken begeistert. Mehr begeistert als talentiert. Entschuldigen Sie. Das ist nur meine persönliche Meinung. Also, was den Film betrifft – ich möchte darüber nachdenken. Lassen Sie mich wissen, wo ich Sie erreichen kann.«

»Hören Sie, der wird toll. Ich kann …«

»Lassen Sie mich drüber nachdenken«, sagte Shelly ruhig.

Rune zögerte und musterte lange das unnahbare Gesicht der Frau. Dann wühlte sie in ihrer Leopardenfelltasche, bevor sie jedoch ihren Road-Runner-Schreiber gefunden hatte, zückte Shelly einen schweren, glänzenden Mont Blanc. Rune nahm ihn; spürte die Wärme des Schafts. Sie schrieb langsam, unter Shellys Blick fühlte sie sich jedoch unsicher, und die Schrift wurde plump und schief. Sie reichte Shelly den Zettel. »Da wohne ich, Christopher Street. Ganz durch bis zum Ende. Am Fluss, Sie sehen mich dann schon.« Sie hielt inne. »Werd ich Sie sehen?«

»Vielleicht«, sagte Shelly.

»Ey, film mich, Mamma, komm schon, film mich.«

»Hey, willste mein' Schwanz aufnehmen? Besorg dir 'n Weitwinkelobjektiv, dann kannste mein' Schwanz aufnehmen.«

»Scheiße, für das Ding braucht Sie viel eher 'n Mikroskop.«

»Ey, fick dich, Mann.«

Beim Aussteigen aus der U-Bahn am Times Square ignorierte Rune ihre Bewunderer und ging, die Kamera fest an die Schulter gedrückt, den Bahnsteig entlang. Sie kam an einem guten halben Dutzend Bettlern vorüber, deren Bitten um Kleingeld sie mit einem leisen Kopfschütteln beschied, während sie in die Schachtel vor einem jungen südamerikanischen Pärchen, das zu der scheppernden Musik aus einem Kofferradio eine Probe seines Tango-Könnens gab, ein paar Quarter warf.

Es war acht Uhr abends, eine Woche nachdem sie Shelly und Nicole kennen gelernt hatte. Rune hatte Shelly zweimal angerufen. Zuerst hatte die Schauspielerin dem Filmvorhaben ziemlich ablehnend gegenübergestanden, aber beim zweiten Anruf hatte Shelly gesagt: »Wenn ich es machen würde, würden Sie mir dann Gelegenheit geben, den Endschnitt zu überprüfen?«

Aufgrund ihrer Arbeit bei L&R und ihrer Liebe zum Film im Allgemeinen wusste Rune, dass es sich beim Endschnitt –

der letzten Fassung des Films, die dann in den Kinos gezeigt wurde – um den Heiligen Gral der Filmbranche handelte. Nur Produzenten und ein paar wenige Eliteregisseure besaßen die Kontrolle über den Endschnitt. Kein Schauspieler hatte in der Geschichte Hollywoods je den Endschnitt abgenommen.

Aber jetzt sagte sie ja.

Instinktiv spürte sie, dass dies die einzige Möglichkeit war, Shelly Lowe dazu zu bewegen, den Film zu machen.

»Ich gebe Ihnen in ein, zwei Tagen endgültig Bescheid.«

Jetzt war Rune unterwegs, um nach atmosphärischem Material und Motiven zu suchen – wie die Weitwinkel-Szenen in Filmen, die den Zuschauern eine Orientierung ermöglichen und ihnen sagen, in welcher Stadt oder in welchem Viertel sie sich befinden.

Und Atmosphäre gab es hier jede Menge. Das Leben in Tenderloin, am Times Square. Dem Herzstück des Pornoviertels in New York. Sie war ganz aufgeregt bei dem Gedanken, tatsächlich Material für ihren ersten Film zu drehen, erinnerte sich aber dennoch an die Worte von Larry, ihrem Mentor, als sie heute Abend das Studio von L&R verlassen hatte. »Übertreib's nicht, Rune. Jeder bescheuerte Idiot kriegt neunzig Minuten toller Atmosphäre zusammen. Die Story ist das Wichtigste. Vergiss das bloß nicht, verflucht noch mal. Die Story.«

Sie fädelte sich in den Wirbel und Lärm und Irrsinn des Times Square ein, der Kreuzung von Seventh Avenue, Broadway und 42nd Street. Während sie am Straßenrand auf Grün wartete, schaute sie auf die im Asphalt eingebettete Zufallsmontage zu ihren Füßen: der Verschluss einer Bierflasche, eine grüne Glasscherbe, ein Messingschlüssel, zwei Pennies. Sie stutzte; in der Anordnung erkannte sie eine Teufelsfratze.

Vor ihr auf der Insel aus Beton, umgeben von breiten Straßen, stand ein weißes Hochhaus; fünfzehn Meter über ihr liefen die Tagesnachrichten auf einem breiten Band beweglicher Lichter vor ihr ab. »… RUSSLAND HOFFT AUF …«

Die Ampel wurde grün, und sie erfuhr das Ende der Nachricht nicht mehr. Rune überquerte die Straße und kam an einer hübschen Schwarzen in einem gelben Baumwollkleid mit Gürtel vorbei, die in ein Mikrofon schrie. »Es gibt noch etwas Besseres im Himmel. Amen! Lasst ab vom Weg des Fleisches. Amen! Ihr könnt in der Lotterie gewinnen, ihr könnt Millionäre, Milliardäre werden, alles bekommen, was ihr euch wünscht. Aber das alles kann sich nicht mit dem vergleichen, was ihr im Himmel findet. Amen! Lasst ab von euren Sünden, euren Begierden … Wenn ich heute in meiner kleinen Stube sterbe, dann preise ich Gott den Herrn, denn ich weiß, was das bedeutet. Es bedeutet, dass ich morgen im Himmel bin. Amen!«

Ein paar Leute stimmten in das *Amen* ein. Die meisten gingen weiter.

Weiter nördlich auf dem Times Square war alles ein bisschen nobler, rund um den Schalter für billige Tickets, wo man die riesigen Anzeigetafeln sehen konnte, die jeder Fremde aus dem Fernsehen erkannte. Hier befand sich Linda's Restaurant mit seinem berühmten und überteuerten Käsekuchen. Hier stand das Brill Building – Tin Pan Alley. Mehrere strahlend neue Bürogebäude, ein neues Premierenkino.

Dieses Gebiet ließ Rune jedoch links liegen. Sie interessierte sich für den südlichen Teil des Times Square.

Wo er eine entmilitarisierte Zone war.

Sie kam an einer Reihe von Schildern in Läden und Durchgängen und Kinos vorüber: STOPPT DEN UMBAU DES TIMES SQUARE. Dabei handelte es sich um das große Vorhaben, den Platz zu säubern und mit Büros und teuren Restaurants und Theatern zu bevölkern. Niemand schien das zu wollen, aber es schien auch keinen organisierten Widerstand gegen die Pläne zu geben. Das war der Widerspruch des Times Square; er war ein Ort energiegeladener Apathie. Die Geschäfte und der Strich boomten, aber dennoch spürte man, dass die Gegend auf dem absteigenden Ast war. Viele der Läden machten dicht. Nedick's – der Hot-Dog-Stand aus den vierziger Jahren – schloss gerade, um durch einen schicken, verspiegelten Mike's Hotdog und Pizzaladen ersetzt zu werden. Nur ein paar der klassischen Kinos auf der 42nd Street – viele waren früher großartige alte Revuetheater gewesen – waren noch geöffnet. Und alles, was sie zeigten, waren Porno- oder Kung-Fu- oder Splatterstreifen.

Rune schaute über die Straße nach dem riesigen alten Amsterdam Theater in Art déco, das total verrammelt war und dessen mächtige Uhr auf fünf Minuten vor drei stehen geblieben war. An welchem Tag welchen Monats welchen Jahres?, fragte sie sich. Ihr Blick schweifte zu einer Gasse, und aus dem Augenwinkel nahm sie eine blitzartige Bewegung wahr. Jemand schien sie zu beobachten, jemand in einer roten Jacke. Überall waren Schlepper, die verdutzte Touristen in ihre Läden lockten.

»Hereinspaziert, hereinspaziert … Wir haben, was Sie brauchen, und Ihnen wird gefallen, was wir haben. Schauen Sie rein …«

In einem Laden namens Art's Novelties, dessen Scheiben schwarz gestrichen waren, stand ein einziges Schild im Schaufenster. FREIZEITARTIKEL. EINTRITT NUR AB EINUNDZWANZIG.

Rune versuchte hineinzuspähen. Was zum Teufel sollte ein Freizeitartikel sein?

Unter dem Gewicht der Kamera gebeugt, ging sie weiter, während ihr der Schweiß über Gesicht und Hals und Seiten strömte.

Es stank nach Knoblauch und Öl und Urin und Autoabgasen. Und, Junge, die Menschenmassen … Wo kamen nur all diese Leute her? Zu Tausenden. Wo war ihr Zuhause? Die City? Die Stadtteile? Was wollten sie hier?

Rune wich zwei Jugendlichen in T-Shirts und Guess?-Jeans aus, die mit schlenkernden Armen rasch auf sie zugewalzt kamen. »Mann, der Scheißkerl is' vielleicht mein Boss, aber ich gehör dem doch nich, Mann. Verstehste, Mann?«

»Nee, geschissen, wir gehör'n dem beide nich.«

»Wenn er das noch mal versucht, dann mach ich ihn alle. Ich mach den Scheißkerl alle, Mann …«

Sie ließen sie vorbei, Rune und ihre Kamera, während sie eine visuelle Geschichte des Times Square auf Band aufnahm.

Ein Ort wie kein anderer in New York.

Times Square …

Aber jedes Zauberreich braucht sein Mordor oder seinen Hades, und heute Abend war Rune gar nicht unbehaglich zumute, als sie über den Platz ging. Sie war auf ihrer Mission und drehte ihren Film. *Über den Anschlag, aber auch wieder nicht über den Anschlag.* Sie brauchte den schäbigen Schauplatz niemandem gegenüber zu rechtfertigen oder sich um andere Schuhe Sorgen zu machen als um ihre eigenen, und sie passte auf, wo sie hintrat.

Hinter ihr ein lautes Schnauben.

Phantastisch! Ritter!

Rune richtete die Kamera auf zwei berittene Polizisten, die stocksteif in ihren Sätteln saßen, während ihre Pferde die Köpfe hängen ließen und mit ihren festen Hufen die Haufen körniger Fladen feststampften.

»Hey, Sir Gawain!«, rief Rune. Sie schauten zur ihr hin, kamen zu dem Schluss, sie lohne den Flirt nicht, und fuhren fort, mit steinernen Blicken, die unter dem Sichtschutz ihrer rotkehlcheneierblauen Helme hervorstachen, die Straße abzusuchen.

Und da, als sie den Blick von dem hohen, walnussbraunen Pferd wandte, sah sie wieder die rote Jacke. Sie verschwand noch rascher als beim letzten Mal.

Trotz der Hitze überlief sie ein Frösteln.

Wer war das?, fragte sie sich.

Niemand. Nur einer von zehn Millionen Menschen aus dem Zauberreich. Und als sie um die Ecke bog und auf der Eighth Avenue zu der Stelle ging, wo früher das Velvet Venus Theater gestanden hatte, hatte sie ihn schon vergessen.

Auf der Strecke zählte sie sechs Pornokinos und Pornoläden. In einigen traten Tänzerinnen live auf, und in manchen gab es Peepshows, wo man für einen Quarter oder eine Wertmarke in kleinen Verschlägen Filme sehen konnte. Sie steckte die Kamera durch die Tür und filmte ein Schild (LAUT GESETZ UND HAUSORDNUNG NUR EINE PERSON PRO KABINE. WIR WÜNSCHEN IHNEN EINEN SCHÖNEN TAG), bis ein massiger Kerl, der die Wertmarken verkaufte, sie wegscheuchte.

Sie ergatterte einige gute Aufnahmen von Pendlern auf dem Weg zum Busbahnhof und nach Hause in die Vorstadt von Jersey. Einige betrachteten die Schaufenster; die Blicke der meisten waren leer. Ein paar Geschäftsleute verdrückten sich in die Kinos, ohne auch nur kurz stehen zu bleiben, gerade so, als habe eine Windbö sie durch die Tür geweht.

Ein feuchter Wind trug ihr säuerlichen Brandgestank zu. Von dem Kino, wie sie wusste. Rune schaltete die Kamera aus und ging weiter.

Sie gruselte sich nach wie vor. Wieder die Paranoia. Aber im Geist konnte sie immer noch den entsetzlichen Knall der Explosion hören. Den Boden unter sich beben spüren. Die Leichen sehen, die Leichenteile. Die schreckliche Wirkung der Bombe und des Feuers. Sie schaute sich um, ohne jemanden zu sehen, der sie beobachtete.

Sie ging weiter. Die Berichterstattung über das Ereignis war gut gewesen, dachte sie. *News at Eleven* hatte dem Zwischenfall zehn Minuten gewidmet, und die Geschichte hatte als Aufhänger für einen Artikel im *Time Magazine* über die Trends im Pornofilm (»Harte Zeiten für Hardcore?«) gedient und für einen in der *Village Voice* über den Widerspruch, in dem der Anschlag zum ersten Zusatz zur Verfassung (Religions- und Pressefreiheit) stand. Wie Larry jedoch vorausgesagt hatte, waren das alles auf das konkrete Thema beschränkte Nachrichtenartikel mit harten Fakten. Niemand brachte etwas mit Human touch über den Anschlag.

Na komm, Shelly, dachte sie. Von dir hängt alles ab. Ich brauch dich …

Als sie sich den Ruinen des Kinos näherte, blieb Rune stehen und legte die Hand auf das gelbe Absperrband. Der Gestank war noch stärker als am Tag des Anschlags. Die von dem Geruch feuchten, verbrannten Polstermaterials schwere Luft brachte sie fast zum Würgen. Und noch etwas anderes – ein Ekel erregender Gestank nach Pappkarton. Der musste von den verbrannten Leichen kommen, stellte Rune sich vor, und versuchte, das Bild aus ihren Gedanken zu drängen.

Auf der Straße gegenüber stand noch ein Kino. ALLERBESTE UNTERHALTUNG FÜR ERWACHSENE. KÜHL, BEQUEM, SICHER, verkündete die Neonschrift. Rune vermutete, dass die Kundschaft sich durch die leuchtende Versicherung nicht besonders hatte beruhigen lassen und dass das Geschäft flau war.

Sie wandte sich wieder dem zerstörten Kino zu und wurde von einer Bewegung erschreckt. Ihr erster Gedanke: Scheiße, er ist wieder da. Wer auch immer es war, der sie über den Times Square verfolgte.

Das Gesicht eines Mannes …

Sie wurde von Panik erfasst. Als sie sich gerade schon umdrehen und weglaufen wollte, blinzelte sie in die Schatten hinein und konnte ihren Verfolger besser sehen. Er trug Jeans und eine marineblaue Windjacke, auf deren Vorderseite in weißen Buchstaben NYPD stand. Es war der Cowboy. Der Typ vom Bombenkommando.

Sie schloss die Augen und atmete langsam aus. Versuchte, ihre zitternden Hände ruhig zu halten. Er saß auf einem Klappstuhl und schaute auf ein weißes Blatt Papier, das er zusammenfaltete und in die Tasche steckte. An seiner rechten Hüfte erkannte sie ein schmales braunes Pistolenhalfter. Rune hob die Kamera und verdrehte etwa eine Minute Band, wobei sie die Blende weit öffnete, damit in dem Dämmerlicht ein paar Formen auszumachen waren.

Er blickte in die Kamera. Sie war darauf gefasst, dass der Mann sagen würde, sie solle sich verziehen. Aber er stand lediglich auf und fing an, durch das zerstörte Kino zu wandern, gegen Trümmer zu treten, sich gelegentlich zu bücken, um etwas zu untersuchen, die lange schwarze Taschenlampe auf Wände und Fußboden zu richten.

Das Bild im Sucher der schweren Kamera verblasste. Die Abenddämmerung war ganz schnell hereingebrochen – oder vielleicht hatte sie auch nur nicht darauf geachtet. Sie öffnete die Blende weit, aber es war immer noch sehr duster, und sie hatte keine Scheinwerfer dabei. Sie wusste, dass das Licht nicht ausreichte. Sie schaltete die Kamera ab und nahm sie von der Schulter.

Als sie wieder in das Gebäude hineinschaute, war der Cowboy weg.

Wohin mochte er verschwunden sein?

Sie hörte ein flüchtiges Geräusch in ihrer Nähe.

Etwas Schweres fiel zu Boden.

»Hallo?«

Nichts.

»Hey?«, rief Rune noch einmal.

Keine Antwort. »Haben Sie mich verfolgt?«, schrie sie in die Ruinen des Kinos hinein. »Hey, Officer? Jemand hat mich verfolgt. Waren Sie das?«

Wieder ein Geräusch, wie Stiefel auf Beton. Ganz nahe. Aber sie wusste nicht genau, wo.

Dann wurde ein Motor angelassen. Sie fuhr herum. Schaute nach dem blau-weißen Kombi mit der Aufschrift BOMBENKOMMANDO. Aber sie sah ihn nicht.

Aus einer Gasse bog ein dunkler Wagen und entfernte sich über die Eighth Avenue.

Wieder fühlte sie sich nicht wohl. Nein, anders, aus irgendeinem Grund hatte sie eine Heidenangst. Als sie jedoch die Menschen auf der Eighth Avenue musterte, sah sie nur harmlose Passanten. Leute auf dem Weg in die Kinos. Alle in ihre eigene Welt versunken. Niemand in den Cafés und Bars schenkte ihr die geringste Beachtung. Ein Trupp Touristen kam an ihr vorbei. Sie wunderten sich sichtlich, warum zum Teufel ihr Führer sie durch diese Gegend lotste. Ein weiterer Jugendlicher, ein tückisch aussehender Latino, machte sie harmlos an, und als sie ihn nicht beachtete, ging er weiter und wünschte ihr noch einen schönen Abend. Gegenüber auf der Straße starrte ein Mann mit einem breitkrempigen Hut und einer Einkaufstüte von Lord & Taylor ins Schaufenster eines Pornoladens.

Niemand in einer roten Jacke, niemand, der ihr auflauerte.

Paranoia, dachte sie. Reine Paranoia.

Dennoch schaltete sie die Kamera endgültig ab, steckte die Kassette in ihre Leopardenfelltasche und machte sich auf den Weg zur U-Bahn. Für einen Abend hatte sie genügend Atmosphäre, fand sie.

In der Gasse gegenüber dem, was vom Velvet Venus übrig geblieben war, saß ein Penner neben einem Müllcontainer und trank aus einer Thunderbird-Flasche. Er blinzelte, als ein Mann in die Gasse trat.

Verflucht, der will hier pinkeln, dachte der Penner. Das machen die *immer*. Saufen mit ihren Kumpels Bier und schaffen's nicht mehr rechtzeitig bis zur Penn Station und kommen dann in meine Gasse zum Pinkeln. Er fragte sich, wie der Typ es wohl finden würde, wenn der Penner in *sein* Wohnzimmer käme, um Wasser zu lassen.

Aber der Mann öffnete seinen Schlitz nicht. Er blieb an der Einmündung der Gasse stehen und spähte hinaus auf die Eighth Avenue. Hielt stirnrunzelnd nach etwas Ausschau.

Der Penner fragte sich, was der Mann hier wollte, wieso er so einen breitkrempigen, altmodischen Hut trug. Er nahm noch einen Schluck Schnaps und stellte die Flasche zu Boden. Es klirrte.

Der Mann fuhr herum.

»Hast 'n Quarter?«, fragte der Penner.

»Sie haben mich erschreckt. Ich wusste nicht, dass hier jemand ist.«

»Hast 'n Quarter?«

Der Mann kramte in seiner Tasche. »Klar. Wollen Sie das Geld für Schnaps ausgeben?«

»Wahrscheinlich«, sagte der Penner. Manchmal bettelte er die Passagiere an den Pendlerbahnhöfen an. »Helft den Blinden, helft den Blinden«, sagte er dann. »Ich will saufen, bis ich blind werde.« Und dann gaben ihm die Leute mehr, weil er sie zum Lachen gebracht hatte.

»Nun, ich schätze Ihre Ehrlichkeit. Hier.« Der Mann streckte ihm eine Münze hin. Als der Penner nach ihr greifen wollte, spürte er, dass er von der linken Hand des Mannes fest am Gelenk gepackt wurde.

»Wart mal.«

Aber der Mann wartete nicht. Dann spürte der Penner ein leichtes Stechen am Hals. Dann noch eines und noch eines. Der Mann ließ das Handgelenk los, und der Penner betastete seine Kehle und stellte fest, dass zwei Hautlappen lose daran baumelten. Dann sah er das Rasiermesser in der Hand des Mannes, dessen blutige Klinge zurückwich.

Der Penner versuchte um Hilfe zu rufen. Aber das Blut strömte schnell aus den Wunden, und ihm wurde schwarz vor

Augen. Er versuchte aufzustehen, fiel jedoch hart auf das Kopfsteinpflaster. Das letzte, was er sah, war der Mann, der in seine Lord & Taylor-Einkaufstüte griff, einen roten Anorak herausholte und ihn anzog. Dann trat er rasch aus der Gasse, ganz so, als fürchte er, seinen Pendlerzug nach Hause zu versäumen.

3

Am nächsten Morgen lag Rune in ihrem Bett – nun ja, auf ihrer Pritsche – und lauschte auf die Geräusche vom Fluss. Es klopfte an der Tür.

Sie zog ihre Jeans und einen roten Seidenkimono über und ging zur Eingangstür des Bootes. Sie machte auf und sah sich Shelly Lowes Rücken gegenüber. Die Schauspielerin, die auf einer schmalen, eidottergelb gestrichenen Planke stand, starrte in das Wasser unter ihren Füßen. Sie drehte sich um und schüttelte den Kopf. Rune nickte angesichts der vertrauten Reaktion.

»Das ist ein Hausboot. Sie wohnen auf einem Hausboot.«

»Ich hab früher immer Witze gemacht, ich hätte Wasser im Keller«, sagte Rune. »Aber das Thema gibt nicht viel her. Es gibt nicht so viele gute Hausbootwitze.«

»Werden Sie da nicht seekrank?«

»Der Hudson River ist nicht grade Kap Horn.« Rune trat zurück, um Shelly durch den schmalen Eingang zu lassen. In der Ferne, am Dach des nördlichen Piers, blitzte etwas farbig auf. Rot. Es erinnerte sie an etwas Beunruhigendes. Ihr fiel nicht ein, was es war.

Sie folgte Shelly ins Boot.

»Machen Sie mal 'ne Führung.«

Vom Stil her: Marine, Vorstadt, Ranch, Mitte der Fünfziger. Unten waren Wohnzimmer, Küche und Bad. Eine schmale Treppe führte nach oben zu zwei kleinen Räumen: Steuerhaus und Schlafzimmer. Draußen führte eine Reling um den Wohnbereich und das Deck.

Es roch nach Motorenöl und Rosen-Duftsträußchen.

Drinnen zeigte Rune ihr eine Neuerwerbung: ein halbes Dutzend Briefbeschwerer mit eingelegten farbigen Plastikschnipseln. »Ich stehe total auf Antiquitäten. Die hier sind garantiert von 1955. Das war ein tolles Jahr, sagt meine Mutter.«

Shelly nickte mit distanzierter Höflichkeit und schaute sich im übrigen Zimmer um. Es gab eine Menge, um ihre Höflichkeit auf die Probe zu stellen: türkis gestrichene Wände, eine bemalte Vase (darauf: eine Frau in Caprihose, die einen Hund ausführte), Lavalampen, Kunststoff-Nierentische, ein Lampenschirm aus Bon-Ami- und Ajax-Reiniger-Kartons, schmiedeeiserne Sessel mit schwarzen Leinenpolstern, in denen man versank wie in Hängematten, eine alte Motorola-Fernsehtruhe.

Außerdem: eine Sammlung von Märchenpuppen, ferner Stofftiere und Regale voll mit alten Büchern.

Shelly zog ein zerfleddertes Exemplar von Grimms Märchen aus dem Regal, blätterte darin und stellte es zurück.

Rune beobachtete sie aufmerksam von der Seite. Ihr kam ein Gedanke. Sie lachte. »Wissen Sie, was komisch ist? Ich hab ein Bild von Ihnen.«

»Von mir?«

»Na ja, so was Ähnliches. Hier, schauen Sie.«

Sie zog ein verstaubtes Buch aus dem Regal und schlug es auf. *Metamorphosen.*

»Die Geschichten hat so ein oller Römer geschrieben.«

»Römer?«, fragte Shelly. »So einer wie in *Julius Cäsar*?«

»Genau. Hier, schauen Sie sich das Bild an.«

Shelly sah die farbige Tafel, die eine junge Frau darstellte, die von einem Mann, der auf einer Leier spielte, aus einer dunklen Höhle geführt wurde. Die Unterschrift lautete: *Orpheus und Eurydike.*

»Sehen Sie, das da sind Sie. Eurydike. Sie sehen genauso aus wie sie.«

Shelly schüttelte ungläubig den Kopf. Sie lachte. »Wissen Sie was, es stimmt. Das ist ja witzig.« Sie schaute auf den Buchrücken. »Ist das römische Mythologie?«

Rune nickte. »Das war eine ganz traurige Geschichte. Eurydike musste sterben und kam in die Unterwelt. Dann ging Orpheus – das war ihr Mann, der Musikertyp da – los, um sie zu retten. Ist das nicht romantisch?«

»Moment. Ich kenne die Geschichte. Das war eine Oper. Ist da nicht irgendwas schief gegangen?«

»Genau. Diese römischen Götter hatten schräge Gesetze. Die Sache ist die, dass er sie aus der Unterwelt mitnehmen durfte, solange er sich nicht nach ihr umschaute. Wahnsinnig sinnvoll, was? Jedenfalls hat er's doch getan, und dadurch war alles verpatzt. Sie musste wieder zurück. Die Leute denken immer, Sagen und Märchen müssten gut ausgehen. Das gilt aber nicht für alle.«

Shelly blickte eine Weile starr auf das Bild. »Ich sammle auch alte Bücher.«

»Was denn für welche?« Erotische, nahm Rune an.

»Theaterstücke vor allem«, sagte Shelly jedoch. »Auf der High School war ich Vorsitzende der Theater-AG. Eine Thespisianerin.« Sie lachte. »Immer, wenn ich das jemandem in der Branche erzähle – in der Pornobranche, meine ich –, wenn ich das jemandem erzähle, dann kommt immer so was wie ›Was 'n das? 'ne Lesbe mit Sprachfehler?‹« Sie schüttelte den Kopf. »Mein Gewerbe hat einen ziemlich kleinen gemeinsamen Nenner.«

Rune knipste eine Ultraviolettlampe an. Das Schwarzlichtposter eines Schiffes, das um den Mond segelte, trat dreidimensional hervor. Es hing neben rot-orangen Batikschleiern. »Ich mische meine Epochen. Man will sich ja nicht zu sehr versteifen, verstehen sie? Nie berechenbar sein. Das ist mein Motto.«

»Vermeiden Sie das um jeden Preis.« Shelly war zum Ruderhaus hinaufgeklettert und zog nun an der Pfeifenschnur. Es kam kein Laut. »Können Sie mit dem Ding auch herumschippern?«

»Nee, es fährt nicht«, sagte Rune. »Ach nein, Moment, ich soll ja *sie* sagen. Sie fährt nicht.«

»Fährt?«

»Na ja, schwimmen oder so. Es gibt einen Motor, aber der funktioniert nicht. Mit meinem früheren Freund bin ich den Hudson raufgefahren, und da haben wir es – *sie,* meine ich – entdeckt. Sie war in der Nähe des Bear Mountain festgemacht und stand zum Verkauf. Ich hab den Besitzer gebeten, mich auf 'nen Turn mitzunehmen, und da hat er gesagt, der Motor würde nicht funktionieren, und da haben wir sie abschleppen lassen. Wir haben lange gefeilscht, und als er sich bereit erklärt hatte, das Kunststoffwohnzimmer dazuzugeben, da wusste ich, dass ich's haben musste.«

»Zahlen Sie für die Anlegestelle?«

»Jawoll. Man zahlt an die Hafenbehörde. Die betreiben die Docks immer noch, obwohl es nicht mehr viel Schiffsverkehr gibt. Ich glaub nicht, dass ich ewig hier bleiben kann. Aber vorerst find ich's gut.«

»Ist es sicher hier?«

Rune zeigte mit dem Finger aus dem Buntglasfenster. »Der Pier hier ist immer noch in Betrieb, und deshalb ist das ganze Gebiet abgesperrt. Die Wächter sind Freunde von mir. Die passen auf. Ich schenk ihnen was Schönes zu Weihnachten. Ist echt nett, ein eigenes Haus zu haben. Und es gibt kein Gras, das man mähen muss.«

Shelly ließ wieder ein schwaches Lächeln sehen. »Sie sind so … begeisterungsfähig. Und Sie wohnen tatsächlich auf einem Hausboot in Manhattan. Wahnsinn.«

Runes Augen blitzten. »Kommen Sie. Ich zeig Ihnen, was Wahnsinn ist.« Sie ging hinaus auf das kleine, grau lackierte Deck. Sie hielt sich an der Reling fest und stippte den Fuß in das trübe, ölige Wasser.

»Wollen Sie schwimmen gehen?«, fragte Shelly unsicher.

Rune schloss die Augen. »Wissen Sie, dass ich genau dasselbe Wasser berühre, das an die Galapagosinseln plätschert und in Venedig und in Tokio und Hawaii und Ägypten? Das ist so schön. Und – da blick ich aber noch nicht so durch – es könnte sehr gut das gleiche Wasser sein, das gegen die *Niña*, die *Pinta* und die *Santa María* und gegen die Schiffe von Napoleon geplätschert ist. Dasselbe Wasser, mit dem sie das Blut abgewaschen haben, nachdem Marie Antoinette enthauptet wurde … ich denk mir das so … Das ist der Teil, über den ich mir nicht so ganz im Klaren bin. Kann Wasser, irgendwie, sterben? Ich erinnere mich da an was aus der Physikstunde. Ich glaube, das bleibt in ’nem ewigen Kreislauf.«

»Also, Phantasie haben Sie«, sagte Shelly.

»Das hab ich schon öfter gehört.« Rune sprang wieder aufs Deck. »Kaffee? Was zu essen?«

»Nur Kaffee.«

Sie setzten sich ins Ruderhaus. Rune strich Erdnussbutter auf ihren Toast, während Shelly schwarzen Kaffee schlürfte. In der Frischfleischbranche mochte die Frau ja eine Berühmtheit sein, aber heute sah sie aus wie eine Hausfrau aus Connecticut. Jeans, Boots, weiße Bluse und ein dünner hellblauer Pullover, dessen Ärmel sie um die Schultern gebunden hatte.

»Haben Sie’s gut gefunden?«, fragte Rune.

»War nicht schwer. Ich hätte ja zuerst angerufen, aber Sie hatten mir Ihre Nummer nicht gegeben.«

»Ich hab kein Telefon. Als ich versucht hab, eins zu kriegen, sind die Typen von New York Bell angefahren gekommen, haben gelacht und sind wieder abgehauen.«

»Ich habe über den Film nachgedacht«, sagte Shelly nach einer Pause. »Selbst als Sie die Abnahme des Endschnitts zugesagt hatten, habe ich ihn nicht machen wollen. Aber es ist etwas passiert, was meine Meinung geändert hat.«

»Der Anschlag?«

»Nein«, sagte Shelly. »Es war so, dass ich einen bösen Streit mit einem der Typen hatte, für die ich arbeite. Ich möchte nicht in die Details gehen, aber dabei ist mir eine Menge klar geworden. Ich habe gemerkt, wie satt ich die ganze Branche habe. Ich bin schon viel zu lange dabei. Es ist Zeit aufzuhören. Wenn ich irgendwie auf seriöse Weise bekannt werde, wenn die Leute sehen können, dass ich kein Pornohäschen bin, dann hilft mir das vielleicht, richtige Rollen zu bekommen.«

»Ich werd 'ne tolle Arbeit abliefern. Ehrlich.«

»Ich hatte so ein Gefühl bei Ihnen.« Die blassblauen Laserstrahlen ihrer Augen leuchteten auf. »Ich glaube, Sie sind genau die Richtige, um meine Geschichte zu erzählen. Wann können wir anfangen?«

»Wie wär's mit jetzt?«, fragte Rune. »Ich hab den ganzen Tag frei.«

Shelly schüttelte den Kopf. »Ich habe noch einiges zu erledigen, aber wir könnten uns doch heute Nachmittag, sagen wir, gegen fünf treffen. Dann können wir ein paar Stunden arbeiten. Und danach ist heute Abend eine Party, die so ein Verleger gibt. Die meisten Verlage, die Erotikmagazine herausgeben, sind auch im Pornofilm- und Videogeschäft. Da werden eine Menge Leute aus der Branche hinkommen. Vielleicht können Sie ja mit denen reden.«

»Super! Wo sollen wir die Aufnahmen machen?«

Sie schaute sich in dem Raum um. »Wie wär's mit hier? Ich fühle mich hier sehr wohl.«

»Das wird ein tolles Interview.«

Shelly lächelte. »Vielleicht sage ich sogar die Wahrheit.«

Nachdem Shelly gegangen war, stand Rune am Fenster. Wieder sah sie vom Dach des Piers über dem Wasser etwas rot aufleuchten.

Und sie erinnerte sich an die Farbe.

Die gleiche wie die der Jacke oder des Anoraks der Person, die sie am Times Square als Verfolger erkannt – oder zu erkennen geglaubt – hatte.

Sie ging ins Schlafzimmer und zog sich an.

Fünf Minuten später war das Rot immer noch zu sehen. Und weitere fünf Minuten später war sie auf dem Weg zum Pier und schlich sich geduckt wie ein Soldat an. Um den Hals hatte sie eine große Chrompfeife hängen wie Schiedsrichter sie benutzen. Sie glaubte, damit mühelos auf 120 Dezibel zu kommen und jedem, der darauf aus war, ihr Ärger zu machen, eine Heidenangst einzujagen.

Was für Angreifer, die es nicht recht ernst meinten, ausreichte. Für die übrigen hatte Rune etwas anderes. Einen kleinen runden Behälter. Er enthielt 113 Gramm CS-38, ein militärisches Tränengas. Sie spürte sein Gewicht beruhigend am Bein.

Sie hastete an der Schnellstraße entlang. Das Flusswasser strömte seinen faulig-schweren Geruch aus, der von der Feuchtigkeit der Wolken – die inzwischen den Himmel bedeckten – getragen wurde. Es wurde allmählich still. Die Glocken mehrerer Kirchen läuteten. Es war genau Mittag.

Rune zwängte sich durch die Lücke im Maschendraht und ging auf den Pier zu. Er ragte drei Stockwerke hoch über ihr auf. Die Fassade war an vielen Stellen bis auf das nackte Holz abgeblättert. Ganz oben konnte sie einen Teil des Namens der Frachtlinie ausmachen, der in einer dunkelblauen Farbe geschrieben war, die sie mit altmodischen Zügen verband. Ein

Wort lautete *America.* Und sie sah, oder glaubte zu sehen, einen verblassten blauen Stern.

Die vier Meter hohen Tore wirkten imponierend, waren aber aus ihren Gleisen gesprungen, und Rune konnte durch einen Spalt in die Dunkelheit schlüpfen.

Drinnen war es schäbig und unheimlich. Einst waren diese Piers der Ort gewesen, von denen die großen Linienschiffe nach Europa ausgelaufen waren. Dann waren sie von Frachtschiffen genutzt worden, bis die Docks in Brooklyn und New Jersey den größten Teil dieses Geschäfts übernommen hatten. Inzwischen waren die meisten nur noch Relikte. Einmal war ein Schlepper von der Größe eines halben Footballfeldes erschienen und hatte neben Runes Hausboot festgemacht, als sie im Studio gewesen war. Aber das war der einzige kommerzielle Schiffsverkehr in der Gegend.

An diesem besonderen Pier war Rune schon ein paarmal gewesen, seit sie das Boot an ihrem Uferstück festgemacht hatte. Sie streunte gern herum und stellte sich vor, wie die Luxusliner im neunzehnten Jahrhundert ausgesehen haben mussten. Sie fragte sich auch, ob nicht einige der Schiffe Schmuggelgut gelöscht hatten (Goldbarren waren Spitzenreiter gewesen), das nie entdeckt worden war. Sie wusste, dass nicht weit von hier Piraten auf dem Hudson gekreuzt waren. Es wunderte sie nicht, dass sie keine Goldkisten gefunden hatte. Das Einzige, was sie hatte bergen können, waren leere Pappschachteln, Gerümpel und größere Teile verrosteter Maschinen gewesen.

Nachdem Rune zu dem Schluss gekommen war, dass hier keine Beute zu machen sei, kam sie gelegentlich mit Freunden zum Picknick auf das Dach, wo sie in den Wolken den Riesen zuschauten, die über der Stadt spielten, bis sie über Brooklyn und Queens verschwanden. Manchmal kam sie auch, um alleine zu sein und die Möwen zu füttern.

In dem Teil des Piers, der am weitesten ins Wasser reichte, gab es ganze Labyrinthe von Räumen. Es waren früher Büros und Ladehallen gewesen, die nun mit Brettern vernagelt waren. Licht konnte sich nur dank der nachlässigen Nagelei der Zimmerleute einschleichen. Dieser Teil des Piers enthielt die wacklige Treppe, die zum Dach führte. Und in diesen Teil des Piers glitt sie nun hinein. Rune stieg durch die Rückwand und ging langsam in Richtung der Treppe.

Am Fuß der Treppe war der Boden des Piers eingebrochen; ein gezacktes Loch von einem Meter Durchmesser führte abwärts in die Finsternis. Wasser plätscherte. Rune blickte durch das Dämmerlicht starr auf das Loch und drückte sich langsam vorbei.

Auf dem Weg nach oben lauschte sie angestrengt, aber außer dem Verkehr in der Ferne und dem Wasser an den Pfeilern und dem Wind, der einen baldigen Sturm ankündigte, war kein Laut zu hören. Auf dem obersten Absatz blieb Rune stehen. Sie zog den weißen Tränengasbehälter aus der Tasche und stieß die Tür auf.

Das Dach war leer.

Sie trat ins Freie und ging dann vorsichtig über verrottete Teerpappe und Schotter, wobei sie bei jedem Schritt den Boden vor sich prüfte. Am Rand angekommen, ging sie zurück zur Vorderseite des Gebäudes an die Stelle, wo sie die Gestalt zu sehen geglaubt hatte.

Rune blieb stehen und schaute vor sich zu Boden.

Okay, es war also keine Einbildung. Sie sah Fußabdrücke im Teer. Sie waren groß – die Schuhgröße eines Mannes. Und sie waren glatt, wie konservative Straßenschuhe, nicht wie Turn- oder Laufschuhe. Darüber hinaus jedoch nichts. Keine Zigarettenasche, keine weggeworfenen Flaschen. Keine kryptischen Botschaften.

Während sie noch dastand, setzte Nieselregen ein, und sie eilte zurück zur Treppe. Langsam begann sie den Abstieg, indem sie den Fuß vorstreckte, um in der Dunkelheit die Stufen zu finden.

Ein Geräusch.

Auf dem Absatz in der ersten Etage machte sie Halt. Trat durch einen offenen Türrahmen in ein dunkles, leeres Büro. Ihre Hand schloss sich fest um den Tränengasbehälter. Ihre im Tageslicht zusammengezogenen Pupillen konnten nicht genügend Licht aufnehmen, um irgendetwas zu sehen.

Aber sie konnte hören. Rune erstarrte.

Er ist hier!

Jemand war in dem Raum.

Nichts Besonderes verriet es ihr – keine knarrenden Dielen, kein Flüstern, kein Geraschel von Füßen. Die Botschaft wurde vielleicht von einem Duft, vielleicht durch eine Art sechsten Sinn übermittelt.

Die Schwingung kam mit einer Botschaft zurück: Wow, Süße, er ist groß und verdammt nahe.

Rune rührte sich nicht. Die andere Gestalt auch nicht, dennoch hörte sie zweimal die Luft seines Atems zwischen seinen Zähnen. Ihre Augen gewöhnten sich an die Dunkelheit. Langsam das Tränengas hebend, hielt sie nach einem Ziel Ausschau.

Ihre Hände fingen an zu zittern.

Nein, nicht einer, es waren zwei.

Und Geister noch dazu.

Zwei fahle Gestalten. Menschenähnlich, verschwommen, formlos. Beide starrten sie an. Eine hielt einen dicken, weißen Gummiknüppel in der Hand.

Sie zielte mit dem Tränengas auf sie. »Ich habe eine Waffe.«

»Scheiße«, sagte eine Männerstimme.

»Nehmen Sie die Brieftasche«, sagte die andere, ebenfalls männliche Stimme. »Nehmen Sie *beide* Brieftaschen.«

Die Sicht wurde besser. Die Erscheinungen verwandelten sich in zwei nackte, kahl geschorene Männer Mitte dreißig. Sie musste lachen, als sie sah, was die Keule wirklich war; sie war jetzt bedeutend kleiner.

»Tut mir Leid«, sagte sie.

»Das ist kein Raubüberfall?«

»Tut mir Leid.«

Tiefste Entrüstung. »Also, ich will Ihnen mal sagen, dass Sie uns eine Heidenangst eingejagt haben. Zu ihrer Information, dieser Raum ist zufällig reserviert.«

»Wie lange sind Sie schon hier?«, fragte Rune.

»Zu lange, offensichtlich.«

»Die letzte Stunde über oder so?«

Der Zorn verwandelte sich in erleichterte Albernheit. Der eine Mann nickte in Richtung seines Freundes. »Er ist ja wirklich gut, aber *so* gut nun auch wieder nicht«, sagte er.

Der andere, nüchterner: »'ne Dreiviertelstunde?«

»Schon eher.«

»Haben Sie jemanden vom Dach herunterkommen gehört?«

»Ja, hab ich. Vor 'ner Viertelstunde. Dann sind Sie raufgegangen, dann sind Sie runtergekommen. Geht heute zu wie auf der Grand Central Station.«

»Haben Sie ihn gesehen?«

»Wir waren ein *bisschen* beschäftigt.«

»Bitte«, sagte Rune. »Es ist wichtig.«

»Wir dachten, der ist auf Sex aus, waren uns aber nicht sicher. Man muss hier 'n bisschen vorsichtig sein.«

Klar. Man konnte nie wissen, auf welche Sorten von Abartigen man stoßen konnte, wenn man es auf einem verlassenen Pier trieb.

»Also haben wir uns still verhalten.«

»Wie sah er aus?«

»Normale Figur. Aber ansonsten keine Ahnung.« Er wandte sich an seinen Gefährten. »Du vielleicht? ... Nein, wir haben keine Ahnung.«

»Haben Sie gesehen, was er anhatte?«, fragte Rune weiter. »Eine Jacke?«

»Einen roten Anorak. Einen Hut, ’n altmodischen. Dunkle Stoffhose, glaube ich«, sagte die eine Stimme.

»Eng«, kam es von der anderen.

»*Das* ist dir natürlich aufgefallen.«

»Na schön«, sagte Rune. »Danke.«

Als sie ging, hörte sie sie flüstern. Etwas von nicht mehr richtig in Stimmung sein. »Na ja, du kannst’s ja mal versuchen.«

Sie machte sich an den Abstieg zum Erdgeschoss.

Spürte, dass ihr Herzschlag sich verlangsamte.

Rune lachte. *Dieser Raum ist reserviert.* Wieso suchten die sich nicht etwas Romantischeres –

Er erwischte sie von hinten.

Am Fuß der Treppe, als sie vorsichtig dem Loch auswich, packte die Hand sie am Pferdeschwanz und riss sie zurück. Sie nahm eine Hand in einem Handschuh wahr, die ein Teppichmesser hielt und auf ihren Hals zukam. Sie packte das Handgelenk und schlug fest ihre kurzen Nägel hinein. Dadurch wurde das Messer abgelenkt, und sie kämpften einen Augenblick lang darum. Ihr war klar, dass sie fallen würde, wenn sie das Geländer losließ, aber es gab keine andere Möglichkeit, mit der anderen Hand an das Tränengas zu kommen; es steckte in ihrer Tasche.

Rune ließ los und packte, als sie auf den Angreifer zutaumelte, den Behälter und drückte, ohne zu zielen, auf den Knopf. Das Gas sprühte zwischen ihnen heraus und blendete beide. Sie schrie vor Schmerz auf, als sich der Angreifer, die Hand vors Gesicht geschlagen, ruckartig abwandte.

Aber er ließ nicht los, und Rune spürte, dass sie nach hinten gezogen wurde. Mit geschlossenen Augen streckte sie die Hand aus, griff aber nur in die Luft und stürzte entsetzt und verwirrt zu Boden. Der Atem entwich explosionsartig aus ihrer Lunge, als sie rücklings auf der Erde aufschlug. Sie wälzte sich auf den Bauch, kam auf die Knie und wollte von ihm fortkrabbeln. Der Mann bückte sich rasch und packte sie am Hals. Er war nicht stark. Aber er hatte die Überraschung auf seiner Seite – und ihre Verzweiflung. Er trat sie gegen die Brust und nahm ihr erneut die Luft. Keuchend rollte sie sich zu einem Ball zusammen. Verschwommen sah sie seine schemenhafte Gestalt nach dem Teppichmesser tasten. Sie roch altes Holz und Salzwasser und Motoröl und Moder, und sie schmeckte Salz – vielleicht ihre Tränen, vielleicht Blut.

Herrgott, brannten ihre Augen. Wie von Alkohol.

Auch sie fing an, nach der Waffe zu suchen, mit der Hand auf den Boden zu patschen, in der Hoffnung, den Behälter mit dem Tränengas zu finden.

Er ließ Messer Messer sein und suchte den Fußboden in ihrer Umgebung ab. Dann packte er sie am Kragen und zerrte sie auf das gezackte schwarze Loch zu, das sich über dem Hudson öffnete. Sie hörte ein Dröhnen in ihren Ohren. Er stieß ihren Kopf, dann ihre Schultern in das Loch. Er packte sie am Gürtel, und sie begann hineinzurutschen.

4

Rune trat mit ihren Boots um sich und hätte ihn fast zwischen den Beinen erwischt, hatte aber schlecht gezielt. Sie fügte ihm nur einen leichten Schmerz zu, er grunzte nur wütend und rammte ihr die Faust in den Rücken.

Sie stieß einen schwachen Schrei aus. Tränen flossen. Der faulig-fischige Gestank des Wassers stieg zu ihr auf, und sie musste würgen.

Er trat mit dem Fuß auf die Bretter, um das Loch zu erweitern; sie fielen ins Dunkel. Er stieß sie immer weiter in die Öffnung.

Unter ihr war es so finster!

Mit einer Hand konnte sie das Geländer fassen und klammerte sich fest. Es bedeutete jedoch nur eine geringfügige Störung für ihn; er trat ihr gegen die Hand, und sofort löste sich ihr Griff.

Ich werde schwimmen ... Aber kann ich überhaupt Licht auf der Wasseroberfläche sehen? Was, wenn es gar nicht möglich ist, da unten herauszuschwimmen, was, wenn das nur ein Rohr ist, das dreißig Meter tief reicht?

Er ging auf die Knie und packte sie mit einer Hand bei den Haaren. Mit der anderen fasste er den Rand des Lochs, um guten Halt zu haben und sie hineinzuschleudern.

»Hall-o? Du meine Güte!«

Die Stimme eines Mannes.

Der Angreifer erstarrte.

»He, was ist da los?«, fragte der andere Mann von oben. Sie hatten ihr Techtelmechtel entweder abgebrochen oder beendet und wollten nun wissen, was das für ein Lärm war.

Der Mann ließ Rune los und blickte zur Treppe. Sie wand sich aus seinem Griff, als er voller Panik zurückwich. Sie rollte sich vom Fuß der Treppe weg. Als sich der Angreifer wieder ihr zuwandte, und die Hand nach ihr ausstreckte, war das, was er sah nicht Rune, sondern eine winzige zischende Düse.

Der Tränengasstrahl traf ihn in die Nase.

Einatmen, du Wichser, einatmen!

Der Mann schnappte nach Luft, bedeckte die Augen und wollte sich auf sie stürzen. Rune drückte erneut ab. Er stolperte ihr nach, stieß sie noch einmal brutal in das Loch, das zum Fluß führte, und flüchtete dann in das Lagerhaus.

Seine hämmernden Schritte wurden leiser und verklangen schließlich.

Rune stemmte sich aus dem Loch und brach erstarrt auf dem Boden zusammen. Sie kniff fest die Augen zusammen, um die fürchterlichen Schmerzen zu dämpfen. Ihre Augen und ihre Kehle brannten wie Feuer. Sie legte den Kopf auf die Holzbohlen, während ihr Atem sich beruhigte, und roch Schmieröl, spürte die Kühle frischer Luft zurückkehren.

»Oh Gott«, sagte einer der Männer. Sie waren jetzt angezogen. »Geht es Ihnen gut? Wer war das?«

Sie halfen ihr hoch.

»Haben Sie ihn sehen können?«, fragte sie.

»Nein, nur das Jackett.«

»Es war rot«, antwortete sein Freund. »Wie ich gesagt hatte. Ach ja, und den Hut.«

»Sie müssen die Polizei rufen ... Was ist das für ein Geruch. Ist ja grässlich.«

»Tränengas.«

Pause. »Wer sind Sie eigentlich?«

Rune rappelte sich langsam auf und bedankte sich. Dann taumelte sie durch das Lagerhaus hinaus ans Tageslicht.

Als sie zu einem Münztelefon kam, rief sie die Polizei an. Sie kreuzten ziemlich rasch auf. Aber wie zu erwarten war, konnten sie nicht viel tun. Sie konnte keine detaillierte Beschreibung des Angreifers geben. Wahrscheinlich männlicher Weißer mittlerer Größe. Keine Haarfarbe, keine Augenfarbe, kein charakteristisches Aussehen. Ein roter Anorak wie in *Wenn die Gondeln Trauer tragen*. Was, wie Rune aus den ratlosen Mienen schloss, keiner der Cops gesehen oder gelesen hatte.

Sie sagten, sie würden der Sache nachgehen, waren jedoch nicht sehr glücklich damit, dass sie einen Behälter mit CS-38 besaß, was in der Stadt verboten war.

»Haben Sie irgendeine Ahnung, wieso er es auf Sie abgesehen hatte?«

Sie vermutete, es könne etwas mit ihrem Film zu tun haben und dem Pornokino und dem Schwert Jesu. Sie sagte es ihnen, und der Ausdruck in ihren Gesichtern sagte ihr, dass der Fall, soweit sie es betraf, bereits in einer Sackgasse gelandet war.

Sie klappten ihre Notizbücher zu und sagten, sie würden von Zeit zu Zeit einen Streifenwagen vorbeischicken.

Sie fragte sie noch einmal, wie viele Leute sie auf den Fall ansetzen würden, aber sie schauten sie nur müde an und sagten, es täte ihnen Leid, dass sie solche Scherereien gehabt hätte.

Und dann beschlagnahmten sie ihr Tränengas.

Nachdem Rune sich gewaschen, ihre Schürfwunden mit Wasserstoffperoxyd behandelt und eine neue Dose Tränengas unter der Spüle hervorgeholt hatte, ging sie zu L&R Productions.

»He, was ham 'n wir denn da?«, fragte Bob mit einem prüfenden Blick auf ihr Gesicht.

Sie hatte nicht die Absicht, ihm zu erzählen, dass die Verletzungen vielleicht etwas mit ihrem Film zu tun haben könnten – schließlich war es die Kamera von L&R, die in Gefahr war, wenn sie auf der Straße mit einer Maschinenpistole niedergemäht wurde.

»'n Typ hat mich belästigt. Ich hab ihm die Scheiße aus dem Leib gedroschen.«

»Hm-mh«, meinte Bob skeptisch.

»Hör mal, nach Feierabend muss ich mir noch mal die Kamera ausleihen. Und ein paar Scheinwerfer.«

»Du weißt doch, was das ist, Rune?«, sagte Bob in belehrendem Ton zu ihr, wobei er die schwere Videokamera streichelte wie die Büste einer Blondine.

»Larry hat gesagt, es sei okay. Ich hab schon damit gearbeitet.«

»Mach 'nem alten Mann 'ne kleine Freude, Kleines. Sag's mir. Was ist das?«

»Das ist eine Betacam-Videokamera, Bob. Von Sony. Sie hat ein Ampex-Tonband.«

»Und weißt du, wie viel die kostet?«

»Mehr, als ihr mir im Leben bezahlen werdet, wette ich.«

»Ha. Die ist zigtausend Dollar wert.« Der dramatischen Wirkung wegen legte er eine Kunstpause ein.

»Das hat mir Larry schon gesagt, als er sie mir zum ersten Mal ausgeliehen hat. Ich hab nicht angenommen, dass der Wert inzwischen gesunken ist.«

»Wenn du sie verlierst oder kaputtmachst oder die Röhre dir durchbrennt, dann bezahlst du's.«

»Ich bin ganz vorsichtig, Bob.«

»Weißt du, was man für zigtausende Dollar alles kaufen kann?«, fragte er philosophisch. »Mit zigtausenden Dollars könnte ein Mann sich in Guatemala niederlassen und bis zu seinem Ende leben wie ein König.«

»Ich bin vorsichtig.« Rune machte sich daran, Storyboards für einen TV-Werbespot, um den Larry und Bob sich nächste Woche bewerben wollten, mit Nummern zu versehen.

»Wie ein König bis zu seinem Ende«, rief Bob, bevor er sich ins Studio zurückzog.

Rune baute die Kamera neben einem 400-Watt-Redheat-Scheinwerfer auf dem Deck ihres Hausboots auf. Von einer dicken Rolle silbernem Gaffer-Tape riss sie Streifen ab, mit denen sie einen Pink-Gel-Filter an den schwarzen metallenen Flügelklappen des Scheinwerfers befestigte. Es zauberte einen weichen Glanz auf Shellys Gesicht.

Um die Kinematographie zu beherrschen, Kleines, musst du das Licht beherrschen, hatte Larry ihr verraten.

Zum Ausleuchten stellte sie hinter Shelly noch eine kleine Lampe auf.

Außerdem stellte Rune fest, dass sie über dem Kopf der Schauspielerin ohne jedes Flackern oder Nachbild die Lichter der Stadt mit aufnahm.

Total super, dachte sie, als sie durch den Sucher blickte.

Und: Und es sieht aus, als wüsste ich, was ich mache. Sie war sehr darauf bedacht, ihrer Hauptdarstellerin zu imponieren.

Während Rune die Storyboards in einen Umschlag gestopft hatte, hatte sie sich Fragen für Shelly ausgedacht und sie auf einem Notizblock notiert. Als sie nun jedoch die Scheinwerfer einschaltete und das Band laufen ließ, zögerte sie. Die Fragen erinnerten sie an den Journalismuskurs auf der High School.

Ähm, wann haben Sie in der Branche angefangen?

Ähm, was sind Ihre Lieblingsfilme, von Pornofilmen abgesehen?

Sind Sie auf ein College gegangen, und was waren Ihre Hauptfächer?

Shelly brauchte indessen überhaupt keine Fragen. Rune bekam ihre Eingangseinstellung, die sie sich von Anfang an gewünscht hatte – die extreme Naheinstellung der reaktorblauen Augen –, und zoomte danach zurück. Shelly lächelte und fing zu reden an. Sie hatte eine tiefe, angenehme Stimme und wirkte völlig beherrscht und selbstsicher, so wie diese aufgedrehten Senatoren- und Börsenmaklergattinen, die man in den Talkshows auf PBS sah.

Etwa eine Stunde lang erläuterte Shelly die Pornoindustrie auf ganz sachliche, geschäftsmäßige Weise. Erotische Filme starben gerade einen langsamen Tod. Sie waren nicht mehr schick und trendy, wie es in den siebziger Jahren noch behauptet worden war. Die Aufregung um die verbotenen Genüsse war verflogen. Die religiöse Rechte und die Konservativen waren auf dem Vormarsch. Allerdings, erklärte Shelly, gab es andere Faktoren, die der Branche halfen. Zweifellos war dabei Aids zu berücksichtigen. »Sex anzuschauen ist die sicherste Art von Sex.« Zudem neigten die Menschen jetzt mehr zur Treue; da es weniger Affären gab, experimentierten die Paare mehr zu Hause. Man brauchte nicht mehr in irgendein stinkendes Kino in einem anrüchigen Stadtteil zu gehen. Man konnte sich die sexuelle Akrobatik zusammen mit dem Partner im eigenen Schlafzimmer zu Gemüte führen.

Die technischen Voraussetzungen des Pornoguckens hatten sich ebenfalls verändert. »Video ist der stärkste Faktor für die neue Beliebtheit«, erklärte Shelly. Porno, fand sie, war für das Medium Video geradezu geschaffen. »Vor fünfzehn Jahren, zur Blütezeit der Porno-Großproduktionen, lag das Budget für einen Film manchmal bei einer Million Dollar.« Es gab ausgefeilte Special-Effects und eigens gebaute Kulissen und Kostüme und neunzigseitige Drehbücher, die von den Darstellern auswendig gelernt wurden. Es wurde auf 35-mm-Film in Technicolor gedreht. Die Produzenten des Klassikers *Behind the Green Door* bewarben sich tatsächlich um einen Oscar.

Heutzutage waren Pornos praktisch hausgemacht, und es gab Dutzende kleiner Firmen in der Branche. Sie drehten auf Video, nie auf Film. Ein Produzent war jemand mit fünftausend Mäusen, einem guten Koksdealer und sechs willigen Freunden und Freundinnen. Es gab ein paar wenige Superstars wie John Holmes oder Annette Haven oder Seka oder Georgina Spelvin. Shelly Lowe war so berühmt wie nur irgendjemand. (Mit einem abgebrühten Blick in die Kamera: »Verflucht, schließlich habe ich fünfhundert Filme unter der Gürtellinie. Sozusagen.«) Aber der Starruhm war vor allem auf New York und Kalifornien beschränkt. Im übrigen Amerika war Shelly Lowe nichts weiter als ein beliebiges Gesicht auf den Hüllen von Videos, die in durch Vorhänge abgeteilten Ecken von Familienvideotheken zum Verleih angeboten wurden. Wäre sie in den Siebzigern im Geschäft gewesen, hätte sie Live-Auftritte bei Kinoeröffnungen im ganzen Land gehabt. Heute war das vorbei.

Einen Film zu drehen war leicht: Ein dreiköpfiges Team mietete einen Loft oder nistete sich für zwei Tage in der Wohnung eines Bekannten ein, stellte Camcorder und Scheinwerfer und Tonanlage auf, drehte sechs bis zehn Fickszenen und zwanzig Minuten Übergänge. Das Drehbuch bestand aus einer auf zehn Seiten ausgeführten Idee zu einer Geschichte. Die Dialoge wurden improvisiert. Bei der Postproduction wurden zwei Versionen geschnitten. Hardcore für den Verkauf an Pornokinos, Versand, Peepshows und Videotheken; Soft für den Verkauf an Kabelsender und hoteleigene Videokanäle. Die Kinos waren nicht mehr der größte Umschlagplatz für Pornofilme; entweder, sie schlossen, oder sie bauten Anlagen zur Videoprojektion ein und schlossen dann trotzdem. Aber die Leute liehen Pornovideos aus und nahmen sie mit nach Hause und schauten sie an. Viertausend indizierte Videos wurden in jedem Jahr hergestellt. Sie waren zu Gütern des täglichen Bedarfs geworden.

»Massenproduktion. Es ist das Zeitalter der Pornografie, so wie es eins des VW-Käfer gab.«

»Und was ist mit Ihnen? Persönlich, irgendwie«, fragte Rune. »Sind Sie in die Branche gezwungen worden? Sind Sie entführt worden, irgendwie? Missbraucht, als Sie zehn waren?«

Shelly lachte. »Überhaupt nicht. Ich wollte es machen. Oder vielleicht sollte ich sagen, der Druck war subtil. Ich wünschte mir verzweifelt, zu spielen, aber ich bekam einfach keine seriösen Rollen. Nichts, womit ich die Miete hätte zahlen können. Beim Porno gab es die einzigen Jobs, die ich bekommen konnte. Und dann stellte ich fest, dass ich nicht nur spielte, sondern auch noch eine Menge Geld verdiente. Ich hatte die Kontrolle. Nicht nur die künstlerische, sondern auch die sexuelle. Das kann ein echter Kick sein.«

»Sind Sie nicht ausgebeutet worden?«

Shelly lachte erneut und schüttelte den Kopf. Blickte direkt in die Kamera. »Das ist der Mythos der Pornografie. Nein, wir waren keine armen Farmerstöchter, die man versklavt hatte. Im herkömmlichen Film haben die Männer die Macht, aber beim Pornofilm ist es umgekehrt. Genau wie beim Sex im richtigen Leben: Da haben die *Frauen* das Sagen. Wir haben, was die Männer wollen, und sie sind bereit, dafür zu zahlen. Wir verdienen mehr Geld als Männer, wir bestimmen, was wir machen und was nicht. Wir sind oben. Verzeihen Sie den Scherz.«

Runes Stimme klang erstaunt. »Die Branche gefällt Ihnen also?«

Es entstand eine Pause, und die ernsten Augen blickten unbeschwert in das teure, glänzende Kameraobjektiv. »Im Grunde nicht. Da gibt es ein Problem. Es gibt keinen Sinn für ... Schönheit. Sie werden erotische Filme genannt, aber es gibt nichts Erotisches an ihnen. Erotik beinhaltet gefühlsmäßige Stimulation ebenso wie körperliche. Nahaufnahmen von Leuten, die bumsen, sind nicht erotisch. Ich glaube, ich habe es Ihnen schon einmal gesagt: Die Branche hat einen wirklich kleinen gemeinsamen Nenner.«

»Und wieso sind Sie dann dabeigeblieben?«, fragte Rune.

»Ich trete inzwischen in seriösen Rollen auf. Nicht oft, aber hin und wieder. Und mein höchster Verdienst war viertausend Dollar im Jahr. Mit Pornos habe ich im letzten Jahr hundertzwölf verdient. Das Leben ist teuer. Ich habe den Weg des geringsten Widerstandes gewählt.«

Shelly fiel ein Stück in sich zusammen, und Rune fiel etwas auf. Die abgebrühte, kokette Frau, die am Anfang geredet hatte, die Shelly voller Zahlen und Fakten, die Shelly mit dem Tonfall einer Nachrichtensprecherin, war eine andere Person als die, die jetzt sprach. Jetzt saß eine andere vor ihr: weicher, sensibler, nachdenklicher.

Shelly richtete sich auf und schlug die Beine übereinander. Sie blickte auf ihre Uhr. »Hey, ich bin fertig. Machen wir Schluss für heute.«

»Klar.«

Die heißen Scheinwerfer erloschen und machten beim Abkühlen Klopfgeräusche. Augenblicklich spürte Rune, wie die abendliche Kühle sie umfing.

»Was meinen Sie, wie's gelaufen ist«, fragte Rune. »Ich fand's super.«

»Mit Ihnen kann man sich wirklich gut unterhalten«, sagte Shelly.

»Ich hab nicht mal eine von meinen Fragen gestellt.« Rune setzte sich in den Lotossitz und ließ ihre Knie wie Schmetterlingsflügel wippen. »Da ist so viel Material ... und wir haben kaum angefangen, über Sie zu reden. Sie sind echt gut.«

»Wenn Sie noch Lust haben, können wir zu dieser Party gehen.«

»Na, und ob.«

»Darf ich mal telefonieren?«, fragte Shelly.

»Sorry, wissen Sie noch? Ich bin Miss Incommunicado.«

»Einen Schiff-zu-Land-Sender. Das brauchen Sie. Können wir dann kurz beim Studio Halt machen? Ich muss nachsehen, ob ich morgen Aufnahmen habe.« Sie bemerkte Runes kleine Videokamera. »Nehmen Sie die doch mit. Dann können Sie auf der Party ein paar Aufnahmen machen.«

»Toll.« Rune packte die kleine Kamera ein. »Denken Sie, das macht denen was aus?«

Shelly lächelte auf eine Weise, die auch ein Kopfschütteln bedeutete. »Sie sind doch mit einem Star zusammen, schon vergessen.«

Das Studio der Lame Duck Productions war nur drei Straßen von Runes Firma entfernt.

Beide lagen in Chelsea, einem Stadtteil, der von Block zu Block das Gesicht änderte – während das Gebäude von L&R neben einem überteuerten, aufgemotzten Restaurant stand, quetschte sich das von Lame Duck in eine graue, schmierige Reihe zwischen koreanischen Importeuren, Lagerhäusern und Coffeeshops. Rune roch Knoblauch und ranziges Öl, als sie durch die Straße gingen. Im Asphalt glänzten blanke Kopfsteine. Verbeulte Autos und Lieferwagen warteten auf einen neuen Tag voller Misshandlungen auf den Straßen von New York City.

Sie betraten die Lobby des Gebäudes, die von den Rückständen tausend liebloser Reinigungen gezeichnet war. »Ich bin gleich wieder unten«, sagte Shelly. »Ich muss nur einen Blick auf den Drehplan werfen. Ist es zu dunkel, um ein paar Außenaufnahmen zu drehen?« Sie nickte in Richtung der Videokamera.

Rune sagte, sie wolle es versuchen.

»Oh, Miss Lowe«, sagte der Hauswächter. »Ich habe eine Nachricht für Sie. Es sei dringend.«

Shelly nahm den rosa Nachrichtenzettel entgegen und las ihn. »Bin gleich wieder da«, sagte sie zu Rune.

Rune wanderte draußen auf dem Bürgersteig entlang. Sie hielt die Kamera ans Auge, im Sucher leuchtete jedoch das Warnzeichen für Unterbelichtung auf. Sie steckte die Kamera wieder in die Tasche. Der Knoblauch machte sie hungrig, und sie fragte sich, was es wohl auf Pornofilmpartys zu essen gäbe.

Essen, wie überall, Mädchen. Was denkst du denn? Shelly ist wie alle anderen. Sie –

»Hey, Rune!« Shellys Stimme hallte durch die Straße.

Rune schaute hoch, konnte in dem dämmrigen Licht jedoch nicht ausmachen, aus welchem Fenster sie gerufen worden war. Dann sah sie die Schauspielerin in einem Fenster im zweiten Stock. »Was ist?«, rief sie zurück.

»Ich drehe morgen um elf. Möchten Sie zusehen?«

»Denke schon«, sagte Rune rasch, worauf ihr genauso rasch bewusst wurde, dass sie den Dreh eigentlich überhaupt nicht sehen wollte. »Meinen Sie, das geht in Ordnung?«

»Ich sorge dafür. Lassen Sie mich rasch anrufen. Ich bin gleich unten.« Sie verschwand im Innern.

Das konnte heiß werden. Wie würde das Set aussehen? Ob das Team sich langweilte? Ob sich so ein Set in eine einzige große Orgie verwandelte? Vielleicht würden einige der Schauspieler sie ja anmachen – wenn allerdings alle Schauspielerinnen so groß und blond waren wie Shelly, dann würde das kein Problem werden. Ob die Männer und Frauen wohl einfach so nackt herumliefen?

Der Feuerball wirkte wie eine gezackte Sonne, so hell, dass Rune instinktiv die Arme vor die Augen riss, womit sie knapp ihr Gesicht vor den Beton- und Glasstücken schützte, die nach einem Knall, so laut, dass die Druckwelle sie wie Fäuste am ganzen Körper traf, in die Straße geschleudert wurden.

Rune schrie – vor Entsetzen über das Donnergetöse und vor Schmerz, als sie gegen einen verbeulten Chevy-Kombi flog, der am Straßenrand parkte.

Rauch stieg auf, Flammen …

Rune blieb auf der Straße liegen, den Kopf gegen den Rinnstein aus Beton gedrückt, das Gesicht in einer Pfütze öligen Wassers. Das Klingeln in ihren Ohren war so laut, dass sie dachte, ein Dampfrohr sei geborsten.

Gott, was war da passiert? Ein Flugzeugabsturz?

Langsam setzte Rune sich auf. Sie wischte sich über die Ohren. Sie fühlten sich an wie Watte, wie mit weißer Asche verstopft. Sie schnipste mit den Fingern; sie hörte keinen Ton, nicht einmal den riesigen Seagrave-Löschzug, der drei Meter von ihr anhielt und dessen Sirenen vermutlich laut heulten.

Sie rappelte sich auf, indem sie sich an dem Kombi abstützte. Sie war benommen. Sie wartete darauf, dass das Gefühl nachließ, aber es ließ nicht nach, und sie fragte sich, ob sie möglicherweise eine Gehirnerschütterung hatte.

Außerdem fragte sie sich, ob etwas mit ihrem Sehvermögen nicht stimmte – sie stellte nämlich fest, dass sie zwei Dinge zugleich vollkommen scharf sehen konnte: eines in der Nähe, das andere weit entfernt.

Das Ding in der Nähe war ein Streifchen aus dünnem Papier, am Rand vergoldet und mit feiner Schrift bedruckt. Es schwebte anmutig an ihrer Wange herab und flatterte in der wirren Brise davon.

Das andere Ding, das Rune allzu deutlich sehen konnte, selbst durch die Säule aus schwarzem Qualm, war das Loch im zweiten Stock des Gebäudes vor ihr – die Höhle, die zuvor das Büro gewesen war, in dem Shelly Lowe gestanden hatte, um Rune etwas zuzurufen, was offensichtlich die letzten Worte waren, die sie je äußern sollte.

5

Ihre Gesichter waren steinern.

Rune saß im Fond eines Streifenwagens der New Yorker Polizei. Die Tür war offen, ein Fuß stand draußen auf der Erde, und sie wischte sich die Tränen ab. Sie merkte, dass anderthalb Meter entfernt zwei Männer standen, die sie beobachteten, aber sie erwiderte die Blicke nicht.

Das Feuer war gelöscht. Ein fauliger, chemischer Gestank erfüllte die Luft, und über der Straße hing ein Film aus Rauch, wie ein öliger Nebel.

Runes Gesicht und Ellbogen waren von den Sanitätern gesäubert und verbunden worden. Sie hatten Heftpflaster benutzt. Sie hatte gedacht, sie würden mit etwas Raffinierterem arbeiten, aber sie hatten einfach nur die Haut abgeschrubbt, ihre fleischfarbenen Streifen darauf gepappt und waren nach oben gegangen. Langsam. Niemand da oben bedurfte ihrer Fähigkeiten.

Sie drückte sich ein letztes Mal den zerfledderten Bausch Kleenex in die Augen und schaute zu den Männern hinauf, die dunkle Anzüge trugen. »Sie ist tot, stimmt's?«

»Sie schreien«, sagte einer der Kriminalbeamten.

Sie konnte die eigene Stimme nicht hören – ihre Ohren waren immer noch taub. Sie wiederholte die Frage und bemühte sich, leiser zu sprechen.

Sie wunderten sich über die Frage. Einer zeigte einen Ausdruck, der ein vages Lächeln hätte sein können. Er sagte etwas, was sie nicht hören konnte. Rune bat ihn, es zu wiederholen. »Sie könnte nicht toter sein«, sagte er.

Es war verwirrend, mit ihnen zu reden. Manche Satzteile erfasste sie, andere entgingen ihr. Sie musste ihnen in die Augen sehen, um einen Sinn in ihren Fragen zu erkennen.

»Was ist passiert?«, fragte sie.

Sie erhielt keine Antwort. »Wie heißen Sie?«, fragte einer mit rauer Stimme.

Sie sagte es ihnen.

»Nicht Ihr Künstlername, Süße, nicht der, den Sie benutzen, wenn Sie droben auf der Leinwand zu sehen sind, ihr richtiger Name.« Er schaute sie kalt an.

»Mein richtiger Name ist Rune. Moment mal ... Sie denken, ich habe zusammen mit Shelly gearbeitet?«

»Gearbeitet? Das nennen Sie Arbeit? Was sagt eigentlich Ihre Mutter zu Ihrem Beruf?«

Zorn stieg ihr ins Gesicht. »Ich bin keine Pornoschauspielerin.«

Der andere lächelte. »Na ja, ich schätze mal, das ist nicht so schwer zu sehen.« Er taxierte sie von oben bis unten. »Was machen Sie in der Firma? Holen Sie Kaffee? Machen Sie Make-up? Blasen Sie den Schauspielern einen, damit sie vor dem Dreh einen hochkriegen?«

Sie fuhr hoch. »Hören Sie mal ...«

»Setzen Sie sich.« Er winkte sie in den Wagen zurück. »Ich hab was Besseres mit meiner Zeit zu tun, als mich mit Leuten wie Ihnen zu unterhalten.« Sein Partner wirkte nicht ganz so gereizt, unterbrach den Mann in seiner Tirade jedoch nicht. »Wenn Sie Ihr Leben mit diesem Scheiß verplempern und die

Leute dazu bringen wollen, sich Krankheiten und alles Mögliche einzufangen, gut. Das ist ein freies Land. Aber erwarten Sie nicht von mir, dass ich Sie mag und Ihnen erzähle, wie Leid es mir tut, dass Ihre Freundin in die Luft geflogen ist, verflucht. Ich will jetzt nur meine Fragen stellen, und dann nichts wie weg hier. Also, sagen Sie mir, was Sie gesehen haben.« Er zückte ein Notizbuch.

Wieder weinend, verschmiert und schniefend, erzählte sie, was passiert war, von der Party, auf die sie hatten gehen wollen, von Shelly, die eine telefonische Nachricht erhalten hatte, und dass Rune unten auf sie gewartet hatte.

»Ich hab sie im Fenster gesehen«, sagte Rune, »und dann ist das Zimmer explodiert.« Sie schloss die Augen. In Zeitlupe lief erneut die Explosion vor ihr ab; sie schlug die Augen wieder auf. In ihren Gedanken lief die Szene lebhaft weiter. »Es war ... es war so *laut*.«

Der, der die Notizen machte, der Widerling, nickte und steckte seinen Block in die Jackentasche. »Sonst haben Sie niemanden gesehen?«

»Nein.«

Mit scheinbar nachdenklich gerunzelter Stirn wandte er sich an den anderen. »Vielleicht sollten wir sie mit nach oben nehmen und ihr die Leiche zeigen. Sie könnte sie identifizieren.«

»Klar, bei dem Bums hat der Leichenbeschauer ’nen Heidenspaß. Sie können uns eine große Hilfe sein. Kommen Sie, Miss Porno, Sie haben doch einen starken Magen, oder?« Er nahm sie am Arm und zog sie von dem Streifenwagen weg.

Der andere grinste. »Die halbe Haut ist weg, und der Rest ist ganz schön verbrannt.« Er stieß sie in Richtung Eingang.

»Holla, Gentlemen«, ertönte eine Stimme hinter ihnen. »Was geht ab?«

Auf dem Gehsteig stand der Cowboy und fuhr mit den Fingerknöcheln über den Rand seiner Baseballmütze. Er blickte zu Rune, dann wieder zu den Cops.

Ein Polizist nickte in ihre Richtung. »Augenzeugin. Wir wollten gerade …«

Rune riss sich los und ging auf den Cowboy zu. »Die wollten mich zwingen, hinaufzugehen und Shellys Leiche anzuschauen.«

Der Cowboy runzelte die Augenbrauen. »Ach ja?«

Einer der Cops zuckte grinsend die Achseln.

»Sie haben sie vor zehn Minuten rausgeholt«, sagte der Cowboy, »und sie ins Leichenschauhaus gebracht. Das habt ihr gesehen, Jungs.«

Die Polizisten grinsten. »Haben nur ’n bisschen Spaß gemacht, Sam.«

Er nickte, nicht sauer, aber er lächelte auch nicht zurück. »Seid ihr mit ihr fertig?«

»Schätze schon.«

»Was dagegen, wenn ich kurz mir ihr rede?«

»Sie gehört dir.« Der Polizist wandte sich an sie. »Wir möchten, dass Sie ein Protokoll unterschreiben. Wo können wir Sie erreichen?«

Rune gab ihnen die Nummer von L&R Productions.

»Ich hoffe, das ist Ihnen eine Lehre, Miss«, sagte einer der Beamten, als sie in ihr Zivilfahrzeug stiegen. »Bringen Sie Ihr Leben in Ordnung.«

»Ich bin keine …«, setzte Rune an, aber sie knallten die Türen zu und fuhren ab.

Der Cowboy musterte ihr Gesicht. »Gar nicht so übel.«

»Was meinen Sie damit?«

»Die Schnitte, meine ich. Sie haben Glück gehabt. Wenn es auf Bodenhöhe gewesen wäre, wären Sie möglicherweise nicht davongekommen.«

Rune starrte zu dem schwelenden Loch, wo die Feuerwehrleute tragbare Scheinwerfer in Drahtkäfigen installiert hatten, die von versengten Kabeln und Rohren hingen.

»Wie war ihr Name?«, fragte er.

»Shelly Lowe. Das war ihr Künstlername. Sie war Pornodarstellerin.«

»Das hier war ein Studio?«

»Lame Duck Productions.«

Er nickte und schaute hinauf zu dem Loch an der Gebäudeseite. »Ein zweiter Pornoanschlag.«

»Die« – sie nickte in Richtung der Polizisten, die gerade abgefahren waren – »haben gedacht, ich arbeite für sie.«

»Die haben Ihnen die Schockbehandlung verpasst. Das Gleiche machen sie mit Kids, bei denen sie Drogen finden, und bei Nutten und betrunkenen Fahrern. Man demütigt sie, und dadurch sollen sie von ihren krummen Pfaden abkommen und wieder zur Schule gehen oder zu trinken aufhören oder in die Kirche eintreten. Ich hab das auch gemacht, als ich noch Plattfuß war.«

»Ein was?«

»Streifenbulle.«

Sie ging ein, zwei Schritte auf das Gebäude zu und starrte in die Öffnung. »Ich hab nicht mit ihr zusammengearbeitet. Ich drehe einen Dokumentarfilm über sie. Ich mach solche Filme nicht.«

»Ich habe Sie doch schon mal gesehen.«

»Ich war bei dem anderen Anschlag, bei dem auf das Kino, und da hab ich Sie gesehen. Und dann gestern Abend wieder.«

»Ich habe jemanden mit einer Kamera gesehen. Ich habe Sie nicht erkannt.«

»Ich hab Sie was gefragt, und Sie haben nicht geantwortet.«

»Ich habe Sie nicht gehört«, antwortete er. Er griff sich ans Ohr. »Mein Gehör ist nicht so toll. Ich mache die Bombenarbeit jetzt schon ein paar Jahre.«

»Ich bin Rune.« Sie streckte die Hand aus.

Seine Finger waren schmal, hatten aber dicke Schwielen. »Sam Healy.«

Healy machte ihr Zeichen, zurückzutreten, als mehrere blau-weiße Streifenwagen davonfuhren. Rune merkte, dass die meisten Polizisten verschwunden waren. Nur noch ein halbes Dutzend Löschzüge waren zurückgeblieben. Und der blau-weiße Kombi des Bombenkommandos.

Er stand mit den Händen in den Hüften da und betrachtete die zertrümmerte Wand. Er ging auf und ab.

»Wieso sind alle weg?«

Healy blickte starr zur Wand. »Haben Sie einen Blitz gesehen?«, fragte er.

»Einen Blitz? Ja klar.«

»Welche Farbe hatte er?«

»Ich weiß nicht mehr. Rot oder orange, nehm ich an.«

»Haben Sie irgendeine chemische Reizung gespürt, wie Tränengas oder so etwas?«

»Es hat ziemlich gestunken, aber ich glaube nicht.«

»Und niemand hat etwas durch das Fenster geworfen?«

»So was wie 'ne Handgranate?«

»Irgendwas«, sagte er.

»Nein. Shelly hat etwas aus dem Fenster gerufen und mich was gefragt. Dann ist sie reingegangen, um zu telefonieren. Eine Minute später war die Explosion. Weniger vielleicht.«

»Telefonieren?«

»Sie hatte eine Nachricht bekommen, dass sie jemanden anrufen sollte. Vielleicht weiß der Wächter, wen. Aber ich bin mir sicher, dass die Polizisten schon mit ihm gesprochen haben.«

Healy runzelte die Stirn. »Der Wächter wurde nach Hause geschickt. Er hat gar nichts gewusst und hat nichts von einer Nachricht gesagt. Oder die Kripo hat *behauptet*, er hätte nichts gesagt. Hey, warten Sie mal 'nen Moment, okay?«

Auf seinen langen Beinen ging er zurück zu dem Kombi. Er sprach einige Augenblicke ins Funkgerät. Sie sah, wie er den Hörer wieder auf die Gabel legte. Ein junger Polizist kam zu ihm und übergab ihm einen Plastikbeutel.

»Der zweite Engel?«, fragte Rune, als er wieder zu ihr zurückkam.

Er stieß ein erstauntes Lachen aus.

»Ich hab Ihnen letztens über die Schulter geguckt.«

Er nickte. Nach kurzem inneren Kampf zeigte er ihr den Plastikbeutel.

Und der zweite Engel posaunte; da wurde etwas wie ein großer, in Feuer brennender Berg ins Meer geworfen, und der dritte Teil des Meeres wurde Blut …

Auch das kam vom Schwert Jesu. Er steckte es in seinen Diplomatenkoffer.

»Was ich vorhin gefragt hatte«, sagte Rune, »wo sind die alle? Sie sind praktisch der einzige Bulle, der noch da ist.«

»Ach, es hat sich rumgesprochen.« Healy blickte wieder zu dem Krater.

»Rumgesprochen?«

Er nickte in Richtung des rauchenden Gebäudes. »Wenn, sagen wir, ein Cop da drinnen umgebracht worden wäre. Oder ein Kind oder eine Nonne oder eine Schwangere, also, dann wären hier inzwischen an die hundert Polizisten und das FBI.« Er schaute sie an, mit der Art Blick, mit dem Eltern ihre Kinder bei Vorträgen über Blumen und Bienen mustern, um zu sehen, ob sie den Zusammenhang begriffen haben.

Dies schien nicht der Fall zu sein. »Es ist die Parole ausgegeben worden«, sagte Healy, »dass wir nicht zu viel Zeit mit Leuten wie denen hier vergeuden sollen. Leuten aus der Pornoindustrie. Verstanden?«

»Das ist doch lächerlich.« Runes Augen blitzten. »Und was ist mit den Leuten in dem Kino? Kümmert ihr euch um die auch nicht?«

»Wir kümmern uns schon. Wir kümmern uns nur nicht zu sehr. Und wollen Sie die Wahrheit über die Besucher des Velvet Venus wissen? Ein paar von ihnen waren unbescholtene Zuschauer. Aber zwei wurden wegen Drogenvergehen gesucht, einer war ein verurteilter Verbrecher, der gegen die Bewährungsauflagen verstoßen hatte, und einer hatte ein fünfundzwanzig Zentimeter langes Metzgermesser bei sich.«

»Und wenn draußen eine Nonne vorbeigegangen wäre, wäre sie genauso tot wie Shelly Lowe.«

»Stimmt. Deshalb sage ich ja auch, das wir die Untersuchung nicht *einstellen* werden. Wir werden nur keine Kräfte verschwenden.«

Rune drehte das silberne Armband an ihrem Handgelenk. »Sie reden, als wäre Shelly kein richtiger Mensch gewesen. Das war sie aber, und jemand hat sie umgebracht.«

»Ich habe nicht gesagt, dass das meine Meinung ist.«

»Würden Sie sich mehr anstrengen, wenn Sie wüssten, dass sie aus der Branche aussteigen wollte?«

»Rune …«

»Jemand bringt Sie um, und es ist ein Verbrechen. Jemand bringt Shelly Lowe um, und es ist Stadtsanierung. Das ist doch ätzend.«

Ein Feuerwehrinspektor, der in seiner schwarz-gelben Montur ganz irreal wirkte, kam auf sie zu. »Wir werden Stützpfosten einziehen müssen, bevor da irgendjemand raufgehen kann, Sam.«

»Ich muss meine Untersuchungen durchführen.«

»Damit wirst du bis morgen warten müssen.«

»Ich wollte heute Abend noch fertig werden.«

Rune ging. »Klar, er will sich so etwa fünf Minuten Zeit nehmen und nach Spuren suchen.«

»Rune.«

»... und dann wieder Nonnen beschützen.«

»Warten Sie«, rief Healy ihr nach. Es klang wie ein Befehl.

Sie ging weiter.

»Bitte.«

Sie ging langsamer.

»Ich möchte Ihnen ein paar Fragen stellen.«

Sie blieb stehen und drehte sich zu ihm um und wusste, dass er im unsteten Flackern der Löschzuglichter ihre dicken Tränen sehen konnte. Sie hob eine Hand. »Okay«, sagte sie verärgert. »Aber nicht heute Abend. Nicht jetzt. Es gibt noch etwas, was ich erledigen muss, und wenn ich jetzt nicht gehe, dann geh ich nie. Die Polizisten haben meine Nummer.«

Sie glaubte, Healy könnte ihr etwas zugerufen haben. Sie war sich nicht sicher; ihr Gehör war im Augenblick bedeutend schlechter als seines. Aber vor allem konzentrierte sie sich darauf, wohin sie jetzt ging und hatte nicht die blasseste Ahnung, wie sie bewältigen sollte, was sie jetzt tun musste.

Nicole D'Orleans hatte die Neuigkeiten jedoch bereits gehört.

Rune stand auf der Schwelle der Wohnung in einem Hochhaus aus den fünfziger Jahren und sah, wie die von der Last des Kummers entkräftete Frau in der Tür lehnte. Ihr Gesicht war aufgequollen. Zusammen mit den Tränen hatte sie einen Teil ihres Make-ups heruntergerubbelt, aber nicht alles. Ihr Gesicht wirkte dadurch schief.

Nicole richtete sich auf. »Also, entschuldigen Sie. Kommen Sie rein.«

Die Zimmer waren kühl und dunkel. Rune roch Leder und Parfum und einen Hauch von Wodka. Sie warf einen Blick auf die Kleckse der modernen Gemälde an der Wand, auf die Theaterposter. Ihr fielen verschiedene gerahmte Autogramme auf. Eines sah aus, als stünde da George Bernard Shaw. Die meisten erkannte sie nicht.

Sie betraten ein großes Zimmer. Jede Menge schwarzes Leder, aber nicht auf so perverse Art, wie man es in der Wohnung eines Pornostars erwartet hätte. Eher wie in der eines millionenschweren Schönheitschirurgen. Da stand ein riesiger Kaffeetisch, der aussah, als sei er zehn Zentimeter dick. Der Teppich war weiß und kringelte sich um die Spitzen von Runes Boots. Sie sah voll gestopfte Bücherregale und erinnerte sich, wie sie zusammen mit Shelly in einigen von Runes Büchern gestöbert hatte, und ihr war nach Weinen zumute. Sie unterdrückte den Drang jedoch, denn Nicole schien sich bereits am Rand der Hysterie zu befinden.

Die Frau hatte ihre Trauerutensilien beisammen. Eine Schachtel Kleenex, eine Flasche Wodka, ein Glas. Ein Döschen voller Koks. Sie kuschelte sich auf der Couch zusammen.

»Ich hab Ihren Namen vergessen. Ruby?«

»Rune.«

»Ich kann's einfach nicht fassen. Diese Schweine. Angeblich sind die religiös, aber so sollten gute Christen nicht sein. Scheißkerle.«

»Wer hat es Ihnen gesagt?«, fragte Rune.

»Die Polizei hat einen der Produzenten angerufen. Und der hat alle von der Firma angerufen … Oh Gott.«

Nicole schneuzte sich sittsam die Nase. »Hätten Sie gerne was zu trinken? Irgendwas?«

»Nein«, sagte Rune. »Ich bin nur vorbeigekommen, um es Ihnen zu sagen. Eigentlich wollte ich anrufen. Aber das kam mir nicht richtig vor – Sie beide schienen sich nahe zu stehen.«

Wieder flossen Nicoles Tränen, aber es waren solche, die einem nicht den Atem nehmen, und ihre Stimme blieb fest. »Waren Sie bei ihr, als es passiert ist?« Sie hatte nicht gehört, dass Rune den Drink abgelehnt hatte, oder sie ignorierte es absichtlich und goss Wodka über kleine, halb geschmolzene Eiswürfel.

»Ich war auf der Straße und hab auf sie gewartet. Wir wollten auf eine Party gehen.«

»Die AAAF-Party, klar.«

Die Erinnerung daran löste einen erneuten Tränenstrom aus. Nicole reichte Rune den Drink. Rune wäre gerne gegangen, aber die Schauspielerin schaute sie mit solch nassen, flehenden Augen an, dass sie sich in die zischenden Lederkissen sinken ließ und das angebotene Glas entgegennahm.

»Ach, Rune ... Sie war eine meiner besten Freundinnen. Ich kann's nicht fassen. Heute Morgen war sie noch hier. Wir haben gelacht, über die Party geredet – eigentlich hatten wir beide keine rechte Lust. Und sie hat das Frühstück gemacht.«

Was soll ich dazu sagen?, dachte Rune. Das alles wieder gut wird? Natürlich wird es nicht mehr gut. Dass die Zeit alle Wunden heilt? Vergiss es. Unmöglich. Manche Wunden bleiben ewig. Sie dachte an ihren Vater, wie er vor Jahren in einem Beerdigungsinstitut in Shaker Heights gelegen hatte. Der Tod verändert die gesamte Landschaft des Lebens, für immer.

Rune nippte an dem klaren, bitteren Getränk.

»Wissen Sie, was unfair ist?«, sagte Nicole nach einer Weile. »Shelly war nicht wie ich. Okay, ich mache meine Sache ziemlich gut. Weil ich dicke Möpse hab, schauen mich die Männer gerne an, und ich glaube, ich bin richtig gut im Liebemachen. Und ich mach es gern. Ich verdiene viel Geld. Ich hab sogar Fans, die mir Briefe schicken. Hunderte. Aber Shelly, die mochte die Branche nicht. Bei ihr hatte man immer den Eindruck, als würde sie irgendwie eine, sie wissen schon, eine Last mit sich herumschleppen. Sie hätte etwas anderes gemacht, wenn sie die Chance dazu bekommen hätte. Diese religiösen Irren ... Es ist nicht fair, dass sie gerade sie ausgesucht haben.«

Nicole starrte auf die Bücherregale. »Wissen Sie, wir haben mal in einem Film über eine Nutte, die auch Bluessängerin war, gespielt. Sie hatte ein grässliches Leben, sie war so traurig … Shelly hat gesagt, das sei sie, so sei ihr Leben auch. Traurig. Wir haben ihn uns zweimal angesehen, und Junge, haben wir geheult.«

Und genau das tat sie jetzt auch.

Rune stellte den Wodka ab und legte Nicole den Arm um die Schultern. *Wir* geben ja auch ein Paar ab, dachte sie. Aber es gab nichts Besseres als Tragik, um schwesterliche Solidarität an den Tag zu bringen.

Sie redeten noch eine Stunde weiter, bis Rune Kopfschmerzen bekam und die Schnitte in ihrem Gesicht zu pochen begannen. Sie sagte, sie müsse gehen. Nicole war betrunken und sentimental und brach alle paar Minuten in Tränen aus, aber in Kürze würde sie schlafen. Sie umarmte Rune fest und ließ sich ihre Nummer bei L&R geben.

Rune wartete auf den Aufzug, der sie nach unten in die glänzende Marmorvorhalle des Gebäudes bringen sollte.

Sie dachte daran, wie traurig es war, dass sie nun, da es Shelly nicht mehr gab, ihren Film nicht mehr würde drehen können, der allen von ihr erzählen sollte – darüber, dass sie wirklich ein ernst zu nehmender Mensch gewesen war, trotz ihres Berufs, und wie sehr sie sich gewünscht hatte, sich davon zu lösen.

Aber dann dachte sie: Warum eigentlich nicht?

Wieso *konnte* sie den Film nicht drehen?

Klar konnte sie.

Und als sie sich an etwas erinnerte, das Nicole gesagt hatte, über den Blues, fiel ihr plötzlich ein Titel für ihren Film ein. Sie dachte eine Minute lang darüber nach und kam zu dem Schluss, ja, das war es. *Nachruf auf einen Pornostar.*

Der Aufzug hielt an. Rune betrat die Kabine und legte ihr Gesicht an die kühle Messingplatte mit den Knöpfen und machte sich auf die Reise ins Erdgeschoss.

6

Mach einfach den Eindruck, du wüsstest, was du tust, dann hält er dich nicht auf; er lässt dich einfach rein.

Das Leben ist eine reine Frage der Einstellung, wusste Rune. Sie trug einen blauen Anorak. Auf dem Rücken stand in weißen Buchstaben NY. Sie hatte sie am gleichen Morgen mit Acrylfarbe und einer Schablone aufgemalt. Sie behielt die Kamera auf der Schulter, als sie an dem uniformierten Polizisten vorbeiging, der in der Lobby von Lame Duck Productions stand. Sie nickte ihm knapp zu, cool, ein Beamtennicken, fest davon überzeugt, dass er sie vorbeilassen würde.

Er hielt sie an.

»Wer sind Sie?«, fragte er, ein Typ, der aussah wie – wie hieß er gleich noch? – Eddie Haskell in *Leave It to Beaver*.

»Filmabteilung.«

Er musterte ihre schwarze Stretchhose und die knöchelhohen Tennisschuhe.

»Nie gehört. Zu welchem Revier gehören Sie?«

»State Police«, sagte sie. »Also, wenn Sie nichts dagegen haben, ich hab heute noch fünf andere TOs vor mir.«

»Was soll denn ein TO sein?« Eddie rührte sich nicht.

»Tatort.«

»TO.« Er nickte. »Marke?«, fragte er.

Rune griff in ihre Handtasche und ließ ein Ausweisetui aufschnappen. Auf der einen Seite befand sich eine leuchtend goldene Marke und auf der anderen ein Ausweis mit einem Foto von ihr mit mürrischer Miene. Als ihr Name war Sargant Randolf angegeben. (Der Mann, der ihr den Ausweis vor einer Stunde in einer Spielhölle am Times Square verkauft hatte, hatte gemeint, ›Sargant heißen Sie? Zu meiner Zeit haben sie den Kindern auch schräge Namen verpasst. Wie Sunshine und Moonbeam.‹)

Eddie warf einen Blick auf den Ausweis und zuckte die Achseln. »Sie müssen die Treppe nehmen. Der Aufzug ist kaputt.«

Rune stieg in den zweiten Stock. Wieder überwältigte sie der Brandgeruch und drehte ihr den Magen um. Sie trat durch die Tür in einen Raum, der einmal ein Büro gewesen war. Sie hob die schwere Kamera und fing an zu drehen. Es sah ganz anders aus, als sie erwartet hatte, nicht wie im Kino, wo man ein paar Brandschäden, umgestürzte Stühle, Glasscherben sah.

Das hier war Zerstörung pur.

Was immer sich an Möbeln in diesem Raum befunden hatte, war zu Splittern aus Holz und Metall und Plastik zerfetzt. Nichts war mehr zu erkennen, außer einem verbeulten Aktenschrank, der aussah, als sei er von einer riesigen Faust getroffen worden.

Die schalldämpfende Deckenverkleidung war verschwunden, Drähte hingen herunter, und der Fußboden war ein erstarrter schwarzer Ozean aus Papier, Müll und Schutt. Auf den Wänden hatten sich eingetrocknete Blasen aus schwarz verbrannter Farbe gebildet. Von den Haufen aus feuchtem schwarzen Stoff und Papier stieg noch immer Hitze auf.

Sie machte einen langsamen Schwenk.

Und hier sieht man, wo Shelly Lowes Leben endete. Und wie es endete. In Flammen und …«

»Was denken Sie sich eigentlich?«, fragte eine Stimme hinter ihr.

Sie ließ die Kamera sinken und schaltete ab.

Sie drehte sich um und sah Sam Healy in einer anderen Tür stehen und aus einer blauen Tasse Kaffee trinken. Es gefiel ihr. Dass er gefragt hatte, was er gefragt hatte, anstelle von ›Was zum Teufel haben Sie hier zu suchen?‹ Was wahrscheinlich das war, was er eigentlich hätte fragen müssen.

»Ich finde, hier sieht's aus wie im Hades«, sagte Rune. »Sie wissen schon, in der Unterwelt.«

»Der Hölle.«

»Genau.«

Healy nickte in Richtung Eingang. »Wieso hat er Sie reingelassen?«

»Ich hab mit ihm diskutiert.«

Healy trat auf Rune zu und drehte sie langsam um, um sich die Buchstaben auf ihrem Rücken zu betrachten. »Hübsch. Was stellen Sie dar, einen Busfahrer?«

»Ich hab nur ein paar Aufnahmen gemacht.«

»Aha. Ihr Dokumentarfilm.«

Sie warf einen Blick auf den kleinen Koffer, der neben ihm auf dem Fußboden stand. »Was machen Sie hier? Ich dachte, die Parole wäre, dass man Abstand halten soll. Sie erinnern sich doch, oder?«

»Ich bin nur der Handlanger. Ich suche die Indizien zusammen. Was der Staatsanwalt damit macht, ist seine Sache.«

Sie musterte die Reihe von Plastiktüten, die neben seinem Diplomatenkoffer lagen. »Was für eine Art von Indizien suchen ...«

Eine weitere Stimme hallte durch den Raum. »Das ist sie.«

Eddie, der Cop.

Es lag eine Betonung auf dem *sie*, wie Rune sie schon öfter gehört hatte; meist von Lehrern, ihren Eltern und Chefs.

Rune und Healy schauten auf. Eddie war in Begleitung eines anderen, vierschrötigen Mannes. Er kam ihr bekannt vor. Klar, das war's – bei dem ersten Anschlag, bei dem Kino: Der Braune Anzug.

»Sam.« Er nickte Healy zu. »Ich bin Detective Begley«, sagte er zu Rune. »Ich habe gehört, Sie gehören zur State Police von New York. Dürften wir Ihren Ausweis bitte noch einmal sehen?«

Rune erstarrte. »Das hab ich nie behauptet. Ich habe gesagt, ich wollte ein paar Aufnahmen *von* der State Police drehen. Für die Nachrichten.«

Eddie schüttelte den Kopf. »Sie hat mir eine Marke gezeigt.«

»Miss, wissen Sie, dass es strafbar ist, eine Marke zu besitzen?«

»Bei *manchen* Leuten ist es strafbar, wenn sie eine Marke besitzen.«

»Artie, sie gehört zu mir«, sagte Healy. »Ist schon okay.«

»Sam, sie kann doch nicht einfach mit Marken in der Luft rumwedeln.« Begley wandte sich an sie. »Entweder, Sie öffnen Ihre Tasche, oder wir müssen Sie mit aufs Revier nehmen.«

»Die Sache ist die ...«

Eddie nahm die Leopardenfelltasche und reichte sie Begley. Dieser wühlte in dem klimpernden Durcheinander. Er suchte ein, zwei Minuten herum, dann schüttete er mit einer Grimasse den Inhalt der Tasche auf den Fußboden. Da war keine Marke.

Rune zog alle ihre Taschen heraus. Leer.

Begley schaute Eddie an. »Ich hab sie gesehen«, sagte dieser. »Das weiß ich genau.«

»Ich behalte sie im Auge, Artie«, sagte Healy.

Begley knurrte, reichte ihre Tasche an Eddie zurück und befahl ihm, sie wieder einzuräumen.

»Sie hatte eine Marke«, protestierte Eddie.

»Die Leiche wurde anhand des Gebisses einwandfrei identifiziert. Es handelt sich um diese besagte Lowe. Sonst ist niemand verletzt. Und du hast letzte Nacht nach ihrem Anruf gefragt?«

Healy nickte.

»Der Nachtwächter kann sich nicht mehr erinnern, von wem die Nachricht kam. Und die Telefongesellschaft prüft immer noch die Aufzeichnungen, um rauszufinden, wer wen angerufen hat. Sobald wir mehr erfahren, lassen wir's dich wissen.«

»Danke.«

Begley ging. Eddie hatte Runes Tasche wieder eingeräumt. Mit einem eiskalten Blick auf Rune ging auch er.

Rune drehte sich um und sah, wie Healy ihren Ausweis las. »Sie haben Sergeant falsch buchstabiert.«

Sie griff danach, und er hob ihn in die Höhe außerhalb ihrer Reichweite.

»Begley hat Recht. Wenn Sie damit erwischt werden, ist das ein Vergehen. Und wenn Sie einen Cop damit übers Ohr hauen, dann kriegen Sie die Höchststrafe.«

»Sie haben mein Portemonnaie geklaut.«

Er steckte das Kunstlederetui in die Tasche. »Wir beim Bombenkommando haben eine ruhige Hand.« Er trank seinen Kaffee aus.

Rune nickte hinter Begley her. »Sie haben die gebeten, die Anrufe und alles zu überprüfen? Hört sich für mich aber nach viel mehr an als nach 'nem Handlanger.«

Ein leichtes Achselzucken. »Wenn Sie die Kamera ausgeschaltet lassen, zeig ich Ihnen, was ich gefunden habe.«

»Okay.«

Sie traten zu einem Loch in dem Zementfußboden. Rune verlangsamte ihre Schritte, als sie näher kam. Weiße und graue Streifen gingen von ihm aus. Über ihnen, dort, wo die Explosion die schalldämpfende Deckenverkleidung zerstört hatte, war eine schwarze zerklüftete Kuppel zu sehen. Vor Rune befand sich das klaffende Loch, wo früher die Wand gewesen war.

Healy deutete auf den Krater. »Ich habe ihn ausgemessen. An der Größe können wir erkennen, wie viel Sprengstoff es war.« Er hielt ein kleines Glasröhrchen mit Baumwolle darin in die Höhe. »Das hier hat die chemischen Rückstände in der Luft um das Gebäude aufgenommen. Ich schicke es rüber zum Kriminallabor in der Akademie in der Nähe der Second Avenue. Die werden mir dann genau sagen, um welchen Sprengstoff es sich gehandelt hat.«

Rune schwitzten die Hände, und ihr Magen krampfte sich zusammen. Hier hatte Shelly gestanden, als sie sich umgedreht hatte, um den Anruf zu machen. Hier hatte sie gestanden, als sie gestorben war. Vielleicht genau an dieser Stelle. Ihre Beine versagten den Dienst. Langsam wich sie zurück.

»Aber ich bin sicher, es war Composition vier«, fuhr Healy fort. »C-4, wie es normalerweise heißt.«

»Davon hört man in Beirut.«

»Die Nummer eins bei Terroristen. Das ist Militärsprengstoff. Den kann man nicht im kommerziellen Abrisshandel kaufen. Es sieht aus wie schmutzig weiße Knete, irgendwie ölig. Man kann es ganz leicht formen.«

»War es mit einer Uhr oder so gekoppelt?«

Healy ging zu seinem Diplomatenkoffer und nahm einen der Plastikbeutel. Er enthielt Teile von versengtem Metall und Drähten.

»Müll«, sagte Rune.

»Aber *wichtiger* Müll. Er sagt mir genau, wie die Bombe funktioniert hat, wie sie umgebracht wurde. Es war in dem Telefon, von dem aus sie telefoniert hat. Und das stand auf einem Holztisch etwa genau dort.« Er deutete auf eine Stelle in der Nähe des Kraters. »Das Telefon war ein neues taiwanesisches Exportmodell. Das ist wichtig, denn in den alten Telefonen von Western Electric wurde der meiste Platz von der Apparatur eingenommen. In neuen Telefonen gibt es jede Menge Platz. Dadurch konnte der Mörder etwa ein halbes Pfund C-4 verwenden.«

»Das ist aber nicht so viel.«

Healy lächelte grimmig. »Oh doch, und ob – C-4 besteht zu etwa neunzig Prozent aus RDX, und das ist wahrscheinlich der stärkste nichtnukleare Sprengstoff, den es gibt. Das ist ein Trinitramin.«

Rune nickte, obwohl sie keine blasse Ahnung hatte, was das war.

»Das wird mit einem Sevakat und einem Isobutylen gemischt, ach ja, und mit ein bisschen Motoröl – das dient der Stabilisierung, damit das Zeug nicht beim ersten Niesen in die Luft fliegt. Man braucht überhaupt nicht viel für einen sehr, sehr großen Knall. Die Detonationsrate beträgt etwa achttausend Meter pro Sekunde. Bei Dynamit sind es nur etwa zwölfhundert.«

»Wenn Sie's noch nicht ins Labor geschickt haben, woher wissen Sie dann, dass es C-4 ist?«

»Das wusste ich schon ziemlich genau, als ich hier reinkam. Ich konnte es riechen. Es war entweder das oder Semtex, ein tschechischer Sprengstoff. Außerdem habe ich ein Stück Plastikverpackung gefunden – mit einem Code der US-Army darauf. Also musste es C-4 sein, und zwar altes C-4, denn es ist nicht vollständig detoniert.«

»Und wie wurde es gezündet?«

Er musterte gedankenverloren die verbrannten Metall- und Plastikteile in dem Beutel, drückte sie zusammen, schob sie hin und her.

»Das C-4 war um eine elektrische Zündkapsel geknetet, die mit einem kleinen Kasten mit Batterie und Funkempfänger verbunden war. Die Kabel waren außerdem mit dem Schalter verbunden, der den Stromkreis im Telefon schließt – die Apparatur war daher erst scharf, wenn jemand den Hörer abnahm. Das ist das Problem bei Fernzündungen. Es besteht immer das Risiko, das jemand, Polizei oder Feuerwehr oder ein CB-Funker, aus Zufall auf die Frequenz gerät und die Ladung zündet, während sie gelegt wird. Oder wenn jemand im Raum ist, der gar nicht umgebracht werden soll.«

»Das heißt«, sagte Rune, »Shelly hat den Hörer abgenommen, die Nummer angerufen, und wer auch immer am anderen Ende war – was? –, hat der dann ein Walkie-Talkie benutzt, um die Bombe zu zünden?«

»Etwas in der Art.« Healy blickte starr aus dem Fenster.

»Und das ist die Telefonnummer, die Ihr Freund rauszukriegen versucht.«

»Nur, dass er nicht so eifrig bei der Sache ist, wie er's sein sollte.«

»Ja, das hab ich irgendwie gesehen. Hey, da drüben an der Ecke sind Telefonhäuschen«, sagte Rune mit einem Nicken aus dem Fenster. »Könnte er ganz in der Nähe gewesen sein? Damit er sieht, wie Shelly reingeht?«

»Sie sind der geborene Cop«, sagte Healy.

»Ich wäre lieber 'ne geborene Filmemacherin.«

»Dann hab ich ja heute früh schon bei Ihrer Einheit angerufen.«

»Meiner Einheit?«

Er warf einen Blick auf ihre Jacke.

»TO. Tatortsicherung. Die haben alle Telefone zur Untersuchung auf der Liste, die in unmittelbarer Sichtverbindung mit dem Gebäude hier stehen.«

Eindeutig kein Handlanger. Oder Techniker. Er hörte sich an wie ein richtiger Detective.

»Es hat uns also jemand hierher verfolgt ... Es hat uns nämlich jemand nachspioniert, Shelly und mir, müssen Sie wissen, in der Nähe, wo ich wohne. Ich bin hingegangen, um nachzusehen, und da hat er mich zusammengeschlagen.«

Healy runzelte die Stirn und wandte sich ihr zu. »Haben Sie das angezeigt?«

»Klar, hab ich. Aber ich hab ihn nicht genau sehen können.«

»Und was haben Sie gesehen?«

»Hut mit breiter Krempe – in 'ner Art Braun. Er war mittelgroß. Hatte eine rote Jacke an. Ich dachte, ich hätte ihn vorher schon mal gesehen. In der Nähe von dem Kino, an dem Abend, als ich Sie gesehen habe.«

»Jung, alt?«

»Weiß nicht.«

»Rote Jacke …« Healy schrieb etwas in ein Notizbuch.

Rune stocherte durch den Plastikbeutel hindurch in den Metallteilen. »Wissen Sie, was irgendwie komisch ist?«

Healy wandte sich ihr zu. »Dass das die Art von Apparatur ist, wie man sie verwendet, wenn man eine ganz bestimmte Person umbringen will? Haben Sie das gedacht?«

»Ja, stimmt. Genau das habe ich gedacht.«

Healy nickte. »Das ist das, was der Mossad und die PLO und Profikiller benutzen. Wenn Sie einfach ein Zeichen setzen wollen, wie die FALN oder das Schwert Jesu, dann legen Sie eine Zeitbombe vor das Büro. Oder in ein Kino.«

»Die Bombe hier, unterscheidet die sich von der in dem Kino?«

»Ein bisschen. Die hier wurde ferngezündet, die andere war eine Zeitbombe. Und die Ladung war auch eine andere. Das hier war C-4. Die andere war C-3, was in etwa gleich stark ist, aber gefährliche Dämpfe freisetzt und schwieriger zu handhaben ist.«

»Ist das nicht verdächtig? Zwei unterschiedliche Sprengstoffe?«

»Nicht unbedingt. In den USA ist guter Sprengstoff schwer zu bekommen. Dynamit ist einfach – Mann, in den Südstaaten kriegt man das im Eisenwarenladen –, aber C-3 und C-4 sind wie gesagt ausschließlich fürs Militär. Der Erwerb ist für Zivilisten strafbar. Die bekommt man nur auf dem Schwarzmarkt. Bombenleger müssen daher nehmen, was sie kriegen. Viele Serienattentäter verwenden unterschiedliche Stoffe. Die gemeinsamen Elemente sind das Ziel und die Botschaft. Ich werde mehr wissen, wenn ich mit dem Zeugen gesprochen habe …«

»Welchem Zeugen?«

»Ein Typ, der beim ersten Anschlag verletzt wurde. Er war in dem Kino und hat sich den Film angeschaut.«

»Und wie war noch mal sein Name?«, fragte Rune.

»Da gibt's kein *noch mal*. Ich gebe die Namen von Zeugen nicht preis. Ich dürfte nicht mal mit Ihnen reden.«

»Und warum machen Sie's dann?«

Healy blickte aus dem Loch. Auf der Straße floss zäh der Verkehr vorbei. Hupen quäkten, und Fahrer fluchten und gestikulierten, alle hatten es eilig. Draußen stand ein halbes Dutzend Passanten, die das Loch beglotzten. Er blickte sie einen Augenblick lang auf eine forschende Weise an, bei der ihr unbehaglich zumute wurde.

»Das, was die hier gemacht haben« – Healy nickte in Richtung des Kraters im Fußboden –, »das war ganze Arbeit. Echt professionell. Wenn ich Sie wäre, würde ich über ein neues Thema für meinen Film nachdenken. Zumindest, bis wir dieses Schwert Jesu gefunden haben.«

Rune senkte den Blick und spielte mit den Plastikknöpfen an ihrem Sony. »Ich muss meinen Film drehen.«

»Ich bin jetzt seit fünfzehn Jahren bei der Sprengstoffentsorgung. Das Ding bei Sprengstoffen ist, dass sie nicht wie Schusswaffen sind. Man muss den Menschen nicht in die Augen sehen, wenn man sie umbringt. Man muss nicht mal in der Nähe sein. Man schert sich nicht darum, ob Unschuldige verletzt werden. Unschuldige zu verletzen ist Teil der Botschaft.«

»Ich habe Shelly gesagt, dass ich diesen Film drehe. Und das tu ich auch. Davon wird mich nichts abbringen.«

Healy zuckte die Achseln. »Ich sage Ihnen nur, was ich mir wünschen würde, wenn Sie meine Freundin wären. Oder so.«

»Kann ich meine Brieftasche zurückhaben?«, fragte Rune.

»Nein. Lassen Sie mich die Beweise vernichten.«

»Die hat mich fünfzig Mäuse gekostet.«

»Fünfzig? Für eine falsche Marke?« Healy lachte. »Sie verstoßen nicht nur gegen das Gesetz, Sie lassen sich dabei auch noch ausnehmen. Und jetzt raus hier. Und denken Sie darüber nach, was ich gesagt habe.«

»Über den Mossad und Bomben und C-4?«

»Darüber, einen anderen Film zu drehen.«

Schweinehund.

An diesem Abend stand Rune nach der Arbeit im Eingang ihres Hausboots und betrachtete den Schaden. Jede einzelne Schublade stand offen. Der Dieb war nicht sehr vorsichtig gewesen – hatte die Kleider im ganzen Raum verstreut, Notizbücher und Kleiderschränke und Küchenschubladen geöffnet und unter Futons gesucht. Kleider, Papiere, Bücher, Videobänder, Nahrungsmittel, Geräte, Stofftiere ... alles überall.

Schweinehund.

Rune holte eine neue Tränengasampulle aus einem Schrank neben der Tür und wanderte durch das Boot.

Der Einbrecher hatte sich davongemacht.

Sie trat in die Mitte des ganzen Durcheinanders, hob ein paar Sachen auf – zwei Socken, das Buch mit Grimms Märchen. Sie ließ die Schultern hängen und legte die Gegenstände wieder auf den Boden. Es war zu viel zu tun, und nichts davon würde heute Abend getan werden.

»Verdammt!«

Rune stellte einen Stuhl wieder aufrecht hin und setzte sich. Ihr war übel. Jemand hatte diese Socke angerührt, ihre Unterwäsche betatscht und vielleicht auch ihre Zahncreme ... Wirf sie weg, dachte sie. Sie erschauerte unter dem Gefühl, Gewalt erlitten zu haben.

Wieso?

Sie besaß Wertsachen, achtundfünfzig Nickel mit Indianerkopf, die sie für die schönsten Münzen hielt, die je geprägt worden waren, und einen gewissen Wert haben mussten. Etwa dreihundert Dollar in bar, zusammengerollt und in eine alte Cornflakes-Schachtel gestopft. Ein paar von den alten Büchern würden etwas wert sein. Der Videorecorder.

Dann dachte sie: Scheiße, die Sony.

Die Kamera von L&R!

Heiliger Strohsack, die hat zigtausende Dollar gekostet, Scheiße – Larry wird mich verklagen, doppelte Scheiße.

Genug, damit ein Mann bis zu seinem Ende in Guatemala leben könnte.

Scheiße.

Aber die verschrammte Betacam war genau dort, wo sie sie zurückgelassen hatte.

Sie blieb zehn Minuten sitzen, beruhigte sich und fing dann an aufzuräumen. Eine Stunde später war die Ordnung zu einem großen Teil wiederhergestellt. Der Einbrecher war nicht besonders raffiniert vorgegangen. Um das Schloss zu knacken, hatte er einen Stein durch eines der kleinen Fenster auf der Seite nach Jersey geworfen. Sie fegte die Scherben auf und nagelte ein Stück Sperrholz über die Öffnung.

Sie dachte daran, erneut die Cops zu rufen, aber was würden die schon tun?

Wieso sich die Mühe machen. Die waren doch viel zu sehr damit beschäftigt, Nonnen und den Bruder des Bürgermeisters und Berühmtheiten zu beschützen.

Sie war gerade mit Aufräumen fertig, als sie noch einmal einen Blick auf die Kamera warf.

Die Klappe auf dem Aufnahmeaufsatz der Kamera stand offen, und die Kassette von Shelly war weg.

Der Mann in der roten Jacke hatte sie beraubt.

Ein Augenblick der Panik ... bis sie ins Schlafzimmer rannte und dort die Kopie fand, die sie gemacht hatte. Sie legte sie ein, um sicherzugehen. Sie sah ein Stück mit Shellys Gesicht und drückte auf ›Eject‹. Sie steckte sie in eine Plastiktüte und schob sie in die Cornflakes-Schachtel zu ihrem Geld.

Rune verschloss Türen und Fenster und löschte die Außenlichter. Dann bereitete sie sich eine Schale Weizenflocken und setzte sich aufs Bett. Danach schob sie die Ampulle mit dem

Tränengas unter ein Kopfkissen und legte sich in einen Stapel Kissen. Während des Essens starrte sie an die Decke.

Draußen vor dem Fenster ertönte das tiefe, vibrierende Horn eines Schleppers. Sie drehte sich um, und ihr Blick fiel auf den Pier. Sie erinnerte sich an den Angriff, den Mann in dem roten Anorak.

Sie erinnerte sich an den schrecklichen Knall der Explosion, die Druckwelle, die sie im Gesicht gespürt hatte.

Sie erinnerte sich an Shellys blonden Kopf, als sie sich umgedreht hatte, um zu sterben.

Rune verging der Appetit, und sie stellte die Schale weg. Sie stieg aus dem Bett und ging in die Küche. Sie schlug das Telefonbuch auf und suchte die Seiten mit den Colleges und Universitäten. Sie fing an zu lesen.

7

Das Problem war, dass seine Stimme immer wieder verstummte, wenn er ihre Fragen beantwortete.

Als falle ihm bei allem, was er sagte, etwas ein, was er bedenken musste.

»Professor?«, hakte Rune nach.

»Gewiss, richtig.« Und er fuhr ein paar Minuten lang fort. Dann verliefen seine Worte wieder im Leeren.

Sein Büro war mit, wie es schien, zweitausend Büchern voll gestopft. Das Fenster bot Aussicht auf ein viereckiges Stück Rasen, und dahinter erstreckte sich die flache Stadtlandschaft von Harlem. Gemächlich trotteten Studenten vorbei. Professor V. C. V. Miller richtete sich in seinem knarrenden Holzstuhl auf.

Die Kamera störte ihn nicht im Mindesten. »Ich war schon

im Fernsehen«, hatte er ihr erzählt, als sie ihn angerufen hatte. »Ich bin einmal für *Sixty Minutes* interviewt worden.« Sein Fach war Vergleichende Religionswissenschaften, und er hatte eine Abhandlung über Kulte geschrieben. »Ich würde mich mit Vergnügen mit Ihnen unterhalten«, hatte er gesagt, als Rune ihm mitgeteilt hatte, dass sie einen Dokumentarfilm über die kürzlichen Bombenanschläge drehe. »Man hat mir gesagt, meine Arbeit sei ein Standardwerk.« Er hatte es so klingen lassen, als müsse sie froh sein, mit ihm sprechen zu dürfen.

Miller war Mitte sechzig, hatte schüttere weiße Haare, und er wandte der Kamera seinen Körper stets im Dreiviertelprofil zu, obwohl seine Augen direkt in das Objektiv gerichtet waren und nicht abwichen – bis seine Stimme immer leiser wurde und er aus dem Fenster blickte, um einem flüchtigen Gedanken nachzuhängen. Er trug einen altmodischen braunen Anzug, der mit Zigarettenasche wie mit Schuppen gesprenkelt war. Seine Zähne waren so gelb wie kleine Elfenbein-Buddhas, und ebenso gelb waren auch sein Zeigefinger und sein Daumen, zwischen denen er die Zigarette hielt, wenngleich er nicht daran zog, solange die Kamera lief.

Rune stellte fest, dass sein Monolog nach Haiti gedriftet war, und sie lernte eine Menge über Voodoo und die westafrikanische Religion aus Dahome.

»Wissen Sie etwas über Zombies?«

»Na klar, ich hab die Filme gesehen«, sagte Rune. »Jemand kommt auf eine Insel in der Karibik und wird von so einem wandelnden toten gruseligen Dings gebissen, zack, und überall krabbeln Würmer herum, und dann fährt er nach Hause und beißt alle seine Freunde und …«

»Ich spreche von echten Zombies.«

»Echten Zombies.« Ihr Finger ließ den Auslöser der Kamera los.

»So etwas gibt es, müssen Sie wissen. In der haitianischen

Kultur sind die wandelnden Toten mehr als nur ein Mythos. Man hat festgestellt, dass die *Houngans* oder *Mambos* – die Priester und Priesterinnen – den Scheintod hervorriefen, indem sie Mittel verabreichten, die die Tätigkeit des Herz-Kreislauf-Systems dämpften. Die Opfer schienen zu sterben. Tatsächlich waren ihre Lebensabläufe verzögert.«

(›Rune‹, hatte Larry ihr gesagt, ›der Interviewer behält stets die Kontrolle. Das darfst du nie vergessen.‹) »Kommen wir wieder auf das Schwert Jesu zurück«, sagte sie.

»Gewiss, gewiss, gewiss. Die Leute, die für diese Pornografieanschläge verantwortlich sind.«

»Was wissen Sie über sie?«, fragte Rune.

»Nicht das Geringste, Miss.«

»Nicht?« Sie ließ ihren Blick über die Bücherregale schweifen. Was war denn dann dieses ›Standardzeug‹?

»Nein. Ich habe nie von ihnen gehört.«

»Aber Sie haben doch gesagt, Sie würden die meisten Kulte kennen.«

»Und das stimmt auch. Aber das heißt nicht notwendigerweise, dass es sie nicht gibt. Es gibt Tausende von religiösen Kulten in diesem Land. Das Schwert Jesu könnte einer sein, der hundert Mitglieder hat, die die Bibel lesen und Feuer und Schwefel predigen – während sie gleichzeitig natürlich ihren Zehnten von der Einkommenssteuer abschreiben.«

Es gelang ihm, die Asche in den Keramikaschenbecher auf seinem Schreibtisch abzustreifen, bevor sie zu Boden fiel.

»Angenommen, es gibt sie. Haben Sie irgendwelche Vermutungen über sie?«

»Nun, ich nehme an ...« Die Lautstärke versiegte. Der Blick ging wieder zum Fenster.

»Professor?«

»Verzeihen Sie. Es ist erstaunlich.«

»Was?«

»Die Morde. Die Gewalt.«

»Wieso das?«

»Sehen Sie, wir in Amerika können uns nicht vom Erbe der religiösen Toleranz lösen. Wir sind ja so verdammt stolz darauf. Oh, gewiss, wir lynchen einen Menschen, weil er schwarz ist, verfolgen ihn, weil er Kommunist ist, verabscheuen ihn, weil er arm ist oder Ire oder Italiener. Aber seine Religion? Nein. Das ist kein Vorurteil, das in Amerika Fuß fassen kann. Und wissen Sie, warum? Im Grunde schert sich hierzulande niemand um Religion.«

»Aber was ist mit Jim Jones? Der war doch Amerikaner.«

»Die Menschen töten möglicherweise, um ihre Religion zu schützen. Und diese Leute vom Schwert Jesu, wenn es denn so etwas gibt, kommen fraglos aus einem konservativen, militärischen Milieu und lieben Schusswaffen und die Jagd. Sie würden Abtreibungsbefürworter töten. Aber um Leben zu retten, verstehen Sie? Mord, ausschließlich, um ein moralisches System zu propagieren ... nun ja, es gibt gewisse islamische Sekten, gewisse primitive Religionen, die das tun. Aber nicht in Amerika, keine christlichen Gruppen. Erinnern Sie sich, die Christen waren die Leute, die uns die Kreuzzüge brachten, und die hatten überhaupt keine guten Kritiken. Wir haben unsere Lektion gelernt.«

»Haben Sie irgendeine Ahnung, wo ich herausfinden könnte, ob es sie wirklich gibt?«

»Sie reden mit der besten Quelle, junge Lady, und ich fürchte, ich kann Ihnen nicht sehr viel weiterhelfen. Kommt das ins Fernsehen?«

»Vielleicht sogar in die Kinos«, sagte sie.

Eine Raupe aus Asche fiel auf seine glänzende Hose, und er wischte sie zu den anderen fragilen grauen Leichen zu seinen Füßen. »Ich habe zwar eine Festanstellung, aber trotzdem, Kleinvieh macht auch Mist. Falls Sie also noch ein bisschen Band übrig haben, möchten Sie dann vielleicht etwas über die Zeremonie des Sonnentanzes der Sioux hören?«

»Weißt du was, wir wollen dir 'ne Gehaltserhöhung geben«, sagte Larry in seinem muntersten Down-Under-Genuschel.

Rune zog gerade die Stecker der Tungsten-Scheinwerfer. Sie hatten eben die Interviews für eine Dokumentation über Tagespflegestätten beendet. Rune war erledigt. Bis drei Uhr früh war sie auf gewesen und hatte über Büchern über Kulte gebrütet – ohne etwas über das Schwert Jesu herauszufinden – und sich das alles andere als hilfreiche Band mit Professor Miller noch einmal angeschaut. Jetzt machte sie eine Pause und unterdrückte ein Gähnen. Starrte ihren Boss an.

Das war doch Larry, oder nicht?

Manchmal, wenn sie einen Kater hatte oder müde war oder es noch früh am Morgen war, fiel es ihr schwer, die beiden auseinander zu halten. Bob, musste sie sich ins Gedächtnis rufen, war etwas kleiner, hatte einen kürzeren Bart und eine Neigung zu Beige und Braun, während Larry sich südlich von Dutchess County niemals in etwas anderem als Schwarz hätte blicken lassen.

»Eine Gehaltserhöhung?«

»Wir dachten uns, es wäre an der Zeit, dass du ein paar Sachen zusätzlich übernimmst«, sagte er.

Ihr Magen machte vor Aufregung einen Satz. »Eine Beförderung? Ich werde Kamerafrau?«

»So etwas Ähnliches.«

»Wie ähnlich?«

»Wir dachten an: Verwaltungsarbeit.«

Rune begann die Elektrokabel aufzurollen. »Ich hab mal für 'ne Frau in 'nem Sekretariat gearbeitet. Die hatte 'nen kleinen Knoten im Haar und hatte 'ne Brille auf, und auf ihren Blusen waren kleine Hunde aufgestickt. Ich bin nach drei Stunden rausgeflogen. Ist das die Art von Verwaltungsarbeit, an die ihr gedacht habt?«

»Ich rede hier von ernsthafter Arbeit, Liebes.«

»Ihr schmeißt Cathy raus und wollt, dass ich die Sekretärin spiele. Oh, das ist ja, also, so total krass, Larry.«

»Rune ...«

»Vergiss es.«

Sein Gesicht war ein einziges Grinsen, und er wäre rot geworden, wenn er gewusst hätte, wie. »Cathy geht, stimmt. So viel ist richtig.«

»Larry, ich will Filme drehen. Ich kann nicht tippen, ich kann keine Akten anlegen. Ich will keine Verwaltungsarbeit machen.«

»Dreißig Mäuse mehr pro Woche.«

»Und wie viel spart ihr dadurch, dass ihr Cathy feuert?«

»Ich hab sie nicht gefeuert, verflucht. Sie hat was Besseres gefunden.«

»Arbeitslosigkeit?«

»Ha. Ich sag dir was, wir geben dir vierzig mehr die Woche, und du musst nur ein bisschen im Büro aushelfen. Wenn dir danach ist. Lass die Akten sich stapeln, wenn du willst.«

»Larry ...«

»Hör zu, wir haben grade den Auftrag für die große Werbesache an Land gezogen. Von dieser Firma, hinter der wir her waren. House O' Leather. Du musst uns einfach helfen. Du wirst erste Produktionsassistentin. Wir lassen dich auch einen Teil drehen.«

»Werbung? So 'nen Mist solltet ihr nicht machen, Larry. Was wird aus euren Dokumentarfilmen? Die sind wahrhaftig.«

»Wahrhaftigkeit in allen Ehren, Liebes, aber die Sache ist die, dass die Agentur uns zweihunderttausend Honorar plus fünfzehn Prozent Produktionsaufschlag zahlt. Bitte ... Hilf uns einfach ein bisschen aus.«

Sie wartete einen Moment, um etwas Frechheit aufzubieten. »Larry«, sagte sie. »Du weißt doch, dass ich an diesem Dokumentarfilm arbeite. Über den Anschlag – aber auch wieder nicht über den Anschlag.«

»Klar, weiß ich.« Sein Mund verzog sich um den Bruchteil eines Millimeters.

»Vielleicht könntest du ja, wenn er fertig ist, mit 'n paar Leuten reden, die das Programm machen. Ein gutes Wort für mich einlegen.«

»Rune, denkst du, du schickst ein Video an PBS, und die zeigen das dann, verflucht? Einfach so?«

»So in etwa.«

»Lass es mich zuerst mal sehen. Vielleicht hast du ja gutes Material, und wir könnten uns hinsetzen und damit arbeiten.«

»Nicht damit, mit mir. Mit mir arbeiten.«

»Klar, mit dir, das hab ich doch gemeint.«

»Kannst du mich irgendwelchen Verleihern vorstellen?«

»Tja. Könnte sein.«

»Na schön, das klingt fair. Du willst jemanden für die Verwaltungsarbeit, ich mach's.«

Larry umarmte sie. »Hey, klasse, Liebes.«

Rune rollte die Kabel fertig auf. Sie vergewisserte sich, dass die Schlingen gleichmäßig, aber nicht zu eng waren. Das war etwas, was man ihr bei L&R beigebracht hatte, und das wusste sie zu schätzen – wie man sorgfältig mit dem Material umgeht.

»Hey, was für 'nen Aufhänger hast du dir eigentlich zu dem Film über den Anschlag einfallen lassen? 'ne Bio über das Mädchen, das ermordet worden ist?«

»Das sollte es ursprünglich eigentlich sein, aber jetzt nicht mehr.«

»Und was ist es jetzt?«

»Es dreht sich darum, wie man einen Mörder findet.«

Rune saß auf Nicole D'Orleans' Couch und versank so tief in dem luxuriösen Leder, dass sie die Beine nicht mehr auf den Boden bekam.

»Wissen Sie was, das ist ja ganz embryonal. Die sollten Sie an Therapeuten verkaufen. So richtig wieder rein in den Mutterleib, wenn man hier sitzt, wissen Sie.«

Nicole trug ein purpurrotes Minikleid mit einem Halsausschnitt, der fünfzehn Zentimeter straffes Dekolleté sehen ließ, purpurrote Glitzerstrümpfe und weiße, hochhackige Schuhe. Beim Gehen hüpfte sie ungeschickt voran. Ihr Zugeständnis an die Trauer bestand aus einer riesigen schwarzen Schleife im Haar. Sie war gerade von einer Trauerfeier für Shelly zurückgekommen, einem informellen Empfang, den die Leute von Lame Duck ausgerichtet hatten. »Ich habe noch nie so viele Leute gleichzeitig weinen sehen. Alle haben sie geliebt.«

Dadurch brach sie wieder in Tränen aus, aber diesmal war sie in der Lage, das Schluchzen zu unterdrücken. Rune sah sie durchs Wohnzimmer laufen. Nicole hatte begonnen – wie besessen, wie es schien –, Shellys Besitztümer zusammenzupacken. Da die Schauspielerin jedoch keine nahen Verwandten hatte, wusste sie nicht, was sie damit anfangen sollte. Im Schlafzimmer standen halb gefüllte Umzugskartons herum.

Durch die weitmaschigen Gardinen strömte das Sonnenlicht und fiel in grellen Mustern auf den Teppich. Rune blinzelte, während sie darauf wartete, dass Nicole damit fertig wurde, die Kartons aufzureihen und die Deckel zu schließen. Endlich seufzte Nicole und setzte sich hin.

»Ich glaube, Shelly ist ermordet worden«, sagte Rune zu ihr.

Nicole starrte eine Weile leer vor sich hin. »Tja, stimmt. Das Schwert Christi.«

»Das Schwert Jesu.«

»Egal.«

»Nur dass es ein Schwindel ist«, sagte Rune. »Die gibt es gar nicht.«

»Aber die haben doch Zettel zurückgelassen, über Engel, die die Erde zerstören und alles.«

»Das ist nur zum Schein.«

»Aber ich hab's in *Newsweek* gelesen. Dann muss es doch stimmen.«

Rune warf einen hungrigen Blick auf die Obstschale auf dem Tisch und fragte sich, ob die Äpfel nicht zu reif waren; sie hasste matschige Äpfel. Aber wenn sie einmal angefangen hätte, einen zu essen, würde sie ihn nicht mehr gut zurücklegen können. »Niemand hat je von denen gehört«, sagte sie. »Und ich kann nirgends eine Erwähnung der Gruppe finden. Und wenn Sie's recht überlegen – sie wollen jemanden umbringen, okay? Sie lassen es aussehen wie eine Terrorgeschichte. Das ist ein ausgezeichneter Deckmantel.«

»Aber wieso sollte jemand Shelly umbringen wollen?«

»Genau das will ich herausfinden. Genau darum soll es in meinem Film gehen. Ich werde den Mörder finden.«

»Und was meint die Polizei dazu?«, fragte Nicole.

»Gar nichts. Zunächst mal ist es ihnen egal, dass sie umgebracht worden ist. Sie haben gesagt ... Na ja, die halten nicht viel von Leuten mit Ihrem Beruf. Und zweitens hab ich ihnen nichts von meiner Theorie gesagt. Und das hab ich auch nicht vor. Wenn ich's mache, und sie stimmt, dann kommen alle an die Geschichte. Und ich will sie für mich. Exklusiv ...«

»Mord?«

»Was meinen Sie, Nicole? Hat es jemanden gegeben, der gewollt haben könnte, dass Shelly tot ist?«

Rune konnte spüren, wie unter den toupierten, gesprayten Haaren, in denen winzige silberne Einsprengsel glitzerten, die Rädchen klickten.

Nicole schüttelte den Kopf.

»Hat sie sich mit irgendjemandem getroffen?«

»Da war nichts Ernstes. Sie müssen wissen, unsere Branche ist echt – wie heißt das? – inzestuös. Da kann man nicht einfach jemanden auf 'ner Party kennen lernen wie andere Leute. Früher oder später fragt er dann, womit man sein Geld verdient. Und heutzutage, mit Aids und Hep B und dem ganzen Zeug, ist da ’n Mädel ganz schnell weg vom Fenster. Also passiert Folgendes: Man hängt meistens mit Leuten aus der Branche rum. Hat ’ne Menge Verabredungen. Vielleicht zieht man mit einem Typ zusammen und heiratet irgendwann. Aber Shelly hat das nicht gemacht. Da war ein Typ, mit dem sie sich in letzter Zeit getroffen hat. Andy ... irgendwas. So ’n komischer Nachname. Ich kann mich nicht erinnern. Er war nie hier in der Wohnung. Schien was ziemlich Lockeres zu sein.«

»Könnten Sie seinen Namen herausfinden?«

Nicole ging in die Küche und schaute auf den Wandkalender. Mit dem Finger verfolgte sie eine mit Bleistift geschriebene Notiz; er machte einen traurigen Bogen, als er Shellys Handschrift nachfuhr.

»Andy Llewellyn. Vier l’s in dem Namen. Deshalb ist er mir auch so komisch vorgekommen.«

Rune notierte sich den Namen und schaute sich den Kalender genauer an. »Wer ist das?« Sie deutete mit dem Finger auf einen Namen: A. Tucker. Der Name tauchte monatelang fast jeden Mittwoch auf. »Ein Arzt?«

Nicole schnäuzte sich die rote Nase in ein Papierhandtuch. »Das war ihr Schauspiellehrer.«

»Schauspiellehrer?«

»Die Filme, die wir gedreht haben, haben die Kosten gedeckt. Aber am meisten geliebt hat sie richtige Theaterstücke. Das war so ’ne Art Hobby von ihr. Zum Vorsprechen zu gehen. Kleine Rollen zu spielen. Aber große Rollen hat sie nie gekriegt. Sobald rauskam, was sie beruflich macht, hat es geheißen: ›Wir rufen Sie wieder an.‹ Kommen Sie mal her ...« Nicole winkte Rune zurück ins Wohnzimmer zu den Bücherregalen. Den Kopf zur Seite geneigt, las Rune einige Titel. Sie hatten alle mit Theaterspielen zu tun. Balinesisches Theater, Stanislawskij, Shakespeare, Dialekte, Stückeschreiben, Geschichte des Theaters. Nicoles Hand wanderte zu einem Buch. Ihre erstaunlich roten Fingernägel tippten an den Buchrücken. »Das war das Einzige, wo Shelly glücklich war. Wenn sie geprobt oder wenn sie übers Theater gelesen hat.«

»Stimmt«, sagte Rune, die sich an etwas erinnerte, was Shelly ihr gesagt hatte. »Sie hat gesagt, sie hätte ein paar richtige Rollen gespielt. Sie hat ein bisschen Geld damit verdient.« Rune zog ein Buch aus dem Regal. Es war von einem gewissen Antonin Artaud geschrieben. *Das Theater und sein Double*. Es hatte Eselsohren und war zerlesen. Eine Menge war unterstrichen. Neben einem Kapitel war ein Sternchen. Die Überschrift lautete ›Das Theater der Grausamkeit‹.

»Manchmal hat sie sich freigenommen und beim Sommertheater mitgespielt. Sie hat gesagt, im Provinztheater würden die kreativsten Dramatiker aufgeführt. Das war alles sehr hochgestochenes Zeug. Ich hab versucht, ein paar von den Stücken zu lesen. Junge, ich sag Ihnen was, ich kapier ja noch Zeilen wie ›Und dann reißen sie sich die Klamotten runter und ficken‹«. Nicole lachte. »Aber das Zeug, für das Shelly sich interessiert hat, das war mir zu hoch, viel zu hoch.«

Rune stellte das Buch wieder ins Regal. Sie notierte sich Tuckers Namen neben dem von Andy Llewellyn.

»Shelly hat gesagt, sie hätte sich dafür entschieden, den Film zu drehen, weil sie mit jemandem Streit hatte, mit dem sie zusammengearbeitet hat. Wissen Sie, wer das war?«

Nicole überlegte. »Nein.«

Rune hatte Nicole in *Lüsterne Cousinen* gesehen. Sie war damals eine schlechte Schauspielerin gewesen, und jetzt war sie es auch.

»Kommen Sie schon, Nicole.«

»Na schön, aber hängen Sie's nicht so hoch ...«

»Mach ich nicht.«

»Es ist nur, ich will nicht, dass jemand Ärger kriegt.«

»Sagen Sie's mir. Wer war's?«

»Der Typ, dem der Laden gehört.«

»Lame Duck?«

»Genau. Danny Traub. Aber er und Shelly haben sich die ganze Zeit gestritten. Schon seit sie angefangen hatte, für ihn zu arbeiten. Seit ein paar Jahren.«

»Worüber haben sie sich gestritten?«

»Über alles. Danny ist so was wie 'n Alptraumboss.«

Notiert. »Okay. Sonst noch jemand?«

»Niemand, mit dem sie gearbeitet hat.«

»Aber vielleicht jemand, mit dem sie's nicht hat?«

»Na ja, da ist so ein Typ ... Tommy Savorne. Das war ihr Ex.«

»Ehemann?«

»Freund. Sie haben ein paar Jahre zusammen in Kalifornien gewohnt.«

»Wohnt er immer noch dort?«

»Ja, tut er. In den zwei Wochen war er allerdings in der Stadt. Aber ich weiß, dass er nichts mit der Bombe zu tun hat. Er ist der süßeste Kerl, den man sich nur vorstellen kann. Er sieht ein bisschen so aus wie John Denver.«

»Was war mit den beiden? Haben sie wegen ihres Berufs Schluss gemacht?«

»Sie hat nicht viel über Tommy geredet. Er hat früher Pornos gemacht. Und auch jede Menge Drogen genommen. Aber hey, das macht doch jeder, oder? Aber er ist da echt weg von. Ist raus aus der Branche und hat 'n Entzug in irgend so 'ner schicken Klinik wie Betty Ford gemacht, die zwölf Stufen oder so. Dann hat er angefangen, richtige Videos zu drehen – Fitnessvideos oder so. Ich glaube, Shelly hat's nicht gepasst, dass er seriös geworden ist. Das war so was wie 'ne Ohrfeige für sie. Ich denke, er hat sie gedrängt, aus der Branche auszusteigen, aber das konnte sie sich nicht leisten. Und am Ende hat sie ihn verlassen. Ich weiß nicht, wieso sie nicht zurückwollte. Er ist hübsch. Und er verdient gut.«

»Und haben sie sich gestritten?«

»Ach, in letzter Zeit nicht. Sie hatten nicht viel Kontakt. Aber früher, da haben sie oft gestritten. Ich hab sie manchmal am Telefon gehört. Er wollte immer, dass sie wieder zusammenkommen, und sie hat immer gesagt, sie könnte nicht. So ein Gespräch eben – Ex-Beziehung. Sie wissen schon, wie man's schon hundertmal hatte.«

Rune, deren Liebesleben nicht mehr existent war, seit Richard gegangen war – und davor auch ziemlich mager –, nickte mit gespielter weiblicher Verschwörermiene. »Hunderte, Tausende Male.«

»Aber das war schon vor Monaten«, fügte Nicole hinzu. »Ich bin sicher, er hätte ihr nicht wehtun können. Ich sehe ihn von Zeit zu Zeit. Er ist echt süß. Und sie waren gute Freunde. Wenn man die beiden zusammen gesehen hat – es ist ausgeschlossen, dass er Shelly hätte anschauen und ihr auch nur ein Haar krümmen können.«

»Wieso sagen Sie mir eigentlich nicht einfach, wo er sich aufhält?«

Im Hinterkopf hörte sie Sam Healys Stimme: *Ich bin jetzt seit fünfzehn Jahren bei der Sprengstoffentsorgung. Das Ding bei Sprengstoffen ist, dass sie nicht wie Schusswaffen sind. Man muss den Menschen nicht in die Augen sehen, wenn man sie umbringt. Man muss nicht mal in der Nähe sein.*

8

Vom Hotel aus blickte man auf den Gramercy Park, einen von Schmiedeeisen umzäunten Privatgarten mit kurz geschnittenem Rasen am Ende der Lexington Avenue.

Die Lobby des Hauses war ganz in Rot und Gold gehalten und mit mit Bourbonenlilien gesprenkelten Tapeten ausgekleidet. Dutzende von Farbschichten bedeckten die Holztäfelung, und der Teppich roch süß-sauer. Einer der zwölf Aufzüge war defekt – auf Dauer, wie es den Anschein hatte.

Stille herrschte, als Rune darauf wartete, dass der Lift im Erdgeschoss ankam. Eine Frau Mitte fünfzig in einem grüngoldenen Kleid, das Gesicht eine glatte Maske aus Make-up-Grundierung, musterte sie unter überlangen, glänzenden Wimpern hervor. Ein Musiker mittleren Alters mit schmutzig braunem Haar saß, den Fuß auf einen verkratzten Ovation-Gitarrenkoffer gestellt, da und las die *Post*.

Tommy Savornes Zimmer befand sich im vierzehnten Stock, der, wie Rune einfiel, in Wirklichkeit der dreizehnte war, weil beim Bau von Hotels in den dreißiger und vierziger Jahren der dreizehnte nicht ausgezeichnet wurde. Das übte einen gewissen Reiz auf sie aus. Sie hatte das Gefühl, Aberglaube sei etwas, woran die Menschen unberechenbar zu glauben die Neigung besaßen. Und zu berechenbar zu sein, zählte in ihrer Bibel zu den ganz schweren Sünden.

Sie suchte nach der Tür und klopfte.

Ketten und Riegel klapperten, und die schwere Tür ging auf. In ihr stand ein Mann, sonnengebräunt und hübsch – und, ja, ein bisschen sah er aus wie John Denver.

Eher wie ein Cowboy auf einer Ferienranch. Er blickte düster. Er trug Jeans und ein Arbeitshemd. Er trug eine Sportsocke, die andere baumelte in seiner Hand. Seine Haare waren zottelig und blond. Er war dünn.

»Hi, was kann ich für Sie tun?«

»Sind Sie Tommy Savorne?«

Er nickte.

»Mein Name ist Rune. Ich kannte Shelly. Nicole sagte, dass Sie in der Stadt sind, und da wollte ich einfach nur vorbeikommen und sagen, wie Leid mir das tut, was passiert ist.«

Sie war sich nicht recht im Klaren gewesen, was sie danach sagen würde, aber das machte nichts. Tommy nickte und machte ihr Zeichen, einzutreten.

Das Zimmer war klein, die Wände kahl und weiß, der Teppich goldfarben. Ein schaler Geruch stieg ihr in die Nase – was war das, altes Essen? Angejahrter Putz? Wahrscheinlich nur der Geruch eines Vorkriegshotels, das vor die Hunde ging. Aber Tommy hatte Räucherstäbchen brennen – Sandelholz –, das half. Zwei Tischlampen verbreiteten einen lachsrosa Schein. Er hatte in einem Kochbuch gelesen, einem aus einem Dutzend, die auf dem abgestoßenen braunen Sperrholztisch standen.

»Setzen Sie sich. Möchten Sie etwas?« Er schaute sich um. »Ich habe keinen Alkohol. Nur Limonade. Mineralwasser. Ah, ich habe noch Babagounash da.«

»Was ist das, so was wie Sassafras?«

»Ein Avocado-Dip. Eigenes Rezept.« Er hielt eine Plastikdose mit braungrünem Matsch hoch.

Rune schüttelte den Kopf. »Ich hab gerade gegessen. Aber danke. Für mich nichts.«

Savorne setzte sich auf das Bett, und Rune ließ sich in den Kunstledersessel mit durchlöcherten Seitenlehnen fallen; aus den Löchern quoll schmutzig weißes Polstermaterial.

»Sie waren Shellys fester Freund?«, fragte Rune.

Er nickte, den Blick leicht abgewandt. »Shelly und ich haben vor über einem Jahr Schluss gemacht. Aber wir waren gute Freunde. Ich wohne immer noch in Kalifornien, wo wir früher gewohnt haben. Ich bin nur wegen eines neuen Auftrags in der Stadt.«

»Kalifornien«, sagte Rune nachdenklich. »Da war ich noch nie. Irgendwann würde ich gern mal hinfahren. Unter Palmen sitzen und den ganzen Tag lang Filmstars anglotzen.«

»Ich komme aus dem Norden. Monterey. Das liegt etwa hundert Meilen südlich von San Francisco. Stars sieht man da nur wenige. Mit Ausnahme von Clint Eastwood.«

»Das ist doch eine ziemlich starke Ausnahme.«

Tommy zog sich sorgfältig eine Socke über seinen großen Fuß. Selbst seine Füße sahen gebräunt und knackig aus. Sie schaute genauer hin: Wahnsinn! Der hatte pedikürte Zehennägel. In dem Schrank entdeckte sie Cowboystiefel und mehrere Cowboyhüte.

Er seufzte. »Ich kann's nicht fassen. Ich kann nicht glauben, dass sie tot ist.« Lethargisch langte er unter das Bett und zog einen schwarzen Halbschuh hervor. Zog ihn an. Suchte nach dem anderen. Er schlingerte in seiner Hand. »Woher kannten Sie Shelly?«

»Ich hab einen Film über sie gedreht«, sagte Rune.

»Einen Film?«, erkundigte sich Savorne.

»Einen Dokumentarfilm.«

»Davon hat sie gar nichts gesagt.«

»Wir hatten erst an dem Tag angefangen, als sie ermordet wurde. Ich war mit ihr zusammen, als es passiert ist.«

Savorne musterte ihr Gesicht. »Und haben Sie daher diese Kratzer?«

»Ich war draußen, als die Bombe hochging. Es ist nichts Ernstes.«

»Wissen Sie, auch wenn wir nicht mehr zusammen waren, haben wir doch oft miteinander gesprochen. Ich dachte … Das ist etwas, was ich nicht mehr werde machen können. Niemals wieder …«

»Wie lange haben Sie sie gekannt?«

»Fünf, sechs Jahre. Früher war ich …« Er wandte den Blick ab. »Nun ja, früher hab ich auch in ihrer Branche gearbeitet. Die Filme, meine ich.«

»Als Schauspieler?«

Er stieß ein mattes Lachen aus. »Dazu bin ich nicht so richtig gebaut.« Lachte erneut; sein gerötetes Gesicht wurde noch röter. »Ich rede jetzt über die Körpergröße, nicht die Ausstattung.«

Rune lächelte. Er fuhr fort. »Nein. Ich war Kameramann und Regisseur. 'n bisschen Schnitt hab ich auch gemacht. Ich war ein paar Jahre an der Filmakademie an der Uni von Los Angeles, aber das war nichts für mich. Ich wusste, wie man mit 'ner Kamera umgeht. Ich brauchte mich nicht mit diesen ganzen Spinnern in die Kurse zu hocken. Also hab ich mir ein bisschen Kohle geliehen, eine alte Bolex gekauft und meine eigene Produktionsgesellschaft aufgemacht. Ich wollte der neue George Lucas oder Steven Spielberg werden. Ich kam nicht mal über die erste Runde. Innerhalb von drei Monaten war ich pleite. Dann hat mich so ein Typ angerufen, den ich kannte, und mir was von 'nem Job beim 'nem Pornofilm erzählt. Ich dachte mir, hey, schöne Frauen angucken und auch noch dafür bezahlt werden? Wieso nicht? Ich muss zugeben, dass ich dachte, ich würde vielleicht selber 'n bisschen von der Action abkriegen. Das denkt jeder im Team, aber funktionieren tut's nie. Aber ich habe einen Hunderter cash für zwei Stunden Arbeit bekommen und beschlossen, dass ich das zu meinem Beruf machen würde.«

»Und wie haben Sie Shelly kennen gelernt?«

»Ich bin nach San Francisco gezogen und habe angefangen, meine eigenen Filme zu drehen. Shelly hat damals gerade in den Theatern in North Beach vorgesprochen – in den seriösen Theatern. Genau genommen haben wir uns in einer Bar kennen gelernt. Wir fingen an, miteinander auszugehen. Als ich ihr erzählt habe, was ich mache, na ja, die meisten Girls wären da abgehauen. Aber Shelly hat sich dafür interessiert. Etwas daran hat sie echt angemacht. Etwas an der Macht ... Sie hat gezögert, klar, aber da es mit ihrer Theaterkarriere nicht voranging, hab ich sie dazu überredet, für mich zu arbeiten.«

Oder hat sie dich glauben lassen, dass du sie dazu überredet hast?, fragte Rune im Stillen. Wie genau hast du deine Freundin eigentlich gekannt? Sie konnte sich nicht vorstellen, dass man Shelly zu irgendetwas überreden konnte.

»Ich hab einen ihrer Filme gesehen«, sagte Rune. »Ich war erstaunt. Sie war gut.«

»Gut? Mann, vergiss es! Sie war echt, das war sie. Einfach echt. Wenn die 'ne achtzehnjährige Cheerleaderin gespielt hat, Mann, dann war sie 'ne Cheerleaderin. Und wenn sie 'ne fünfunddreißigjährige Geschäftsfrau gespielt hat, dann hat man ihr das abgenommen.«

»Klar, aber kümmert das das Publikum, bei solchen Filmen?«, fragte Rune.

»Gute Frage. Ich dachte, nicht. Aber Shelly dachte es. Und darauf kam es an. Wir haben uns ein paarmal ziemlich heftig darüber in die Haare gekriegt. Sie hat auf Proben bestanden. Herrgott, wir haben einen Film pro Tag gedreht. Da gibt es keinen Dialog; da gibt's 'n Treatment von 'n paar Seiten. Was soll der Käse mit den Proben? Und dann hat sie darauf bestanden, dass die Beleuchtung richtig eingerichtet wird. Ich hab Geld mit ihr verloren. Budgets überzogen, Abgabefristen an Verleiher versäumt ... Aber sie hatte Recht, schätze ich – in irgendwie künstlerischer Hinsicht. Die Filme, die sie gedreht hat, ein paar davon sind fabelhaft. Und 'ne ganze Latte erotischer als alles, was man sonst zu sehen kriegt.

Sehen Sie, ihre Theorie war, dass ein Künstler wissen muss, was die Zuschauer wollen, und ihnen genau das geben muss, sogar, wenn sie nicht mal *wissen*, dass sie es wollen. ›Filme macht man für die Zuschauer, nicht für einen selbst.‹ Das hat Shelly millionenmal gesagt.«

»Und Sie sind jetzt nicht mehr in dem Geschäft?«

Tommy schüttelte den Kopf. »Nee. Früher hatten die Leute in der Pornobranche mehr Klasse. Und mehr Grips. Waren richtige Menschen. Da hat es noch Spaß gemacht. Heute gibt's da zu viele Drogen. Ich habe angefangen, Freunde wegen Überdosen und Aids zu verlieren. Da hab ich mir gesagt, Zeit zum Weiterziehen. Ich wollte, dass Shelly mitkommt, aber ...« Ein weiteres flüchtiges Lächeln. »Ich konnte sie mir nicht so recht als Mitarbeiterin in meiner neuen Firma vorstellen.«

»Und was macht die?«

»Lehrvideos über gesundes Essen.« Er nickte in Richtung des Babagounash. »Haben Sie schon mal was von Infomercials gehört?«

»Nee.«

»Man kauft eine halbe Stunde – normalerweise im Kabelfernsehen – und lässt es wie eine richtige Sendung aussehen, ein Infomagazin. Aber man verkauft dabei auch das Produkt, um das es geht. Das ist witzig.«

»Und wie läuft das Geschäft?«

»Ach, nicht so toll im Vergleich zu Pornos, aber es ist mir nicht peinlich, den Leuten zu erzählen, was ich mache.« Er verstummte. Er stand auf, ging zum Fenster und zog einen fleckigen orangefarbenen Vorhang zur Seite. »Shelly«, flüsterte er. »Sie würde noch leben, wenn sie auch ausgestiegen wäre. Aber sie hat nicht auf mich gehört. So dickköpfig.«

Vor Rune blitzten wieder ihre feurigen blauen Augen auf.

Tommys Lippen bebten. Er hob die dicken, sonnenverbrannten Finger ans Gesicht. Er setzte zum Sprechen an, aber ihm stockte der Atem, und er senkte für einen Moment in stummen Tränen den Kopf. Rune schaute weg.

Schließlich fasste er sich wieder, schüttelte den Kopf.

»Sie war ein ganz besonderer Mensch«, sagte Rune. »Eine Menge Leute werden sie vermissen. Ich habe sie grade erst kennen gelernt und tue es jetzt schon.«

Es war schwer, ihn anzuschauen, einen ausgewachsenen Mann, einen gesunden, fröhlichen Mann, von Kummer überwältigt.

Wenigstens jedoch beantwortete das die erste von Runes beiden Fragen: Tommy Savorne war wahrscheinlich nicht Shellys Mörder. So ein guter Schauspieler schien er nicht zu sein.

Rune stellte daher die zweite Frage: »Kennen Sie jemanden, der ihr möglicherweise hätte wehtun wollen?«

Savorne blickte mit neugieriger Miene auf. »Diese religiöse Gruppe …«

»Angenommen, dieses Schwert Jesu existiert nicht.«

»Meinen Sie?«

»Ich weiß nicht. Ich ziehe es einfach nur in Betracht.«

Zuerst schüttelte er den Kopf über die unsinnige Frage, den verrückten Gedanken, jemand könnte Shelly etwas antun wollen. Aber dann hielt er inne. »Na ja, ich würde nicht allzu viel drauf geben … aber da war jemand. Ein Typ, für den sie gearbeitet hat.«

»Danny Traub?«

»Wie haben Sie das erraten?«

»Ich sag Ihnen nur eins, und das meine ich ernst, ich habe Shelly Lowe geliebt. Ich habe sie als Künstlerin geliebt, und ich habe sie als Mensch geliebt.«

Danny Traub war klein und dünn, aber muskulös dünn, drahtig. Er hatte ein rundes Gesicht, und seine Haare bildeten eine Haube aus dichten, braunen Locken. Er hatte Backenfalten, die seinen Mund einrahmten wie Klammern. Er trug eine ausgebeulte Stoffhose, ein weißes Sweatshirt mit einem Aufnäher in Form von Signalfahnen. Sein Schmuck war schwer und aus Gold: zwei Ketten, ein Armband, ein Ring mit eingelegtem Saphir und eine Rolex Oyster Perpetual.

Die Uhr hat mehr gekostet als das erste Haus meiner Eltern, schätzte Rune.

Traub schaute sich ständig um, als sei er von einer Menschenmenge, einem Publikum umgeben. Ein falsches Lächeln umspielte seine Lippen, und er gestikulierte unaufhörlich und zog die Augenbrauen hoch. Der Ausdruck *Klassenclown* kam ihr in den Sinn.

Sie befanden sich in Traubs Stadtwohnung in Greenwich Village. Es handelte sich um ein Doppelhaus aus hellem Holz und gebrochen weißen Mauern, voll gestopft mit kleinen Bäumen und Pflanzen. »Wie ein Dschungel«, hatte sie gedacht, als sie angekommen war. Er hatte sie die Kamera und die Batterieblöcke in der Vorhalle abstellen lassen und sie durch das Haus geführt. Er hatte ihr seine Sammlung indonesischer Fruchtbarkeitsgötter und Skulpturen gezeigt. Eine hatte Rune besonders gefallen: ein vier Fuß großes Kaninchen mit einem geheimnisvollen Lächeln im Gesicht. »Hey, du bist toll!«, hatte sie gesagt und war direkt darauf zugegangen.

»Ach, da könnte sie Pimmel und Möpse haben, aber sie will mit dem Karnickel reden«, hatte Traub sich mit einem Blick über die Schulter an sein unsichtbares Publikum gewandt.

Sie waren an Gemälden mit Klecksen, Glas- und Metallskulpturen, riesigen Steinguttöpfen, indianischen Körben, Buddhas aus Messing, noch mehr Pflanzen vorbeigekommen (es roch wie in einem echten Treibhaus). Im oberen Stockwerk stand eine Tür einen Spalt offen. Als sie daran vorbeigegangen waren, hatte Traub sie hastig geschlossen, aber nicht schnell genug, um vor Rune ein Gewirr aus schlafenden Körperteilen zu verbergen. Es waren mindestens drei Arme, und sie war sich sicher, dass sie zwei blonde Frisuren gesehen hatte.

Nach hinten öffnete sich die Wohnung auf einen kleinen Garten um einen grünen Bronzebrunnen. Und genau dort saßen sie, als Rune ihm erzählte, sie drehe einen Film über Shelly Lowe.

Und Traub hatte den Blick zur Seite gewandt – in die Augen

seines tragbaren Publikums – und seinen Text aufgesagt, wie wirklich aufrichtig er Shelly Lowe geliebt habe.

Bei dieser Nummer bewegte er sich nicht, aber er blieb nicht lange ruhig. Als er von Shelly erzählte, sprang er energiegeladen auf und wippte auf den Füßen, schwang die Arme vor und zurück. Er ließ sich wieder in den Sessel fallen und fuhr fort, die Haltung zu wechseln und sich zu strecken, bis er beinahe in der Waagerechten war, um dann die Beine über die Armlehne zu schwingen.

»Ich war, es lässt sich nicht anders ausdrücken, am Boden zerstört. Ich meine, also, total am Boden zerstört von dem, was passiert war. Ich will nicht behaupten, dass wir keine Meinungsverschiedenheiten hatten – wir sind beide starke Persönlichkeiten. Aber wir waren ein Team, das waren wir. Ein Beispiel, es ist immer besser, wenn man Beispiele hat. Also, am billigsten und am effektivsten ist es, direkt auf Video zu drehen.«

»Betacam oder Ikegami mit Ein-Zoll-Band über eine Ampex.«

Traub grinste und zeigte vor seinem Publikum auf Rune. »Ist das nicht ein kluges Mädchen, oder was? Jawoll, Ladys und Gentlemen.« Zurück zu Rune. »Wie dem auch sei, Shelly wollte auf 35-mm-Scheißfilm drehen. Ich meine, das kann man doch vergessen. Man hat ein Budget von zehntausend für den ganzen Streifen. Wie kann man dann achttausend allein für Film und Entwicklung ausgeben – und auch das nur, wenn man den Preis bei so 'nem Labor runterhandelt. Und die Postproduction können Sie auch vergessen ... Also, am Ende krieg ich Shelly dazu, dass sie auf 35-mm verzichtet. Aber sofort fängt sie von 16-mm an. Es sieht besser aus, wie kann ich da mit ihr rumstreiten? ... Das war jedenfalls typisch. Kreative Auseinandersetzungen, wissen Sie. Aber wir haben uns gegenseitig respektiert.«

»Und wer hat gewonnen? Was den Film betrifft, meine ich?«

»Ich gewinne immer. Na ja, meistens. Ein paar Filme haben wir auf Sechzehn gedreht. Darunter natürlich den, der den Film des Jahres der AAAF gewonnen hat.« Er deutete auf eine oscarartige Statue auf seinem Kaminsims.

»Was macht ein Produzent eigentlich genau?«

»Hey, die Kleine ist ja genau wie Mike Wallace – Fragen, Fragen, Fragen ... Okay, ein Produzent in dieser Branche? Er probiert die Schauspielerinnen aus. Hey, war nur 'n Witz. Ich mache, was alle Produzenten machen. Ich finanziere einen Film, engagiere die Besetzung, schließe den Vertrag mit einer Postproduction-Gesellschaft. Die geschäftliche Seite, wissen Sie. Manchmal führe ich auch Regie. Ich bin ein ziemlich guter Regisseur.«

»Darf ich Sie aufnehmen, wenn Sie über Shelly reden?«

Das Lächeln erstarb einen Moment, bevor es wieder erschien. »Aufnehmen? Mich? Ich weiß nicht.«

»Oder vielleicht könnten Sie jemand anderen empfehlen. Ich muss mit jemandem reden, der in der Branche ziemlich weit oben ist. Jemand Erfolgreiches. Also, wenn Sie da jemanden kennen ...«

Rune hielt das für viel zu plump, aber Traub stürzte sich gierig auf den Köder.

»Okay? Sie fragt sich, ob ich erfolgreich bin ... Ich verdiene eine astronomische Kohle, verflucht. Ich habe einen Ferrari, der steht gerade eben keine zehn Meter von hier entfernt. In meiner eigenen Garage. In New York. Meine eigene Scheißgarage.«

»Wow.«

»›Wow‹, sagt sie. Und ob, wow. Mir gehört dieses Stadthaus, und ich könnte jeden Abend im Jahr in jedem beliebigen Restaurant in Manhattan essen, wenn ich wollte. Ich besitze ein Haus in Killington – nicht einen Anteil, ein Haus. Fahren Sie gern Ski? Nein? Ich könnt's Ihnen beibringen.«

»Gehört Ihnen Lame Duck?«

»Eine Kontrollmehrheit. Es sind noch ein paar andere Leute daran beteiligt.«

»Die Mafia?«, fragte Rune.

Das Lächeln wich nicht aus Danny Traubs Gesicht. »So sollte man das nicht sagen. Nennen wir sie einfach stille Teilhaber.«

»Meinen Sie nicht, die könnten etwas mit dem Anschlag zu tun haben?«

Wieder das falsche Lächeln. »Es wurden ein paar Anrufe getätigt. Ein paar Fragen gestellt. Niemand von … sagen wir, über dem Fluss hatte irgendwas damit zu tun. Die Information ist hieb- und stichfest.«

Sie vermutete, das hieß Brooklyn oder New Jersey, die Zentren des organisierten Verbrechens.

»Also, klar, ich rede mit Ihnen. Ich erzähle Ihnen meine Lebensgeschichte. Ich bin seit ungefähr acht, neun Jahren in der Branche. Ich habe als Kameramann angefangen, und ein bisschen gespielt hab ich auch. Wollen Sie ’n paar Bänder sehen?«

»Schon gut. Ich …«

»Ich gebe Ihnen eins mit nach Hause.«

Eine blonde Frau – vielleicht die Gespielin der vergangenen Nacht – tauchte auf, groggy und schniefend. Sie trug einen roten Seidenoverall, dessen Reißverschluss bis zum Nabel offen stand. Traub hob die Hand, als wolle er einen Kellner rufen. Die Frau zögerte und kam dann zu ihnen, wobei sie mit den Fingern ihr langes Haar kämmte – es fiel ihr bis halb über den Rücken. Rune starrte auf diese Haare, die platingoldene Farbe. Weder Gott noch Mutter Natur konnte für einen solchen Ton Verdienst beanspruchen.

»Na, was möchten Sie?«, sagte Traub zu Rune. »Coke? Ich meine natürlich das einzig Wahre.« Er hielt einen Salzstreuer hoch. Rune schüttelte den Kopf.

»Eine Puritanerin«, vernahm das Publikum. »Oh Gott.« Traub wandte sich wieder Rune zu. »Scotch?«

Rune zog die Nase kraus. »Schmeckt wie Autopolitur.«

»Hey, ich rede hier von Single Malt, einundzwanzig Jahre alt.«

»Alte Seife schmeckt auch nicht besser als neue Seife.«

»Na, dann nennen Sie einfach Ihr Gift. Bourbon? Bier?«

Rune starrte nach den Haaren der Frau. »Einen Martini.« Es war das Erste, was ihr einfiel.

»Zwei Martinis«, sagte Traub. »Hopp, hopp.«

Die Blondine runzelte ihre winzige Nase. »Ich bin doch nicht irgend 'ne Kellnerin.«

»Das stimmt«, sagte Traub zu Rune, die sich offenbar zu seinem Publikum gesellt hatte. »Sie ist alles andere als irgend 'ne Kellnerin. Kellnerinnen sind clever und fleißig, und sie pennen nicht bis Mittag.« Er wandte sich wieder an die Frau. »Weißt du, was du irgendwie bist, du bist irgend 'ne faule Schlampe.«

Sie erstarrte. »Hey ...«

»Jetzt hol die Scheißdrinks«, herrschte er sie an.

Rune rutschte herum. »Schon gut. Ich ...«

Traub bedachte sie mit einem kühlen Lächeln, bei dem die Falten sich tief in sein Gesicht schnitten. »Sie sind hier Gast. Kein Problem.«

Die Blonde verzog in blutleerem Protest das Gesicht und schlurfte in Richtung Küche. Sie murmelte ein paar Worte, die Rune nicht verstand.

Traubs Lächeln erstarb. »Hast du was gesagt?«, rief er.

Aber die Frau war verschwunden.

Er wandte sich wieder Rune zu. »Man kauft ihnen was zu essen, man kauft ihnen Geschenke, man nimmt sie mit zu sich nach Hause. Und trotzdem können sie sich nicht benehmen.«

»Die Leute lesen einfach keine Benimmbücher mehr«, sagte Rune kühl.

Der Seitenhieb entging ihm völlig. Ich hab mal 'nen Film über 'n Flugzeug gedreht. Wir nannten ihn 'ne *The Love*

Plane. So 'ne Art Anspielung auf *The Love Boat* – die Serie hab ich geliebt, haben Sie die mal gesehen? An dem Tag hatten wir 'ne 737 gemietet. Scheißteuer und 'ne verdammte Plackerei, da drinnen zu drehen. Ich meine, wir waren in so 'nem Hangar, im März. Da sind alle blau gefroren. Man merkt gar nicht, wie klein so 'n Flieger ist, bis man mal versucht, drei oder vier Paare ausgestreckt auf die Sitze zu kriegen. Ich rede jetzt von Weitwinkelobjektiven. Das hat ausgesehen, als wären die Pimmel von den Jungs drei Zentimeter lang und zehn Zentimeter breit.«

Die Blondine kam zurück. »Mein Film«, sagte Rune zu Traub. »Helfen Sie mir dabei? Bitte. Nur ein paar Minuten über Shelly.«

Er zögerte. Die Blondine verteilte die Drinks und stellte ein ungeöffnetes Glas Oliven auf den Kaffeetisch mit der dicken Glasplatte. Traub fing an, Grimassen zu schneiden. Sie wandte sich zu ihm und sah aus, als würde sie gleich zu weinen anfangen. »Ich hab's nicht aufgekriegt.«

Traubs Gesicht wurde weich. Er verdrehte die Augen. »Hey, hey, Süße, komm her. Gib mir 'n Bussi. Komm schon.«

Sie zögerte, dann beugte sie sich zu ihm herunter. Er küsste sie auf die Wange.

»Hast du was?«, greinte sie.

»Sag schön bitte.«

»Ach, komm schon, Danny.«

»Bitte«, soufflierte er.

»Bitte«, sagte sie.

Er wühlte in seiner Hosentasche und reichte ihr einen Salzstreuer – gefüllt mit Koks, wie Rune annahm. Sie nahm ihn an sich und schlurfte bekümmert davon.

Zu Rune hatte sie kein Wort gesprochen. »Ist sie Schauspielerin?«, fragte sie Traub.

»Hm-hm. Sie will Model werden. Wie alle in dieser Stadt. Sie wird in ein paar Filmen für uns auftreten. Heiraten, sich scheiden lassen, einen Zusammenbruch bekommen, wieder heiraten, und in zehn Jahren sitzt sie draußen in Jersey und arbeitet für AT&T oder BASF.«

Rune spürte Traubs Blick auf sich. Das Gefühl erinnerte sie an die Zeit, als ihr erster Freund im Alter von zehn Jahren ihr eine dicke Schnecke hinten auf die Bluse gesetzt hatte. »Sie haben so was, ich weiß nicht, Erfrischendes, wissen Sie. Ich sehe den ganzen Tag über all diese Frauen – wunderschöne Blondinen und Rothaarige, für die man sterben könnte. Atemberaubend große …«

Oh, oh, oh, aufgepasst, Mister!

»… dicke Titten. Aber, hey, Sie sind anders.«

Sie seufzte.

»Das meine ich ernst. Wollen Sie mit mir runter nach Atlantic City kommen? ’n paar echt verrückte Leute kennen lernen?«

»Ich glaube nicht.«

»In einem hab ich echt was drauf. In der Falle, wissen Sie.«

»Da bin ich sicher.«

»Jede Menge Freizeitpharmazeutika.«

»Trotzdem danke.«

Er schaute auf die Uhr. »Okay, ich sag Ihnen was. Onkel Sammy hilft Ihnen. Wenn Sie mich aufnehmen wollen, dann los. Aber wir müssen uns beeilen. Ich bin heute sehr beschäftigt.«

Innerhalb von zehn Minuten hatte Rune ihre Ausrüstung aufgestellt. Sie schob ein neues Band in die Kamera. Traub setzte sich gerade, ließ die Finger knacken und grinste. Er wirkte völlig entspannt.

»Was soll ich Ihnen erzählen?«

»Alles, was Ihnen einfällt. Erzählen Sie mir von Shelly.«

Er wandte den Blick zur Seite, dann schaute er in die Kamera und lächelte bekümmert. »Das Erste, was ich zu sagen habe, und es ist mein voller Ernst, ist, dass ich von Shelly

Lowes Tod völlig am Boden zerstört war.« Das Lächeln versiegte, und sein Blick wurde stumpf. »Als sie starb, habe ich mehr als meinen Star verloren. Ich habe eine meiner mir liebsten Freundinnen verloren.«

Von irgendwoher, Rune hatte keine Ahnung, von wo, produzierte Danny Traub etwas, was als Träne durchgehen konnte.

9

Der bärbeißige Mann, Mitte sechzig, mit üppigem weißen Haar und kalten Augen, blickte auf Rune herab.

»Sie glauben also, Sie können schauspielern?«, fragte er streng.

Bevor sie etwas sagen konnte, drehte er sich um und ging wieder in sein Büro, die Tür ließ er halb offen stehen. Es war eine altmodische Bürotür mit großen Milchglasscheiben. Das Schild verkündete in goldenen Buchstaben: *Arthur Tucker, Schauspiel- und Sprecherziehung*.

Rune trat über die Schwelle, blieb aber stehen. Sie wusste nicht, ob sie weggeschickt oder zum Eintreten aufgefordert worden war. Als Tucker hinter seinem Schreibtisch Platz nahm, ging sie weiter und schloss die Tür hinter sich. Er trug eine dunkle Hose und ein weißes Hemd mit Schlips. Seine Halbschuhe waren stark ausgetreten. Tucker besaß einen leichten Körperbau, der ihn jünger erscheinen ließ. Er hatte dünne Beine und ein verwittertes, hübsches Gesicht. Buschige weiße Augenbrauen. Und durchdringende grüne Augen ... Es fiel schwer, seinem Blick standzuhalten. Wäre Tucker Charakterdarsteller gewesen, hätte er einen Präsidenten oder König gespielt. Oder vielleicht auch Gott.

»Ich weiß nicht, ob ich spielen kann oder nicht«, sagte Rune und trat an den Schreibtisch, hinter dem er saß. »Deshalb bin ich ja hier.«

Das Büro auf der Ecke Broadway und 47th Street war ein Theatermuseum. Die Wände waren mit billig gerahmten Fotos von Schauspielern und Schauspielerinnen behängt. Einige davon hatte Rune in Filmen gesehen oder von ihnen gehört – aber keiner war sehr berühmt. Sie schienen zu der Art von Akteuren zu gehören, die den besten Freund des Hauptdarstellers spielen oder die verrückte Alte, die drei- oder viermal auftritt, der komischen Auflockerung wegen. Schauspieler, die Werbung und Dinnertheater machen.

An den Wänden hingen außerdem Requisiten, Stücke von eisernen Vorhängen aus Theatern, die nicht mehr existierten, auf Pappe aufgezogene Titelseiten von *Stagebill.* Hunderte von Büchern. Rune erkannte ein paar Titel wieder: Es waren die gleichen, die Shelly Lowe auf ihrem Regal stehen hatte. Sie sah den Namen Artaud und erinnerte sich wieder an die Worte: das Theater der Grausamkeit. Sie versetzten ihr einen Stich in den Magen.

Tucker vollzog das umständliche Ritual des Pfeifeanzündens, und kurz darauf erfüllte eine nach Kirsch duftende Rauchwolke das Zimmer.

Er wies auf den Stuhl, setzte sich und forderte sie durch das Hochziehen einer Augenbraue dazu auf, fortzufahren.

»Ich will eine berühmte Schauspielerin werden.«

»Das will halb New York. Die andere Hälfte möchte ein berühmter Schauspieler werden. Wo haben Sie gelernt?«

»Shaker Hights.«

»Wo?«

»Ohio. Außerhalb von Cleveland.«

»Ich kenne gar keine Akademien oder Studios dort.«

»Das war eine Mittelschule. Ich war in der Thanksgiving-Aufführung.«

Er starrte sie an und wartete darauf, dass sie weitersprach.

Kein Sinn für Humor, stellte sie fest. »Das war ein Witz.«

»Hm-hm.«

»Und einmal war ich eine Schneeflocke. Und auf der High School hab ich die Kulissen für *South Pacific* gemalt. ... Das war noch ein Witz. Hören Sie, Sir, ich will einfach nur spielen.«

»Ich bin Lehrer«, sagte Tucker. »Mehr nicht. Ich verbessere. Ich erschaffe nicht. Wenn Sie wollen, gehen Sie auf eine Schule, lernen Sie spielen, kommen sie wieder, vielleicht kann ich Ihnen dann helfen. Aber bis dahin ...« Er machte Zeichen in Richtung Tür.

»Aber meine Freundin hat gesagt, Sie seien der Beste in der Stadt«, sagte Rune.

»Sie kennen eine meiner Schülerinnen?«

»Shelly Lowe«, sagte Rune und drückte auf den Knopf des kleinen Videorecorders in ihrer Tasche. Das Objektiv war aufwärts auf Tucker gerichtet. Sie wusste, dass sie nicht den gesamten Ausschnitt bekommen würde, aber es würde genug zu sehen sein. Außerdem, dachte sie, würde die kleine schwarze Begrenzung einen hübschen Effekt geben.

Tucker drehte sich um und blickte aus dem Fenster. Eine Dampframme auf einem nahe gelegenen Bauplatz rammte einen Eisenträger in den Felsen, auf dem Manhattan ruhte. Rune zählte sieben Schläge, bevor er weitersprach. »Ich habe gehört, was ihr zugestoßen ist.« Mit rotem Gesicht schaute Tucker sie unter jenen buschigen weißen Augenbrauen heraus an. Ob er sie wohl aufbürstete? Rune änderte ihre Meinung: Er wäre viel besser als Zauberer denn als Präsident. Ein Gandalf oder Merlin.

»Man kann gegen sie sagen, was man will«, sagte Rune, »aber sie war eine gute Schauspielerin.«

Tucker schwieg lange. »Shelly Lowe war meine beste Schülerin.« Ein flüchtiges, humorloses Lächeln. »Und sie war eine Hure.«

Rune erschrak über die Bösartigkeit in seiner Stimme.

»Das hat sie umgebracht«, fuhr Tucker fort. »Weil sie sich verkaufte.«

»War sie lange bei Ihnen?«, fragte Rune.

Tucker beantwortete ihre Frage zögernd. Shelly hatte seit zwei Jahren bei ihm gelernt. Darüber hinaus hatte sie keine formelle Ausbildung, was heute, da Akademien wie Yale und die Northwestern und die UCLA den Großteil der Berufsschauspieler und -schauspielerinnen hervorbrachten, sehr ungewöhnlich war. Shelly hatte ein hervorragendes Gedächtnis gehabt. Sie war wie ein Chamäleon und schlüpfte in die Rollen, als sei sie vom Geist der Figuren besessen. Sie hatte Talent für Dialekte und Akzente. »Sie konnte ein Barmädchen aus dem Nordosten von London sein und sich dann in eine Schullehrerin aus Corwold verwandeln. So wie Meryl Streep das kann.«

Tucker sprach die bewundernden Worte mit bekümmertem Blick.

»Wann haben Sie das mit ihrer Filmkarriere herausgefunden?«

Seine Stimme klang wieder bitter. »Vor einem Monat. Sie hat nie ein Wort davon gesagt. Ich war völlig entgeistert.« Er lachte höhnisch. »Und der Witz dabei ist, wenn es um ihr seriöses Vorsprechen ging, nahm sie nicht jeden Job an. Sie machte keine Werbung und keine Musikkomödien. Sie machte kein Dinnertheater. Nach Hollywood wäre sie nicht gegangen. Sie spielte nur in seriösen Stücken. ›Shelly, warum bist du nur so dickköpfig‹, habe ich zu ihr gesagt. ›Du könntest voll als Schauspielerin arbeiten, wenn du wolltest‹. Sie meinte, nein, sie wolle sich nicht *prostituieren* ... Und die ganze Zeit über hat sie diese ... Filme gemacht.« Er schloss die Augen und bewegte den massigen Kopf hin und her, um die hässlichen Gefühle abzuschütteln. »Ich habe es vor einem Monat erfahren. In der Videothek, in der ich Kunde bin, hat jemand ein Band zurückgebracht. Ich habe einen Blick darauf geworfen. Und da war sie auf dem Cover. Und noch dazu unter dem Namen Shelly Lowe! Sie hat nicht einmal ein Pseudonym benutzt! Ich kann Ihnen gar nicht sagen, wie hintergangen ich mich gefühlt habe, als ich das erfuhr. Nur so kann ich es beschreiben. Hintergangen. Als sie dann zur nächsten Stunde kam, hatten wir einen furchtbaren Streit. Ich habe ihr gesagt, sie solle gehen, ich wolle sie nie wieder sehen.«

Er fuhr herum, um wieder aus dem Fenster zu blicken. »Jede Generation hat ihre Kandidaten auf Genialität. Shelly hätte dazugehören können. Meine ganzen anderen Schüler ...« Er wedelte mit der Hand durch das Zimmer, als säßen sie hinter Rune. »Sie sind talentiert, und mir gefällt der Gedanke, dass ich ihnen geholfen habe, besser zu werden. Aber sie sind nichts im Vergleich mit Shelly. Wenn sie gespielt hat, hat man ihr *geglaubt.*«

Genau, was Tommy Savorne gesagt hatte, erinnerte sich Rune.

»Da stand nicht Shelly Lowe auf der Bühne, da stand die Figur. Tennessee Williams, Arthur Miller, die griechischen Klassiker, Ionesco, Ibsen ... An der Hauptrolle in Michael Schmidts neuem Stück war sie so nahe dran.« Er hielt die Finger einen Millimeter weit auseinander.

Rune runzelte die Stirn. »Der große Produzent? Der Typ, der immer in den Zeitungen steht?«

Er nickte. »Sie ging zu seiner Anhörung ...«

»Was ist das?«

»Eine Anhörung? Das ist wie ein Vorsprechen. Sie ist zweimal mit Schmidt selbst zusammengetroffen.«

»Und hat sie die Rolle gekriegt?«

»Nein, ich glaube nicht. Das war unmittelbar vor unserem Streit. Ich konnte sie nicht verstehen.« Tucker fuhr mit dem Pfeifenstiel über die unteren Vorderzähne. Er sprach nicht mehr zu Rune, als er fortfuhr. »Meine eigene Schauspielkarriere ist nicht sehr weit gekommen. Mein Talent lag in der Ausbildung und der Lehre. Ich dachte, mit Shelly würde ich etwas wirklich Brillantes hinterlassen. Diesen Beitrag zum Theater könnte ich leisten ...«

Er starrte auf ein Foto an der gegenüberliegenden Wand. Rune fragte sich, auf welches.

»Hintergangen«, flüsterte er verbittert. Dann wandte er den Blick Rune zu. Unter seinen tief liegenden Augen, die von seinen buschigen Brauen verschattet wurden, kam sie sich nackt vor. »Sie wirken sehr jung. Machen Sie auch solche Filme? Wie sie sie machte?«

»Nein«, sagte Rune. Sie wollte schon etwas erfinden, einen Job, der zu einem Mädchen in ihrem Alter passte, aber unter der merkwürdigen Energie, die von seinen Augen ausging – eine grüne Version von Shellys blauen Laserstrahlen –, wiederholte sie lediglich flüsternd die Verneinung.

Tucker musterte sie eine ganze Weile. »Aber Sie haben in der Schauspielerei nichts verloren. Verzeihen Sie mir meine Offenheit, aber Sie sollten sich nach einem anderen Beruf umsehen.«

»Ich wollte nur ...«

Aber er winkte ab. »Ich würde Ihnen keinen Gefallen damit tun, wenn ich nett wäre. Wenn Sie mich nun entschuldigen wollen.«

Er zog ein Manuskript zu sich heran.

Die Liste war nicht lang.

Rune saß an ihrem Schreibtisch – Cathys altem verschrammten, grauen Behördenteil. Sie hatte ihn direkt neben die Klimaanlage von L&R geschoben, die etwa ein Zehntel ihrer einstigen Leistung brachte. Sie schloss das Telefonbuch von Manhattan.

Dort waren nur zwei Llewellyns aufgeführt, und keiner davon hieß Andy. Damit blieben nur noch die übrigen zwanzig

Millionen Einwohner in den anderen Stadtteilen sowie Westchester, New Jersey und Connecticut zu überprüfen.

Shellys letzter fester Freund würde vorerst wohl unbefragt bleiben müssen.

Larry kam in das Büro und musterte Rune. »Was machst 'n da, Liebes?«

»Sachen nachschauen.«

»Sachen?«

»Wichtige Sachen.«

»Also, wenn du deine Suche ein klein bisschen aufschieben könntest, dann hätte ich was Wichtiges für dich.«

»Briefe tippen?«

»Tja, also, ich wollte ja nichts sagen, aber deine letzten ... Das war wohl kaum die beste Tipparbeit, die ich je gesehen habe.«

»Ich hab dir ja gesagt, dass ich keine Tippse bin.«

»Du hast den Namen von dem Typ dreimal anders geschrieben, im gleichen Scheißbrief.«

»War das dieser Inder? Der hatte so einen komischen Namen. Ich ...«

»Aber sein Vorname war James, und den hast du falsch geschrieben.«

»Ich werd versuchen, mich zu bessern ... Hast du schon einen Verleiher für mich?«

»Noch nicht, Liebes, aber was ich hab, das sind die Leute für diesen Werbeauftrag, ja? Im Nebenzimmer. Ist der Voranschlag schon raus?«

»Ich hab ihn getippt.«

»Aber er ist noch nicht raus?«

»Er geht demnächst raus«, sagte Rune geduldig.

»Er ist also noch nicht raus?«

»Er ist fertig, okay?«

»Rune, die sind hier. Jetzt. Wir wollen heute das Konzept besprechen. Sie hätten den Voranschlag vor dieser Sitzung bekommen sollen.«

»Tut mir Leid. Ich bring ihn rein.«

Er seufzte. »Na schön, dann nichts wie rein zu ihnen. Wenn sie fragen, dann sagen wir, wir warten mit dem Voranschlag bis nach der Sitzung. Es war Absicht.«

»Larry, ihr solltet keine Werbung machen. Das ...«

»Ach, ein Freund von dir hat angerufen.«

»Ja, wer?«

»Healy oder so ähnlich. Du sollst zurückrufen.«

»Sam hat angerufen? Toll. Ich bin gleich ...«

»Später.«

»Aber ...«

Er hielt ihr die Tür auf und lächelte bedrohlich. »Nach dir, Liebes.«

Rune hörte den Namen, hatte ihn jedoch sofort wieder vergessen.

Larry schwafelte weiter und machte auf beeindruckt, als er vorlas: »... der zweitgrößte Hersteller von Brieftaschen und Geldbörsen in den Vereinigten Staaten.«

»Wie interessant«, sagte Rune.

Der Mann mit dem Unternehmen und dem unmerkbaren Namen – Rune nannte ihn Mr. Brieftasche – war um die fünfzig, rund und scharfsichtig. Er trug einen Seersucker-Anzug und schwitzte stark. Er stand mit gekreuzten Armen neben einer käsigen Frau Ende zwanzig, die auch die Arme übereinander geschlagen hatte und ihre Blicke über Scheinwerfer und Kameras und Dollies huschen ließ. Sie arbeitete ebenfalls für die Firma und war seine Tochter. Außerdem sollte sie, wie Rune erfahren hatte, in dem Werbespot auftreten.

Larry tat, als entginge ihm Runes Blick, die, als sie das hörte, dringend die Decke einer Musterung unterziehen mußte.

»Ich bin Mary Jane Collins«, sagte eine weitere junge Frau mit Pferdegesicht und durchdringender Stimme zu Rune. »Ich bin die Werbedirektorin von House O' Leather. Ich beaufsichtige die Dreharbeiten.«

»Rune.«

Mary Jane streckte eine knochige Hand mit klirrenden Modeschmuck-Armreifen aus. Rune schüttelte sie flüchtig.

»Ich bin ein bisschen nervös«, sagte die Tochter. »Ich hab zwar schon synchronisiert, aber noch nie vor der Kamera gestanden.«

Mr. Brieftasche: »Das schaffst du schon, Baby. Vergiss einfach, dass ...« Er schaute Mary Jane an. »Wie viel Leute werden sie sehen?«

»Die gekauften Sendeminuten dürften etwa fünfzehn Millionen Zuschauer erreichen.«

»Fünfzehn Millionen werden jeden deiner Tritte ... äh, ich meine Schritte, sehen«, fuhr er lachend fort.

»Daddy.« Sie lächelte verzerrt.

Mary Jane las diverse Schriftstücke. »Die Budgets«, sagte sie zu Larry. »Ich habe die aktualisierten Budgets noch nicht zu sehen bekommen.«

Larry schaute zu Rune. »Die sind fast fertig«, sagte diese.

Fast?, fragte er stumm.

Mary Janes Haare schwangen, als sie auf Rune hinabblickte. »Fast?«

»Ein Problem mit der Schreibmaschine.«

»Ach.« Mary Jane lachte erstaunt. »Sicher, ich verstehe. Es ist nur so, dass ... Nun ja, ich hätte nur angenommen, dass Sie sie uns vor dem hier zeigen. Ich meine, das ist der logische Zeitpunkt, sie durchzugehen. Eigentlich ist es heute sogar schon ein bisschen zu spät, was die Planung angeht.«

»Noch zwei Stunden. Ich habe die Type wieder angeklebt.«

»Rune«, sagte Larry, »vielleicht könntest du dich jetzt wieder an die Arbeit machen.«

»Ich dachte, wir wollten über das Konzept reden«, sagte Rune.

»Ach«, sagte Mary Jane und schaute auf sie herab, »es war mir entgangen, dass Sie im Studio hier eine kreative Position einnehmen.«

»Ich …«

»Was genau machen Sie eigentlich?«

»Rune ist unsere Produktionsassistentin.«

Mary Jane musterte sie von oben bis unten. »Ach«, sagte sie und lächelte dabei wie eine Lehrerin vor der vierten Klasse.

Mr. Brieftasche beäugte eine riesige Rolle Hintergrundverkleidung, sechs Meter diagonal und gesprenkelt wie ein Pastellgemälde von Jackson Pollock. »Na, das ist ja was. Denken Sie, das können wir für den Dreh brauchen? Mary Jane, was meinen Sie?«

Sie warf einen Blick darauf. »Könnte gehen«, sagte sie zögernd. »Wir werden noch mal darüber nachdenken.« Sie wandte sich wieder zum Schreibtisch und öffnete ihren Aktenkoffer. »Ich habe ein Memo mit allen Produktionsterminen aufgestellt.« Sie reichte Rune das Blatt. »Könnten Sie laufen und uns eine Kopie davon machen?«

Larry nahm das Schriftstück und reichte es an Rune weiter. »Klar macht sie das.« Seine Augen wurden schmal, und Rune nahm das Blatt.

»Ich bin gleich wieder da. Ich werd rennen wie ein Kaninchen.«

»Daddy, haben die auch jemanden fürs Make-up? Ich muss mein Make-up doch nicht selber machen, oder?«

Rune verschwand durch die Tür zum Büro. Larry folgte ihr.

»Ich hab gedacht, du wärst schon fertig, verflucht.«

»Das E an eurer Billigheimer-Schreibmaschine ist abgebrochen. Das ist der meistverwendete Buchstabe der englischen Sprache.«

»Schön, dann lauf, und besorg 'ne neue Scheißschreibmaschine. Aber ich will den Voranschlag in 'ner halben Stunde sehen.«

»Ihr verkauft euch.«

»Ich hab jetzt keine Zeit für deine bescheuerten Vorträge, Rune. Du arbeitest für mich. Mach jetzt diese Kopien, und schaff uns diesen Voranschlag ran.«

»Ihr lasst diese Leute auf euch rumtrampeln. Ich versuche, euren Stolz zu bewahren, Larry. Sonst macht das ja keiner.«

»Die Miete will bezahlt sein, Süße. Regel Nummer eins im Geschäft: Schaff die Kohle ran. Wenn du kein Geld hast, dann kannst du auch nicht machen, was du willst.«

»Die sind zum Kotzen.«

»Stimmt.«

»Er riecht schlecht.«

»Tut er nicht.«

»Irgendwer riecht schlecht. Und die eine Frau, diese Mary Jane, die ist 'n Rechen.«

»Was zum Teufel ist 'n Rechen?«

»Genau, was die ist. Die ist ...«

Die Tür ging auf, und Mary Janes lächelnder Blick fiel auf Rune. »Sind Sie diejenige, die für das Mittagessen zuständig ist?«

Rune lächelte. »Aber sicher doch.«

»Wir sollten das rasch hinter uns bringen ... Wir dachten an etwas Salatartiges. Ach ja, und wie läuft es mit dem Kopieren?«

Rune salutierte lächelnd. »Bin schon so gut wie dabei.«

Am nächsten Tag holte Sam Healy sie vor L&R ab, und sie fuhren in Richtung Norden.

»Das ist ja nur ein Kombi.« Rune schaute sich im Innern um und war gelinde enttäuscht.

»Aber wenigstens ist er blau-weiß«, sagte Sam Healy. Auf der Seite stand außerdem in großen weißen Lettern BOMBENKOMMANDO. Und da war ein momentan leerer Käfig, der, wie er erklärte, für die Hunde war, die nach Sprengstoffen schnüffelten. »Hatten Sie erwartet ...?«

»Ich weiß nicht. Hightech-Zeug, so wie im Kino.«

»Das Leben ist im Allgemeinen bedeutend weniger hightech als Hollywood.«

»Stimmt.«

Sie fuhren aus Manhattan hinaus zur Sprengstoffentsorgungsanlage der New Yorker Polizei in der Bronx.

»Oh, wow, schau dir das an. Das ist ja total krass.«

Im Grunde handelte es sich um einen Schrottplatz ohne Schrott. Ihre Füße hüpften auf dem Boden, als sie durch das Tor in dem Maschendrahtzaun fuhren, der von Spiralen aus Stacheldraht gekrönt wurde.

Links von ihnen lag ein Schießplatz der Polizei. Rune hörte das kurze Krachen aus Pistolen. Rechts von ihnen standen mehrere kleine rote Schuppen. »In denen bewahren wir unsere eigenen Sprengstoffe auf«, erklärte Healy.

»Ihre eigenen?«

»Meistens entschärfen wir die Ladungen nicht. Wir bringen sie hierher und jagen sie hoch.«

Rune holte die Kamera und die Batterien vom Rücksitz. Dort lag auch ein grüner Overall. Er war ihr zuvor nicht aufgefallen. Sie versuchte ihn anzuheben. Er war sehr schwer. Am Helm war ein grüner Schlauch, wahrscheinlich zur Belüftung, der oben herauskam und hinten herunterhing. Es sah aus wie der Kopf eines Alien.

»Wow, was ist 'n das?«

»Splitterschutzanzug. Kevlarscheiben in feuerfestem Stoff.«

»Und das tragen Sie, wenn Sie Bomben entschärfen?«

»Das nennt man nicht Bomben.«

»Nicht?«

»Das nennt man USVs. Unkonventionelle Sprengvorrichtungen. Bei der Polizei ist es ganz ähnlich wie beim Militär. Wir verwenden eine Menge Abkürzungen.«

Sie betraten ein niedriges, zylinderförmiges Gebäude, das nach städtischem Budget stank. In der Ecke keuchte eine einzelne überforderte Klimaanlage. Healy nickte zwei uniformierten Beamten zu. Er trug eine blaue Tasche mit Reißverschluss.

Ein Poster fiel ihr auf. ANWEISUNG ZUM DYNAMITKOCHEN.

Es gab noch Dutzende anderer Poster, alle mit Verfahrensregeln. Die klinische Sprache ließ einen frösteln.

Im Zustand des Bewusstseins nach einer Detonation versuchen Sie, verletzte Körperteile einzusammeln …

Mein Gott …

Er bemerkte, was sie da las, und stellte ihr, vielleicht, um sie von den grausigen Einzelheiten abzulenken, eine Frage. »Hey, möchten Sie die Grundlektion über die Entsorgung von Sprengstoff hören?«

Sie wandte den Blick von dem Abschnitt über das Anlegen von Aderpressen. »Glaub schon«, sagte sie.

»Es gibt beim Umgang mit Explosivstoffen zwei Ziele. Erstens, die Verletzung von Menschen zu verhindern. Zerstörung oder Entschärfung wenn möglich mittels Fernsteuerung. Ziel Nummer zwei ist es, Schäden an Eigentum zu verhindern. Der größte Teil unserer Arbeit besteht darin, verdächtige Pakete zu überprüfen und Konsulate, Flughäfen und Abtreibungskliniken zu durchsuchen. Solche Sachen.«

»Bei Ihnen hört sich das an wie, ich weiß nicht, wie Routine.«

»Ist es auch meistens. Aber wir kriegen auch schräge Jobs, wie vor ein paar Wochen – irgendein Jugendlicher kauft sich in einem Armystore in Brooklyn eine 60-mm-Granathülse und nimmt sie mit nach Hause. Er und sein Bruder spielen im Hinterhof. Werfen damit rum. Angeblich ist es eine Attrappe – das ganze Pulver draußen. Allerdings war der Vater des Jungen in Vietnam und findet, dass das Ding komisch aussieht.

Bringt es aufs nächste Revier. Und es stellt sich raus, dass es scharf war.«

»Autsch.«

»Wir haben uns drum gekümmert ... Dann haben wir ’ne Menge falschen Alarm, genau wie bei der Feuerwehr. Aber immer wieder mal bingo. Da steht dann ein Koffer am Flughafen oder ein Bündel Dynamit oder eine Rohrbombe, und wir müssen irgendwas damit anstellen.«

»Und dann kriecht jemand hin und schneidet die Drähte durch?«

»Was ist das erste Ziel?«, fragte Healy.

Rune grinste. »Verhindern, dass jemandem der Arsch weggerissen wird.«

»Meinen eingeschlossen. Zuerst evakuieren wir das Gelände und schaffen einen Sicherheitsbereich.«

»Sicherheitsbereich?«

»Wir nennen es Sicherheitsbereich. Etwa dreihundert Meter weit. Dann richten wir irgendwo in diesem Bereich einen Kommandoposten hinter einer Panzerung oder Sandsäcken ein. Wir haben fernlenkbare Roboter mit Videokameras und Röntgenstrahlen und Stethoskopen, und so einen schicken wir hin, um uns das Ding mal anzuschauen.

»Um zu horchen, ob es tickt?«

»Jawoll. Genau.« Er nickte ihr zu. »Man sollte denken, alle würden batteriebetriebene digitale Zeitzünder benutzen – wieder Hollywood. Aber neunzig Prozent der Bomben, mit denen wir zu tun haben, sind echt plump, Heimarbeit. Rohrbomben, Schwarzpulver oder rauchfreie Treibladung, Dynamit, Streichholzköpfe in Leitungsrohren. Und die meisten benutzen die guten alten herkömmlichen, Billigwecker. Man braucht zwei Stücke Metall, die verbunden werden, um den Stromkreis zu schließen und die Zündung auszulösen. Was taugt dazu besser als ein Aufziehwecker mit Glocke und Klöppel obendrauf? Also schauen wir und horchen. Und wenn es dann wirklich eine USV ist und wir sie gefahrlos auseinander bauen können, dann entschärfen wir sie. Wenn es eine vertrackte Schaltung ist oder wir denken, dass es hochgehen könnte, verfrachten wir es in das Bombentransportfahrzeug.« Er nickte in Richtung des Geländes neben dem Schuppen. »Und bringen es her und jagen es selbst in die Luft.«

Sie gingen hinaus. Hundert Meter von ihnen entfernt standen zwei junge Männer in einer von drei tiefen Gruben in der Erde. Sie wickelten etwas, das wie eine Wäscheleine aus Plastik aussah, um eine viereckige olivfarbene Kiste.

Rune schaute sich um. »Hier sieht's aus wie in der Unterwelt.«

Healy runzelte die Stirn. »Mafia?«, fragte er.

»Nein, wie im Hades, meine ich. Sie wissen schon, wie in der Hölle.«

»Ach, klar – Ihre Tatortanalyse kürzlich.« Healy wandte den Blick wieder zu den Männern in der Grube zu. »Sie müssen eines über Sprengstoffe wissen«, sagte er zu Rune. »Damit sie eine Wirkung entfalten, darf man sie nur unter ganz bestimmten Bedingungen zünden. Wenn Sie mit Zeug arbeiten, das schon hochgeht, wenn man es nur schief anschaut, also, dann kommt man damit nicht sehr weit, stimmt's? Verdammich, die meisten Sprengstoffe kann man vernichten, indem man sie verbrennt. Die gehen nicht hoch, die verbrennen einfach. Damit es einen Knall gibt, braucht man Zünder. Das sind starke Sprengstoffe, die die eigentliche Ladung auslösen. Erinnern Sie sich an das C-4, das bei dem zweiten Anschlag verwendet wurde? Wenn Sie den Zünder nicht mindestens ein Zoll dick in C-4 einpacken, dann gibt es unter Umständen überhaupt keine Explosion.«

Sie hörte die Begeisterung in seiner Stimme. Sie dachte, wie gut es ist, wenn man das eine im Leben entdeckt hat, was man wirklich kann und was man gern zum Beruf macht.

»Und genau danach suchen wir«, fuhr Healy fort. »Nach dem Schwachpunkt in Bomben. Die meisten Zünder werden elektrisch ausgelöst. Also klar, schneiden wir die Drähte durch, und die Sache hat sich. Wenn jemand raffinierter vorgehen will, könnte er einen Zeitzünder und einen Bewegungsschalter einbauen, so dass, selbst wenn man den Zeitzünder kappt, die geringste Bewegung die Bombe auslöst. Manche haben eine Ruhestromschaltung – ein Galvanometer, das mit dem Stromkreis gekoppelt ist, so dass die Nadel, wenn man den Draht durchschneidet, auf Null schwingt, weil der Strom unterbrochen wurde, und das löst dann die Bombe aus. Die raffinierteste Bombe, die ich je gesehen habe, hatte einen Luftdruckschalter. Das ganze Ding lag in einem zugeschweißten Metallkanister, der mit Druckluft gefüllt war. Im Innern befand sich ein Luftdruckschalter. Wenn wir also den Kanister geöffnet hätten, wäre die Luft entwichen, und alles wäre hochgegangen.«

»Herrje, und was haben Sie da gemacht?«

»Wir haben das Ding hierher gebracht und wollten es schon einfach sprengen, aber dann kam von Downtown die Meldung, sie wollten die Bestandteile noch auf Fingerabdrücke untersuchen. Also haben wir es in eine Druckkammer geschafft, den Luftdruck drinnen und draußen angeglichen, es aufgemacht und entschärft. Da waren zwei Pfund Semtex drin. Mit Stahlschrot drum herum. Wie Granatsplitter. Reine Antipersonenwirkung. Ganz bösartiges Luder.«

»Haben Sie den Roboter in die Kammer geschickt?«

»Tja, nein. Tatsächlich hab ich sie auseinander genommen.«

»Sie?«

Er zuckte die Achseln und nickte in Richtung der Grube, wo die beiden Männer mit dem Einwickeln fertig waren und sich zu einem Bunker aus Beton und Sandsäcken zurückzogen.

»Sie üben die Sprengung von militärischen Sprengladungen. Das ist eine M118-Sprengladung. Etwa zwei Pfund C-4. Um Brücken und Gebäude und Bäume zu sprengen. Sie haben sie in Zündschnur eingewickelt und lösen sie per Fernzündung aus.«

Über Lautsprecher ertönte eine Stimme: »Grube eins, Feuer im Stollen! Feuer im Stollen!«

»Was soll das heißen?«, fragte Rune.

»Das hat man früher in Kohlengruben immer gerufen, wenn man die Zündschnur beim Dynamit angesteckt hat. Sprengmeister benutzen es heute, um anzukündigen, dass gleich eine Explosion stattfindet.«

Urplötzlich erstrahlte der Himmel in einem riesigen orangefarbenen Blitz. Rauch stieg auf. Und einen Augenblick darauf betäubte ein Donnerschlag ihre Ohren.

»Die Bootsbesitzer hassen uns«, erklärte Healy. »Die Stadt bekommt eine Menge Rechnungen für zerbrochene Fenster.«

Rune lachte.

Healy schaute sie an. »Was ist?«

»Ist schon komisch«, sagte sie. »Sie nehmen mich den ganzen Weg nach hier draußen mit, um mir einen Vortrag über USVs zu halten.«

»Eigentlich nicht«, sagte er nachdenklich.

»Und wieso haben Sie mich dann eingeladen?«

Healy wandte kurz den Blick ab und räusperte sich. Sein Gesicht besaß ohnehin schon einen rötlichen Ton, aber es schien, als würde er rot werden. Er öffnete seinen Diplomatenkoffer und holte zwei Dosen Cola Light, zwei Sandwiches vom Deli und eine Tüte Fritos Maischips heraus. »Ich schätze, es ist so was wie 'n Date.«

10

Er mochte vielleicht wie ein Cowboy aussehen, aber der schweigsame Typ war er nicht.

Detective Sam Healy war achtunddreißig. Fast die Hälfte seiner Kollegen beim Bombenkommando war beim Militär bei den Pionieren gewesen, aber er war einen anderen Weg gegangen. Zuerst Plattfuß – Polizist auf Fußstreife –, dann MPS.

»Motorisierte Polizeistreife. Das heißt Streifenwagen.«

»Anfangsbuchstaben, ich erinnere mich.«

Healy lächelte. »Du redest mit einem MdS.«

»Em-de-es?«

»Mitglied der Sicherheitskräfte.«

Nach ein paar Jahren war Healy zum Notdienst gewechselt: New Yorks Überfallkommando. Dann hatte er sich zum Bombenkommando gemeldet. Monatelang hatte er Kurse an der Hazardous Devices School des FBI in Huntsville, Alabama, besucht und war dann dem Kommando zugeteilt worden. Auf dem College hatte Healy einen Abschluss als Elektroingenieur gemacht und an der John-Jay-Akademie Kriminalwissenschaften studiert.

Mit Begeisterung erzählte er von seiner Werkstatt zu Hause, von Erfindungen, die er als Jugendlicher gemacht hatte, von seinem seit zwanzig Jahren ununterbrochen laufenden Abonnement des *Scientific American*. Einmal hatte er die Formel für eine chemische Lösung zur Neutralisierung eines besonders starken Sprengstoffs entwickelt und fast ein Patent darauf erhalten, aber dann war ihm ein großes Rüstungsunternehmen zuvorgekommen.

Außer auf dem Schießplatz hatte er noch nie mit seiner Dienstwaffe geschossen und erst vier Verhaftungen vorgenommen. Er trug die Visitenkarte eines Waffengeschäfts in Brooklyn mit sich herum, auf deren Rückseite die Worte standen, die man bei einer Verhaftung zu sagen hatte; er wusste, dass er den Text im Ernstfall nie würde auswendig hersagen können. Er hatte sich schon mehrmals einen Verweis eingehandelt, weil er versäumt hatte, seinen Dienstrevolver zu tragen.

Als das Gespräch dann persönlicher wurde, wurde er stiller, obgleich Rune spürte, dass er gerne geredet hätte. Seine Frau hatte ihn vor acht Monaten verlassen und besaß das vorläufige Sorgerecht für ihren Sohn. »Ich würde gerne dagegen klagen, aber ich kann mich nicht dazu durchringen. Ich möchte Adam das nicht alles zumuten. Außerdem, welcher Richter würde mir schon das Sorgerecht über ein zehnjähriges Kind zusprechen? Ich habe den ganzen Tag mit Sprengstoffen zu tun.«

»Hat sie dich deshalb verlassen?«

Healy zeigte auf das Gelände. Rune hörte erneut eine scheppernde Warnung. Ein weiterer Riesenblitz, gefolgt von einer fünfzehn Meter hohen Rauchsäule. Rune spürte eine Druckwelle, die ihr wie ein jäher Sommerwind ins Gesicht wehte. Die Cops, die zuschauten, hoben die Finger an den Mund und pfiffen. Rune sprang auf und klatschte Beifall.

»Nitramon-Bodensprengladung«, sagte Healy, der den Rauch prüfte.

»Phantastisch!«

Healy schaute sie nickend an. Sie ertappte ihn dabei, und er wandte den Blick ab.

»Meinst du wegen des Jobs?«, fragte er.

Rune hatte ihre Frage vergessen. Dann erinnerte sie sich wieder. »Der Grund, weshalb deine Frau dich verlassen hat?«

»Ich weiß nicht. Ich schätze, der Grund war, dass ich nie daheim war. Geistig, meine ich. Ich wohne in Queens. Ich habe ein Haus mit einem Labor im Keller. Eines Abends hatte ich da unten an etwas gearbeitet und war irgendwie ganz darin versunken, und meine Frau kam runter und sagte, das Essen sei fertig. Ich habe nicht darauf geachtet und ihr von dem Experiment erzählt und gesagt: ›Weißt du, hier fühle ich mich wie zu Hause.‹ Und sie hat gesagt: ›Hier *ist* dein Zuhause.‹«

»Sei nicht so streng zu dir selber«, sagte Rune. »Dazu gehören zwei.«

Er nickte.

»Du liebst sie immer noch, was?«

»Ganz und gar nicht«, sagte er hastig.

»Hm-hm.«

»Nein, wirklich nicht.«

Das Rauschen des Windes erfüllte das Gelände. Er wurde still, fast unerreichbar.

Was wahrscheinlich etwas war, was seine Frau wild gemacht hatte. Die Schwierigkeit, zu ihm durchzudringen.

»Ganz plötzlich, aus heiterem Himmel, sagt sie, sie kann mich nicht länger ertragen«, sagte Healy nach einer Weile. »Ich bin ein einziges großes Ärgernis. Ich verstehe sie nicht. Ich bin nie für sie da. Ich war am Boden zerstört. In gewisser Weise habe ich es provoziert – ich habe sie gedrängt, ihr immer wieder gesagt, wie sehr ich sie liebe, wie Leid mir alles täte, dass ich alles tun würde ... Sie hat gesagt, ich würde sie nur quälen. Ich bin ein bisschen ausgeflippt.«

»Menschen, die man liebt, können einen so weit bringen«, sagte Rune.

Healy fuhr fort. »Zum Beispiel hat Cheryl, als sie gegangen ist, den Fernseher mitgenommen. Und am nächsten Tag kann ich an nichts anderes denken, als einen Ersatz zu besorgen. Ich bin losgegangen und habe mir eine Verbraucherzeitschrift gekauft und alles über die verschiedenen Geräte gelesen. Ich meine, ich musste unbedingt den besten Fernseher auf dem Markt kaufen. Ich war ganz besessen davon. Am Ende war ich bei SaveMart und habe – Mann, ich kann's kaum fassen – elfhundert Dollar für das Gerät ausgegeben ...«

»Boah, das muss ja 'ne Hyperglotze sein.«

»Klar, aber die Sache ist die: Ich sehe nie fern. Ich mag Fernsehen nicht. Solche Sachen habe ich gemacht. Ich war ganz schön deprimiert. Und dann hatten wir eines Tages einen Anruf wegen einer Rohrbombe. Weißt du, die sind echt gefährlich, denn gewöhnlich sind sie mit Schießpulver gefüllt, das unheimlich instabil ist. Das Ding wog ungefähr dreißig Pfund. Stellte sich raus, dass es vor einer großen Bank in der Innenstadt hingelegt worden war. In ein Treppenhaus. Da wir da keinen Roboter reinschicken können, zieh ich also einen Bombenschutzanzug über und schau's mir an. Ich könnte es einfach zu einer Stelle tragen, wo der Roboter es aufnimmt und in das Panzerfahrzeug bringt. Aber ich denke mir, dass es mir egal ist, ob ich tot bin oder nicht. Und entschließe mich, es selber zu entschärfen.

Ich fing an, das Ende von dem Rohr abzuschrauben. Und dann passiert es, dass ein bisschen von dem Pulver ins Gewinde von dem Verschluss kommt, und durch die Reibung geht die Ladung hoch.«

»Mein Gott, Sam ...«

»Es stellte sich raus, dass es Schwarzpulver war – kein rauchfreies Schießpulver. Das ist der schwächste Sprengstoff, den es gibt. Und das meiste war auch noch nass und ging gar nicht los. Es ist nicht mehr passiert, als dass ich auf den Arsch geflogen bin und meine Handflächen Blasen geworfen haben. Aber da habe ich mir gesagt: ›Healy, wird Zeit, dass du aufhörst, das Arschloch zu spielen.‹ Das hat mir dann ziemlich gut über sie hinweggeholfen. Und an dem Punkt bin ich jetzt.«

»Über sie hinweg.«

»Genau.«

»Die Ehe ist eine ganz schräge Geschichte«, sagte Rune nach einer Weile. »Ich bin mir nicht sicher, ob sie wirklich gesund ist. Meine Mutter ist immer hinterher, dass ich heirate. Sie hat eine ganze Liste mit Leuten für mich. Nette Jungs. Die

Söhne ihrer Freundinnen. Sie ist nicht voreingenommen. Juden, WASPs ... das ist ihr egal. Okay, es *gibt* eine Art Rangfolge nach Beruf, klar, zuerst kommt ein Arzt – aber im Grunde ist es ihr gleich, Hauptsache, ich bin am Ende reich und schwanger. Ach, und glücklich. Sie will wirklich, dass ich glücklich werde. Eine glückliche, reiche Mutter. Ich sag's dir, ich hab echt viel Phantasie, aber eins kann ich mir nicht vorstellen: mich verheiratet.«

»Cheryl war noch ganz jung, als wir geheiratet haben«, sagte Healy. »Zweiundzwanzig. Ich war sechsundzwanzig. Wir dachten, es sei an der Zeit, uns häuslich niederzulassen. Der Mensch verändert sich, schätze ich.«

Stille. Und Rune spürte, dass er das Gefühl hatte, sie hätten sich zu weit ins Persönliche vorgewagt. Er zuckte geringschätzig die Achseln, worauf ihm ein uniformierter Cop auffiel, den er kannte und den er fragte, was mit der scharfen Handgranate passiert sei, die jemand in der Bronx gefunden hatte.

»Die ist im Büro vom Captain. Liegt auf seinem Sessel.«

»Seinem Sessel?«, fragte Healy.

»Na ja, das TNT haben wir vorher rausgenommen.«

Healy wandte sich wieder Rune zu. »Hast du zufällig mal mit diesem Zeugen gesprochen?«, fragte sie, um die Stille zu überbrücken.

Healy trank sein Cola fast aus, ließ aber die Hälfte von seinem Sandwich übrig. »Mit welchem Zeugen?«

»Dem Kerl, der bei dem ersten Anschlag verletzt worden ist. Beim ersten Engel.«

Ein Wind kam auf und peitschte den Rauch aus einer brennenden Grube in ihre Richtung.

»Hab ich.«

»Aha«, sagte Rune. »Konnte er weiterhelfen?«

Healy hakte seine Daumen in seinen breiten Gürtel, der ihn tatsächlich ganz ähnlich wie ein Cowboy erscheinen ließ.

»Willst du mir nicht erzählen, was er gesagt hat?«

»Nein.«

»Wieso nicht?«

»Geht dich nichts an.«

»Du hast das, was er gesagt hat, einfach zu den Akten gelegt. Und das war's?«

»Nein, das war's nicht.« Healy kämpfte einen Augenblick mit sich. »Der Zeuge konnte nicht weiterhelfen«, sagte er schließlich.

»Es gibt also keine Spuren?«

»Es gibt Spuren.«

»Es verfolgt sie nur niemand«, sagte sie zynisch. »Wegen der Parole, stimmt's? Aus der Innenstadt.«

»Ich verfolge sie«, sagte Healy.

»Was?«, fragte sie eilig. »Erzähl's mir!« Und sie vermutete, er frage sich jetzt, ob das mit dem Date so eine gute Idee gewesen war.

»Ich habe die Fingerabdrücke auf dem Telefon nachgeprüft, von dem aus der Mörder sie an dem Abend des Anschlags angerufen hat.«

»Und …«

»Nichts. Ich überprüfe auch den Sprengstoff. Die Verpackung, die ich erwähnt habe. Ich glaube, wir können die Bestandsnummer zurückverfolgen.«

»Und, fliegst du raus, weil du das alles machst? Wegen der Parole aus dem Präsidium?«

»Ich denke mir das so: Der Einsatzleiter oder der Revierleiter haben meine Telefonnummer. Wenn sie wollen, dass ich aufhöre, können sie mich jederzeit anrufen.«

Ihre Hand legte sich auf seine Schulter. Sie spürte ein Kribbeln. Zum Teil war es Dankbarkeit, dass er sich exponierte, um herauszufinden, wer Shelly umgebracht hatte. Zum Teil war es etwas anderes.

Aber im Augenblick konzentrierte sie sich auf den kriminalistischen Teil. »Hör zu, Sam, wie wär's, wenn ich dir helfe?«

»Helfen wobei?«

»Den Mörder zu finden.«

»Nein.«

»Komm schon, wir können als Team arbeiten!«

»Rune.«

»Ich kann Sachen machen, die du nicht kannst. Ich meine, du musst doch legal vorgehen, stimmt's?«

»Rune, das ist kein Spiel.«

»Ich tu auch gar nicht, als wär's ein Spiel. Du willst doch einen Deli fangen.« Sie betonte das Wort, um ihm zu verstehen zu geben, dass sie sich mit Verbrechen und Verbrechern auskannte. »Und ich will einen Film drehen«, fügte sie hinzu. Ihre Lippen waren ein Strich. »Das ist kein Spiel.«

Er sah das Feuer in ihren Augen. Er sagte nichts weiter.

»Sag mir nur eins«, meinte sie nach einer Weile.

»Was?«

»Versprich mir, dass du antwortest.«

»Nein.«

»Bitte.«

»Vielleicht«, sagte Healy.

»Was ist mit den Fingerabdrücken?«

»Das hab ich dir doch gesagt. Die waren negativ.«

»Nicht die auf dem Telefon«, sagte Rune. »Die auf den Briefen. Denen vom Schwert Jesu, über die Engel.«

Er kämpfte mit sich. »Wer auch immer sie geschrieben hat, er hat Handschuhe getragen.«

»Wo kam das Papier her?«

»Ich sagte, ich beantworte eine Frage.«

»Vielleicht, hast du gesagt. Und das bedeutet, dass du nicht ausgeschlossen hast, auch zwei zu beantworten.«

»Ich mache die Regeln. Ich habe dir geantwortet. Jetzt versprich du mir, dass du nur deinen Film drehst und dich aus den Ermittlungen heraushältst.«

Sie strich sich die Haarsträhnen aus den Augen und streckte

die Hand aus. »Okay. Aber nur, wenn du mir die Exklusivberichterstattung garantierst.«

»Gemacht.« Seine große raue Hand schloss ihre ein. Er ließ nicht los. Einen Moment lang war das einzige Geräusch das des Windes. Sie wusste, dass er sie gerne geküsst hätte, und sie war bereit, ihn zurückzuküssen – auf eine bestimmte, unverbindliche Art. Aber der Moment verstrich, und er ließ ihre Hand los. Einen Augenblick lang starrten sie einander an. Dann wandte er sich der Grube zu.

»Komm«, sagte er. »Ich lass dich eine Handgranate werfen, wenn du willst.«

»Echt?«, fragte sie ganz aufgeregt.

»Na ja, eine Übungsgranate.«

»Ist schon gut«, sagte Rune. »Ich werd mich hocharbeiten.«

Durch den riesigen Bühneneingang sah Rune eine Baustelle, kein Theater.

Es roch nach Sägemehl und durchdringend süßlich nach Farbe und Lack. Überall war Bauholz in Bewegung, geschleppt von stämmigen Männern in T-Shirts, auf denen die Namen lang verblichener Broadway-Stücke aufgedruckt waren. Über die staubige, verschrammte Bühne schlängelten sich Kabel.

Rufe, das *Wumm, wumm, wumm* von Hämmern, das schrille Quietschen elektrischer Sägen, Schleifmaschinen, Bohrer.

Sie ging zur Seitenbühne. Gewiss, sie hatte Kulissen für eine High School-Aufführung gemalt, wie sie es Arthur Tucker gesagt hatte. Und sie hatte in verschiedenen Stücken mitgespielt, aber backstage in einem richtigen Theater war sie noch nie gewesen. Und sie hatte nicht gewusst, wie viel Platz es da hinter dem Vorgang gab.

Und was für ein hässlicher, schäbiger, verkommener Platz das war.

Eine riesige Höhle, eine tiefe Grube in der Unterwelt. Unbemerkt kam sie bis zur Bühnenrampe. In der ersten Reihe saßen drei Personen über ein Textbuch gebeugt. Zwei Männer und eine Frau. Sie diskutierten angeregt. Sie waren sich nicht einig.

Rune unterbrach. »Entschuldigen Sie ... Sind Sie Michael Schmidt?«

Ein Mann von Mitte vierzig hob den Kopf, und seine erste Bewegung war, die Lesebrille abzusetzen, die aus halben Gläsern in der unteren Hälfte des Gestells bestand.

»Ja?«

Die anderen – ein gewichtiger Mann im Arbeitshemd und eine Frau mit grimmiger Miene, die gierig an einer Zigarette sog – hatten nicht aufgeschaut. Sie starrten in den Text, als müssten sie im Leichenschauhaus einen Toten identifizieren.

»Ihr Büro hat mir gesagt, dass ich Sie hier finde«, sagte Rune.

»Ach ja? Darüber muss ich mich noch mit jemandem unterhalten.« Schmidt war klein, sehr kompakt und gut in Form. Rune konnte seine Oberarme sehen, die von den Bündchen seines eng anliegenden, kurzärmligen Hemdes zusammengepresst wurden. Obwohl er muskulös war, machte sein Gesicht einen ungesunden Eindruck; seine Augen waren rot und wässrig. Eine Allergie vielleicht.

Vielleicht, dachte sie, CS-Tränengas ...

»Was wollen Sie«, fragte er kurz angebunden.

»Kann ich ein Autogramm von Ihnen bekommen?«, fragte Rune.

Schmidt blinzelte. »Wie zum Teufel sind Sie an den Wächtern vorbeigekommen?«

»Bin einfach reingegangen. Bitte, ich hab mir schon immer Ihr Autogramm gewünscht.«

Er seufzte.

»Bitte.«

Er warf den anderen einen Blick zu, die weiter in das Textbuch starrten und düster flüsterten. Er stand auf. Schmidt humpelte und wimmerte einmal auf, als er über eine schmutzige Sperrholztreppe die Bühne erklomm.

Sie streckte die Hand aus. Er schaute sie ohne die geringste Regung im Gesicht an und ging an ihr vorbei. Ging zu der Kaffeemaschine und goss sich eine große Tasse ein. Er kam zurück, warf erneut einen Blick auf die streitenden Autoren oder wer immer das sein mochte. »Okay«, sagte er.

»Das ist wirklich ungeheuer nett von Ihnen. Vielen Dank.« Sie reichte ihm ein Stück Papier und einen Filzstift.

»Für wen?«

»Mama.«

Er kritzelte ein paar unleserliche Wörter. Gab den Zettel zurück. Rune nahm ihn und blickte dann zu ihm hoch. Er schniefte und schneuzte sich die Nase mit einem Leinentaschentuch. »Kann ich sonst noch etwas für Sie tun, Miss Rune?« Er stand mit vorgeschobener Hüfte vor ihr und schaute sie erwartungsvoll an.

»Okay.« Sie legte das Autogramm beiseite. »Ich hab gelogen.«

»Das dachte ich mir.«

»Na ja, Ihr Autogramm wollte ich schon. Aber ich wollte Ihnen außerdem ein paar Fragen stellen.«

»Ich mache kein Casting. Geben Sie Ihren Lebenslauf bei ...«

»Schauspielerin will ich auch nicht werden.«

Er blinzelte, dann lachte er. »Nun, in diesem Fall sind Sie die einzige Frau unter fünfundzwanzig in der ganzen Stadt, die das nicht will.«

»Ich drehe einen Film über eine Schauspielerin, die bei Ihnen vorgesprochen hat. Shelly Lowe?«

Flackerten seine Augen nicht wie bei einem verdatterten Eichhörnchen? Hatte er sie also möglicherweise jetzt erkannt?

»Ich erinnere mich nicht an eine Shelly Lowe«, sagte er.

»Das müssen Sie aber. Ich habe gehört, Sie haben ihr eine Rolle in diesem Stück hier angeboten.«

Er lachte, verblüfft. »Ich muss? Nun, Miss, ich tu's aber nicht.«

»Sie sollte die Hauptrolle bekommen.«

»Es gab Hunderte von Schauspielerinnen, die gehofft haben, die Hauptrolle in diesem Stück zu spielen. Am Ende haben wir eine einzige ausgewählt. Es war keine Miss Lowe. Also, wenn Sie mich jetzt ...«

»Sie ist ermordet worden.«

Seine Aufmerksamkeit ließ nach. Er begutachtete einige Aufbauten. »Tut mir Leid, das zu hören.«

Was nicht stimmte, wie Rune sehen konnte. Sie schwieg weiter und blickte zu ihm auf.

»Und Sie verfilmen ihre Lebensgeschichte?«, fragte Schmidt schließlich.

»So in etwa. Das ist ihr Bild.« Rune reichte ihm ein Künstlerfoto, das Nicole ihr gegeben hatte. Er studierte es mit dem distanzierten Interesse eines gelangweilten Verkehrspolizisten, der einen Führerschein prüft, und gab es ihr zurück. »Erinnere mich nicht an sie. Wie kommen Sie darauf, dass sie bei uns vorgesprochen hat?«

»Ich hab's gehört.«

»Aha«, sagte Schmidt wieder lächelnd. »Bühnentratsch. Darauf darf man nie etwas geben.«

»Dann könnten Sie das ja vielleicht zurechtrücken. Sie erinnern sich wirklich nicht an sie?«

»Miss Rune, das müssen Sie verstehen. Erstens habe ich mit dem Casting im Vorstadium überhaupt nichts zu tun. Dafür haben wir einen Casting-Direktor ...«

»Wie heißt ...«

»... der nicht mehr für uns arbeitet, und ich weiß nicht, wo er ist. Zweitens machen die meisten Leute, die behaupten, sie hätten ein Interview oder ein Vorsprechen bei Michael Schmidt, nichts weiter, als dass sie ihren Agenten ein Porträt und eine Kopie des Lebenslaufs schicken lassen oder sich zu einem Vorsprechen anstellen. Hat Miss Lowe tatsächlich je bei uns vorgesprochen? Ich bezweifle es. Hat sie je bei *mir* vorgesprochen? Ich will nichts Schlechtes über Tote sagen ... aber wenn Ihre Freundin behauptet hat, sie hätte die Rolle schon fast gehabt« – er drehte die Handflächen nach oben –, »dann hat sie gelogen.«

Nebenan gab es einen lauten Knall. Ein Bühnenarbeiter hatte einen riesigen Stapel Balken umgestoßen. Schmidt drehte sich mit wutverzerrtem Gesicht zu ihm um. »Was machen Sie da?«

»Entschuldigen Sie, Mr. Schmidt. Ich ...«

»Wir hinken hinter dem Plan her, weil Kretins wie Sie keine Ahnung von dem haben, was sie machen. Noch ein einziger Fehler, und Sie fliegen raus.«

»Ich habe mich entschuldigt«, sagte der korpulente junge Mann. »Es war ein Unfall.«

Schmidt wandte sich wieder Rune zu. »Ich bin nur von Idioten umgeben ... Das nächste Mal, wenn Sie mit mir reden wollen, rufen Sie mein Büro an. Vereinbaren Sie einen Termin. Obwohl« – er drehte sich um und ging auf die Treppe zu –, »ich hoffe inständig, dass es kein nächstes Mal gibt.«

Rune beobachtete ihn einen Augenblick lang. Sah, dass sie, soweit es Michael Schmidt betraf, aufgehört hatte zu existieren. Sie schlüpfte wieder hinter die Bühne, blieb dort stehen und schaute dem jungen Bühnenarbeiter zu, der wütend das Holz wieder aufschichtete, das zu Boden gefallen war.

Sie gähnte so heftig, dass ihr Kiefer bebte und aus ihren Augen dicke Tränen traten.

Es war zehn Uhr morgens. Rune saß im Studio von L&R an der Moviola – einem alten Schneidetisch – und spulte die Aufnahmen für den House O' Leather-Werbefilm zurück. Larry hatte etwa eine Stunde lang die anmutige Tochter aufgenommen, die vor dem pickeligen Hintergrund ständig ihren Auftritt wiederholte. Rune schnitt nach Bobs Notizen die Filmschnipsel zusammen.

Mary Jane – die, wie Rune fand, eine wundervolle Sekretärin abgegeben hätte – hatte ihrerseits eine Notiz hinterlassen, eine lange Liste von Korrekturen am Voranschlag. Sie hatte unterschrieben mit: *Bitte bis gegen 8:30 Uhr fertig stellen. Und denken Sie dran: Morgen ist der große Tag. Wir wollen doch alle hellwach sein. Ciao! M. J. C.*

Die Tür öffnete sich. Bob kam herein, kam direkt zu der grauen Maschine und starrte auf den Bildschirm. Eine Weile lang sagte er nichts zu ihr. »Wie geht's voran, Liebes?«

»Ich hab sie morgen früh für euch fertig.« Er wedelte ihre Hand von der Kurbel weg und drehte sie selbst, um die ruckartigen Szenen auf dem schmalen Bildschirm zu begutachten. Rune betrachtete sein 18-Karat-Goldarmband. »Ich wusste gar nicht, dass ihr Tageskopien zieht, wenn's nur um Werbung geht.«

»Bei der hier sind wir ein bisschen – wie sagt man – beflissener. Das Budget und so, du weißt schon.«

»Wie war das Abendessen mit den Klienten?«

»Der Typ ist 'n alter Furz, und seine Tochter … um Himmels willen. Die hatte ihren Fuß da, wo's nicht gut war, du weißt, was ich meine. Auf meinem Schenkel. Wollte noch einen Drink hinterher, nur wir beide. Ich hab totale Erschöpfung markieren müssen, um die verrückte Schnepfe loszuwerden. Und dann die bescheuerte Mary Jane – 'n richtiger Eisberg.«

Er drehte an dem Knopf. Er erstarrte. »Schneid noch zwei Sekunden mit ihr rein vor der Abblende. Der Alte hält sie für 'ne Art Lady Di.«

»Ich hab die Sequenz mit ihr schon fertig.«

»Fein, dann mach sie noch mal fertig.«

»Habt ihr mal an mich gedacht, dass ich hier rumsitze und Hunger habe, während ihr ein Gourmetessen verspachtelt?«

»Ach ja, hab dir was mitgebracht.«

Er überreichte ihr eine Papiertüte mit einem Fettfleck.

»Echt?«

Sie öffnete sie. Sie enthielt einen Schwan aus Silberfolie.

»Hey, du hast mir was vom Take-away mitgebracht.«

»Tja, sicher.«

Sie klappte den Rücken des Schwans auf. Sie starrte hinein.

»Das sind Reste, Bob, stimmt's? Das ist kein Schwanenpaket. Das ist was für den Hund.«

»Dachte mir, du hätt'st gerne was.«

Rune stocherte mit einem Bleistift in dem Inhalt. »Das sind grüne Bohnen und Kartoffeln. Das ist alles, was übrig ist. Und was gab's dazu?«

»Was weiß ich. Kann sein, 'n Steak.« Er reckte sich, und für einen Augenblick sah er aus wie der süße, unschuldige Junge, der er nie im Leben gewesen war, und verließ das Zimmer. »Bis morgen um halb neun, Puppe. Er mag Croissants, also bring von unterwegs welche mit, ja?«

Die Tür schloss sich hinter ihm.

Sie knüllte die Kartoffeln zusammen und wollte sie schon wegwerfen, als sie ihren Magen knurren hörte. Ihre Hand hielt inne.

»Verdammte Kacke.«

Rune öffnete die Folie, und nachdem sie sich mit einem Blick aus dem Fenster vergewissert hatte, dass Bob gegangen war, legte sie ihre eigene Videokassette in das Sony-Videoschnittgerät neben dem Moviola ein und ließ das Band laufen. Sie schaute es sich an, während sie mit Bleistiften als Essstäbchen die Kartoffeln und Bohnen vertilgte.

Die Aufnahmen von Danny Traub verrieten ihr nicht mehr, als dass der Pornoproduzent ein dummer, egoistischer, geiler Drecksack war. Die Aufnahmen von Michael Schmidt – die sie mit der versteckten Videokamera gedreht hatte – verrieten ihr, dass er ein cleverer, unseriöser, egoistischer Drecksack war, der geil sein mochte oder auch nicht, der es aber zumindest seiner Arbeit nicht in die Quere kommen ließ.

Rune wiederholte das Flackern in seinen Augen, als sie den Namen Shelly Lowe erwähnt hatte. Eine winzige Regung. Was mochte er denken? Woran erinnerte er sich?

Sie wusste es nicht. Wie Larry ihr gesagt hatte: ›Die Kamera lügt nicht, aber das heißt nicht, dass sie die ganze Wahrheit sagt.‹

Nein, das Band mit Schmidt sagte ihr sehr wenig. Aber das Band mit Arthur Tucker … das war etwas anderes.

Das Erste, was ihr auffiel: Shellys Schauspiellehrer hatte mehrere Minuten darauf verwendet, verstohlen etwas auf seinem Schreibtisch zuzudecken, während er mit ihr sprach. Es hätte ein Stapel Papier oder ein Manuskript sein können. Er war sehr raffiniert vorgegangen; im Büro hatte sie es überhaupt nicht bemerkt. Was wollte er vor ihr verbergen? Rune spulte das Band zurück und ließ das Bild stillstehen. Sie konnte nichts erkennen.

Aber dann fiel ihr Blick auf eine Tafel an der Wand hinter ihm, an der verschiedene Medaillen hingen. Es waren jedoch keine Medaillen aus dem Bestellkatalog, die an idiotische Ereignisse erinnerten wie ›Große Denkmäler der industriellen Revolution‹. Das waren echt aussehende Medaillen vom Militär sowie andere Erinnerungsstücke, darunter ein goldenes Kreuz.

Sie blinzelte, als sie sie näher musterte, und erinnerte sich an einen ihrer Lieblingsfilme. Einen Schwarz-Weiß-Film, den die Metropolitan Studios in den fünfziger Jahren gedreht hatten. *The Fighting Rangers*. Ein Film über den Zweiten Weltkrieg. Einer der Hauptdarsteller – der nette Junge aus einer Stadt im Mittleren Westen, der von jemandem wie Audie Murphy verkörpert wurde – hat schreckliche Angst vor der Schlacht. Er weiß nie, ob ihn nicht der Mut verlassen wird. Aber am Ende schleicht er sich auf eine Brücke des Feindes und sprengt sie ganz alleine in die Luft, um den Feind daran zu hindern, Verstärkung zu schicken.

Sie erinnerte sich an das kleine, halbmondförmige Abzeichen – das schlichte Wort RANGERS auf der Schulter des Helden –, als er in der letzten Szene sterbend daliegt. Es sah genauso aus wie das Abzeichen, das Arthur Tucker an seiner Medaillentafel hängen hatte. Er war also auch Ranger gewesen.

Etwas anderes, woran sie sich erinnerte, war eine Szene früher im Film, als ein anderer Soldat den Helden gefragt hatte, ob er wisse, wie er die Sprengladung auf der Brücke auszulösen habe.

Und er hatte geantwortet: ›Na klar, Sarge. Alle Ranger wissen, wie man etwas in die Luft jagt. Das lernen wir in der Grundausbildung.‹

11

Arthur Tucker fühlte sich alt.

Er saß in seinem verstaubten Büro am Times Square und versenkte einen mattweißen Tauchsieder in einen abgestoßenen Becher mit Wasser. Es sprudelte wild. Als das Wasser kochte, zog er den Tauchsieder heraus und warf einen schon zweimal gebrauchten, knochentrockenen Teebeutel hinein. Die Sonne schien durch Gardinen, die ausgebleichte Wellen aufwiesen, welche den Lauf der Sonne durch das Jahr abbildeten. Draußen erklangen Baugeräusche wie Schlachtenlärm.

Er fühlte sich alt.

Manchmal, wenn er einen seiner jungen Schützlinge auf der Bühne beobachtete, fühlte er sich alles andere als alt. Dann glaubte er beinahe, er sei immer noch der Fünfundzwanzigjährige im muffigen Kostüm von Rosenkranz oder Benvolio oder des jugendlichen Prinz Hal, der auf sein Stichwort wartet, um von rechts die Bühne zu betreten.

Heute allerdings nicht. Irgendetwas hatte dieses morbide Gefühl der Überalterung in ihm ausgelöst, als er auf der 50th Street aus der Eighth-Avenue-Bahn gestiegen und in langsamem Zickzack zu seinem Büro gegangen war. Als er sich die Anzeigetafeln der Theater angeschaut hatte. Viele befanden sich inzwischen im Erdgeschoss von Hochhäusern; es waren keine selbständigen Gebäude mehr wie das große, alte Helen Hayes, das Martin Beck, das Majestic. Er glaubte, das sage etwas aus – dass die Theater Teil von Bürogebäuden waren. Wenn er sich an die alten Anzeigetafeln erinnerte – die riesigen, weit in die Straße ragenden Quader aus Lichtpunkten –, erinnerte er sich vor allem an die Logos von Musikkomödien. Wieso konnte er sich an die (eine Theaterform, die er nicht mochte und sich selten anschaute) leichter erinnern als an die Tafeln, die Stücke von Miller und O'Neill und Ibsen und Strindberg und Mamet, die er alle für Genies hielt, ankündigten?

Es musste daran liegen, dass er alt wurde, dachte er sich.

Er dachte an seine Schüler. Wo waren die alle? Ein Dutzend am-Broadway oder off-Broadway-Bühnen. Sechs oder sieben bei Fernseh-Sitcoms oder Abenteuerserien. Zwei Dutzend in Hollywood.

Und Hunderte und Aberhunderte waren Buchhalter oder Juristen oder Schreiner oder Werbefritzen oder Klempner geworden.

Hunderte und Aberhunderte, die gut gewesen waren, aber nicht gut genug für das System: das Starsystem, diese gottverdammte, auf den Kopf gestellte Pyramide mit so wenig Platz für Leute an der Spitze.

Arthur Tucker nippte an seinem Tee und fragte sich, ob sein Leben ein Fehlschlag war.

Und jetzt ... der Zwischenfall mit Shelly Lowe. Er war sich nicht sicher, ob ...

Sein Telefon klingelte, ein gellendes, metallisches Kreischen. Er nahm ab. »Hallo.«

Er hörte ein atemloses junges Mädchen, das im D-Zug-Tempo auf ihn einsprach. Schecks? Sie sagte etwas über ein Problem mit der Post. Sie sitze im Erdgeschoss des Gebäudes, und einige an ihn adressierte Schecks seien irrtümlich zu ihr ins Büro geliefert worden. Tucker glaubte nicht, dass er irgendwelche Schecks erwartete. Die meisten seiner Schüler bezahlten am Ende ihrer Stunde bar mit knackig frischen, kostbaren Zwanzigern direkt aus dem Geldautomaten.

»Na ja, sie sehen jedenfalls aus wie Schecks. Ich bin hier ganz alleine. Ich kann sie Ihnen nicht raufbringen. Möchten Sie, dass ich sie heute Abend vor meine Tür lege?«

Was bedeutete, dass sie innerhalb von fünf Minuten verschwunden sein würden, wie er wusste.

»Ich komme runter. Welches Büro?«

»Eins-null-drei. Wenn ich nicht gleich aufmache, telefoniere ich möglicherweise gerade«, sagte sie. »Das dauert nur eine Minute.«

Tucker zog sein Tweedjackett mit den Lederflicken an den Ellbogen und der zerschlissenen Samtnaht über. Auf seinen Hut verzichtete er. Er ging auf den düsteren Korridor hinaus und schloss die Tür hinter sich ab. Dann drückte er den großen schwarzen Knopf, um den Aufzug zu rufen, und musste drei Minuten warten, bis er kam. Er ging hinein und trat die knirschende Fahrt hinab ins Erdgeschoss an.

Rune versuchte es mit einer Dentalsonde.

Sie hatte sie in einer Apotheke von einem Verkäufer gekauft, der sich nicht sonderlich zu wundern schien, wieso jemand in

Neonturnschuhen und einem mit Flugsauriern bedruckten Minirock sich für ein zahnärztliches Instrument interessierte. Dann war sie wieder zum Hausboot gegangen. Sie hatte an den Schlössern der Innentüren geübt und sie ziemlich schnell geknackt. Bis zur Eingangstür war sie nicht vorgedrungen, denn die hatte ein Zylinderschloss im Türknauf und ein Sicherheitsschloss, und da hatte sie die Geduld verloren. Egal, dachte sie sich, theoretisch war das zweifellos ein und dasselbe.

War es nicht.

Schwitzend schuftete sie mit wachsender Panik volle fünf Minuten an Arthur Tuckers Tür. Nichts geschah. Sie hatte den Haken hineingesteckt und hin- und hergedreht und das Schloss klicken und schnappen gehört, was alles sehr ermutigend war.

Aber nichts geschah. Die Tür blieb eisern verriegelt.

Sie trat zurück. Sie hatte keine Zeit. Tucker würde schätzungsweise in drei oder vier Minuten zurückkommen.

Sie checkte den Korridor. Auf dem Stockwerk gab es nur zwei weitere Mieter: das Büro eines Anwalts mit englischen und koreanischen Schriftzeichen und eine Importgesellschaft. Unter keiner der Türen war Licht zu sehen.

»Oh, verdammt!«

Rune rammte den Ellbogen durch das Glas. Ein großes dreieckiges Stück fiel nach innen. Sie griff durch das Loch und drehte den Knauf.

Vier Minuten ... du hast nur vier Minuten.

Es stellte sich jedoch heraus, dass sie nicht einmal so viel Zeit brauchte.

Denn genau in der Mitte auf Tuckers Schreibtisch lag das, wonach sie suchte – der Papierstapel, den abzudecken er sich so bemüht hatte. Es handelte sich jedoch nicht um einen x-beliebigen Papierstapel; es handelte sich um ein Theaterstück. Der Titel lautete *Danke für die Blumen*. Tucker hatte, wie es schien, Bemerkungen an den Rand geschrieben – Ergänzungen, Striche, Regieanweisungen. Nicht viele, hier und da ein paar Worte. Eine Änderung war allerdings ziemlich radikal, fand Rune. Nicht an dem Stück selbst, sondern auf dem Titelblatt. Tucker hatte *von Shelly Lowe* durchgestrichen und durch seinen eigenen Namen ersetzt.

Die Copyright-Angabe war ebenfalls geändert worden, sein Name anstelle von ihrem.

Auf dem Titelblatt stand noch eine andere Notiz: *Haymarket Theater, Chicago – interessiert.*

Shelly war erst ein paar Tage tot, dachte Rune wütend, und schon hatte der Wichser ihr Manuskript gestohlen und an jemanden verkauft.

Nimm es mit, sagte sie sich. Das ist ein Beweisstück.

Aber dann würde Tucker sehen, dass es weg war. Sie warf einen Blick hinter den Schreibtisch. Dort lagen auf seinem Regal Stöße von anderen Stücken, ebenso lose gebunden wie das hier. Sie stöberte darin und fand ein anderes, auf dem Tucker Shellys Namen ausgestrichen und seinen eigenen darunter geschrieben hatte.

Sie warf es in ihre Leopardenfelltasche und verließ das Büro. Hinter ihr ertönte ein lautes Klicken im Korridor.

Sie hatte sich geirrt. Tucker hatte an der Tür unten nicht so lange gewartet, wie sie gehofft hatte. Oder vielleicht hatte ihm jemand gesagt, dass das Unternehmen vor Monaten umgezogen war. Jedenfalls öffnete sich der Aufzug genau im gleichen Moment, als sie das Treppenhaus betrat. Sie hörte seine Schritte, hörte sie anhalten, hörte sein gedämpftes ›Oh nein‹, als er die zerbrochene Scheibe sah. Sie drückte sich durch die Feuertür und nahm zuerst zwei, dann drei Stufen auf einmal bis hinunter zum Erdgeschoss.

Draußen sah sie einen Polizisten auf der Straße. Ihr erster Impuls war, zu rennen. Aber dann fiel ihr ein, dass Tucker auf keinen Fall die Polizei rufen würde. Bestenfalls war er ein Dieb. Schlimmstenfalls ein Mörder.

Die Beleuchtung bestand aus gleißenden Punkten reinen Sonnenlichts.

Rune stand zehn Meter entfernt hinter schmierigen Pfosten, spürte die Hitze der Scheinwerfer und fragte sich zwei Dinge. Wieso hatte sich der Beleuchter für vier 800-Watt-Redhead-Scheinwerfer entschieden, die für die Größe des Sets viel zu stark waren?

Das war das Erste, worüber sie sich wunderte. Das Zweite war: Was mochte wohl Nicole D'Orleans durch den Kopf gehen, die sich nackt mit einem großen, dünnen Mann auf einem rosa Satinlaken balgte und deren lange, perfekte Beine mit aller Kraft die Taille des Mannes quetschten.

»Genau Baby toll jaaah jaaah ooooh du weißt was ich mag du weißt was ich will zeig's mir fick mich fick mich …«

Wenn Nicole es satt hatte, derartige Sätze von sich zu geben, fing sie an, einfach nur zu quietschen und zu maunzen. Der Mann auf ihr grunzte überwiegend.

Sie schwitzten wie wild, änderten fortwährend die Positionen – die Missionarstellung war anscheinend passé. Manche Stellungen waren durchaus originell, schienen aber schon zur Erschöpfung zu führen, wenn man nur zuschaute; gut, dass Nicole und ihr Partner sportlich waren.

Herrje, dachte Rune, so hoch würde ich die Füße nicht mal kriegen, wenn ich Geld dafür bekäme …

Die Geräusche ihres Liebesspiels verhallten in den düsteren Tiefen des Lame-Duck-Studios.

Der Kameramann im T-Shirt ging ganz nahe heran, als sei das forschende Objektiv der Ikegami-Kamera das dritte Mitglied einer ménage à trois. Das übrige Team lehnte gelangweilt an Scheinwerferständern und Stativen und trank Kaffee. Außerhalb der heißen Strahlen im Umkreis der Matratze gestikulierte Danny Traub – der heute den Regisseur gab – ungeduldig herum und hetzte den Kameramann um das Set. »Wenn du das Abspritzen verpasst, kannst du dich auf was gefasst machen.«

»Ich verpass es nicht.«

»Gestern war Sharons Bein im Weg. Da war null zu sehen.«

»Ich verpass es nicht«, erwiderte der Kameramann. Und rückte noch näher an die Action.

Rune widmete sich wieder ihren Überlegungen. Woran mochte Nicole wohl denken? Sie waren jetzt seit einer halben Stunde zugange. Sie wirkte erregt. Aber war das gespielt? Konzentrierte sie sich auf …

Dann eine Störung.

Der Schauspieler hatte aufgehört zu pumpen und stand auf. Benommen, ermattet, schwer keuchend. Nicole warf einen Blick zwischen seine Beine und erkannte das Problem. Sie beugte sich vor und machte sich mit dem Mund ans Werk. Sie wirkte recht geschickt, aber der Mann sprach nicht darauf an. Plötzlich trat er aus dem Scheinwerferlicht. Nicole richtete sich auf und nahm den Bademantel, den eine junge Frau, eine Assistentin, ihr reichte. Der Schauspieler hielt nach einem Handtuch Ausschau, fand eines und schlang es sich um die Hüfte.

»Das war's«, rief der Schauspieler. Er kehrte die Handflächen nach außen und zuckte die Achseln.

Danny Traub seufzte und knurrte Anweisungen. Die Scheinwerfer erloschen. Die Kamera wurde abgeschaltet. Die Assistenten und Beleuchter verließen das Set.

»Das dritte Mal diese Woche, Johnny«, flüsterte Traub.

Der Schauspieler zog kräftig an einer Camel. »Es ist viel zu scheißheiß hier drinnen. Wie wär's mit der Klimaanlage?«

»Der Klimaanlage?« Traubs Kopf wirbelte herum zu seinem imaginären Hofstaat. »Was braucht der – vielleicht null Grad, ehe er einen hochkriegt?«

Johnny blickte zu Boden, den Brennpunkt jedoch zwanzig Zentimeter unterhalb desselben. »Ich bin müde.«

»Ich zahle dir dreitausend Dollar für deinen steifen Pimmel. Der Film hier hätte schon vor einer Woche im Kasten sein sollen.«

»Dann dreh doch die Szenen, wo ich nicht mitspiele. Schneid ’n paar Szenen aus dem Vorrat rein.«

»Johnny« – Traub schien zu einem Sechsjährigen zu sprechen –, »die Leute sparen ihre Groschen, um Bänder mit dir und deinem Dreißig-Zentimeter-Teil auszuleihen. Sie wollen sehen, wie der Zauberstab seine Wunder wirkt, kapiert?«

»Ich bin müde.«

»Du bist zugekokst, das bist du. Du weißt doch, was das Koks mit deinem Yin-Yang anrichtet. Du kannst Anwalt sein, Arzt sein, Musiker, wahrscheinlich sogar ein Scheißflugzeugpilot, und dir reinpfeifen, was du willst, ohne dass es dir beim Job in die Quere kommt. Aber ein Mann, der Pornos dreht, kann nicht so viel reinziehen, wie du es machst.«

»Gib mir einfach ein paar Stunden Zeit.«

»Nein, ich geb dir ’n Scheißarschtritt. Raus.«

Nicole hatte von der Bettkante aus zugesehen. Sie ging zu den beiden. »Danny ...«

Traub beachtete sie nicht.

Johnny murrte etwas. Er ging an den Rand des Sets. Aus einer ledernen Schultertasche holte er ein blaues Glasröhrchen. Traub trat zu ihm und schlug es ihm aus der Hand. Es knallte gegen die Wand und fiel, sich drehend, zu Boden.

»Scheiße, Danny, wieso ...«

Danny stieß Johnny hart gegen die Wand. Mit einem bösartigen Grinsen schaute er sich um. »Denkt er, ich mache Witze? Klar denkt er das! Der Mann denkt, ich mache Witze ... Ich kann’s mir nicht länger leisten, dich mitzuschleppen.«

»Hör auf.«

»Halt die Schnauze!« Die Worte gellten schrill und rasend. Jeder am Set musste sie gehört haben. Aber alle schauten weg – auf Drehpläne oder Rechnungen oder Drehbücher. Oder sie starrten in ihren Kaffee oder Tee und rührten zwanghaft.

Johnny riss sich los. Er setzte sich aufs Bett und suchte zerstreut nach seinen Kleidern.

Nicole ging zu dem heruntergefallenen Koksstreuer, hob ihn auf und hielt ihn fragend Johnny entgegen. Traub trat dazwischen und riss ihn ihr aus der Hand.

»Du blöde Kuh. Hast du nicht gehört, was ich grade gesagt habe?«

»Ich wollte nur …«

Traub hatte sich wieder zu Johnny gewandt. »Ich hab dir ’nen Vorschuss auf die Woche gegeben. Ich will die Hälfte zurück.«

»Danny«, sagte Nicole. »Lass ihn in Ruhe, komm schon.«

Traub drehte sich zu ihr um. »Eine richtige Schauspielerin wüsste, was sie machen muss, dass er einen hochkriegt. Du bist total unfähig, verdammte Scheiße.«

Nicole fürchtete sich offensichtlich vor ihm. Sie schluckte und wandte den Blick von seinen winzigen, stechenden Augen. »Schmeiß ihn nicht raus, Danny. Komm schon. Du weißt doch, dass er Probleme gehabt hat, Jobs zu kriegen.«

Traubs Gesicht verzerrte sich zu einem düsteren, äffischen Grinsen. »Ein impotenter Pornostar, der keine Arbeit kriegt? Du verarschst mich.«

»Er hat grade ’ne schwere Phase, das ist alles.«

»Scheiß auf das Geld«, sagte Traub zu Johnny. »Mach, dass du rauskommst.«

Johnny drehte sich abrupt um und verließ das Set.

»Arschloch«, flüsterte Nicole.

Traub fuhr herum und packte sie an den toupierten Haaren. Er zog ihr Gesicht nahe an seines heran. »Wag … es … ja … nicht …«

Nicole wimmerte. »Tut mir Leid, tut mir Leid, tut mir Leid …«

Zorn überschwemmte Traub. Er holte mit der zur Faust geballten Hand aus. Aber er schaute sich um. Ein massiger

Assistent im T-Shirt regte sich. Der Kameramann machte einen Schritt auf sie zu. Traub wartete einen Augenblick und ließ Nicoles Haare los.

Sie hob die Hand zum Kopf und massierte ihren Schädel. Traub bedachte sie wieder mit einem falschen Lächeln und tätschelte ihr die Wange. Auf eine Ohrfeige gefasst, zuckte sie zusammen. Er lachte und steckte ihr das Koksröhrchen zwischen die Brüste. »Das ist mein …«

Sie warf den Kopf zurück und ging weg.

»… braves Mädchen«, rief Traub ihr nach.

»Schuhe«, sagte Nicole zu Rune. »Ich denke ganz oft an Schuhe.«

»An Schuhe? Wie die an Ihren Füßen?«

»Genau. Sie wissen schon. Schuhe.«

Rune und Nicole saßen in einer Garderobe bei Lame Duck, bei der es sich keineswegs um einen Raum handelte, sondern lediglich um einen Bereich, der mit einem rissigen und von Mäusen angenagten Vorhang vom übrigen Studio abgeteilt worden war. Sie waren in der dritten Etage, der Etage über dem Anschlag. Nicole hatte gesagt, die Gesellschaft habe beschlossen, nicht umzuziehen, was sie echt geschmacklos fand, denn Shelly war genau unter ihnen ermordet worden. »Danny sagt, wir hätten ’nen echt süßen Deal mit dem Vermieter gemacht. Was immer das heißt.«

Rune hatte sich nach dem Zwischenfall mit Tucker in die Garderoben geschlichen. Dort hatte sie die Kamera aufgestellt und auf eine Großaufnahme von Nicoles Gesicht gezoomt. Sie hatte die Stimme gesenkt, damit sie so klang wie die von Faye Dunaway in *Network*. »Wenn Sie am Set sind, und die Kameras laufen, und Sie sind mit einem Mann zusammen und machen es, woran denken Sie dann?«

»Nur ein Mann?«

»Mit irgendjemandem, meine ich.«

»Danny dreht oft gern mit zwei Männern.«

»Okay«, sagte Rune, »sagen wir, Sie sind mit zwei Männern am Set.«

Nicole nickte, um zu zeigen, dass sie die Frage verstanden hatte, und fing an, über Schuhe zu reden.

»Ich denke oft an Ferragamos. Heute, vor dieser Geschichte mit Johnny, hatte ich mir grade ein tolles Paar vorgestellt. Es hatte so einen schicken Bogen an der Seite, echt klein und goldig.« Nicole trug einen glänzenden Silberoverall mit einem breiten weißen Gürtel. Dazu Cowboystiefel mit Metallnieten an der Seite. Ihre Haare waren hochtoupiert. Rune bemerkte, dass ihre Kopfhaut an der Stelle, wo Traub sie gepackt hatte, gerötet war.

»Ich liebe Schuhe. Ich habe ungefähr sechzig Paar. Ich weiß nicht. Sie beruhigen mich. Aus irgendeinem Grund.«

»Sechzig?«, flüsterte Rune staunend.

»Es gab einen Unterschied zwischen mir und Shelly. Ich gebe alles aus, was ich verdiene. Sie hat alles in Fonds und Aktien und solchem Zeug angelegt. Aber ich, ich liebe Klamotten. Was soll ich da sagen?«

»Ich habe ein paar von Ihren Filmen gesehen. Es sah aus, als seien Sie wirklich erregt, richtig drauf. Haben Sie das nur gespielt?«

Nicole zuckte die Achseln. »Ich bin eine Frau; ich hab viel Übung im So-tun-als-ob.«

»Aber Sie müssen doch auch mal an etwas anderes denken als an Schuhe.«

»Na ja, es gibt so technische Sachen, über die man sich Gedanken machen muss. Bin ich im richtigen Winkel, schau ich in die Kamera, hab ich mir die Unterarme rasiert, sag ich auch nicht die ganze Zeit das Gleiche?«

»Wer schreibt die Dialoge?«

Nicole blickte nervös in die Kamera. Sie räusperte sich. »Das meiste improvisieren wir. Die Sache ist nur die, dass man meinen sollte, das wäre einfach. Man guckt einfach in die Kamera und redet los. Aber das stimmt gar nicht. Irgendwie verkrampft man sich. Man weiß, was man sagen muss, aber das Schwierige für mich daran ist, *wie* ich es sagen soll.«

»Für mich haben Sie sich okay angehört«, sagte Rune. »Und ich hab etliche von Ihren Filmen gesehen.«

»Echt?« Nicole wandte ihr Gesicht, das in purpurrotem und beigem Make-up leuchtete, Rune zu. »Welche?«

»*Ärsche hoch.* Und *Liebeskriege.* Ach ja, und *Lüsterne Cousinen.*«

»Der ist schon alt, *Lüsterne Cousinen.* 'ne Art Klassiker. Ich bin mal im *Hustler* erwähnt worden. Ich muss zugeben, dass ich irgendwie Glück hatte, so wie es gelaufen ist. Ich habe eine Woche dafür geprobt. Shelly hat uns bekannt gemacht.«

Rune warf einen Blick hinaus in den leeren Korridor.

»Hat Shelly je Stücke geschrieben?«

»Stücke? Klar. Das war noch so ein Hobby von ihr. Sie hat sie immer weggeschickt, und dann sind sie mit einer Ablehnung zurückgekommen.«

»Ist je ein Stück von ihr aufgeführt worden?«

»Nee, glaub ich nicht. Aber vor ein paar Monaten hat sie eins geschrieben, das wirklich gut sein soll. Da hat sich ein Theater für interessiert.«

Das Haymarket Theater, Chicago, hätte Rune gewettet, die sich an das Manuskript in Tuckers Büro erinnerte.

»*Danke für die Blumen?*«

»Ja. Ich glaube. Das könnte es gewesen sein.«

»Wissen Sie, worum es darin ging?«

»Nee.«

»Ich habe Danny Traub interviewt«, sagte Rune. »Ich hab mit ihm über Shelly gesprochen.«

»Hm-hm.«

»Und er hat gesagt, er hätte sie ehrlich geliebt. Dass sie ein richtiges Team waren.«

»Das hat Danny gesagt?«

»Jau.«

»Er hat gelogen«, sagte Nicole.

»Das hab ich mir irgendwie gedacht.«

»Der hat sich einen Scheiß um Shelly geschert. Und auch um sonst niemanden außer um sich selber. Hat er Ihnen, na ja, erzählt, dass er sie angemacht hat – und zwar jeden zweiten Tag?«

»Nein. Wieso tun *Sie's* nicht?«

Nicole blickte zur Kamera. »Wenn Sie die vielleicht ausschalten könnten.«

Rune drückte den Schalter.

»Er hat sie immer ...«

»Belästigt?«

Nicole zuckte die Achseln, als läge ein feiner Unterschied darin, ob man eine Frau anmachte oder sie belästigte. »Es war nicht so, dass er sie verfolgt hätte. Aber er ist ihr ziemlich nachgestiegen. Sie hat ihn für 'ne kleine Kröte gehalten. Sie hat ihn gehasst. Er ist immer am Set angerauscht und hat angefangen, alle fertig zu machen. Hat alle lächerlich gemacht und beleidigt. Und wissen Sie, wie er das gemacht hat? Er hat über einen gesprochen, nicht mit einem, sogar, wenn man direkt vor ihm stand. Und weil er sie bezahlt – und Junge, er bezahlt gut –, haben sich's alle gefallen lassen.«

»Aber Shelly nicht.«

»Oh, ganz und gar nicht. Nicht Shelly. Die hat ihn ausgelacht, verflucht. Vor ein paar Wochen hat Danny den Regisseur am Set herumkommandiert, und Shelly hat ihn einen Kretin genannt. Ich weiß gar nicht genau, was das ist – haben Sie das schon mal gehört? Egal, sie hat ihn so genannt und ist dann abgedampft. Junge, war der sauer. In seinem ganzen Gesicht sind die Adern und alles rausgekommen. Ich hab gedacht, der kriegt 'nen Herzinfarkt.«

»Ich habe den Streit mitbekommen, den ihr vorhin hattet.«

»Ich und Danny? Das haben Sie gesehen? Das war noch nicht mal ein richtiger Streit.« Sie nahm eine Bürste und fing an, ihre Haare zu bearbeiten. Es fiel ihr schwer – sie starrten vor Spray. »Johnny ist ein Herzchen. Ihm geht's zurzeit nicht besonders gut. Er ist Alkoholiker und zieht sich viel zu viel Koks rein. Er sollte sich zur Ruhe setzen. In den siebziger Jahren war er 'n richtiger Star. Er ist ganz schön groß gebaut, müssen Sie wissen.«

»Das hab ich gesehen«, sagte Rune.

»Aber Danny hat schon Recht. Er ist nicht mehr gut. Er kriegt nur noch bei Lame Duck Arbeit. Sonst nimmt ihn keiner mehr. Ich schätze, sogar Danny hat die Geduld verloren. Ich meine, das ist doch so ziemlich das Einzige, was bei 'nem Kerl klappen muss – dass er einen hochkriegt.« Nicole zuckte die Achseln. »Steht irgendwie in der Arbeitsbeschreibung, wissen Sie?«

Rune schwieg. Irgendwo tröpfelte Wasser. Draußen schaltete mit dunklem Röhren ein Motorradfahrer durch die Gänge. Sie beugte sich vor. »Meinen Sie, er hätte Shelly umbringen können?«

»Danny?« Nicole schüttelte lachend den Kopf. Dann hielt sie inne. Das Lächeln verschwand, und sie wühlte in ihrer Handtasche. »Haben Sie Lust auf 'ne Line?« Das blaue Röhrchen erschien. »Johnny hat immer gutes Zeug.«

Rune schüttelte den Kopf.

Nicole zog eine Line, schniffte. »Warum sollte er das tun?«, fragte sie kurz darauf.

Rune betrachtete die Gipsplatten, die unregelmäßigen Kanten, die verbogenen Nägel, die grobe Sägearbeit. »Wissen Sie, was irgendwie komisch ist?«, fragte sie nach einer Weile.

»Was?«

»Dass Sie, als ich das gesagt habe – dass Danny Shelly umgebracht haben könnte –, anscheinend gar nicht richtig geschockt waren.«

Nicole dachte einen Augenblick darüber nach. »Ich kann Danny nicht leiden. Er ist ekelhaft, und er denkt an nichts anderes als an Frauen und Koks und Autos. Aber ich bin ganz ähnlich, ich denke an nichts anderes als an Klamotten und Koks. Also kann ich eigentlich keine Steine werfen, wissen Sie?«

Ihr Blick wurde unstet. Sie kämpfte mit sich.

»Reden Sie weiter«, sagte Rune mit gesenkter Stimme. »Ich habe das Gefühl, es gibt etwas, was Sie mir sagen wollen.«

Nicole schaute auf ihre Uhr, dann beugte sie sich nahe heran. Rune roch Parfum und Feuchtigkeitscreme und Mundwasser. »Sagen Sie's nicht weiter, aber ich würde Ihnen gern was zeigen.«

Nicole stand auf und schob die verzogene Holzverkleidung, die als Tür diente, beiseite. Sie betraten den kahlen Flur und gingen zu einem Lastenaufzug. »Wir fahren runter ins Erdgeschoss«, sagte Nicole, während sie ein Ziehgitter schloss. Sie drückte den Knopf zum Erdgeschoss.

Sie kamen in eine schäbige Lobby und gingen zu einer Tür, die sich auf eine Treppe hin öffnete, die abwärts ins Dunkle führte.

»Sieht aus, als ginge sie zu einer Grube runter, wie ein Verlies.«

Nicole stieß ein kaltes Lachen aus. »Genau das ist es auch.«

Sie starrte ein paar Sekunden in die Finsternis, worauf sie mit dem Abstieg begann. »Ich glaub nicht, dass jemand hier unten ist. Ich hoffe es.«

Es war ein langer Abstieg. Sie gingen eine volle Minute, mit nichts als einem wackligen Holzgeländer zum Festhalten. Das einzige Licht kam von zwei schummrigen Birnen, die in riesige, für weit größere Lampen vorgesehene Drahtgestelle eingeschraubt waren. Die Stufen waren ganz morsch.

Am Fuß der Treppe führte ein Korridor zu einem düsteren, niedrigen Tunnel aus Felsgestein und grob verschmiertem Zement. Auf dem Fußboden standen ölige Wasserlachen. An verschiedenen Stellen ragten Eisenstangen aus dem Fels. Vor Jahren hatte jemand – zur Warnung vermutlich – rote Farbe, wie Blut, um die Stangen gepinselt. Spinnweben und federleichte Insektenhüllen hingen in den Ecken. Rune musste mehrmals husten; die Luft stank nach Getriebeöl und Schimmel.

Sie folgten dem Tunnel weiter.

»Das war früher mal ein Heizungskeller oder ein Lagerraum«, sagte Nicole, als sie durch eine Tür trat und einen Lichtschalter anknipste. An der Decke blitzten Neonröhren auf. Die beiden Frauen mussten in dem grellen Licht blinzeln. Sie befanden sich in einem quadratischen Raum, sechs mal sechs Meter. Die Wände bestanden ebenso wie der Tunnel aus fleckigem, hingeklatschtem Zement und Felsgestein. Von der Decke hingen Ringe an Ketten. In der Ecke standen schmutzige lederne Turnpferde, und eine Wand war von einem komplizierten Holzgestell verdeckt.

»Ein Trainingsraum?«, fragte Rune. Sie trat zu einem Trapez aus Holz und Chromstahl. »Ich denke immer, ich müsste was für meine Fitness tun, bringe aber nicht die rechte Motivation dafür auf. Im Grunde denke ich, Sport sollte einen konkreten Zweck haben – wie zum Beispiel vor jemandem davonlaufen, der einen zusammenschlagen will.«

»Das ist kein Trainingsraum, Rune«, sagte Nicole leise.

»Nicht?«

Die Schauspielerin ging zu einem hohen, verbeulten Metallspind und öffnete ihn. Sie nahm einen langen, dünnen Stab heraus. Er sah aus wie ein Zeigestock, wie ihn Lehrer benutzten.

»Sehen Sie, in den Filmen, die ich drehe, machen wir manchmal zum Schein ein bisschen gespieltes Sadomaso. Wir nehmen eine neunschwänzige Katze aus Stoff oder eine Reitpeitsche, die mit Schaumgummi umwickelt ist. Manche Typen fahren drauf ab, wenn sie Girls in Leder-BHs und Strapsgürteln und schwarzen Strümpfen sehen, die Männer zwingen, ihnen die Stöckel zu lecken. Aber das ist alles dummes Zeug.

Jemand, der wirklich auf SM steht, würde so ein Band zurückbringen und sich sein Geld wiederholen. Echte SM-Fans benutzen Sachen wie die hier.«

Nicole schlug mit dem Stock auf ein Pferd. Er zischte und traf mit einem Knall wie bei einem Schuss auf. Rune zuckte zusammen.

»Hickoryholz«, sagte Nicole. »Sieht nicht schlimm aus, macht aber Schwielen. Es reißt die Haut auf. Man könnte jemanden damit umbringen, wenn man oft genug zuschlägt. Ich hab schon gehört, dass das vorgekommen ist.«

»Und Sie wollen mir erzählen, dass Danny darauf steht?«

»Ich bin einmal hier runtergekommen und hab gesehen, wie er so einen Streifen gedreht hat. Er verkauft sie an Privatkunden. Ich glaube nicht, dass ihm die normalen Videos von Lame Duck noch genügen. Er braucht so etwas, um einen hochzukriegen.«

»Was hat er gemacht?«

»Es war fürchterlich. Er hat ein Mädchen geschlagen und Nadeln benutzt – klar, die sind steril und alles, aber trotzdem, mein Gott. Und dann hat sie angefangen zu betteln, dass er aufhört. Aber er ist nur noch mehr ausgeflippt, als er das gehört hat. Er hatte irgendwie total die Beherrschung verloren. Ich glaube, er wollte sie umbringen. Sie ist ohnmächtig geworden, und ein paar Assistenten haben Danny festgehalten und das Mädchen ins Krankenhaus gebracht. Sie wollte zu den Bullen gehen, aber er hat sie ausbezahlt.«

Nicole schaute sich in dem Raum um. »Sie haben also gefragt, ob er Shelly umgebracht haben könnte? Ich weiß nicht. Aber eins kann ich ihnen sagen: Er tut Menschen gerne weh.«

Rune griff nach einer dünnen Kette mit scharfen Krokodilklemmen an den Enden. Die Klemmen waren blutverkrustet. Sie legte sie wieder hin.

Nicole löschte die Lichter, und sie gingen durch den Korridor zu der Treppe.

Und da hörte Rune das Geräusch.

»Da, was war das?«, flüsterte sie.

Nicole blieb auf der zweiten Stufe stehen. »Was?«

»Ich hab was gehört, da hinten. Sind da noch andere Räume wie der?«

»Ein paar. Ganz hinten. Aber da war's dunkel, oder? Wir haben kein Licht gesehen.«

Sie warteten einen Moment.

»Nichts.« Nicole hatte die Treppe schon zur Hälfte erklommen, als Rune den Fuß auf die erste Stufe setzte. Dann hörte sie es wieder, das Geräusch.

Nein, stellte sie fest, in Wirklichkeit waren es zwei Geräusche. Das eine war ähnlich wie das, welches sie zuvor gehört hatte: das geheimnisvolle Zischen des Hickorystocks, der auf die lederne Bank schwang.

Das zweite war vielleicht nur das Geräusch von Luft, die aus einem Rohr entwich, oder Dampf oder weit entfernter Verkehr.

Oder es war vielleicht das, wofür es sich für Rune anhörte – das unterdrückte Lachen eines Mannes.

12

Die Gießkanne war leck, aber davon abgesehen, fand Rune, war es eine ziemlich gute Idee.

Sie klingelte an Danny Traubs Stadthaus und wunderte sich kein bisschen, als eine atemberaubende Braunhaarige im Seidennegligé die Tür öffnete. Sie hatte Brüste so hoch und weit herausragend, dass Rune darunter hätte spazierengehen können.

Nutten vom Amazonas ... Gott steh uns bei.

Rune ging an ihr vorbei. Die Frau blinzelte und trat zur Seite.

»Tut mir Leid, dass wir's gestern nicht mehr geschafft haben. Mussten 'ne Riesenladung Rhododendranien in ein Büro in Midtown liefern, in eins von Trumps Häusern, und da war die gesamte Mannschaft beschäftigt.«

»Sie meinen Rhododendren.«

Rune nickte. »Genau.«

Vorsicht war geboten. Die Nutte hatte was in der Birne.

»Vorsicht«, sagte die Frau. »Ihre Kanne rinnt. Sie wollen doch nicht, Sie wissen schon, das Holz beschädigen.«

»Kapiert.« Rune machte sich an die Arbeit, indem sie Traubs Pflanzen wässerte und die Blätter mit einer Schere beschnitt. Sie stopfte sie gewissenhaft in ihre Tasche. Auf der grünen Jacke, die sie trug, hatte MOBIL gestanden, als sie das Ding in einem Secondhandladen gekauft hatte. Aber sie hatte das Logo abgeschnitten und es durch ein Abzeichen des Bundesamtes für Forstwirtschaft ersetzt.

Sie hatte bei Lame Duck angerufen und von der Rezeption erfahren, dass Traub noch ein paar Stunden im Studio war und nicht gestört werden durfte. Ihre einzige Sorge war gewesen, dass sie der Frau über den Weg laufen könnte, die ihnen kürzlich die Martinis gebracht hatte.

Schön, es war riskant gewesen, herzukommen. Aber was im Leben ist nicht riskant?

Traubs einziger Gast schien jedoch diese braunhaarige Basketballspielerin zu sein.

Die Frau wirkte nicht besonders misstrauisch; sie war eher daran interessiert, was Rune da machte. Sie beobachtete alles, was Rune tat, und das lief – soweit Rune es beurteilen konnte – darauf hinaus, dass sie jede einzelne Pflanze ermordete, die sie anfasste. Sie schien keinen blassen Schimmer von Gartenarbeit zu haben.

»Haben Sie lange gebraucht, um das alles zu lernen? Über Pflanzen?«, fragte die Amazone.

»Nicht sehr lange.«

»Ach«, sagte die Frau und schaute zu, wie Rune die Wurzeln eines Usambaraveilchens kappte.

»Man muss ihnen etwas Wasser geben, aber nicht zu viel. Und etwas Licht. Aber ...«

»Auch davon nicht zu viel.«

»Genau.«

Die Frau nickte und speicherte die Information irgendwo unter ihrer glänzenden, Henna-gepflegten Haarmasse ab.

»Nie zu viele Blätter abschneiden. Und immer darauf achten, dass Sie die richtige Art von Schere benutzen. Das ist extrem wichtig. Scharfe Scheren.«

Ein Nicken; die geistige Festplatte der Frau schwirrte.

»Kann man von dieser Arbeit leben?«

»Sie würden staunen«, sagte Rune.

»Ist das schwer zu lernen?«

»Man braucht eine gewisse Begabung, aber wenn man sich anstrengt ...«

»Ich bin Schauspielerin«, sagte die Amazone, worauf sie eine Line Kokain schnüffelte und sich vor den Fernseher setzte, um eine Seifenoper anzuschauen.

Zehn Minuten später hatte Rune die Hälfte der Pflanzen ihrer Blätter beraubt und sich bis nach oben zu Traubs Büro vorgearbeitet.

Es war leer. Sie schaute im Flur nach links und rechts und sah niemanden. Sie ging hinein und schloss die Tür. Es gab keinen Aktenschrank, aber Traub hatte einen großen Schreibtisch, und der war nicht verschlossen.

Im Innern fand sie Rechnungen, Kataloge von schicken Geschenkartikelhäusern, einen Dildo ohne Batterien, Dutzende deutscher SM-Fotomagazine, Haarclips und Teile von Wasserpfeifen, Streichholzbriefchen, Stifte, Chips von der Spielbank. Nichts, was ihr weiterhalf ...

»Möchten Sie noch einen Martini?«, fragte die Stimme kühl.

Rune erstarrte und drehte sich langsam um. Die Blondine, die gleiche Frau, die sie und Traub kürzlich bedient hatte – die, der sie nicht über den Weg zu laufen gehofft hatte –, stand in der Tür.

Schön, es war riskant gewesen, herzukommen …

»Ich …«

Die Frau ging lethargisch an ihr vorbei und zog eine andere Schublade auf. Sie enthielt vielleicht Tausende zerknautschter Zehner und Zwanziger. »Bedienen Sie sich.« Sie machte kehrt und verließ das Büro.

Rune schloss die Schublade. »Warten Sie, könnte ich mit Ihnen reden?«

Die Blondine ging weiter. »Ich heiße Crystal«, sagte sie, als Rune sie im Flur einholte. »Und Sie sind …?«

»Rune.«

»Wollen Sie zum Film oder nur meinen Freund ausrauben?«

»Ist er wirklich Ihr Freund?«

Sie gab keine Antwort.

Crystal ging voran bis aufs Dach. Draußen legte sie ihren Bademantel ab und streckte sich auf einer mit flauschigen rosa Handtüchern bedeckten Gartenliege aus. Sie rieb Brust, Arme und Beine mit Aloe-Vera-Sonnenmilch ein und legte sich mit geschlossenen Augen zurück.

Rune schaute sich um. »Schick.«

Crystal zuckte die Achseln. Wie es schien, fragte sie sich, was an einer grauen Sonnenterrasse wohl schick sein sollte. »Er ist es nicht«, sagte sie. Sie setzte eine Sonnenbrille mit dunkelblauen Gläsern auf und schaute Rune an. »Mein Freund, meine ich.« Einen Augenblick lang sagte sie nichts. »Von Zeit zu Zeit sieht man große Kreuzfahrtschiffe den Fluss herunterkommen«, fuhr sie dann fort. »Manchmal frage ich mich, wo sie wohl hinfahren. Haben Sie schon mal eine Kreuzfahrt gemacht?«

»Ich hab mal ’ne schöne Kreuzfahrt rund um die City gemacht. Mit der Circle Line. Ich hab so getan, als wär ich ein Wikinger.«

»Ein Wikinger? Sind das die mit den Helmen?«

»Genau.«

»Ich meine eine richtige Kreuzfahrt.«

»Nein.«

»Ich auch nicht. Ich würde es gern einmal machen.«

»Sie haben eine tolle Figur«, sagte Rune.

»Vielen Dank«, sagte sie, als hätte ihr das noch nie jemand gesagt. »Lust auf ’ne Line?«

»Nein danke.«

Crystals Kopf drehte sich träge nach der Sonne. Ihre Arme ruhten auf den Kanten der Liege. Selbst ihr Atem war lethargisch. »Ich glaube, ich würde gerne in der Karibik leben. Ich war mal in St. Bart. Und ein paarmal war ich im Club Med, auf Paradise Island. Dort hab ich einen Typ kennen gelernt, nur war der verheiratet und lebte getrennt, und als er wieder nach New York kam, ist er zu seiner Frau zurückgegangen. Komisch, er hatte ein Kind und hat mir nicht mal davon erzählt. Einmal hab ich ihn auf der Straße gesehen. Und Sie wollen nicht zum Film?«

»Ganz bestimmt nicht.«

»Ich könnte auch strippen – ich muss keine Filme machen. Aber das Ding beim Strippen ist ... Da steht man in so einem kleinen Raum, und Kerle gucken einem zu, und, na ja, man weiß ja, was die machen. Es ist nicht richtig ekelhaft, es ist eher ... wie sagt man gleich?« Sie suchte eine Weile nach dem Wort, kam jedoch nicht darauf. Sie gab auf. Legte noch mehr Lotion auf. »Nach was haben Sie denn gesucht?«

»Haben Sie Shelly Lowe gekannt?«

Der Kopf drehte sich, wohin aber die Augen unter den tiefblauen Spiegeln blickten, konnte Rune nicht sagen. Sie sah lediglich zwei identische Fischaugenbilder von sich. »Ich hab sie ein oder zwei Mal getroffen«, sagte Crystal. »Ich hab nie mit ihr zusammengearbeitet.«

»Kamen sie und Danny gut aus?«

Crystal wälzte sich auf den Bauch. »Nicht besonders schlecht, nicht besonders gut. Wissen Sie, er ist ein Arschloch. Niemand kommt mit Danny besonders gut aus. Sind Sie, irgendwie, so was wie 'ne Privatdetektivin oder so?«

»Ganz unter uns?«

»Klar«, lautete die Antwort, die so träge kam, dass Rune sie glaubte.

»Ich drehe einen Film über Shelly Lowe. Sie war eine richtige Schauspielerin, wissen Sie?«

»Wir sind alle Schauspielerinnen«, sagte Crystal so hastig, als sei sie auf diese Reaktion konditioniert. Es klang jedoch nicht gereizt oder verärgert.

»Ich will einen Film über ihre Karriere drehen. Sie war nicht glücklich. Sie mochte die Branche nicht, wissen Sie.«

»Welche Branche?«

»Pornofilme.«

Crystal wirkte erstaunt. »Nicht? Wieso nicht? Sie hätte alles haben können, was sie wollte. Ich verdiene fünfzigtausend im Jahr, wenn ich zweimal die Woche arbeite. Und Shelly hätte das Doppelte haben können. Nur ...«

»Was?«

»Die Leute haben Angst. Natürlich vor Aids. Ich lasse mich ständig testen; alle tun das. Aber man weiß nie ... John Holmes ist an Aids gestorben. Er hat immer behauptet, er hätte mit zehntausend Frauen geschlafen.« Sie drehte sich wieder auf den Rücken, die Brille auf die heiße Sonnenscheibe gerichtet.

Schließlich fuhr Crystal fort. »Sie war gut. Shelly, meine ich. Wir bekommen eine Menge Briefe von Fans. Manche sind abgedreht – wie wenn Männer uns ihre Unterwäsche schicken –, aber meistens ist es nur, ich liebe dich, ich denke an dich, ich leih mir alle deine Filme aus. Ich werde oft um Verabredungen gebeten. Danny hat mir erzählt, dass Shelly Sachen wie Flugtickets und Schecks bekommen hat, damit sie die Typen, die ihre Filme sahen, hätte besuchen können. Sie war einer der großen Stars der Firma.«

Rune beobachtete den *Dayliner* von Circle Line über den Hudson tuckern. »Hey, das ist mein Wikingerschiff. Damit müssen Sie mal fahren.«

Crystal schaute flüchtig hin. »Danny erzählt mir nicht viel von seinem Geschäftskram. Er denkt, ich hätte nicht allzu viel Grips, wissen Sie.« Die Brille ging in die Höhe. »Ich war auf dem College.«

»Wirklich?«

»Gemeindecollege. Ich wollte Zahntechnikerin werden. Und schauen Sie, was ich jetzt habe ... Alles, was ich mir nur wünschen kann.«

»Sie werden doch nicht verraten, dass ich ...«, sagte Rune.

Crystal nahm die Brille ab und schüttelte den Kopf. »Sie haben mir immer noch nicht gesagt, was Sie eigentlich gesucht haben.«

Rune konnte nicht an den blauen Gläsern vorbeischauen, aber sie hatte das seltsame Gefühl, jemanden vor sich zu haben, dem sie trauen konnte. »Könnte Danny Shelly verletzt haben?«

»Sie umgebracht haben, meinen Sie?«

Sie zögerte. »Genau das meine ich.«

Ihre Antwort kam so träge wie ihre übrige Konversation. »Ich weiß nicht. Und selbst wenn ich's wüsste, würde ich, irgendwie, nicht gegen ihn aussagen. Wissen Sie, was er mit mir machen würde, wenn ich das täte?«

Rune hatte eine gewisse Vorstellung.

Ein langer Augenblick verstrich, während Crystal sich mit noch mehr Sonnenmilch einrieb. Endlich ließ sie die Tube zu Boden fallen. »Sie haben an der falschen Stelle nachgeschaut.«

»Wie meinen Sie das?«

»Er ist nicht blöd.«

»Traub?«

»Ist er nicht. Er bewahrt die wichtigen Sachen nicht in seinem Schreibtisch auf. Er bewahrt zum Beispiel keine wichtigen Papiere dort auf.«

»Wieso sollte ich an seinen Papieren interessiert sein?«

»Er bewahrt sie dort auf, wo er sein Koks aufbewahrt. In der Küche gibt es einen Safe, unter der Spüle. Er denkt, ich würde die Kombination nicht kennen. Aber ich hab sie rausgekriegt. Wollen Sie sie wissen?«

»Was?«

»Sie ist vierzig rechts. Neunundzwanzig links. Wieder zurück auf vierunddreißig. Sehen Sie, das ist seine Vorstellung von einer perfekten Frau. Ihre Maße. Das predigt er uns Mädels die ganze Zeit. Die perfekte Frau.«

»Was ist in dem Safe?«, wollte Rune wissen.

»Wissen Sie, ich muss jetzt meinen Rücken bräunen. Und wenn ich das mache, dann schlafe ich ein. Auf Wiedersehen.«

»Danke«, sagte Rune. Aber die Frau reagierte nicht.

Rune flitzte nach unten und fand den Safe. Die Kombination funktionierte. Im Innern befanden sich Dutzende von Tüten voller Koks. Etwas Crack ebenfalls. Aber dafür interessierte Rune sich nicht besonders – Traubs Vorlieben kannte sie bereits.

Was sie interessierte, war die Versicherungspolice.

Ein dünner Ordner von New York Accident & Indemnity. Rune schlug ihn auf. Da standen jede Menge komischer Wörter, alle kursiv gesetzt, wie *Verdoppelung der Versicherungssumme bei Unfall* und *Key Man* und *Name des Versicherten* und *Versicherungsnehmer*. Sie konnte sich nicht erklären, was sie bedeuteten. Aber es dauerte nicht lange, bis sie sich erklären konnte, dass die Police auf Shelly Lowes Leben ausgestellt war und dass aufgrund ihres Todes Danny Traub um 500 000 Dollar reicher werden würde.

Rune hatte Sam Healy angerufen und ihn gebeten, sich mit ihr zu treffen. Sie wollte ihm von Tucker und Traub berichten. Bevor sie jedoch zusammenkommen konnten, hatte sie bei L&R ein Anruf erreicht. Und deshalb saß sie nun in einem Coffeeshop auf der Ecke West 46th Street – Restaurant Row im Herzen des Theater District.

»Ich bin Mitglied bei einer sehr wenig exklusiven Truppe«, sagte der Mann. »Theaterleute, die von Michael Schmidt verraten, gefeuert oder angegriffen wurden. Ich weiß wirklich nicht, weshalb Sie über den einen Film drehen wollen. Es gibt so viele anständige Leute in der Theaterbranche.«

»Es geht eigentlich gar nicht um ihn.«

»Gut.« Franklin Becker schüttete noch mehr Zucker in seinen Kaffee und rührte um. Er war ein ehemaliger Casting-Direktor von Michael Schmidt. Nachdem Rune mit dem Produzenten in dem Theater gesprochen hatte, hatte sie sich an den Bühnenarbeiter herangemacht, der von Schmidt angebrüllt worden war, weil er den Holzstapel umgeworfen hatte. Sie hatte dem Ärmsten eine Tasse Kaffee spendiert und ihm vorsichtig die Namen verschiedener Leute aus der Nase gezogen, die vielleicht bereit waren, über Schmidt auszupacken. Becker war der Erste, der zurückgerufen hatte.

»Es geht um Shelly Lowe«, erklärte Rune.

»Die Schauspielerin, die bei diesem Anschlag umkam. Und Sie wissen etwas über ihre Beziehung zu Schmidt?«

»Genau.«

Becker erinnerte sie ein bisschen an Sam Healy. Groß, lichter werdendes Haar. Anders als das steinerne Gesicht des Cops jedoch zeigte das von Becker häufig die Spuren seiner Gefühle. Außerdem hatte sie den Eindruck, dass es in seiner Vergangenheit keine Ehefrauen gab, höchstens Freunde.

»Was können Sie mir über sie erzählen – über Shelly und Schmidt?«

Er lachte. »Na, da kann ich Ihnen eine schöne Geschichte erzählen. Was sie machte ... es war erstaunlich. Ich habe am Broadway seit fast zwanzig Jahre Besetzungen gemacht, aber so etwas habe ich noch nie erlebt.

Wir hatten eine Reihe von Interviews ... Michael mochte Interviews lieber als Vorsprechen. Er ist ein komischer Kerl. Wenn Sie je mit ihm gesprochen haben, dann wissen Sie, dass er sehr genaue Vorstellungen hat. Gewöhnlich könnte sich der Produzent nicht weniger um die Hilfskräfte kümmern – die Schauspieler, meine ich. Das überlässt er dem Regisseur. Solange die Hauptdarsteller gute Kritiken bekommen und genügend Zuschauer anziehen, reicht das. Aber nicht Michael. Der macht allen die Hölle heiß: Regisseur, Hauptdarstellern, Statisten, Arrangeuren, Musikern, allen.«

Rune war sich nicht sicher, wo das hinführen sollte, aber sie ließ den Casting-Direktor nach Belieben fortfahren.

»Als es also an die Besetzung ging, hat mir Michael mit seinen kleinen wachen Augen ständig über die Schulter geschaut. Wir lasen Lebensläufe, wir schauten Videos an, wir sprachen mit Agenturen.« Er schüttelte den Kopf. »Alle absolvierten das Standardinterview – alle außer Shelly. Das ist das Erstaunliche. Irgendwie hatte sie ein Exemplar des neuen Stücks in die Hände bekommen. Ich habe keine Ahnung, wie. Michael behandelte sie wie Goldbarren. Es gab einfach nirgends einen Text. Sie aber hatte einen ergattert und die Hauptrolle auswendig gelernt. Und dann ist sie dran. Sie kommt in Michaels Büro und sagt gar nichts. Sie fängt einfach an rumzulaufen. Was hat sie vor? Ich weiß es nicht. Er weiß es nicht.

Aber dann wird's mir klar. Ich habe das Stück beim Vorsprechen schon oft genug quer gelesen. ... Sie spielt eine der Schlüsselszenen und befolgt dabei die Regieanweisungen für den Anfang des dritten Akts. Dann spricht sie die erste Dialogzeile in diesem Akt und schaut mich an – wie eine Primadonna einen Dirigenten, der aus dem Takt gekommen ist. Ich fange also an, ihr die Stichworte zu geben. Ich dachte, Michael würde stinksauer werden. Er mag Leute nicht, die was Schlaues machen, das ihm nicht eingefallen ist. Aber nach einer Minute ist er beeindruckt. Meine Güte, er ist ganz aus dem Häuschen. Und mir ging's genauso. Shelly war wahnsinnig gut. Wir sagen ihr, toll, vielen Dank, wir werden uns melden, was wir eben immer sagen. Und Michael gibt den typischen unverbindlichen Michael. Nur dass sie so einen Blick in den Augen hat, weil sie weiß, dass sie alle anderen aus dem Feld geschlagen hat.

Als sie gegangen ist, lesen wir noch mal ihren Lebenslauf. Komisch, wissen Sie: Sie hat eigentlich keine reguläre Ausbildung. Ein paar respektable Off-Broadway-Aufführungen, ein bisschen Provinztheater. Ein bisschen Sommertheater und ein paar Auftritte bei der Brooklyn Academy und bei lokalen Theatergruppen. Eigentlich dürfte sie gar nicht so gut sein, sonst hätten wir von ihr hören müssen. Irgendwas war da faul.«

»Und dann hat er sich ein bisschen umgehört?«, fragte Rune.

»Stimmt. Michael hat herausgefunden, in welcher Art von Filmen Shelly aufgetreten ist. Und damit war's aus für sie.«

»Hat er was gegen Schundfilme?«

»Und ob. Er ist sehr religiös, müssen Sie wissen.«

»Was?« Sie musste lachen.

»Ohne Witz. Diese Pornogeschichte – das war eine moralische Sache. Und das Komische dabei ist, er war fuchsteufelswild. Denn sie war die Idealbesetzung für die Rolle. Aber er hat sich nicht gestattet, sie zu engagieren. Er wurde ziemlich, äh, deutlich, als er es erfuhr.«

»Aber so, wie er sich benimmt … der arme Bühnenarbeiter,

der, der mir Ihren Namen genannt hat … ich dachte, er würde den umbringen.«

»Ah, aber nicht ein unanständiges Wort kam ihm über die Lippen, oder?«

»Ich weiß nicht mehr.«

»Er ist sehr aktiv in seiner Kirche. Er betet vor jeder Vorstellung.«

»Na und?«, meinte Rune. »Die Bibel ist voll von Paarungen.«

»Mann, am Broadway gibt es Schauspielerinnen, die haben ohne Kamera mit nicht weniger Männern – und Frauen – geschlafen als Shelly Lowe im Film. Aber Micheal ist Diakon in seiner Kirche. Ein Zeitungsartikel – oh, die *Post* würde sich die Finger danach lecken – darüber, dass Michael Schmidts Hauptdarstellerin eine Porno-Queen ist?« Beckers Augen leuchteten auf. »So reizvoll der Gedanke für diejenigen unter uns auch ist, die dem Dreckskerl gerne einen reinwürgen würden … Sie sehen also, wieso er das nicht zulassen konnte.«

»Es muss ihr das Herz gebrochen haben.«

Becker zuckte die Achseln. »Sie war erwachsen und hat sich dafür entschieden, solche Filme zu machen. Niemand hat sie dazu gezwungen. Aber sie hat nicht ohne Kampf aufgegeben. Und das war ein Kampf, sag ich Ihnen.«

»Was ist passiert?«

»Nachdem ich sie angerufen hatte, um ihr die schlechte Nachricht mitzuteilen – ich hatte das Gefühl, das sei ich ihr schuldig –, hat Shelly sich mit ihm verabredet. Wir hatten die Rolle inzwischen mit jemand anderem besetzt, aber ich schätze, mir kam so halb der Gedanke, sie hätte vielleicht die Absicht, Michael zu *becircen*, wenn wir's einmal harmlos ausdrücken wollen, ihr die Rolle doch noch zu geben.«

»Das hätte Shelly nicht gemacht.«

Becker schaute sie mit hochgezogenen Augenbrauen an.

»Nicht, um eine Rolle zu kriegen«, sagte Rune. »So war sie nicht. Es ergibt keinen Sinn, aber so viel weiß ich inzwischen über sie. Es gab gewisse Grenzen, die sie nicht überschritten hätte.«

»Mir kam jedenfalls der Gedanke. Aber es passierte etwas ganz anderes ...« Seine Stimme erstarb. »Das dürfte ich Ihnen wahrscheinlich gar nicht erzählen.«

Rune blinzelte. »Tun wir einfach so, als sei es nur Klatsch. Ich liebe Klatsch.«

»Ein fürchterlicher Streit. Richtig bösartig.«

»Was haben Sie hören können?«

»Nicht viel. Lesen Sie Gedichte? Robert Frost?«

Rune dachte nach. »So Sachen über Pferde, die im Schnee herumstehen, wo sie besser woanders hingingen?«

»Ach«, klagte Becker. »Liest denn überhaupt niemand mehr? ... Nun gut, Frost hat einen Begriff namens *der Laut des Sinns* geprägt. Er bezieht sich darauf, dass wir Worte verstehen können, auch wenn wir sie nicht deutlich hören. Wie durch geschlossene Türen. Ich habe sehr wohl den Sinn ihres Gesprächs mitbekommen. Ich habe Michael noch nie so wütend erlebt. Und so verängstigt auch nicht.«

»Verängstigt?«

»Verängstigt. Er kommt von dem Treffen und tigert herum. Kurz darauf beruhigt er sich. Dann fragt er mich nach der neuen Hauptdarstellerin für das Stück und ob der Gewerkschaftsvertrag schon unterschrieben ist, und ich sage ihm, er sei es. Und ich merke, dass er darüber nachdenkt, die Rolle wieder Shelly zu geben, obwohl er es nicht will.«

»Was, denken Sie, ist passiert?«

»Mir ist etwas Interessantes an Shelly aufgefallen«, sagte Becker. »Sie hat wirklich ihre Hausaufgaben gemacht – erstens, sich das Stück zu besorgen, zum Beispiel. Sehen Sie, bei uns gehen eine Menge junger, hoffnungsvoller Talente ein und aus. Sie kennen Tschechow und Ibsen und Mamet auswendig.

Aber sie haben keinen Schimmer vom Theater*geschäft*. Sie halten Produzenten für Götter. Aber so kreativ Shelly auch war, mit einem Fuß stand sie auch im richtigen Leben. Sie war eine Strategin. Für ihr erstes Interview fand sie alles heraus, was es über Michael zu wissen gibt. Persönliche Dinge ebenso wie berufliche.« Becker bedachte Rune mit einem viel sagenden Lächeln und runzelte die Stirn, als sie nicht reagierte. »Kapieren Sie nicht?«

»Äh, nicht so richtig.«

»Erpressung.«

»Erpressung? Shelly hat ihn erpresst?«

»Niemand hier weiß etwas Genaues, aber es gibt Gerüchte um Michael. Vor ein paar Jahren war er auf der Durchfahrt durch irgendein kleines Kaff in, was weiß ich, Colorado, Nevada, und wir glauben, dass er dort verhaftet wurde. Weil er einen High School Boy aufgelesen hat – es hat geheißen, er sei erst siebzehn gewesen.«

»Autsch.«

»Hm-hm. Etwa zur gleichen Zeit gab es eine Meldung, Michael hätte zweihunderttausend für die Rechte an einem Stück gezahlt. *Niemand* bezahlt so viel Geld für ein plattes Stück ohne Musik. Das muss ein Scheingeschäft gewesen sein – ich bin sicher, er hat Unternehmensgelder dazu benutzt, um die Behörden zu schmieren und sich vor dem Knast zu retten.«

»Ich dachte, er sei Diakon in seiner Kirche.«

»Das war vor seiner Erleuchtung.«

»Meinen Sie, Shelly ist dahinter gekommen?«

»Wie gesagt, sie hat ihre Hausaufgaben gemacht.«

»Er hat Sie gefeuert«, sagte Rune. »Da sind Sie doch ein bisschen voreingenommen gegen ihn.«

Becker lachte. »Ich respektierte die Kraft von Medea. Kann ich ihr verzeihen, dass sie ihre Kinder umgebracht hat? Ich respektiere Michael für das, was er für das New Yorker Theater getan hat. Persönlich halte ich ihn für ein eingebildetes Arschloch. Ziehen Sie Ihre eigenen Schlüsse aus dem, was ich Ihnen erzähle.«

»Eine letzte Frage. War er in Vietnam? Oder ist er je Soldat gewesen?«

»Michael?« Becker lachte erneut. »Das wäre ein köstlicher Anblick gewesen. Soweit ich es verstanden habe, muss man, wenn man beim Militär ist, tun, was andere einem sagen. Das hört sich nicht sehr nach dem Michael Schmidt an, wie wir ihn alle kennen und lieben, oder was meinen Sie?«

13

Er kneift die Augen zusammen und sucht, in goldenes Licht getaucht, über Sträucher und Wassergräben hinweg nach Anzeichen für Indianer oder Büffel oder verirrtes Vieh. Seinen Fünfundvierziger trägt er stets an der Hüfte …

Rune benutzte ihre Finger als improvisierten Kamerasucher, um Sam Healy einzurahmen. Sie winkte ihm zu, und er kam langsam auf sie zugestapft.

In ihrem Film würde er toll wirken.

Irgendetwas an ihm war heute anders. Zwei Dinge, genau genommen. Einmal, er war nicht mehr so missmutig.

Und zweitens strahlte er eine Art ruhiger Kraft aus, die sie in seinem Gesicht bisher noch nicht gesehen hatte.

Dann blickte Rune an ihm vorbei und sah den Grund für die Veränderung. Der zehnjährige Junge, der scheinbar zufällig neben ihm her gegangen war, war ganz zweifellos Adam, sein Sohn. Healys Gesicht verriet die beschützende, überlegene, wachsame Art eines Vaters.

Sam schien sich nur knapp beherrschen zu können, sie zu

umarmen und ihr einen Kuss zu geben, und nickte ihr zu. »Danke, dass du dich mit mir triffst. Schön, mit uns.«

»Na klar«, antwortete sie, wobei sie sich fragte, wieso er ihr nicht gesagt hatte, dass er den Jungen mitbringen würde. Vielleicht, weil er gefürchtet hatte, sie würde dann nicht kommen.

Healy stellte sie einander vor, und sie schüttelten sich die Hände. »Freut mich, dich kennen zu lernen, Adam«, sagte Rune.

Der Junge sagte nichts, sondern musterte Rune nur kritisch.

»Na los, Junge, was sagt man?«

Der Junge zuckte die Achseln. »Werden die jedes Mal immer jünger?«

Rune lachte, und Healy, der ein bisschen rot wurde, auch. Der gelungene Witz war so glatt herausgekommen, dass ihr klar war, dass er ihn schon öfter angebracht hatte.

Sie spazierten durch das südliche Manhattan.

»Magst du U2?«, fragte Adam Rune, als sie auf dem Broadway am Federal Building vorbeikamen. »Die sind der totale Wahnsinn.«

»Die Gitarre liebe ich! Chunga, chunga, chunga ...«

»Und ob!«

»Aber eigentlich stehe ich vor allem auf ältere Musik. Wie Bowie, Adam Ant, Sex Pistols, Talking Heads.«

»David Byrne, klar, der ist so was wie 'n Megagenie. Obwohl er alt ist.«

»Ich hör 'ne Menge Police«, sagte Rune. »Mit denen bin ich irgendwie aufgewachsen.«

Adam nickte. »Von denen hab ich gehört. Meine Mama hat die auch immer gehört. Sting gibt's immer noch.«

»Äh ... Crosby, Stills and Nash?«, meinte Healy.

Rune und Adam schauten ihn ausdruckslos an.

»Jimi Hendrix? Jefferson Airplane?«

Als er auf The Doors ebenfalls nur einen leeren Blick erntete, sagte Healy: »Hey, wie wär's mit Mittagessen?«

Rune und Healy saßen gegenüber dem aparten Woolworth Building. Adam, mit zwei Hotdogs und einem Yoo-Hoo-Schokoshake abgefüllt, jagte Eichhörnchen und Schatten und vom Wind verwehte Papierfetzen.

»Sam«, setzte sie an, »angenommen, du hat mehrere unterschiedliche Verdächtige und weißt, dass es einer von denen war, aber du weißt nicht, wer.«

»Bei einem Sprengstoffanschlag?«

»Sagen wir, bei irgendeinem Verbrechen. Als wärst du ein gewöhnlicher Spreizfuß, der etwas ermittelt.«

»Plattfuß, nicht Spreizfuß. Aber wahrscheinlich wäre es eher ein Detective, der Verdächtige beurteilt.«

»Okay, ein Detective mit drei Verdächtigen. Was würdest du tun, um herauszukriegen, wer der Deli ist?«

»Deli«, sagte er. »Siehst du, ich hab ja gesagt, dass du der geborene Cop bist.«

In dickem slawischen Akzent: »Ich habe gelernt Englisch von *Kojak*-Wiederholungen.« Sie wurde wieder ernst. »Komm schon, Sam. Was würdest du machen?«

»Um jemanden zu verhaften, braucht man einen begründeten Verdacht.«

»Und was ist das?«

»Etwas, das zeigt, dass es wahrscheinlicher ist, dass dein Verdächtiger das Verbrechen begangen hat, als dass er es nicht begangen hat. Ein Zeuge, widersprüchliche Alibis, konkrete Beweise am Tatort, die den Verdächtigen mit dem Verbrechen in Verbindung bringen, Fingerabdrücke, genetische Tests … Ein Geständnis ist immer gut.«

»Wie kriegt man Geständnisse?«

»Wir setzen den Verdächtigen in einen Raum, schalten die Kamera ein und fragen ihn aus. Verhaften tun wir ihn nicht, denn dann kreuzt sein Anwalt auf und sagt ihm, er soll nichts sagen. Er kann jederzeit gehen, aber wir … ermuntern ihn zum Bleiben.«

»Bist du schon mal mit einem Trick an ein Geständnis gekommen?«

»Klar. Das gehört zum Spiel. Aber es gibt keine Antwort mehr, bis du mir sagst, weshalb du so neugierig auf polizeiliche Methoden bist.«

»Okay, ich hab drei Verdächtige.«

»Welche Verdächtige?«

»Im Mord an Shelly Lowe.«

»Drei Verdächtige? Du meinst, du kennst drei Personen beim Schwert Jesu? Wieso hast du das nicht Begley oder jemandem von der Mordkommission gesagt?«

»Ach, das Schwert Jesu gibt es ja gar nicht. Das ist ein Deckmantel. Jemand will, dass es aussieht, als sei's 'ne religiöse Sache, aber das ist es nicht.«

»Aber ...«

Sie fuhr fort, bevor er etwas fragen konnte, was unzweifelhaft entweder zu ausweichenden Antworten oder glatten Lügen geführt hätte. »Schau mal, Shelly hat nicht einfach nur diese Filme gemacht. Da ist so ein Typ namens Arthur Tucker. Er war Shellys Schauspiellehrer. Aber weißt du, was interessant ist?« Sie verstummte und schaute ihn an. »Was ist denn los?«

»Rune, das hast du doch nicht wirklich gemacht.«

»Ich hab nur Leute über sie interviewt, für meinen Film, und da bin ich auf ein paar komische Sachen gestoßen.« Sie wurde still und hob den Blick zu den Wasserspeiern in zwei Dritteln Höhe des Wolkenkratzers. Sie fragte sich, ob sie jetzt gleich ihren ersten Streit mit Healy haben würde. Das war wirklich ein schlechtes Zeichen – sich zu streiten, bevor man sich auch nur ernsthaft geküsst hatte.

Healy schaute nach Adam, der sechs Meter weiter einer räudigen Taube auf den Fersen war, und legte ihr versuchsweise seine große Hand aufs Knie.

Rune blickte starr auf die Wasserspeier, deren Lächeln, wie sie fand, nichts Heimtückisches hatte. Das erschien ihr als ein wichtiges Omen, sie wusste allerdings nicht, was es bedeutete.

Healy sagte eine Weile kein Wort. Er schnalzte mit der Zunge. »Okay. Komische Sachen. Mach weiter, und erzähl's mir.«

»Shelly war eine seriöse Schauspielerin und hat Stücke geschrieben, okay? Sie und ihr Lehrer, dieser Arthur Tucker, hatten einen Riesenstreit, als er von ihrer Filmkarriere erfahren hat. Ach, und noch was – im Krieg hatte er ein Kommando. Er kennt sich also aus mit Bomben.«

»Aber du brauchst ein Motiv, um …«

»Das hab ich. Er hat ein Stück geklaut, das Shelly geschrieben hatte. Er hat's genommen und seinen Namen draufgesetzt. Er hat mir erzählt, dass er es als Schauspieler nie weit gebracht hat, und ich denke, er könnte sie umgebracht und das Stück gestohlen haben.«

»Verdammt viel Spekulation. Wer ist noch verdächtig?«

»Michael Schmidt.«

Healy runzelte die Stirn. »Den kenne ich irgendwoher. Wer ist das?«

»Der Broadway-Produzent. Der berühmte.«

»Der?«

»Genau. Mir hat er erzählt, er würde sich nicht an Shelly erinnern, aber das war gelogen. In Wirklichkeit hätte er ihr fast eine Rolle in einem seiner Stücke angeboten. Dann hat er rausgefunden, dass sie Pornos dreht, und das Angebot zurückgezogen. Sie wollte ihn erpressen, um die Rolle zu bekommen.«

»Man bringt niemanden um …«

»Er ist Diakon in der Kirche. Sie hätte seine ganze Karriere zum Scheitern bringen können. Und außerdem ist er ein widerlicher Dreckskerl.«

»Es ist noch kein Verstoß gegen das Strafgesetz des Staates New York, dass jemand widerlich ist. Wer steht noch auf der Liste?«

»Noch so ein Arschloch. Danny Traub. Er ist Teilhaber von Lame Duck. Shellys Firma.«

»Und du hast von einer Versicherungspolice auf das Gebäude gehört?«

»Nein, auf *Shelly.*«

Jetzt wurde Healy hellhörig. »Red weiter.«

»Shelly hatte mir erzählt, dass sie sich mit jemandem, mit dem sie arbeitet, mordsmäßig gestritten hat. Ich glaube, das könnte er gewesen sein. Er hat immer mit ihr geflirtet, und sie hat ihn abgewiesen. Und er steht voll auf SM; er fährt drauf ab, Frauen zu schlagen. Ich bin also in sein Stadthaus eingebrochen …«

Healy schlug die Hände vors Gesicht. »Rune, nein, nein, nein. So was darfst du nicht machen.«

»Ist schon okay. Eine Freundin von ihm hat gesagt, es sei okay. Die hat mich auch seinen Safe durchsuchen lassen.«

Healy seufzte. »Wenigstens hast du nichts gestohlen.« Er schaute sie an. »Sag mir, dass du nichts gestohlen hast.«

»Seh ich vielleicht aus wie ein Dieb?«, fragte Rune. »Egal, jedenfalls hab ich eine Versicherungspolice auf Shelly gefunden. Eine halbe Million Dollar.«

»Kein Ausschluss bei Mord?«

»Nix. Seine Freundin hat mir eine Kopie gemacht.«

»Du hast drei Verdächtige. Könnte einer von ihnen derjenige gewesen sein, der dich angegriffen hat?«

»Sie sind alle ungefähr gleich gebaut. Ach, und Schmidts Augen waren ganz rot. Als sei er in letzter Zeit von Tränengas getroffen worden.«

»Tränengas? Was hat denn das nun wieder damit zu tun?«

»Der Mann in dem Anorak«, sagte sie einfältig. »Den hab ich irgendwie mit Tränengas besprüht.«

»Irgendwie?«

»Selbstverteidigung«, rechtfertigte sie sich lahm.

Healy hielt ihr jedoch keinen Vortrag über illegale Waffen in New York. Er zuckte lediglich die Achseln. »Ich weiß nicht. Reizungen durch Tränengas verschwinden innerhalb von etwa zwölf Stunden. Was ist mit den beiden anderen?«

»Sie sind alle ungefähr gleich gebaut. Keine Bodybuilder.«

»Hat irgendeiner von ihnen einen schockierten Eindruck gemacht, als er dich sah? Ich meine, wenn jemand versucht hat, dich umzubringen, dann hätte man doch ein Erkennen bei ihm sehen müssen.«

»Ich glaube nicht«, sagte sie mit vor Enttäuschung gerunzelter Stirn.

»Natürlich«, fügte Healy hinzu, »wäre es schlauer, einen verlängerten Arm zu engagieren.«

»Einen Killer?«

Healy nickte zerstreut. »Das ist gut ... Es reicht nicht zu einem begründeten Verdacht, aber ...« Dann lachte er und schüttelte den Kopf, als erwache er aus einem Tagtraum. »Hey, vergessen wir das Ganze.« Er hob die Hand – nicht die, die auf ihrem Knie lag. »Ich bin nicht mal bei der Mordkommission ... Ich will von alledem nichts wissen.«

»Erzähl mir einfach was über die Sprengladung. Von dem zweiten Anschlag.«

»Nein.«

»Ich hab gedacht, du hättest sie zurückverfolgen lassen.«

»Hab ich.«

»Ja, und?«

»Bis jetzt ohne Ergebnisse, und wenn ich sie habe, dann schreibe ich sie in meinen Bericht und schicke sie nach oben. Und das war's dann.«

»Ich schätze, dann muss ich eben allein weitersuchen«, sagte sie trotzig.

»Rune.« Healy kämpfte mit sich. »Ich sag dir was. Ich werd ein paar Jungs von der Mordkommission rüberscheuchen, damit sie – wie heißt er noch? – den Schauspiellehrer überprüfen. Er ist der Einzige, der sich mit Sprengstoffen auszukennen scheint.«

»Wirklich? Aber versprich mir, dass du ihn erst verhaftest, wenn ich da bin. Ich will es filmen, wenn ihr ihn hochnehmt.«

»Ich denke, du weißt, dass wir solche Versprechungen nicht machen dürfen.«

»Na gut, dann versuch's wenigstens. Bitte!« Rune schrieb Tuckers Namen auf eine mit Senf beschmierte Serviette und gab sie Healy. »Was ist mit den beiden anderen?«, fragte sie.

»Willst du meine Meinung hören? Diese Versicherungsgeschichte mit, wie heißt er, Traub. Das ist zu offensichtlich. Und Michael Schmidt? Es ist unwahrscheinlich, dass ein Promi wie er wegen einer Erpressung eine Verurteilung wegen Mordes riskiert.«

»Schon, aber er hat ein Ego so groß wie der Grand Canyon.«

Healy warf noch einen Blick auf die Serviette. »Eins nach dem anderen. Nur nicht hetzen. Bei Mord gibt es keine Verjährung.«

»Siehst du, ich hab dir ja gesagt, dass wir ein tolles Team abgeben.«

»Team«, wiederholte er, aber mit sanfterer Stimme. Er beugte sich zu ihr. Sein Kopf neigte sich leicht zur Seite. Seine Augen suchten nach Adam, der eben noch da gewesen war; der Junge war nirgends zu sehen. Rasch rückte Healy noch näher an sie heran. »Du bist sehr schön. Weißt du das?«

Das wusste sie überhaupt nicht. Aber das machte nichts. Sie war vollkommen glücklich, dass er es fand. Rune spürte, wie ihre Augen sich schlossen, ihr Kopf nach hinten sank und ihre Lippen sich seinen entgegenreckten. Er streckte den Arm aus und nahm ihre Hand, und sie stellte erstaunt fest, dass seine ein wenig zitterte.

»Mach es nicht«, erschreckte Adam sie zu Tode, während er von hinten, von wo er sie belauscht hatte, auf die Bank kletterte. »Sonst krieg ich 'n Riesentrauma.«

Healy prallte zurück.

Der Junge grinste und machte Rune Zeichen, sie solle ihm helfen, Tauben zu jagen. Sie drückte Healys Knie und rannte in den Park.

»Wo kann ich mich bewerben?«

Die Empfangsdame auf der dritten Etage des Lame Duck Studios hob den Kopf und musterte Rune von oben bis unten, um sich dann wieder ihrem okkulten Taschenbuch zu widmen. »Wir brauchen keine Sekretärin.«

»Ich will zum Film«, sagte Rune.

»Wissen Sie, welche Art von Filmen wir hier machen?«

»Ich kann mir schon denken, dass *Die erotischen Abenteuer von Bunny Blue* kein Schulungsfilm für die Army ist.«

Heute – nach noch einem Anruf – hatte Rune herausgefunden, dass Danny Traub zu Hause war, um ein paar hoffnungsvolle Schauspielerinnen zu unterhalten, sofern dieses Wort auf Traub anzuwenden war. Crystal hatte ihr versichert, dass Traub noch für Stunden beschäftigt sein würde.

Die Empfangsdame von Lame Duck markierte die Stelle, wo sie war, und schaute unter einer Schicht glänzenden braunen Augen-Make-ups auf.

Rune hatte sich nicht wie Healy damit abgefunden, die beiden anderen Verdächtigen links liegen zu lassen. Sie hatte sich daher auf die Suche nach weiteren Beweisen gemacht – die entweder für oder gegen Danny Traub und Michael Schmidt sprachen.

Die Empfangsdame fuhr fort. »Es ist so, dass die Personen, die hier beschäftigt werden, eine ganz bestimmte Art von Personen sind.«

»Eine bestimmte Art?«

»Ein bisschen, na ja …«

»Was?« Rune blickte finster. Das Mädchen schaute auf ihre Brust.

»Mehr ...«

»Versuchen Sie mir irgendwas zu sagen?«

»... zu bieten haben, irgendwie.«

Rune machte große Augen. »Haben Sie schon mal was von der *Konstitution* gehört?«

Der Horrorroman war Schund. Das Mädchen schlug ihn zu, ohne die Stelle zu markieren, wo sie war. »War das nicht ein Schiff im Bürgerkrieg? Aber was hat das mit ...«

»Sie dürfen mich nicht diskriminieren, nur weil ich nicht aussehe wie Dolly Parton«, sagte Rune.

»Dolly Parton?«

»Ich verlange nichts weiter als vorzusprechen. Wenn Sie mich nicht wollen, weil ich nicht spielen kann, okay. Aber Sie dürfen mir nicht verbieten, es zu versuchen, nur weil ich keine dicken Möpse habe. Das verstößt, irgendwie, gegen Bundesrecht.«

»Bundesrecht?«

Sie schwiegen. Die Frau kämpfte mit sich und blätterte durch die Seiten ihres Taschenbuchs.

»Kann ich einen Bewerbungsantrag haben?«, fragte Rune.

»Hier gibt's keine Anträge. Alles, was die hier machen, ist, also, dass sie ein Video anschauen, das Sie selber mitgebracht haben. Oder Sie kommen hierher ins Studio und, Sie wissen schon, machen es. Die nehmen's auf, und wenn's ihnen gefällt, dann rufen sie Sie an. Ich will mal sehen, ob jemand da ist.«

Das Mädchen stand auf und ging in den rückwärtigen Teil des Büros, wobei sie mit ihren unabhängig voneinander aufgehängten Hüften wackelte. »Warten Sie hier.«

Kurz darauf kam sie zurück. »Gehen Sie nach hinten, das zweite Büro rechts.« Niedergeschlagen schaute sie auf ihr Buch, als ihr klar wurde, dass sie die Stelle, wo sie gewesen war, wieder würde suchen müssen.

Die Räume waren mit den gleichen grob zugeschnittenen Platten abgeteilt, an die sie sich aus Nicoles so genannter Garderobe erinnerte. Die Wände waren erst kürzlich gestrichen worden, aber schon jetzt verschrammt und schmutzig. Die Poster und Rahmen stammten aus Billigimportläden, wo frisch Verheiratete und Studenten der New York University Korb-, Bambus- und Plastikmöbel kauften, um ihre erste Wohnung einzurichten. Einen Teppich gab es nicht.

Das zweite Büro rechts enthielt mehr oder weniger das, was sie erwartet hatte. Einen fetten Mann mit Bart in T-Shirt und schwarzer, ausgebeulter Hose.

Er schaute auf und lächelte seltsam; nicht lüstern, nicht provozierend, nicht freundlich.

Das Komische an seinem Lächeln war, dass das Gesicht, in dem es festgefroren war, nicht zu begreifen schien, dass er ein anderes menschliches Wesen anschaute.

»Ich bin Gutman. Ralph Gutman. Wer bist du?«

»Äh, Dawn.«

»Tja. Dawn was?«

»Dawn Felicidad.«

»Gefällt mir. Was bist du? Puertoricanerin oder so was? Siehst nicht danach aus. Na ja, macht nichts. Du willst also 'n Job. Nicht einfach, für mich zu arbeiten. Ich bin 'n harter Brocken. Aber ich bin der beste Produzent in der Branche.«

»Ich glaube, ich könnte schon mal von Ihnen gehört haben.«

Sein Zweites-Büro-rechts-Blick sagte, na klar, *natürlich* hast du schon von mir gehört.

»Wo kommst du her?«, fragte Gutman. »Jersey, stimmt's?«

»Ohio.«

»Du bist aus Ohio? Ich glaub nicht, dass wir schon mal 'n Pornostar aus Ohio hatten. Gefällt mir. Ohio. Hey, schmeiß das *Dawn* weg. *Akron* gefällt mir besser. Akron Felicidad.«

»Aber ich ...«

»Tja. Die Mädels, die für mich arbeiten, bekommen vierhundert am Tag. Und außerdem Prozente von meinem Händler. Wir drehen vor Ort zwei Monate im Jahr. Früher war's Europa, aber bei den Budgets heute und so weiter ist es meistens Florida. Ich bin der, der *Die Dreiecksfalle* gedreht hat.«

»Ohne Scheiß. Sie haben den gedreht?«

»Tja, und ob. Ich bin für den Golden Stallion nominiert worden. Du willst also so 'n Job, hm?« Er schaute sie von oben bis unten an. »Keine Titten, aber dein Gesicht ist gar nicht so übel.«

Er wird sterben, und die einzelnen Teile werden nie alle gefunden werden.

»Netter Arsch. Worauf wartest du, bevor du dir die Möpse machen lässt?«

»Mir gefallen sie genau so, wie sie sind.«

Er zuckte die Achseln. »Mach, was du willst. Du siehst jung aus. Vielleicht könntest du die jugendliche Nichte von jemandem spielen. Die's mit ihrem Onkel und ihrer Tante treibt. Die typische Inzestnummer.«

»Klar könnt ich das machen.«

»Hast du 'ne Spule dabei?«

»Die einzigen Spulen, die ich kenne, sind die, die man an Angelruten macht.«

»Ha, Ruten.« Er lachte; anscheinend hatte sie eine Art Witz gemacht. Dann erklärte er: »Muster von deiner Arbeit.«

»Ich bin noch nie in 'nem Film aufgetreten. Aber ich hab so 'ne kleine Nummer. So 'ne Art Strip. Haben Sie was, wo ich mich umziehen kann?«

»Umziehen? Du ziehst dir an jedem Drehtag vor zwanzig Leuten die Klamotten aus. Willst du da auch irgendwohin, dich umziehen?«

»Nein, ich will nur, dass Sie die ganze Wirkung mitkriegen.« Sie nickte in Richtung ihrer Tasche. »Ich hab ein Outfit. Ich denke, das wird Ihnen gefallen. Nur ein Büro oder so was. Ich brauch nur fünf Minuten.«

Gutman zeigte mittleres Interesse. Er musterte sie noch einmal und wedelte mit dem Arm. »Such dir ein Büro, zieh dich um. Ich bin hier.«

Sie fand Danny Traubs Büro gleich im Flur ein Stück weiter rechts. Sie ging hinein und schloss die Tür hinter sich. Sie schaute sich flüchtig um – die Wände mit Holzpaneelen aus dem Heimwerkermarkt getäfelt, ein großer Schreibtisch aus Ebenholzimitat, eine Ledercouch.

Und zwei Aktenschränke.

Rune fing an, den ersten zu durchwühlen.

Sie suchte Beweise. Ein Stück Draht. Ein Buch über Sprengstoffe. Einen Brief von Shelly, in dem sie ihn einen Mistkerl nannte. Eine *Bibel*, aus der Traub vielleicht die Zitate über den Engel, der die Erde zerstört, hatte … Irgendetwas, was ihn mit dem Anschlag in Verbindung brachte.

Handfeste Beweise. Das, hatte Healy gesagt, brauchte sie für einen begründeten Verdacht.

Sie fand keinen einzigen. Nur Verträge, Korrespondenz. Nur das, was jeder x-beliebige Geschäftsmann in seinem Büro aufbewahren würde.

Sie machte sich über den zweiten Schrank her. Er enthielt noch mehr Verträge und juristische Dokumente. Sie fand nichts von Bedeutung, bis sie zum Buchstaben *L* kam und die Akte mit der Aufschrift *Shelly Lowe* sah.

Ihr blieb jedoch keine Möglichkeit, sie zu lesen, denn genau in diesem Moment wurde die Tür aufgerissen, und Danny Traub kam herein.

Er erstarrte. Dann fing er sich wieder. Er schlug die Tür zu und wandte sich an sein unsichtbares Publikum. »Fein«, sagte er. »Die Kleine guckt in meine Schubladen. Bin neugierig, ob sie was Interessantes gefunden hat.«

14

Rune schloss den Aktenschrank, schätzte Entfernungen, suchte nach Ausgängen. Sie befand sich in der dritten Etage. Das waren zwölf Meter. Würde ein Sprung durch das Fenster tödlich sein? Durchaus möglich.

Traub kam kopfschüttelnd auf sie zu. »Junge, da haben wir's wieder. New York, die Welthauptstadt des Verbrechens ... Ist doch so, es gibt Leute aus Iowa, die halten ihre Geldbörsen fest, wenn sie im Flugzeug hier *drüberfliegen*. Die Stadt hat ja so einen schlechten Ruf, ich kann's nicht fassen.«

»Ich hab nur ...«

»Und was haben wir hier? Eine junge Lady, die *Akten* klaut! Du meine Güte! Ist ihr klar, dass diese Aktenmappen da zwei Cent pro Stück kosten? Hunderttausend von denen geklaut ...«

»Ich hab ...«

»... und sie könnte sich einen Satz Tupperware kaufen. Oder ein großes Big-Mac-Essen für sich und ihre Freunde. 'nen Hehler dafür zu finden, könnte allerdings ein bisschen heikel werden ...« Das Lächeln erstarb. Das Publikum war verschwunden. »Okay. Was zum Teufel machen Sie da?«

Er kam auf sie zu und nahm ihr die Akte aus der Hand. Warf einen Blick auf den Namen, der auf dem Ordner stand.

Er nickte wissend. Warf ihn zurück in den Schrank. Rune ließ sich auf die Knie fallen und zog den Tränengasbehälter aus ihrer Tasche.

Aber Traub war schneller. Er packte den Zylinder, riss ihn ihr aus der Hand und drückte sie gegen die Couch. Er schaute den Behälter an, amüsiert, wie es schien. Rune richtete sich auf.

»Was soll das alles hier? Und erzählen Sie mir bloß keinen Schlaumeierscheiß. Mir hat 'ne Bombe meinen Star und ein

Stockwerk von meiner Firma weggerissen. Ich bin nicht in Stimmung.«

Rune sagte überhaupt nichts. Traub zielte mit dem Tränengas auf ihr Gesicht.

Sie erinnerte sich an das fürchterliche Brennen, verkrampfte sich und wandte den Kopf ab.

»Antworten Sie.«

»Sie haben mir nicht gesagt, dass Sie eine Police auf Shelly Lowe haben«, sagte sie atemlos.

Er runzelte die Stirn. »Eine Police?«

»Eine Versicherungspolice.«

»Das stimmt. Hab ich nicht. Aber Sie haben mich auch nicht gefragt, ob ich eine habe, oder haben Sie?«

»Mir kommt es ganz normal vor, dass Sie es erwähnen, wenn ich Ihnen sage, dass ich einen Film über einen Ihrer Stars drehe.«

Traub schielte erneut nach dem Tränengas und wog es in der Hand. »Sie fragen den ganzen Scheiß nur wegen Ihrem Film? Weiter nichts?« Er lehnte sich gegen die Tür. Rune sah seine Muskeln, die sehnig und blass hervortraten. Er erinnerte sie an einen der fliegenden Affen aus *The Wizard of Oz* – der Figuren, vor denen sie sich am meisten gefürchtet hatte, noch mehr als vor der bösen Hexe.

»Die Polizei weiß, dass ich hier bin.«

Traub lachte. »Sie hören sich an, als würden Sie am D-Day den Deutschen zurufen: ›Ike weiß, dass ich hier bin‹.« Er musterte sie, und sie empfand die Bewegung seiner Augen, als würde er ihr mit seiner Zunge über den Körper fahren. Sie riss sich von ihm los, schlug die Arme übereinander und suchte auf dem Tisch nach einem Briefbeschwerer. Sie sah einen Brieföffner, auf den sie sich vielleicht würde stürzen können.

»Ach, Sie denken also, ich hätte Shelly umgebracht, stimmt's? Ich hätte eine Bombe gelegt, um die Versicherung zu kassieren.«

»Das hab ich nicht gesagt.«

Traub tigerte in dem Büro herum. Die Pause war zu Ende; er blickte wieder in die Runde. »Ganz ordentliche Detektivarbeit, die die Kleine da geleistet hat, meinen Sie nicht? Sie ist ein Star, sie ist direkt ein kleiner Sherlock Holmes. Tja, du hast mich erwischt, Süße. Die Versicherung hat gezahlt. Ich hab einen Scheck über fünfhunderttausend Dollar gekriegt.«

Rune antwortete nicht.

Traub legte das Tränengas hin. Er schaute Rune an, dann zog er einen Schlüssel aus der Tasche und trat hinter den Schreibtisch. Rune beugte sich vor und verlagerte ihr Gewicht auf die Fußballen. Er wollte eine Kanone holen. Er konnte sie einfach wie einen Einbrecher über den Haufen knallen, und die Polizei würde überhaupt nichts unternehmen.

Traub schaute sie an. »Auf die Plätze, fertig ... Ich glaube nicht, dass sie's rechtzeitig schafft.«

Er grinste und zog die schwarze Pistole hervor.

Genoss den Anblick, als ihre Augen sich weiteten.

»Hier ist ein Geschenk für unser kleines Detektiv-Fräulein.«

Rune wimmerte. Wenn es aussah, als wollte er den Abzug drücken, wollte sie sich einfach nach vorn werfen, sich das Tränengas schnappen und das Beste hoffen.

Dann kam Traubs andere Hand mit einem Blatt Papier zum Vorschein.

Für einen Moment rührte sich keiner von beiden.

»Ich weiß nicht, wie's ihr geht, aber ich sterbe vor Spannung. Wird sie es lesen? Wird sie einen Papierflieger daraus machen?«

Rune griff nach dem Blatt Papier und las:

Sehr geehrter Mr. Traub:

Mit aufrichtiger, tief empfundener Dankbarkeit bestätigen wir den Eingang Ihres Schecks in Höhe von 400 000 Dollar.

Ihre Großzügigkeit wird die Forschung nach einem Heilverfahren für diese schreckliche Krankheit weit voranbringen und das Los derer, die unter ihr leiden, erleichtern …

Unterschrieben war der Brief vom Leiter der New York Aids Coalition.

»Oh.«

Traub ließ die Waffe in die Schublade fallen. »›Oh‹, sagt sie. ›Oh …‹ Nun ja, wissen Sie, da ist immer noch ein Hunderter aus der Versicherungspolice, der nicht ausgewiesen ist. Aber da ich persönlich hundertfünfzig im Jahr cash mit nach Hause nehme, an den Büchern vorbei, können Sie daraus wahrscheinlich schließen, dass ich meinen größten Star nicht umbringe, um so ein bisschen Hühnerkacke abzusahnen. Ach, übrigens, meine eigene Immobilienversicherung hat eine Selbstbeteiligung von hunderttausend. Mit den Reparaturen an der Etage unten ging das Ganze für mich also zu null auf.«

»Entschuldigung.«

Er warf ihr das Tränengas zu. »Ich glaube, für unsere kleine Detektivin ist es jetzt Zeit zu verschwinden. Spenden wir ihr noch einen dicken Applaus.«

Während der gesamten Befragung kam Arthur Tucker nicht völlig über den Schock hinweg, dass zwei Polizeibeamte ihn als Verdächtigen in einem Mordfall verhörten.

Sie stellten ihm ihre Fragen über Shelly Lowe höflich. Sie versuchten, alles ganz routinemäßig erscheinen zu lassen, aber es gab irgendetwas, worauf sie abzielten. Irgendetwas, was sie wussten.

›Aber was?‹, fragte er sich verzweifelt. Er fühlte sich ausgeliefert – als könnten sie in ihn hineinsehen, aber er hatte keine Ahnung, was sie dachten.

Einer der Beamten betrachtete Tuckers Medaillen. »Waren Sie beim Militär, Sir?«

»Ich war bei den Rangers.«

»Haben Sie je Sprengungen vorgenommen?«

Er zuckte die Achseln. »Wir haben alle gewusst, wie man Bangalore Torpedos benutzt, Granaten. Aber das ist vierzig Jahre her ... Wollen Sie etwa andeuten, ich hätte irgendetwas mit diesen Bomben zu tun?«

»Nein, Sir. Wir untersuchen nur, was mit Miss Lowe geschehen ist.«

Tucker wirkte verdattert, verwirrt und fragte sie nach dem Schwert Jesu.

Sie antworteten weiterhin ausweichend.

Es war jedoch mehr als ausweichend. Sie klammerten sich an Strohhalme, und selbst dann hielten sie am Ende gar nichts in Händen. Er fragte sich, wie um alles in der Welt sie auf den Gedanken gekommen waren, er könne ein Mörder sein. Vermutlich hatte Shelly seinen Namen in einen Terminkalender oder auf einen Wandkalender notiert. Vielleicht führte sie Tagebuch – dazu riet er allen seinen Schülern –, und sie hatte etwas über ihre Stunden bei ihm aufgeschrieben. Vielleicht über einen Streit, den sie gehabt hatten.

Deshalb konnten sie zu ihm gekommen sein.

Als er jedoch an Shelly dachte, schweifte er in Gedanken ab, und unter Aufbietung seines starken Willens und seines Konzentrationsvermögens zwang er sich, seine Aufmerksamkeit wieder den Polizisten zuzuwenden.

»Sie war ein faszinierender Mensch, Officer«, erklärte Tucker mit dem Kummer und dem Angedenken in der Stimme, die angemessen schienen, wenn man von einem faszinierenden Menschen sprach, der gerade verstorben war. »Ich hoffe, Sie stehen kurz davor, diese Leute zu fassen. Ich kann ihren Beruf nicht billigen – ich nehme an, Sie wissen, wie sie ihr Geld verdient hat –, aber eine solche Gewalt ...« Er schloss die Augen und erschauerte. »Unverzeihlich. Sie macht uns alle zu Barbaren.«

Tucker war ein guter Schauspieler. Sie kauften es ihm trotzdem nicht ab. Sie schauten ihn ausdruckslos an, als hätte er kein Wort gesagt. »Wie ich gehört habe, schreiben Sie auch Theaterstücke, Sir. Ist das richtig?«, fuhr der eine Polizist fort.

Er glaubte, sein Herzschlag würde einen Moment aussetzen. »Ich habe so ziemlich alles gemacht, was es am Theater zu machen gibt. Angefangen habe ich als …«

»Aber um auf das Schreiben zurückzukommen. Verfassen Sie Stücke?«

»Ja.«

»Und Miss Lowe hat das auch getan? Ist das richtig?«

»Das ist durchaus möglich.«

»Aber sie war doch Ihre Schülerin. Hätten Sie darüber nicht mit ihr gesprochen?«

»Ich glaube, sie hat geschrieben, ja. Wir haben uns allerdings mehr mit ihrer Schauspielkunst befasst als mit ihrer Schriftstellerei.«

»Aber bleiben wir noch kurz bei der Schriftstellerei. Befinden sich in Ihrem Besitz irgendwelche Stücke, die sie geschrieben hat?«

»Nein«, antwortete Tucker, bemüht, seine Stimme steinhart klingen zu lassen.

»Können Sie uns Auskunft darüber geben, wo Sie in der Nacht waren, in der Miss Lowe ermordet wurde? Etwa gegen zwanzig Uhr?«

»Ich war im Theater.«

»Es gibt also Zeugen, nehme ich an.«

»Etwa fünfzehnhundert. Soll ich Ihnen ein paar Namen nennen?«, fragte Tucker.

»Das ist nicht nötig.«

»Zurzeit noch nicht«, fügte der andere Polizist hinzu.

»Hätten Sie etwas dagegen, wenn wir uns in Ihrem Büro umschauen?«

»Ja, allerdings. Dazu brauchen Sie einen Durchsuchungsbefehl.«

»Sie möchten nicht mit uns zusammenarbeiten?«

»Ich habe mit Ihnen zusammengearbeitet. Aber wenn Sie mein Büro durchsuchen wollen, dann brauchen Sie einen Durchsuchungsbefehl. Ganz einfach.«

Ihren Gesichtern war keinerlei Regung abzulesen. »Okay. Vielen Dank, dass Sie uns Ihre Zeit geopfert haben.«

Als sie gegangen waren, blieb Tucker fünf Minuten lang am Fenster stehen – um sich zu vergewissern, dass sie das Gebäude verlassen hatten. Er wandte sich wieder zu seinem Schreibtisch und suchte mit zittrigen Händen nach dem Manuskript von *Danke für die Blumen.* Er steckte es in seine abgewetzte Aktentasche. Dann machte er sich daran, die Manuskripte auf seinem Regal zu durchzusehen und diejenigen, die Shelly geschrieben hatte, ebenfalls in die Tasche zu stecken.

Aber Moment ...

Eins fehlte. Er suchte weiter. Nein, es war verschwunden. Er war sich sicher, dass er es hier aufbewahrt hatte. Herrje ... Was war damit geschehen?

Dann schaute er auf und sah die Glasscheibe in der Tür zu seinem Büro, die Ersatzscheibe für die andere, die bei dem gescheiterten Einbruch kürzlich eingeschlagen worden war. Er hatte *gedacht*, es sei dabei nichts gestohlen worden.

Langsam ließ Tucker sich in seinen Sessel sinken.

Die Dreharbeiten für das House O' Leather waren mühselig gewesen.

Larry hatte Rune vorübergehend von der Catering-Arbeit befreit und sie bei einer Aufnahme tatsächlich die Kamera führen lassen.

Die Aufnahme hatte endlos gedauert. Töchterchen hatte achtzehn Takes gebraucht, bis sie ihre zwei Zeilen Text im Kasten hatte. Aber das machte Rune nichts aus – die Kamera war eine echte Arriflex 35, ein wundervolles Stück Feinmechanik, und das Getriebe unter ihren Fingern surren zu spüren, entschädigte für eine Menge Kummer.

Mr. Brieftasche – sie konnte sich seinen Namen einfach nicht merken – hatte sich als gar nicht so übel entpuppt. Er bedankte sich jedes Mal bei Rune, wenn sie ihm etwas zu essen oder zu trinken brachte, und in einer Pause hatten sie ein paar Worte über neue Filme gewechselt. Er hatte einen ziemlich guten Geschmack.

Mit Mary Jane, der Werbedirektorin, war es freilich etwas anderes. In einem irritierenden blau-roten Kostüm mit Schulterpolstern wie bei einem Footballspieler schwebte sie über das Set. Wollte ständig die Beleuchtung korrigieren, wollte ständig durch den Sucher der Arriflex schauen. Und wenn Rune nicht hinter der Kamera saß, bat diese Frau sie, Kopien zu machen und Memos abzutippen. Sie *fragte sich* eine Menge (ihre Lieblingswendung schien zu lauten, ›Ich frage mich, ob es nicht besser wäre, wenn …‹; die zweitliebste war, ›Ich hätte angenommen, Sie …‹). Das Gute an ihr war, dass sie, anders als Mr. Brieftasche, Rune nicht zum Kaffeeholen schickte – was ihr verriet, dass Mary Jane in ihrem früheren Leben selbst Sekretärin gewesen war, die man ausgenutzt hatte (der Groll gegen Sklaverei saß tief, wie Rune wusste).

Der Drehtag war beendet, und Rune saß noch spät im Büro, um Requisiten für die dramatische Logo-Szene zu überprüfen, die am nächsten oder übernächsten Tag gedreht werden sollte. Das war Bobs Idee gewesen; es sollte eine Fahrt in Großeinstellung über umstürzende Dominosteine werden, gefolgt von einer Rückwärtsfahrt, bei der sich zeigte, dass die Dominosteine den Namen und das Logo des Unternehmens bildeten. Runes Aufgabe war es gewesen, Tausende weißer Dominosteine ohne Punkte aufzutreiben und auszuleihen.

Rune hörte ein Geräusch. Sie hob den Kopf und sah Sam Healy in der Tür stehen.

»Wenn du in irgendwie offizieller Eigenschaft hier bist, dann hiev ich meinen Hintern sofort hier raus«, sagte sie.

»Du hast also wirklich einen Job.«

»Das ist 'ne echt großzügige Verwendung des Wortes *Job*, Sam.«

Er kam herein, und sie öffnete den riesigen Kühlschrank und gab ihm ein Bier.

»Wir haben noch einen Dreh für diese bescheuerte Werbung. Dann sacken die Jungs eben mal zweihundert Riesen ein. Und zwar Reingewinn.«

»Hui.« Healy stieß einen Pfiff aus. »Kein schlechter Beruf. Schlägt die Tarife im öffentlichen Dienst um Längen.«

»Du hast wenigstens deine Würde, Sam.«

Sie zeigte ihm das Studio und führte ihm dann ein paar Einstellungen von den Aufnahmen für das House O' Leather auf der Moviola vor.

»Ich kann dich mit der Tochter bekannt machen, wenn du willst.«

»Schon gut. Ich denke, ich verzichte.«

Sie gingen wieder ins Büro und setzten sich.

»Zwei Kollegen vom sechsten Revier haben sich Tucker vorgenommen«, sagte er. »Er hätte einen schuldbewussten Eindruck gemacht, haben sie gesagt. Aber das ist bei den meisten Leuten so, wenn sie von zwei Cops befragt werden.

Aber hier kommt der Clou«, fuhr er fort. »Sie haben seine militärische Vergangenheit überprüft. Er hat kaum je eine Schlacht von weitem gesehen, und nachdem er entlassen war, hatte er nie mehr etwas mit dem Militär zu tun. War sein ganzes Leben beim Theater. Keine Vorstrafen, keine bekannten Kontakte zu Kriminellen. Geht regelmäßig zur Kirche. Er …«

»Aber trotzdem weiß er, wie …«

»Hey, hey, lass mich ausreden. Sie haben auch nachgeprüft, was ein Stück von einem unbekannten Autor wert ist. Das bewegt sich im Bereich von ein paar Tausendern, höchstens, wenn nicht gerade zufällig ein Wunder passiert und es abzischt – wie *Cats* oder so ähnlich. Und die Chance dazu ist eins zu einer Million. Glaub mir, niemand riskiert eine Verurteilung wegen Mordes für ein paar Tausender.«

»Aber das Stück ... Ich hab *gesehen,* dass er den Namen geändert hat.«

»Klar hat er. Sie wurde umgebracht, und er hat sich gedacht, er reißt es sich unter den Nagel und holt ein bisschen Geld raus. Ihre Erben würden nicht mal was davon erfahren. Das ist Diebstahl. Aber wen kümmert das?« Healy schaute in eine der Hunderte von Schachteln mit Dominosteinen, die um Rune herumstanden. »Also?«

»Also?«

»War's das dann mit dem Detektivspielen?«

»Total und vollständig.«

»Freut mich zu hören.«

»Ich habe Informationen«, sagte die Stimme der jungen Frau.

Michael Schmidt saß an seinem Eichenschreibtisch und hielt in der einen Hand den Hörer, während er mit der anderen auf den noch nicht geöffneten Deckel der Dose mit Muschelsuppe klopfte.

Die Stimme, eine Frauenstimme, irgendwie verstellt, fuhr fort. »Sie bringen Sie mit dem Tod von Shelly Lowe in Verbindung.«

Er bohrte den Finger apathisch in die Packung mit Salzstangen, bis das Gebäck zu Stücken zerbröselt war. »Wer spricht da?«

»Ich glaube, die Informationen könnten Sie interessieren.«

»Sagen Sie mir, wer Sie sind.«

»Sie werden mich noch früh genug kennen lernen. Falls Sie sich nicht davor fürchten.«

»Was wollen Sie? Wollen Sie Geld? Versuchen Sie, mich zu erpressen?«

»Erpressen? Komisch, dass Sie das Wort erwähnen. Vielleicht tu ich es. Aber ich will Sie persönlich treffen. Von Angesicht zu Angesicht.«

»Kommen Sie in mein Büro.«

»Ausgeschlossen. Irgendwo, wo viele Menschen sind.«

»Okay. Wo?«

»Treffen Sie mich um zwölf Uhr am Lincoln Center. Kennen Sie die Tische, die sie dort aufgestellt haben?«

»Das Restaurant im Freien?«

»Genau dort. Sie treffen mich dort. Und bringen Sie niemanden mit. Verstanden?«

»Ich …«

Die Verbindung wurde unterbrochen.

Schmidt saß eine volle Minute da und starrte den glänzenden schwarz-grauen Apparat an, bevor ihm bewusst wurde, dass er noch immer den stummen Hörer in der Hand hielt. Wütend legte er auf.

Ein Fluch lag ihm auf den Lippen, er wusste jedoch, dass er es sofort bereuen würde, wenn er das schlimme Wort ausspräche. Er war stolz darauf, dass er ein harter, gut verdienender Geschäftsmann und zugleich ein tief religiöser Mensch war, der den Gebrauch von Obszönitäten verabscheute. Mit dem Daumen fuhr er fort, die Salzstangen zu Staub zu zermalmen.

Der Appetit auf die Suppe war ihm vergangen, und er warf sie in den Papierkorb. Der Deckel löste sich, und die Suppe ergoss sich in den Plastikbeutel. Ein Geruch nach Fisch und Zwiebeln stieg auf, der ihn noch wütender machte.

Er blieb jedoch völlig ruhig, während er die Hände faltete und betete, bis er sich wieder gefasst hatte. Das war etwas, was er gelernt hatte – er traf nie eine Entscheidung, wenn er sich in einem, wie er es nannte, profanen Zustand befand.

Innerhalb von fünf Minuten hatte der Geist des Herrn seine Ruhe wiederhergestellt. Er beschloss, genau das zu tun, was er zu tun gedacht hatte, als er nach dem Gespräch mit dem Mädchen den Hörer aufgelegt hatte. Er griff zum Telefon und drückte sanft eine Nummer.

15

»Du kannst die Kamera von L&R nehmen. Die hat ein Teleobjektiv eingebaut.«

»Wieso willst du den Kerl eigentlich filmen?«, fragte Stu, der Koch-Cutter-Foodstylist von Belvedere Postproduction.

»Ich brauch ein Geständnis. Ich will ihn überlisten.«

»Ist das nicht illegal, Leute zu filmen, ohne dass sie es wissen?«

»Nein. Nicht, wenn es in der Öffentlichkeit ist. Das bedeutet Public Dominion nämlich.«

»Public Domain. Und das ist was anderes. Da geht's ums Copyright.«

»Oh.« Rune runzelte die Stirn. »Na ja, was weiß ich. Aber ich bin mir sicher, dass es okay ist, und ich mach's.«

»Was für eine Kamera ist das denn?«

»Betacam. Hast du ...?«

»Ich weiß, wie man damit umgeht. Ampex?«

»Genau«, sagte Rune. »Du stehst oben auf dem Balkon am Lincoln Center und filmst nach unten. Mehr musst du nicht machen. Nur mich aufnehmen, wie ich mit dem Typ rede.«

»Du hast mir immer noch nicht gesagt, warum. Was für ein Geständnis?«

»Ich hab 'n Tonband dabei«, sagte sie hastig. »Du brauchst dich nicht mal um den Ton zu kümmern.«

»Ich mache da nicht mit, wenn du mir nicht sagst, was du vorhast.«

»Vertrau mir, Stu.«

»Ich hasse diesen Satz.«

»Stehst du nicht auf Abenteuer?«

»Nein. Ich stehe aufs Kochen, ich stehe aufs Essen. Ich würd auf Geld stehen, wenn ich welches hätte. Aber etwas, worauf ich auf keinen Fall stehe, sind Abenteuer.«

»Ich nenn dich auch im Abspann.«

»Na toll. Pass aber auf, dass du meine Häftlingsnummer nach meinem Namen nicht vergisst.«

»Es ist nicht illegal. Das ist nicht das Problem.«

»Es gibt also ein Problem ... Was ist es? Zusammengeschlagen zu werden? Oder umgebracht? Wirst du den Film meinem Andenken widmen?«

»Du wirst nicht umgebracht.«

»Das Zusammengeschlagenwerden hast du aber ausgelassen.«

»Du wirst nicht zusammengeschlagen.«

»Mir kam's so vor«, sagte Stu, »als hätte an dem letzten Satz so ein stillschweigendes *Wahrscheinlich* gehangen. Stimmt das?«

»Hör zu, du wirst *garantiert* nicht zusammengeschlagen. Ich versprech's dir. Geht's dir jetzt besser?«

»Nein ... Lincoln Center? Wieso dort?«

Rune warf sich die Batterien über die Schulter. »Damit es jede Menge Zeugen gibt, falls du zusammengeschlagen wirst.«

Rune hatte dem Wächter der Avery Fischer Hall kurz einen Ausweis gezeigt. Einen Augenblick lang hatte er große Augen gemacht und sie dann in die stille Halle eingelassen.

»Wir erledigen ein paar Überwachungsaufgaben«, sagte sie zu ihm.

»Ja, Ma'am«, antwortete er und zog sich an seinen Standort zurück. »Wenn Sie Hilfe brauchen, rufen Sie mich.«

»Was war das?«, fragte Stu. »Was hast du ihm gerade gezeigt?«

»Einen Ausweis.«

»Das weiß ich. Was für einen?«

»'ne Art FBI-Marke.«

»Was?«, sagte er. »Woher hast du die denn?«

»Ich hab sie irgendwie selbst gemacht. Am Computer von L&R. Dann hab ich sie eingeschweißt.«

»Moment mal – wieso sagst du mir das? Ich will so was nicht wissen. Vergiss, dass ich gefragt hab.«

Sie setzten ihren Weg über die Treppe fort. An den Wänden hingen Dutzende von Plakaten aus Opern und Stücken, die am Lincoln Center aufgeführt worden waren. Rune zeigte auf eines. »Wahnsinn. Schau mal.« Es war zu Offenbachs *Orpheus in der Unterwelt.*

Stu warf einen Blick darauf. »Ich hör lieber Popmusik. Worum geht's da?«

Rune schwieg einen Augenblick; ihr war nach Weinen zumute. »Das ist Eurydike. So 'ne Frau. Sie erinnert mich an jemanden, den ich mal kannte.«

Sie stiegen zur obersten Etage und traten aufs Dach hinaus. Rune stellte die Kamera auf.

»Also, jetzt nur die Ruhe. Ich mach mir Sorgen um Blendwirkungen. Versuch nichts Abgefahrenes. Halt die Kamera immer auf mich und den Typ, mit dem ich rede. Die meiste Zeit will ich uns beide im Bild haben, aber du kannst auf sein Gesicht zoomen, wenn ich dir das Zeichen dazu gebe. Ich kratz mich am Kopf. Was meinst du? Zum Zoomen musst du einfach ...«

»Ich hab schon mal 'ne Kamera in der Hand gehabt.«

»Gut. Das Band reicht eine Stunde, die Batterien zwei. Und das hier ist wahrscheinlich in 'ner Viertelstunde vorbei.«

»Ungefähr die Dauer einer Hinrichtung. Irgendwelche letzten Worte?«

Rune lächelte nervös. »Meine erste Hauptrolle.«

»Hals- und Beinbruch«, sagte Stu.

Sie dachte, dass er möglicherweise nicht auftauchen würde. Und sie dachte, dass er, selbst wenn er auftauchen würde, sich irgendwo auf einer Seite hinsetzen würde, wo er eine Kanone mit Schalldämpfer ziehen und sie ins Herz schießen und abhauen konnte und wo es eine halbe Stunde dauern würde, bis jemand sie bemerkte und denken würde, sie sei in der heißen Sonne eingeschlafen. Das hatte sie in einem alten Film gesehen – einem Film mit Peter Lorre, glaubte sie.

Aber Michael Schmidt tat, was man ihm gesagt hatte. Er setzte sich mitten in das Freiluftrestaurant rund um den riesigen Brunnen in der Mitte des Lincoln Center.

Nervös suchte er die Menge ab, und als er Rune entdeckte, fixierte er sie. Die Wut folgte dem Wiedererkennen eine Millisekunde auf dem Fuß. Sie blieb stehen, steckte die Hand in die Jacke und setzte das Tonband in Gang. Er bemerkte die Geste und richtete sich auf, wahrscheinlich in der Annahme, sie hätte eine Schusswaffe. Er hatte sichtlich Angst. Rune ging weiter auf den Tisch zu.

»Sie!«, flüsterte er. »Sie sind die aus dem Theater.«

Rune setzte sich. »Sie haben mich angelogen. Sie haben mir nicht gesagt, dass Sie Shelly die Rolle angeboten und dann die Abmachung gebrochen haben.«

»Ach? Und wieso sollte ich Ihnen irgendetwas erzählen? Sie haben mich mitten in einer sehr wichtigen Sitzung unterbrochen. Mein Verstand arbeitet nicht wie der anderer Leute. Ich habe nicht ständig alle kleinen, profanen Vorkommnisse parat.«

»Ich weiß von dem Streit, den Sie mit ihr hatten.«

»Ich streite mich mit allen möglichen Leuten. Ich bin Perfektionist … Was wollen Sie? Geld?« Er suchte von neuem die Menge ab. Er war noch immer vorsichtig wie ein Wild.

»Sie brauchen mir nur eine Antwort …«

»Wie viel? Sagen Sie's einfach. Bitte.«

»Wieso haben Sie sie umbringen müssen?«, fragte Rune bösartig.

Schmidt beugte sich vor. »Wie kommen Sie darauf, dass ich sie umgebracht hätte?«

»Weil sie versucht hat, Sie zu erpressen, damit Sie ihr die Rolle geben.«

»Und was haben Sie vor«, knurrte Schmidt wütend. »Mit der Geschichte zur Polizei zu gehen?«

Etwas an der Art, wie er seine gehetzten Blicke schweifen ließ, warnte sie. Er hatte inzwischen zweimal zu einem Nachbartisch geschaut. Rune folgte seinem Blick und sah zwei Männer, die vor ihren Tellern mit raffinierten Sandwiches saßen, ohne sie auch nur angerührt zu haben.

Mein Gott, das waren Killer.

Schmidt hatte Killer angeheuert. Der Schmalere war möglicherweise der Mann in dem roten Anorak. Denen war es scheißegal, ob sie sich in der Öffentlichkeit befanden oder nicht; die würden sie an Ort und Stelle kaltmachen. Oder sie verfolgen und sie in einer Gasse umbringen. Sie abknallen, als sei sie Marlon Brando in *Der Pate*.

Schmidt zwang sich, ihr wieder ins Gesicht zu sehen. Die beiden Männer bewegten sich unauffällig.

»Also, sagen Sie mir jetzt, wie viel Sie wollen.«

Oh verdammt. Keine Spielchen mehr, Zeit zu verschwinden.

Rune stand auf.

Schmidt schaute auf ihre Tasche, das Tonband. Seine Augen weiteten sich.

Die Köpfe der beiden Killer fuhren zu ihr herum.

Dann: Schmidt stieß seinen Stuhl zurück, tauchte schreiend ab. »Schnappt sie euch, schnappt sie euch!«

Die Speisegäste schnappten nach Luft und stießen sich von ihren Tischen ab. Einige suchten auf der Erde Deckung.

Die Killer sprangen auf, die Metallstühle schepperten auf dem steinernen Untergrund. Rune sah Pistolen in ihren Händen.

Schreie, Menschen, die sich auf die Erde warfen, umstürzende Trinkgläser, wirbelnde Salatschüsseln. Salatblätter und Tomaten und Croissants fielen zu Boden.

Rune raste zur Columbus Avenue und rannte nach Norden. Sie schaute sich um. Die Killer holten auf. Sie waren in Topform.

Hier sind überall Zeugen, ihr beiden Arschlöcher! Was zum Teufel macht ihr da?

Ihre Brust schmerzte, ihre Füße brannten. Rune senkte den Kopf und rannte so schnell sie konnte.

An der 72nd Street schaute sie sich um und konnte sie nicht mehr sehen. Sie blieb stehen und klammerte sich an einen Maschendrahtzaun um ein leeres Grundstück. Sie versuchte, Luft in die Lungen zu bekommen; ihre Finger krallten sich in das Gitter.

Ein Bus fuhr die Haltestelle an. Sie ging auf ihn zu.

Und die Killer, die hinter einem Lastwagen gewartet hatten, stürzten sich auf sie.

Sie stieß einen Schrei aus, ließ sich zu Boden fallen und rollte durch eine Lücke in dem Gitter. Sie rappelte sich auf und raste auf ein Gebäude auf der anderen Seite des Geländes zu. Eine Schule.

Eine leer stehende Schule.

Sie rannte zum Eingang.

Abgeschlossen.

Sie machte kehrt. Sie waren schon wieder hinter ihr her, schlendernd jetzt, ganz locker, bemüht, keinen Verdacht zu erregen. Die Pistolen in ihren Händen an der Seite.

Es gab keinen anderen Weg als durch eine lange Gasse. Dort

musste es einen Ausgang zur Straße geben. Eine Tür, ein Fenster, *irgendwas*.

Rune rannte bis ans Ende. Es war eine Sackgasse. Aber da war eine klapprige Tür. Sie warf sich dagegen. Das Holz war sehr viel stabiler, als es den Anschein hatte. Sie prallte von den dicken Eichenbohlen ab und fiel zu Boden.

Und wusste, dass alles vorbei war. Die Killer, die Kanonen jetzt offen tragend, schauten sich vorsichtig um und kamen auf sie zu.

Rune kauerte sich auf die Knie und blickte sich nach einem Ziegel, einem Stein, einer Stange um. Da war nichts. Schluchzend ließ sie sich nach vorn fallen. »Nein, nein, nein …« Jetzt waren sie über ihr. Sie spürte die Mündung einer Kanone im Nacken.

Rune wimmerte und legte die Arme schützend über ihren Kopf. »Nein …«

Und da sagte einer der Killer: »Sie sind verhaftet. Sie haben das Recht zu schweigen. Sie haben das Recht auf einen Anwalt und auf die Anwesenheit dieses Anwalts bei Ihrem Verhör. Wenn Sie auf das Recht zu schweigen verzichten, kann und wird alles, was Sie sagen, vor Gericht gegen Sie verwendet werden.«

Auf dem 20. Revier sah es ganz ähnlich aus wie auf dem Arbeitsamt des Staates New York, nur dass es hier nicht so viele Schriftsteller und Schauspieler gab. Jede Menge verkratztes Plexiglas, jede Menge an schwarze Bretter gepinnte Bekanntmachungen, billiges Linoleum, Neonröhren an der Decke. Umherwuselnde Leute in Zivil.

Und Cops. Jede Menge riesiger Cops.

Handschellen waren schwerer, als sie gedacht hatte. Sie hatten keinerlei Ähnlichkeit mit Armreifen. Sie legte die Hände in den Schoß und fragte sich, ob sie wohl in einem Jahr wieder aus dem Gefängnis heraus sein würde.

Einer der Killer, ein gewisser Detective Yalkowsky, setzte sie in einem orangefarbenen Spanholzstuhl ab, von denen sechs zu einer Bank zusammengenietet waren.

»Was hast du denn da?«, fragte ihn die Diensthabende, eine Polizistin mit einem Pferdeschwanz wie Rune.

»Versuchter schwerer Diebstahl. Erpressung, versuchter Angriff, Entziehung durch Flucht, Widerstand gegen die Staatsgewalt, widerrechtliches Eindringen ...«

»He, angegriffen hab ich niemanden! Und eingedrungen bin ich nur, weil ich *ihm* entkommen wollte. Ich dachte, er sei ein Killer.«

Yalkowsky beachtete sie nicht. »Sie hat keine Aussage gemacht, verlangt keinen Anwalt. Sie will mit jemandem namens Healy reden.«

»*Detective* Healy«, sagte Rune. »Er ist Polizist.«

»Wieso möchten Sie ihn sehen?«

»Er ist ein Freund von mir.«

»Süße«, sagte der Detective, »und wenn der Bürgermeister ein Freund von dir wäre, du würdest trotzdem ganz tief in der Scheiße stecken. Du hast versucht, Michael Schmidt zu erpressen. Das ist 'n dicker Hund. Die Zeitungen werden Kartoffelchips aus dir machen.«

»Rufen Sie ihn einfach nur an, bitte.«

Der Detective zögerte. »Steck sie in eine Arrestzelle, bis wir mit ihm gesprochen haben«, sagte er schließlich.

»Eine Arrestzelle?« Die Diensthabende musterte Rune stirnrunzelnd. »Das möchten wir eigentlich nicht.«

Rune sah ihr besorgtes Gesicht. »Sie hat Recht, das möchten Sie eigentlich nicht.«

Yalkowsky zuckte die Achseln. »Doch, ich glaub, wir wollen.«

16

Rune und Sam Healy gingen durch den Central Park West, vorbei an dem Hügel, wo sich die Hundebesitzer sammelten. Pudel und Retriever und Akitas und Promenadenmischungen brachten ihre Leinen durcheinander und stromerten über das staubige Gelände.

Healy schwieg.

Rune schaute immer wieder zu ihm hin.

Er bog ab und ging in den Park. Sie kletterten auf einen riesigen, zehn Meter hohen Felsblock und setzten sich.

»Sam?«

»Rune, es ist nicht so, dass sie dich hätten unter Anklage stellen können …«

»Sam, ich …«

»… die Erpressung hätten sie nie durchgekriegt, und klar, sie haben sich nicht als Cops ausgewiesen. Und jemand hat einen gefälschten FBI-Ausweis gefunden, aber niemand hat ihn bisher mit dir in Verbindung gebracht. Aber eins hätte passieren können, nämlich, dass sie dich erschießen. Verbrecher auf der Flucht. Wenn sie dich für gefährlich gehalten hätten, hätten sie auf dich schießen können.«

»Tut mir Leid.«

»Mein Beruf ist nicht ungefährlich, Rune. Aber da gibt es Methoden und Unterstützung und eine Menge anderer Sachen, die ihn weniger gefährlich machen. Aber du, du setzt dir diese verrückten Ideen von Killern und Erpressung in den Kopf und stürzt dich mitten rein.«

Eine Weile lang verfolgten sie ein Softballspiel auf der Wiese. Es herrschte eine üble Hitze, und die Spieler waren völlig lethargisch. Staubwolken stiegen aus dem gelben Gras auf, wenn der Ball ins Aus geriet.

»Es hat Gerüchte über Schmidt und so einen Jugendlichen

in Colorado gegeben. Ich dachte, Shelly hätte es herausgefunden und ihn erpresst, um die Rolle zu kriegen.«

»Haben dich die Tatsachen zu diesem Schluss geführt? Oder hast du dir ausgemalt, was passiert sein könnte, und dir die Fakten nach deiner Vorstellung zurechtgebogen?«

»Ich … ich hab sie zurechtgebogen.«

»Okay.«

»Sam«, sagte Rune. »Zu Hause hab ich ein Notizbuch. Da schreibe ich alle möglichen Sachen rein. Es ist so 'ne Art Tagebuch. Weißt du, was ich auf die erste Seite geschrieben hab?«

»›Ich will nicht erwachsen werden‹?«

»Wenn ich da dran gedacht hätte, klar, dann würde wahrscheinlich das da stehen. Aber geschrieben hab ich: ›Glaube an das, was es nicht gibt, so als wäre es da, bis es wahr wird.‹«

Rumms. Ein Homerun. Der Werfer schaute dem Ball nach, der in Richtung des mobilen Toilettenhäuschens hundert Meter von der Homebase entfernt flog.

»Sam, der Film ist mir wichtig. Ich bin nicht auf dem College gewesen. Ich hab in 'ner Videothek gearbeitet. Ich hab Schaufenster dekoriert. Ich hab gekellnert. Ich hab Zeug auf der Straße verkauft. Ich will das nicht ewig machen.«

Er lachte. »Ein paar Jahre für verpatzte Berufsstarts bleiben dir ja noch.«

»Bei der Filmgesellschaft behandeln sie mich wie ein kleines Kind … Na ja, okay, manchmal benehme ich mich auch wie eins. Aber ich meine, mehr trauen die mir auch nicht zu. Ich weiß, dass dieser Film über Shelly funktionieren wird. Ich kann's spüren.«

»Was du da gemacht hast, mit Schmidt, das war nicht sehr schlau.«

»Er war der letzte von meinen Verdächtigen. Ich hab gedacht, er sei's gewesen.«

»Ein Verdächtiger ruft nicht die Cops, um ...«

»Ich weiß. Ich hab mich geirrt ... Es ist nur so, na ja, ich kann's nicht genau benennen. Ich hatte nur so 'n, ich weiß nicht ...«

»Riecher?«

»Genau. Dass jemand sie ermordet hat. Und dass es nicht dieses bescheuerte Schwert Jesu war.«

»Ich glaube auch an meinen Riecher. Aber tu uns beiden einen Gefallen, vergiss diesen Film. Oder erzähl einfach die Geschichte eines Mädchens, das umgebracht wurde, und lass es damit gut sein. Hör auf, den Mörder finden zu wollen. Lass ein bisschen Geheimnis drin. Die Leute mögen Geheimnisse.«

»Das bedeutet auch mein Name. Auf Germanisch.«

»Dein wirklicher Name?«

»Die Wirklichkeit«, sagte sie, »wird sehr überschätzt. Nein, ich meine ›Rune‹.«

Er nickte, und sie konnte nicht sagen, ob er traurig war oder sich über sie ärgerte oder ob er einfach nur ein schweigsamer Cowboy war.

»Ich glaube nicht, dass du noch weitere Anschläge erleben wirst«, sagte Healy. »In der Regel werden sie es nach einiger Zeit Leid. Es ist heutzutage viel zu riskant, ein Serienkiller zu sein. Die Forensiker sind einfach zu gut. Die kriegen jeden.«

Rune schwieg. »In ein paar Minuten fängt mein Dienst an«, sagte Healy. »Ich hab mir gedacht, wenn du willst, könntest du ja mal beim Bombenkommando vorbeikommen. Dir's mal anschauen.«

»Echt? Na klar. Aber ich muss jetzt zur Arbeit. Heute ist der letzte Dreh für diese bescheuerte Werbung.«

Healy nickte. »Ich bin die ganze Nacht dort.« Er beschrieb ihr den Weg zum 6. Revier.

Dominosteine. Alles, was sie sah, waren Dominosteine.

»Na los, Liebes«, redete Larry ihr zu, »du darfst sie dann auch umwerfen.«

Rune war immer noch beim Aufstellen. »Ich dachte, du wolltest noch zwei weitere PAs für die Aufnahme engagieren.«

»Du bist die einzige Assistentin, die wir für diesen Dreh brauchen, Liebes. Du kannst das.« Rune arbeitete nach einem Blatt Papier, auf das sie das Muster gezeichnet hatte. Widerwillig gestand sie sich ein, dass das wahrscheinlich eine Wahnsinnsaufnahme geben würde.

»Wie viele haben wir?«

»Viertausenddreihundertundzwölf, Larry. Ich hab sie nachgezählt.«

»Gut für dich.«

Einmal, auf halber Strecke, nach zwei Stunden Arbeit, hatte sie sie aus Versehen umgeworfen. Die Reihen der Rechtecke waren mit dem Klicken von Chips am Roulette in Las Vegas gegeneinander gefallen.

Doppelte Scheiße …

»Ich hätte angenommen, Sie würden von der anderen Seite aus anfangen«, gab Mary Jane ihren Senf dazu. »Dann hätten Sie sie wahrscheinlich nicht so leicht umgeworfen.«

»Gut gemacht«, sagte Larry schnell.

»Ist das Kunst?«, fragte ihn eine fuchsteufelswilde Rune, während sie über die sechs Meter grauen, nahtlosen Hintergrundpapiers kroch, um sie wieder aufzustellen.

»Fang nicht wieder an.«

Schließlich, Stunden später, hatte sie ihre kleine Armee aus Dominosteinen aufgereiht und wich mit angehaltenem Atem von dem Papier zurück. Sie kroch zu dem ersten Stein und nickte Larry zu.

Rune warf einen Blick zum Kameramann, einem ätzenden Typen mit Bart, der im Sitz des Lumakrans thronte. Das

Ding sah aus wie ein Erdräumgerät. »Vergewissert euch, dass ihr Film in der Kamera habt. Ich mach das nicht noch mal.«

»Licht.« Larry spielte gern den Regisseur. Der Beleuchter schaltete die Scheinwerfer ein. Mit einem Mal war das Set in backofenheißes, weißes Licht getaucht. »Film ab.«

»Film läuft.«

Dann nickte Larry Rune zu. Sie streckte die Hand nach dem ersten Dominostein aus.

Die Steine fielen und klickten, während sie sich über das Papier ausbreiteten und die Kamera über das Set schwebte wie auf einem Karussell und Larry mit der Anteilnahme eines Mannes, dem zweihunderttausend Dollar für die Arbeit von fünf Tagen ausgezahlt werden, vor sich hinbrummelte.

Klick. Der letzte Stein fiel um.

Die Kamera fuhr zu einer Weitwinkelaufnahme des gesamten Logos zurück: einer Kuh mit Zylinder.

»Cut«, schrie Larry streng. »Licht aus.«

Die Scheinwerfer erloschen.

Rune schloss die Augen beim Gedanken daran, dass sie die ganzen kleinen Quader jetzt noch einpacken und vor sechs zu dem Requisitenverleih würde zurückbringen müssen; Larry und Bob würden sicher nicht noch einen Tag Leihgebühr bezahlen wollen.

Dann kam von irgendwo über ihnen die Stimme. »Eines noch …«

Es war Mary Jane, die das ganze Ereignis von einer hohen Leiter am Rande des Sets aus verfolgt hatte.

»Und das wäre?«, fragte Mr. Brieftasche.

»Ich frage mich nur … Meinen Sie nicht, dass das Logo ein wenig schief ist?« Sie kletterte von der Leiter.

Mr. Brieftasche kletterte hinauf, um sich einen Überblick zu verschaffen.

»Es sieht ein bisschen danach aus«, sagte er.

»Die Hörner der Kuh sind nicht gleichmäßig«, sagte Mary Jane. »Das linke und das rechte.«

Mr. Brieftasche blickte auf die umgefallenen Dominosteine herab. »Ein schiefes Logo geht nicht.«

Mary Jane ging hin und rückte das Design zurecht. Sie trat zurück. »Sehen Sie, so müsste es aussehen. Ich hätte angenommen, Sie würden zuerst einen Test machen.«

Noch während Rune Atem holte, um die Worte auszusprechen, die sie direkt ins Arbeitsamt katapultiert hätten, drückte Larry sie am Arm. »Hey, Rune, könntest du gerade mal mit rauskommen, bitte?«

Im Flur drehte sie sich zu Larry. »Schief? *Die* ist schief. Was denkt die, was das ist, Ölfarbe? Hier geht's nicht um die Sixtinische Kapelle, Larry. Das ist 'ne Kuh mit 'nem bescheuerten Zylinder auf. Na klar ist die schief. Die ist auf irgend'nem Powertrip …«

»Rune …«

»Und beim nächsten Mal ist dann die Kuh in Ordnung, aber der Hut ist verkehrt. Der würd ich am liebsten einen …«

»Ich hab 'nen Verleiher für deinen Film.«

»… zwischen die Zähne verpassen. Ich …«

»Einen Verleiher«, wiederholte Larry geduldig.

Sie verstummte. »Du hast was?«

»Ich hab jemanden gefunden, der meinte, er wollte deinen Film übernehmen. Der sucht so realistisches, Film-noir-ähnliches Zeug. Es ist kein großer Laden, aber die haben bei öffentlichen Fernsehstationen und 'n paar größeren Lokalsendern den Fuß in der Tür. Ich red jetzt nicht von Großsendern. Aber manchmal, weißt du, werden gute Filme in Gemeinschaft übernommen.«

»Oh, Larry.« Sie umarmte ihn. »Ich glaub's ja nicht.«

»Gut. Und jetzt gehen wir da wieder rein und sind nett zu der Eislady, okay?«

»Das Weib ist 'ne total abgedrehte Zicke«, sagte Rune.

»Aber sie sind unsere Kunden, Rune, und in dieser Branche hat der Kunde immer was?« Er zog eine Augenbraue hoch.

Sie war schon auf dem Weg zur Tür. »Stell mir keine Fragen, auf die du die Antwort nicht hören willst.«

Am besten fand Rune die Hunde.

Alles Übrige war ganz nett – die Artilleriegranaten, die Handgranaten, die mit Drähten an Wecker angeschlossenen Dynamitstangen, silberne Sprengstoffzylinder, die sich als Attrappen entpuppten. Aber der wirklich atemberaubende Teil waren die drei Labradors, die sich an sie heranschnüffelten und ihr die großen Schnauzen auf die Knie legten, als sie sich hinkauerte, um sie zu streicheln. Sie winselten, wenn sie sie auf dem Kopf kratzte.

Healy und Rune standen im Hauptquartier des Bombenkommandos über dem 6. Revier auf der 10th Street. Das Büro war gar nicht zu verfehlen: Im Flur hing über der Tür eine leuchtend rote Militär-Übungsbombe, auf der Bombenkommando stand.

Im Hauptraum standen acht ramponierte Schreibtische. Die Wände waren hellgrün, der Boden mit Linoleum ausgelegt. An einem Schreibtisch saß eine Frau in einem dicken Pullover, die konzentriert in einem technischen Handbuch las. Sie war schön und hatte lange braune Haare und einen ruhigen Blick. Sie war die einzige Frau bei der Einheit. Die anderen waren Männer, meist zwischen dreißig und fünfzig, in weißem Hemd und Krawatte. In ihren Halftern am Gürtel steckten kurzläufige Schusswaffen. Sie lasen, unterhielten sich, ruhten sich aus, sprachen leise am Telefon. Ein paar grüßten Healy mit Winken oder mit einem Hochziehen der Brauen.

Von Rune nahm niemand Notiz.

»Wir haben die größte zivile Sprengstoffentsorgungseinheit der Welt. Zweiunddreißig Beamte. Meist Detectives. Ein paar stehen kurz vor der Beförderung.«

An der Wand befand sich eine alte Holztafel, an der Passfotos von Polizisten hingen. Rune fielen die Worte ›Zum Gedenken an …‹ auf.

Die Tafel war das größte Schaustück im Raum.

Sie beugte sich hinunter und tätschelte einem Hund den Kopf.

»SSH«, sagte Healy.

»Das ist ja ein komischer Name«, sagte Rune und richtete sich auf.

»Das ist seine Bezeichnung. Ein Sprengstoff-Spürhund.«

»Wieder mal Anfangsbuchstaben.«

»Spart Zeit«, sagte Healy. »Da würde einem ja die Luft ausgehen, wenn man sagen würde, ›Ich führ den Sprengstoff-Spürhund aus‹.«

»Ihr könntet's ja mal mit Hund probieren.« Einer rollte sich auf den Rücken. Rune kraulte ihm den Bauch. »Und die schnüffeln Sprengstoffe raus?«

»Labradors haben die besten Nasen in der Branche. Wir haben computerisierte Nitrat-Dampfdetektoren verwendet. Aber die Hunde arbeiten schneller. Die können Plastik, Dynamit, TNT, Tovex, Semtex aufspüren.«

»Computer pinkeln allerdings nicht an jeder Straßenecke«, warf ein Cop ein.

»Und lecken sich nicht in aller Öffentlichkeit die Eier«, sagte ein anderer.

Healy nahm an einem winzigen Schreibtisch Platz.

»Was würdest du dazu sagen, den Einsatz bei der Abtreibungsklinik zu verpassen«, sagte ein Detective zu ihm.

»Glück gehabt, würde ich sagen.« Healy wandte sich an Rune. »Willst du einen Kaffee?«

»Klar.«

Healy ging in den Umkleideraum. An einem Sperrholztisch saßen drei Beamte, die chinesisches Essen verzehrten. Er spülte eine Porzellantasse aus und schenkte Kaffee ein.

Rune stand vor dem schwarzen Brett und betrachtete Farbaufnahmen von Explosionen. Sie zeigte auf einen roten Truck, der aussah wie ein riesiger Korb. »Was ist das?«

»Der Pike-La-Guardia-Laster. Den benutzen wir kaum noch. Der stammt aus den vierziger Jahren. Den Namen hat er bekommen, weil zu der Zeit, als er gebaut wurde, ein Typ namens Pike Chef des Bombenkommandos und La Guardia Bürgermeister war. Siehst du das Netz hier? Das sind Kabelreste von der Triborough Bridge. Dahinein wurden früher die USVs getan und zum Entsorgungsgelände gefahren. Wenn sie hochgingen, hat das Netz die Splitter aufgefangen. Aber Flammen sind natürlich noch jede Menge ausgetreten. Heute benutzen wir ein voll gepanzertes Fahrzeug.«

»Ein VGF, stimmt's?«, sagte Rune.

Healy nickte.

Rune griff nach einem dicken, etwa dreißig Zentimeter langen Plastikrohr mit einer Füllung aus blauer Gelatine und dem Aufdruck DuPont. Sie drückte es zusammen. »Das ist ja ulkig, Sam.«

Er warf einen Blick darauf. »Du hältst gerade genügend Tovex in der Hand, um einen ziemlich ordentlichen Felsbrocken zu zerbröseln.«

Sie legte es vorsichtig zurück.

»Wenn es scharf wäre ... Das ist nur zum Üben. Wie alles hier drinnen.«

»Das auch?« Sie deutete auf eine Artilleriegranate von etwa fünfundsiebzig Zentimetern Länge.

»Na ja, scharf ist sie nicht. Aber wir haben sie vor ungefähr einem Jahr ausgebuddelt. Da hat eine Frau den Notruf angerufen und gesagt, sie sei von einer Kugel getroffen worden. Das Überfallkommando fährt also hin, und sie gehen in die Wohnung. Sie finden sie auf dem Fußboden. ›Wo ist der Schütze, wo ist die Schusswaffe‹, fragen sie. Und sie sagt: ›Es gibt keine Schusswaffe – nur die Kugel.‹ Sie deutet auf die Granate und sagt: ›Ich hab den Schrank aufgemacht, und da ist sie rausgefallen.‹ Hat ihr den Zeh gebrochen. Ihr Mann hatte Artilleriegeschosse gesammelt und …«

»Sam«, rief eine Stimme.

Er ging zurück in den Hauptraum. Aus dem Büro des Leiters beugte sich ein massiger Mann mit kantigem Kinn und blonden Haaren. Er streifte Rune flüchtig und schaute dann zu Healy. »Sam, dem ÜK ist gerade ein Zehn-Dreiunddreißig bei einem Pornokino am Times Square gemeldet worden. Jemand hat eine Schachtel gefunden und reingeschaut. Drinnen war ein Timer und ein Klumpen, der möglicherweise Plastik sein könnte. Seventh Avenue, Nähe Neunundvierzigste. Rubin, du gehst mit ihm.«

Keine Anschläge mehr, hatte er gesagt? Aber noch bevor sie eine Bemerkung machen konnte, spurteten Healy und ein anderer Cop, ein dürrer Mann etwa Mitte vierzig, der eher aussah, als gehöre er in ein Versicherungsbüro um 1950 als in das Bombenkommando, in Richtung Umkleideraum. Sie rissen ihre Spinde auf, holten abgewetzte Leinentaschen heraus und rannten zur Tür. Healy schnappte sich seinen Diplomatenkoffer und verschwand im Korridor.

»Hey …«, sagte Rune noch. Healy schaute sich nicht einmal um.

Wo fährt er wohl ab?, fragte sich Rune und flitzte in den dunkelgrünen Korridor. Unten verschwanden die Männer in der Polizeiwache. Ein Beamter in einem blauen Rollkragenpullover hielt sie an und wollte sie nicht durchlassen. Als sie nach draußen kam, verschwand gerade der blau-weiße Kombi mit wild blitzendem Rotlicht unten in der 11th Street. Das Fahrzeug ließ seine Sirene aufheulen und bog nach Norden in die Hudson Street ein.

Sie rannte zur Ecke und winkte nach Taxis, die sich nicht zeigen wollten.

Sam Healy kannte das Verfahren aus dem Eff-Eff. Das war eines seiner Talente: die Fähigkeit, sich etwas einzuprägen. Er brauchte nur ein- oder zweimal auf eine Liste oder einen Schaltplan zu sehen, und das war es – es steckte im geistigen Tresor.

Was von Vorteil war. Denn als Cop beim Bombenkommando musste man sich an vieles erinnern. Er fragte sich, ob das nicht überhaupt ein Grund dafür war, dass er sich für die Bombenarbeit entschieden hatte. Das war etwas anderes als beim Streifendienst oder beim Überfallkommando. Dort musste man schnelle Entscheidungen treffen, improvisieren.

Healy zog es vor, jede Einzelheit durchzuplanen und dann Schritt für Schritt vorzugehen. Langsam.

Der Kombi raste in nördlicher Richtung. Aus Hudson wurde die Eighth Avenue, und sie überquerten die 14th Street.

Das Verfahren: Einen Sicherheitsbereich von etwa dreihundert Metern um das Kino einrichten und so gut es geht alles evakuieren. In einem Einkaufszentrum auf Long Island kein Problem, im dicht bevölkerten Manhattan ausgeschlossen. Dann holt man den Roboter mit seinen Greifarmen und den Fernsehkamera-Augen, damit er sich an das verflixte Ding ranmacht und es sich anschaut. Dann nimmt man es mit den Greifarmen …

Der Kombi kam mit einem Ruck inmitten einer Parade aus Notdienstfahrzeugen auf der Seventh Avenue zum Stehen. Sie sprangen heraus.

… und karrt es ganz butterweich nach draußen, denn das Kabel an dem Roboter ist nur fünfzehn Meter lang, und an Roboterbruchstücken kann man genauso schnell draufgehen wie am Splitter einer Sprengladung. Dann fährt man es die Rampe hoch und in das Bombentransportfahrzeug …

Und betet, dass das verfluchte Ding innerhalb der Panzerung hochgeht, damit man es nicht da rausholen muss, wenn man in Rodman's Neck ankommt.

Aber man betet auch, dass es, falls es innerhalb der Panzerung hochgeht, keine solche Sprengkraft besitzt und so groß ist, dass es den Sicherheitslaster in eine riesige Handgranate verwandelt.

Und dann betet man einfach so …

Das heißt natürlich, falls man den Roboter überhaupt einsetzen kann. Angenommen, die Bombe steckt nicht irgendwo, wo das bullige Krabbelvieh, das aussieht wie ein Mondlandegefährt, nicht hinkommt.

Unter einem Kinositz, zum Beispiel.

Und natürlich stellte sich heraus, dass es genauso war, wie sie erfuhren, als sie am Ort des Geschehens aufmarschierten.

Healy schaute seinen Partner, Jim Rubin an und nickte. »Ich mach's per Hand. Her mit dem Anzug.«

»Wenn du willst, mach ich's«, sagte Rubin.

Und er hätte es getan. Denn so waren sie alle. Hätte Healy gesagt, ›Gut, den übernimmst du‹, dann hätte Rubin es getan. Aber Healy sagte es nicht. So funktionierte das Spiel nicht. Es kam darauf an, wer als Erster eintraf, wer den Anruf entgegennahm, wer sagte, ›Ich gehe‹, bevor ein anderer es tat. Und wenn es hart auf hart kam, würde auch jeder gehen. Aber das hier hatte Healy für sich beansprucht. Er wusste nicht, warum, aber er hatte das Gefühl, es sei seines. Das war manchmal so. Aus dem gleichen Grund, weshalb man manchmal nicht so schnell wie ein anderer ›Ich gehe‹ sagte.

An diesem Abend fühlte sich Healy etwa so unbesiegbar wie jemand, der mit einer Schachtel zu tun hatte, die ein durchschnittliches Haus in die Luft zu sprengen fähig war, sich nur fühlen konnte.

»Sam!«, schrie Rune, als sie aus dem Taxi ausstieg. Er warf ihr nur einen kurzen Blick zu. Sie schaute ihm in die Augen und verstummte. Ihm war klar, dass sie jemanden anblickte, den sie überhaupt nicht kannte.

»Halt sie mir bloß vom Leib«, flüsterte er Rubin zu. »Kette sie irgendwo an, wenn du musst, aber ich will sie nicht in der Nähe haben.«

»Sam ...« Er schaute wieder zu ihr hin. Sie legte die Kamera auf die Erde, um ihm etwas zu sagen, dachte er. Um ihm zu sagen, dass sie nicht wegen ihres Films hier war oder wegen Shelly Lowe oder aus einem anderen Grund als dem, dass sie Angst um ihn hatte. Trotzdem wandte er sich von ihr ab.

Während Rubin den Roboter aus dem Kombi steuerte – sie sollten ihn so nahe wie möglich heranfahren –, legte Healy den schweren grünen Splitterschutzanzug an, der mit Kevlarscheiben und Stahlplatten gepanzert war. Er setzte den Helm auf und setzte die Umwälzpumpe in Gang, um im Helm Luft zu bekommen.

Rubin blieb direkt hinter den Eingangstüren des Kinos stehen und steuerte den Roboter durch die Reihe, die der Einsatzleiter mit gelbem Plastikband markiert hatte. Er trug einen Kopfhörer und an der Spitze einer dünnen Apparatur ein Mikrofon, das kurz vor seinem Mund endete. Seine Augen blickten verzerrt hinter dicken Gläsern hervor. Healy ging an ihm, dann an dem Roboter vorbei. »Wie kannst du mich hören, Kumpel?«, sagte er in das Helmmikrofon.

»Gut, Sam. Zum Glück hast du den Hut auf – das Ding hier stinkt.«

Healy ging weiter in das Kino hinein, wobei er mit den Füßen leere Crack-Röhrchen und zusammengeballte Kleenextücher und Schnapsflaschen beiseite schob.

»Red mit mir, Sam, red mit mir.«

Aber Healy zählte an den Fingern ab. Der Geschäftsführer hatte gesagt, die Bombe liege in Reihe M. War das der fünfzehnte Buchstabe des Alphabets? Mann, hoffentlich nicht. Fünfzehn war nicht gerade seine Glückszahl. Cheryl hatte ihn am fünfzehnten März verlassen. Waren das nicht die Iden des März? Bei seinem einzigen Autounfall war er auf einen anderen aufgefahren, auf dem Merritt Parkway – Route 15.

J, K, L, M ... Gut. M war der *dreizehnte* Buchstabe des Alphabets. Angesichts dieser Erkenntnis empfand er ein irrationales Hochgefühl.

»Okay, ich sehe es«, sagte er. Er roch die abgestandene Luft, schwitzte schon jetzt fürchterlich und hatte das Gefühl, keine Luft zu bekommen. »Pappschachtel, Schuhkarton, ohne Deckel.«

Er kniete nieder, um das Gleichgewicht nicht zu verlieren – der Anzug war sehr schwer; wenn man stürzte, konnte man manchmal nicht mehr von alleine aufstehen. Er beugte sich über die Schachtel. Sprach ins Mikrofon: »Ich sehe C-3 oder C-4, vielleicht hundertfünfzig Gramm, Zeitzünder nach oben. Wenn er genau geht, dann haben wir gemütliche zehn Minuten. Ich sehe keine Bewegungsschalter.«

Bewegungsschalter waren das Problem. Kleine Schalter, die die Bombe auslösten, wenn man sie bewegte.

Aber keine zu sehen bedeutete nicht, dass keine da waren.

Mit einem Stift stocherte er in der Schachtel.

»Willst du sie entschärfen?«, fragte Rubin.

»Nein, sieht aus, als wäre der Zeitzünder ziemlich raffiniert. Ich wette, er hat 'ne Ruhestromschaltung, aber ich kann die Verdrahtung nicht sehen. Ich werd nichts durchschneiden. Ich bring sie raus.

Okay, los geht's.« Er streckte die Hände aus. Die Handschuhe waren gepanzert, aber Healy wusste, dass er genügend Plastiksprengstoff vor sich hatte, um einen Stahlträger zu zerfetzen. Der Theorie nach konnte man bei den Händen ohnehin nicht viel machen. Wenn etwas passierte, wäre man danach wenigstens noch am Leben und könnte sich als Invalide zur Ruhe setzen, auch wenn jemand die Schecks für einen unterschreiben müsste.

Healy blinzelte – erfolglos – und hob die Schachtel an. Vorsicht war geboten – man neigte dazu zu denken, Sprengladungen müssten schwer wie Blei sein. Aber das stimmte nicht. Das ganze Ding wog nicht mehr als ein Pfund.

»Kein Bewegungsschalter«, sagte er ins Mikrofon. Der Geruch seines eigenen Schweißes war stark. Er atmete langsam. »Oder ich habe ruhige Hände.«

»Es läuft gut, Sam.«

Die Uhr des Zeitzünders zeigte sieben Minuten bis zur Detonation.

Healy bewegte sich rückwärts in den Gang, wobei er langsam die Füße nach hinten schob, um sich den Weg zu ertasten. Er legte die Schachtel in die Arme des Roboters.

»Der Laden ist krass«, sagte Healy.

»Okay, wir übernehmen«, teilte Rubin ihm mit.

Healy hatte keine Einwände. Er ließ die Hände sinken und ging rückwärts weiter, bis er spürte, dass Rubin ihm auf die Schulter tippte.

Rubin steuerte den Roboter aus dem Kino hinaus und über die Rampe zum Bombentransportbehälter, den die Kollegen vom Bombenkommando aus der mit dem 6. Revier verbundenen Garage herangefahren hatten. Er sah aus wie eine kleine Tauchglocke auf einer Plattform. Vorsichtig hantierte er mit der Fernbedienung, um die Schachtel hineinzubringen. Der Roboter fuhr zurück, und Healy näherte sich der Tür von der Seite. Er zog an einem Draht, um die Tür bis auf einen Spalt zu schließen, dann trat er rasch vor und legte den Hebel um. Dann trat er zurück.

Rubin half ihm aus dem Anzug.

»Wie viel Zeit?«, fragte Rubin.

»Ich schätze, eine Minute, bis sie hochgeht.«

Rune durchbrach die Linie der Polizisten und rannte zu Healy. Sie drückte seinen Arm.

Er schob sie hinter seinen Rücken.

»Sam, ist alles in Ordnung?«

»Psst. Hör zu.«

»Ich …«

»Psssst«, sagte Healy.

Plötzlich ein lautes Ping – es hörte sich an wie ein Hammer auf einer abgedämpften Glocke. Rauch und Dämpfe begannen zischend an der Seite der Kammer zu entweichen. Ein säuerlicher, tränengasartiger Geruch hing in der Luft.

»C-3«, sagte Healy. »Den Geruch würde ich überall erkennen.«

»Was ist passiert?«, fragte Rune.

»Sie ist gerade explodiert.«

»Du meinst, das Ding, das du da gerade rausgebracht hast? Das ist grade hochgegangen? Ach, Sam, du hättest ja sterben können.«

Aus irgendeinem Grund musste Rubin darüber lachen. Healy kämpfte selbst gegen ein Grinsen an.

Er schaute sie an. »Ich werd noch ’ne Weile hier sein.«

»Klar. Verstehe.« Der glasige, wilde Blick auf seinem Gesicht gefiel ihr nicht. Er machte ihr Angst.

»Ich ruf dich morgen an.« Er machte kehrt und fing an, mit einem Mann in dunklem Anzug zu sprechen.

Sie ging zurück auf den Gehsteig und warf einen Blick auf die Heckklappe des Kombis des Bombenkommandos. Sam Healys Aktenkoffer lag darauf.

Sie wusste nicht genau, warum sie es machte. Vielleicht, weil er ihr Angst gemacht hatte, so wie er ausgesehen hatte. Aber vielleicht auch, weil sie den ganzen Tag damit zugebracht hatte, kleine Quader aus Plastik aufzustellen und kleinkarierte Zeitgenossen zu ertragen.

Vielleicht lag es auch einfach in ihrer Natur, nie eine Suche aufzugeben – genau, wie es in der von Sam Healy lag, in Gebäude wie dieses zu gehen und Bomben zu suchen.

Wie dem auch sei, Rune ließ die Verschlüsse an Healys Koffer schnappen und durchsuchte den Inhalt, bis sie auf sein kleines Notizbuch steiß. Dieses blätterte sie durch, bis sie gefunden hatte, was sie suchte. Sie prägte sich einen Namen und eine Adresse ein.

Sie schaute zu Healy hinüber, der in einem Pulk anderer Polizisten stand. Niemand nahm von ihr Notiz. Aller Aufmerksamkeit richtete sich auf einen durchsichtigen Plastikumschlag, den Healy in Händen hielt. Einen Moment darauf hallte Runes Stimme theatralisch und tief durch das Kino. »›Und der dritte Engel posaunte; da fiel ein großer Stern vom Himmel, brennend wie eine Fackel, und er fiel auf die Flüsse und auf die Wasserquellen.‹«

17

»Hören Sie, ich rede mit Ihnen. Aber Sie dürfen meinen Namen nicht verwenden.«

Sie saßen am gleichen Abend auf dem Deck von Runes Hausboot und tranken Michelob Light. »Meine Mutter denkt, ich hatte einen Autounfall«, fuhr der junge Mann fort. »Wenn die je rauskriegt …«

Warren Hathaway war der Zeuge, dessen Name sie in Healys Notizbuch gefunden hatte. Er war im Velvet Venus Kino gewesen, als die erste Bombe explodiert war. Rune hatte ihn angerufen und gefragt, ob sie ihn interviewen dürfe.

»Ich bin der einzige Mensch auf der Welt, der in die Luft gesprengt worden ist, als er zum ersten Mal im Leben im Pornokino war …« Dann fing er ihren amüsierten Blick auf. »Na ja, gut, vielleicht nicht zum ersten Mal. Aber so oft geh ich auch nicht hin.«

Hathaway war etwa einssiebzig groß, Anfang dreißig, pummelig. Er war am Hals bandagiert und hatte Pflaster auf dem Arm. Auch er sprach laut – genau wie Rune nach dem Anschlag – und sie vermutete, dass die Explosion im Velvet Venus ihn vorübergehend hatte taub werden lassen. »Wie haben Sie mich gefunden?«

»Der Polizist, der Sie vernommen hat, Detective Healy. Ich habe Ihren Namen von ihm bekommen.«

Die Kamera war aufgebaut. Hathaway schaute sie voller Unbehagen an. »Sie können mein Gesicht doch abdecken, oder? So, dass mich niemand erkennt?«

»Klar, keine Angst.«

Sie schaltete die Kamera ein. »Sagen Sie mir einfach, woran Sie sich erinnern.«

»Okay, ich hatte eine Buchprüfung bei einem Verlag auf der 44th Street. Ich bin Buchprüfer und Finanzberater. Und danach hatte ich zwei Stunden frei und bin zur Eighth Avenue zu so einem Deli gegangen, das ich gesehen hatte. Die hatten tolle Früchtebecher – die haben so schön und erfrischend ausgesehen, wissen Sie, mit viel Wassermelone – und da war da dieses Kino direkt vor mir, und da dachte ich mir, was soll's?« Er trank einen Schluck Bier. »Also bin ich reingegangen.«

»Was für einen Eindruck hat es auf Sie gemacht?«

»Dreckig vor allem. Es hat nach, Sie wissen schon, nach Urin und Desinfektionsmitteln gestunken. Und da waren so Typen, die so tough ausgesehen haben. Die waren ... na ja, schwarz meistens, und die haben mich angeschaut, als wäre ich, was weiß ich, Nachtisch. Also hab ich mich schnell auf 'nen Sitz verdrückt. In dem ganzen Schuppen waren insgesamt vielleicht zehn Leute, und ein paar von denen haben geschlafen. Ich hab mich hingesetzt. Der Film war grauenhaft. Ein Film war das überhaupt nicht, nur so 'n Video. Das war so unscharf, dass man kaum was sehen konnte. Nach einiger Zeit hab ich beschlossen zu gehen. Ich bin aufgestanden. Und da war so ein riesiger Blitz und ein unglaublicher Knall, und als ich wieder aufwache, bin ich im Krankenhaus und kann nichts mehr hören.«

»Wie lange waren Sie in dem Kino?«

»Alles in allem? Vielleicht 'ne halbe Stunde.«

»Haben Sie die anderen Personen dort gut sehen können?«

»Klar. Ich hab mich umgeschaut. Schon um sicherzugehen, dass mich keiner ausraubt, wissen Sie? Da waren schon ein paar Leute. Ein paar Hafenarbeiter, wie's aussah. Und Transvestiten – Sie wissen schon, Prostituierte.« Er wandte den Blick von Rune ab zur Kamera.

Rune nickte einfühlsam, und ihr kam der Gedanke, dass Warren Hathaway möglicherweise mehr über Transvestiten wusste, als er zugeben mochte.

»Haben Sie vielleicht jemanden in einem roten Anorak gesehen?«

Hathaway dachte einen Augenblick nach. »Na ja, da war jemand mit 'ner roten Jacke, glaube ich. Und 'nem Hut.«

»Mit breiter Krempe?«

»Genau. Sah komisch aus. Hat sich irgendwie langsam bewegt. Ich hatte den Eindruck, er sei älter.«

Älter?, fragte sich Rune. »Hat er das Kino verlassen?«, fragte sie.

»Kann sein. Beschwören könnt ich's nicht.«

»Irgendeine Ahnung, wie alt?«

»Tut mir Leid. Kann ich nicht sagen.«

»Könnten Sie ihn allgemein beschreiben?«

Hathaway schüttelte den Kopf. »Tut mir Leid, darauf hab ich nicht geachtet. Was sind Sie eigentlich genau, Zeitungsreporterin?«

»Ich drehe einen Film über das Mädchen, das bei dem zweiten Anschlag umgekommen ist. Shelly Lowe.«

Ein Motorboot kam vorbei, und beide schauten ihm nach.

»Aber die war nicht in 'nem Kino, oder?«, fragte Hathaway.

»Nein, sie war in einem Studio, in dem Pornofilme gedreht wurden.«

»Ist doch schrecklich, was manche Leute machen, um ein Zeichen zu setzen, oder? Dass sie meinen, Leben seien weniger wichtig als Politik oder Ansichten ...«

Hathaways Stimme erstarb, und er lächelte. »Ich werd noch viel zu ernst«, sagte er. »Meine Mutter sagt mir ständig, ich wäre zu ernst. Ich sollte lockerer werden. Stellen Sie sich mal vor, Ihre Mutter würd das zu Ihnen sagen.«

»Meine ganz bestimmt nicht.«

Er schaute in die Kamera. »Sie sind also Filmemacherin?« Er blinzelte neugierig. »Haben Sie eine Ahnung, wie der durchschnittliche IRL in dieser Branche ist?«

»IRL?«

»Investitionsrücklauf.«

Wenn es um Anfangsbuchstaben ging, schienen Buchprüfer genauso schlimm zu sein wie Cops. »Ich bin sozusagen für den kreativen Teil zuständig und überlasse das finanzielle Zeug anderen Leuten.«

»Wie groß ist der Markt für Filme wie Ihren?«

Und sie erzählte ihm von dem Zusammenschluss unabhängiger Kunstfilmtheater und dem öffentlichen Fernsehen und dem neuen, aber wachsenden Kabelfernsehmarkt.

»Und die Investition wäre nicht groß«, überlegte Hathaway, »bei solchen Filmen. Die Kosten lassen sich wahrscheinlich sehr leicht im Rahmen halten. Die indirekten Unkosten wären vermutlich ziemlich gering. Ich meine, schauen Sie sich das fixe Kapital an. Praktisch nicht vorhanden. Die Ausrüstung kann man mieten, müsste sich nicht großartig amortisieren, nur die teureren Teile ... Wenn Sie schlau sind, könnte das einen tollen Nettoertrag abwerfen.« Hathaway blickte in den Abendhimmel, wo er in den Sternen eine riesige Bilanztabelle sah. »Wenn Sie Erfolg haben, können Sie mit einem beachtlichen Reingewinn rechnen.«

Sie tranken ihr Bier aus, und Rune stand auf, um neues zu holen. Sie schaltete die Kamera ab.

»Hat nicht sehr viel gebracht, oder?«

Ein älterer Mann in einem roten Anorak ...

»Doch, Sie haben mir echt weitergeholfen«, sagte Rune.

Als sie mit dem Bier zurückkam, spürte sie seine Augen auf sich ruhen. Und sie wusste, dass gleich Die Frage kommen würde. Sie wusste nicht genau, welche Form sie annehmen würde, aber als allein stehende Frau in New York hätte sie tausend Dollar gewettet, dass Hathaway ihr gleich Die Frage stellen würde.

Er trank einen Schluck Bier. »Na. Hey. Wie wär's mit 'ner Pizza oder so?«

Die Pizza-Version Der Frage. Eine ziemlich verbreitete Version.

»Ich bin heute Abend ziemlich erledigt ...«

Was eine der klassischen Antworten war. »Ich bin wirklich erschöpft«, fügte sie jedoch hinzu. »Aber wie wär's ein andermal?«

Er lächelte ein wenig betreten, was ihr gefiel. »Verstanden. Äh, sind Sie befreundet?«

Sie dachte einen Augenblick nach. »Ich habe nicht die blasseste Ahnung«, sagte sie dann.

Er stand auf, schüttelte ihr die Hand wie der Gentleman, der stets zu sein seine Mutter ihm wahrscheinlich beigebracht hatte. »Ich werd mir mal ein paar Zahlen über Dokumentarfilme anschauen«, sagte er, dann überlegte er etwas und lächelte. »Wissen Sie, selbst wenn es ein Flop wird, können Sie 'ne verdammt dicke Abschreibung bei der Steuer rausholen.«

»Ich bin keine große Hilfe, fürchte ich«, sagte Nicole D'Orleans am nächsten Morgen zu Rune.

»Jemand in einem roten Anorak oder einer roten Jacke. Überhaupt irgendjemand. Mit einem Hut. Wie einem Cowboyhut vielleicht. Der am Set herumgelungert hat. Vielleicht ein Fan von Shelly oder so. Vielleicht jemand, den sie kannte.«

Nicole schüttelte den Kopf.

»Er hat mich bei mir in der Nähe angegriffen, nach dem ersten Interview mit Shelly. Dann hab ich ihn gleich nach dem Mord an Shelly draußen vor Lame Duck gesehen. Und ich hab mit einem Zeugen vom ersten Anschlag gesprochen. Er glaubt, er hat ihn aus dem Kino gehen sehen, kurz bevor die Bombe hochgegangen ist. Er kann jung oder alt sein. Haben Sie nicht irgendeine Ahnung?«

»Tut mir Leid. Ich ...«

Es klingelte an der Wohnungstür, und Nicole ging aufmachen.

Sie kam mit Tommy Savorne zurück, Shellys früherem Freund.

Das Erste, was Rune auffiel, war eine Gürtelschnalle in der Form von Texas.

Sie dachte an Sam Healy.

Der immer noch nicht angerufen hatte.

Nein, denk jetzt nicht an ihn.

Tommy polierte die Schnalle gedankenverloren mit dem Daumen. Der metallene Dorn ging genau durch Dallas.

»Hey.« Er lächelte. Er blinzelte, um zu sagen: Tut mir Leid, ich hab Ihren Namen vergessen.

Sie streckte die Hand aus. »Rune«, sagte sie beim Händeschütteln.

»Genau, klar. Was macht Ihr Film?«

»Kommt langsam, aber sicher voran.«

»Du siehst verdammt gut aus heute«, sagte er zu Nicole.

Einen Augenblick lang schwiegen alle.

Eine zu viel an Bord. Rune stand auf.

»Ich gehe besser. Ich komme zu spät zur Arbeit.«

»Nee, bleiben Sie, bleiben Sie«, sagte Tommy. »Ich bin nur ganz kurz vorbeigekommen. Ich wollte Nicole was fragen.

Aber vielleicht interessiert Sie das ja auch, Rune. Wollen Sie 'n Job?«

»Ich nehme besser nicht noch einen. Ich komm schon mit dem einen, den ich habe, nicht besonders gut zurecht«, sagte Rune.

»Und, was wäre das?«, fragte Nicole Tommy.

»Ich mach ein Video darüber, wie man vegetarische Appetithäppchen macht. Ich brauch 'ne Köchin.«

Rune schüttelte den Kopf. »Wenn die Dinger nicht aus dem Kochbeutel kommen, reden Sie da mit der Falschen.«

»Ich weiß nicht«, sagte Nicole. »Müsste ich da, du weißt schon, was sagen?«

»Nicht vor der Kamera. Du musst nichts weiter tun als Zeug zusammenmixen. Knoblauch und Avocados und Sojasprossen und Erdnussbutter ... Na ja, nicht alles zusammen. Also, das sind tolle Rezepte. Komm schon, Süße. Das ist 'n Klacks. Das ist für eins meiner Infomercials.«

»Bist du dir sicher«, sagte sie, »dass ich nicht, irgendwie, Texte lernen muss?«

»Nee«, sagte Tommy. »Das wird alles nachsynchronisiert. Du machst nur das Essen, dann nehmen wir die Tonspur nachträglich auf. Du kannst so viel Takes machen, wie du willst.«

Nicole schaute Rune an. »Sind Sie sicher, dass Sie nicht wollen?«

»Ich könnte wirklich auch zwei brauchen«, sagte Tommy. »Ich hab momentan alle Hände voll zu tun.«

»Und ich werd dafür bezahlt?«, fragte Nicole.

»Na klar. Das geht an der Gewerkschaft vorbei. Aber für ein Talent spuckt der Kunde hundert Mücken pro Stunde aus. Müsste ungefähr drei Stunden dauern alles in allem, mit Vorbereitung und allen Wiederholungen.«

»Und was ist mit meinen Fingernägeln?« Sie hielt sie hoch – zweieinhalb Zentimeter lang und glänzendes gebranntes Umbra.

»Komm schon«, rügte er sie grinsend. »Du suchst wohl nach Ausreden.«

»Nichts wie ran, Nicole«, ermunterte Rune sie.

Über ihre glänzenden Lippen breitete sich ein Lächeln. »Ein Film mit meinen Klamotten an … Meine Mutter löchert mich schon seit Jahren, ich soll das mal versuchen.« Sie streckte Tommy ihre Finger mit den tödlichen Nägeln entgegen.

»Abgemacht«, sagte sie, und sie schüttelten sich die Hände, als hätten sie gerade einen Millionen-Dollar-Vertrag abgeschlossen.

»Morgen Abend?«, sagte er. »Und übermorgen?«

»Gut, geht klar. Solange es abends ist. Tagsüber drehe ich. Wo hast du dein Studio?«

»Ich miete keine Studios. Das wird alles vor Ort gemacht. Wir können's direkt hier machen. Du hast 'ne tolle Küche.« Er schaute Rune an. »Kommen Sie, können wir Sie gar nicht dazu überreden?«

»Ein anderes Mal.«

»Na schön … Bis dann«, sagte er zu Nicole und küsste sie auf die Wange. Er winkte Rune zu und ging.

»Er ist hübsch«, sagte Rune. »Er ist frei. Er kocht. Eine Kombination, die nicht zu schlagen ist.«

Aber Nicole wandte den Blick ab.

»Was ist?«, fragte Rune.

»Nichts.«

»Was?«

Sie zögerte. »Dieser Job«, sagte sie schließlich. »Der, den Tommy da macht.«

»Ja, und?«

»Ich hoffe nur, das klappt. Ich hoffe, ich verpatz es nicht.«

»Das schaffen Sie schon.«

»Ich würd alles darum geben, um aus dem Geschäft rauszukommen.«

»Ich hatte gedacht, es gefällt Ihnen.«

Nicole ging zur Couch und setzte sich. »Haben Sie gestern Abend *Current Events* gesehen? Die Fernsehsendung? Da waren so Frauen, die haben gegen Pornokinos protestiert und vor ein paar Kinos demonstriert. Die haben schreckliche Sachen gesagt. Mein Name war auf der Anzeigetafel. Ich meine, sie haben nichts speziell gegen mich gesagt, aber mein Name war zu sehen. Und so eine Lady hat gesagt, die ganzen Pornos führen dazu, dass Frauen vergewaltigt und Kinder missbraucht werden. Und eine andere Frau: ›Sie haben die Frauenbewegung um zwanzig Jahre zurückgeworfen.‹ Undsoweiterundsofort ... Ich hab solche Schuldgefühle bekommen.«

Plötzlich fing sie an zu weinen.

Rune kämpfte ein, zwei Sekunden lang mit sich. Ihre Hand glitt verstohlen zum Auslöser der Videokamera. Das Objektiv war genau auf Nicole gerichtet.

Nicole wandte den Blick ab. »Ich will doch gar nichts Schlimmes«, sagte sie. »Ich will keinem was antun. Aber schließlich sind Leute ins Kino gegangen, um mich zu sehen, und dort umgekommen. Und vielleicht zieht irgendein Typ nach einem meiner Filme los und nimmt 'ne Nutte mit und holt sich Aids. Es ist so furchtbar.«

Sie schaute Rune an, und ihre Tränen flossen jetzt stetig. »Die Sache ist die, dass diese Filme das Einzige sind, was ich kann. Ich bin gut im Liebemachen. Aber bei allem anderen bin ich 'ne totale Niete. Ich hab's versucht. Es hat nicht funktioniert ... Es ist so schwer, wenn man das Einzige hasst, was man wirklich kann.«

Rune berührte Nicole am Arm, aber vorsichtig. Sie wollte vermeiden, dass ihre eigene Hand in den Bildausschnitt der surrenden Kamera kam.

Der Besitzer des Kinos an der 47th Street zwischen Broadway und Eighth Avenue war ein zweiundfünfzigjähriger indischer

Einwanderer aus Bombay, der vor zwölf Jahren ins Land gekommen war.

Er und seine Frau und seine Kinder hatten in den kleinen Läden, die er zuvor besessen hatte, hart gearbeitet – zuerst einem Zeitungsstand, dann einem Imbissstand, dann einem Schuhgeschäft in Queens. Einmal hatte er schlecht investiert, in einen Elektronikladen in Brooklyn, und den größten Teil der Familienrücklagen eingebüßt. Vor einem Jahr hatte ihm ein Freund von einem Kino erzählt, das zum Verkauf stand. Nachdem er verschiedenen Leuten vorgestellt worden war und mühselige Verhandlungen geführt und erkleckliche Summen an einen Bevollmächtigten und einen Wirtschaftsprüfer gezahlt hatte, hatte er den Pächter ausgezahlt und das unbewegliche Inventar erworben sowie etwas, was der Anwalt den ›sozialen Faktor‹ des Kinos nannte, einen Aktivposten, dessen Sinn zu begreifen er völlig außerstande war.

Der winzige Mann wurde Eigentümer des Pink Pussycat – eines Filmtheaters mit achthundert Plätzen am Times Square. Obwohl in dem Kino einst die typischen, der Norm entsprechenden 35-mm-Doppelprojektoren benutzt worden waren, wurden heute alle Filme über einen Videoprojektor gezeigt, der nie ganz scharf eingestellt war und Schauspielern und Schauspielerinnen Augen wie ausgefranste Regenbögen verlieh.

Er hatte mit den Eintrittspreisen experimentiert und festgestellt, dass er tagsüber höchstens 2.99 Dollar verlangen konnte, während nach zehn Uhr abends der Preis auf 4.99 Dollar kletterte. Da das Kino, das rund um die Uhr geöffnet war, auch als Behelfshotel für Obdachlose fungierte, hatte er entdeckt, dass manche Männer bereit waren, noch zwei Dollar extra auszuspucken, damit sie zu dem allzumenschlichen Schlaflied der *Sexy Kätzchen* oder der *Lust auf den ersten Biss* schlummern konnten.

Eintrittskarten gab es nicht. Die Zuschauer zahlten, wiesen das angebotene Wechselgeld zurück und gingen durch ein

Drehkreuz. Auf dem Weg in das eigentliche Kino kamen sie an einem Getränkeautomaten vorbei, der 1978 seinen Dienst eingestellt hatte.

Trotz Schildern, die auf die Illegalität und auf Aids hinwiesen, wurde ein bisschen angeschafft, aber die Verhandlungen wurden diskret geführt, und die Transvestiten und die meist schwarzen und puertoricanischen weiblichen Nutten, die sich mit ihren halbherzigen Diensten zwanzig Mäuse verdienten, nahmen ihre Kunden gewöhnlich mit hinauf in den Rang, wo sich selbst die Cops von der Sitte nicht gerne blicken ließen.

Trotz der ungastlichen Umstände warf das Kino Profit ab. Der höchste Kostenfaktor war die Miete. Der Besitzer und seine Frau (sowie gelegentlich ein Vetter aus dem riesigen Bestand an überseeischer Verwandtschaft) wechselten sich an der Kasse ab, um die Lohnkosten niedrig zu halten. Und wegen des Videosystems brauchten sie auch keinen gewerkschaftlich organisierten Vorführer.

Außerdem umging der Besitzer die höchsten Ausgaben, die ein Kino hat. Laut Copyright-Gesetz war er verpflichtet, für jede Kinoaufführung eines Films – ja, auch für Pornos – eine Lizenzgebühr zu zahlen. Das tat er jedoch nicht. Er kaufte immer drei Videokassetten à 14.95 Dollar in einem Pornoladen auf der Eighth Avenue, zeigte die Filme eine Woche lang und brachte sie dann zurück. Der Besitzer des Ladens, bei dem es sich zufällig um einen pakistanischen Einwanderer handelte, gab ihm für jeden Film fünf Dollar Rückvergütung und verkaufte ihn wieder zu den vollen 14.95 Dollar.

Das war natürlich ein Verstoß gegen sowohl das Bundeszivilrecht als auch das Bundesstrafrecht, aber weder das FBI noch die Produzenten der Filme zeigten große Lust, sich auf einen kleinen Fisch wie ihn zu stürzen.

Wenn der Mann an die Filme dachte, die in seinem Kino gezeigt wurden, war er nicht besonders stolz, aber Scham empfand er auch nicht. Schließlich war das *Kamasutra* in seinem Heimatland geschrieben worden. Und persönlich war ihm Sex auch nicht fremd; er entstammte einer Familie mit zwölf Kindern, und er und seine Frau hatten sieben. Nein, wofür er sich bei seinem Geschäft am meisten schämte, war die geringe Profitrate des Kinos. Er wäre weit glücklicher gewesen, wenn sein Investitionsrücklauf fünf oder sechs Prozent höher ausgefallen wäre.

An diesem Tag saß der Besitzer im Kassenhäuschen, rauchte und dachte an das Lammkurma, das seine Frau in ihrer Wohnung in Queens gerade zum Abendessen zubereiten würde. Er hörte zornige Worte aus dem Kino dringen. Das war etwas, was ihm Angst machte – seine Kundschaft. Es waren eine Menge Crack-Raucher darunter, eine Menge Männer, die mit ihrem dritten oder vierten Bier zugange waren. Das waren bullige Männer, die ihm den Hals hätten brechen können, noch bevor sie darüber nachgedacht hatten. Von Zeit zu Zeit rief er die Cops, aber deren Botschaft hatte er inzwischen begriffen: Sofern nicht jemand ein Messer oder eine Knarre dabeihatte, wollte die Polizei nicht belästigt werden.

Als sich der Streit nun nicht legen zu wollen schien, kramte er unter dem Kartenschalter nach einem dreißig Zentimeter langen Rohr, das an beiden Enden verschlossen und mit Stahlkugeln gefüllt war. Ein Knüppel Marke Eigenbau. Er ging in den Kinosaal.

Die Blondine auf der Leinwand sagte etwas von einer Liebestechnik, die sie noch nicht ausprobiert hätte, und bat den Schauspieler, ihr doch bitte behilflich zu sein. Er schien einverstanden, was genau er jedoch zu der Frau sagte, war nicht auszumachen. Die Stimmen in der ersten Reihe waren lauter.

»Scheiße, was meinst'n, wasde da machst? Das is meins, Mann.«

»Scheiß doch drauf. Das hab ich hier liegen lassen.«

»Red kein' Scheiß! Was meinste mit ›hier liegen lassen‹, Mann? Du hast doch drei, vielleicht vier Sitze weiter gesessen, Mann. Hab ich doch geseh'n.«

»Ihr müssen ruhig sein«, sagte der Besitzer. »Was ist los? Ich rufen Polizei, wenn ihr nicht hinsetzen.«

Sie waren zu zweit, beide schwarz. Der eine war obdachlos und trug mehrere Schichten zerschlissener, schmutzverkrusteter Klamotten übereinander. Der andere steckte in einer braunen Lieferantenuniform. Er hielt eine mit Papier umwickelte Schachtel in der Hand, etwa in der Größe eines Schuhkartons. Sie drehten sich beide zu dem Inder um – den sie überragten – und trugen ihm ihre Sache vor, als sei er ein Richter.

»Der hat mein Paket geklaut«, sagte der Obdachlose. »Ich hab's hier liegen lassen, ich bin pinkeln gegangen und …«

»Scheiße, Mann. Der hat keine Schachtel liegen lassen. Ich hab gesehen, wie so 'n Kerl reingekommen is' und zehn Minuten zugeguckt hat und abgehauen is'. Ich hab's gesehen. Der hat's liegen lassen, und es ist meins. So ist das Gesetz.«

Der Obdachlose schnappte nach der Schachtel, einer Schuhschachtel. Die langen Arme des Lieferanten hielten es außerhalb seiner Reichweite. »Mach, dass de scheißrauskomms'.«

»Jemand hat es liegen lassen?«, sagte der Besitzer. »Er wird wiederkommen. Geben es mir. Wer hat liegen lassen?«

»Woher soll ich 'n das wissen, wer das war? Scheiße noch mal«, sagte der Lieferant. »So 'n weißer Typ. Ich hab's gefunden. So is' das Gesetz, Mann. Ich hab's gefunden, ich darf's behalten.«

Der Besitzer streckte die Hand aus. »Nein, nein. Geben es mir.«

»Ich hab gesagt, ich hab's liegen lassen«, sagte der Obdachlose. »Gib's …«

Sie nahmen alle die gleiche Haltung ein, alle drei Armpaare ausgestreckt und wütend fuchtelnd, als die vierhundert

Gramm C-3-Plastiksprengstoff in der Schachtel detonierten. Bei einer Ausdehnungsgeschwindigkeit von fast dreitausend Meilen pro Stunde verwandelte die Bombe die drei Männer augenblicklich in Fetzen, die zusammen nicht mehr als ein paar Pfund wogen. Die Kinoleinwand verschwand, die vier ersten Sitzreihen zerbrachen in Späne und Splitter, der Fußboden erzitterte unter einem Schlag, der noch eine Meile entfernt zu spüren war.

In das Donnern der Explosion mischte sich das Pfeifen von Holz- und Metallsplittern, die schnell wie Geschosse durch die Luft flogen.

Dann kehrte fast ebenso rasch wieder Stille ein, begleitet von einer mit Rauch erfüllten Dunkelheit.

In dem Kino blieb keine Glühbirne übrig. Von der Decke jedoch kam ein winziges grünes Licht, das hin- und herpendelte. Es war das Kontrolllämpchen des Videogeräts, eines großen schwarzen Kastens, der an einem dicken Kabel baumelte, wo die Projektionskabine gewesen war. Er hörte auf zu blinken, worauf ein zweites Lämpchen, ein gelbes, aufflammte, das anzeigte, dass *Von hinten erwischt, Teil III* zu Ende war und dass jetzt *Blutjunge Cheerleaderinnen* anfing.

18

Detective Sam Healy lag auf der Couch und dachte an die Frauen, die es in seinem Leben gegeben hatte.

Viele waren es nicht gewesen.

Ein, zwei typische College-Liebschaften.

Dann hatte er mit einer Frau zusammengelebt, bevor er Cheryl kennen gelernt hatte, und er hatte eine Affäre gehabt, kurz bevor sie sich verlobt hatten.

Ein kleiner Flirt, nachdem sie geheiratet hatten – ein paar Drinks, mehr nicht – und erst nachdem Cheryl zum vielleicht hundertsten Mal erwähnt hatte, welch ein netter, sensibler Mann der Bauunternehmer sei, den sie mit der Schlafzimmererweiterung beauftragt hatten.

Untreu war ihm Cheryl allerdings nicht gewesen. Da war er sicher. In gewisser Weise wünschte er, sie wäre es gewesen. Dann hätte er einen Vorwand gehabt, eine John-Wayne-Nummer abzuziehen: Tür eintreten, ihr Ohrfeigen versetzen, um ihnen danach die Gelegenheit zu geben, sich gegenseitig das Herz auszuschütten und sich ihrer heißen Liebe zueinander zu versichern.

Heutzutage würde das nicht mehr funktionieren. Man denke nur an *Der Sieger* – Maureen O'Hara würde in dem Augenblick, da John Wayne sie anfassen würde, die Bullen rufen, und er würde wegen mittelschwerer Tätlichkeiten und schwerer Bedrohung eingebuchtet werden.

Die Zeiten hatten sich geändert.

Ach, Cheryl ...

Er hielt den Videorekorder an, als ihm bewusst wurde, dass er in den letzten zehn Minuten keinen Blick mehr auf den Film geworfen hatte.

Das Problem war, dass *Lüsterne Cousinen* ganz schlicht und einfach langweilig war.

Er suchte nach der anderen Fernbedienung – der für den Fernseher – und schaltete auf ein Spiel um. Zeit zum Mittagessen. Er ging in die Küche und öffnete den Kühlschrank. Er nahm eine von sechsunddreißig Flaschen Rolling Rocks heraus, die er enthielt, und machte sie auf. Auf eine Scheibe Weizenvollkornbrot legte er vier Scheiben Käse (vier von hundertachtundzwanzig) und krönte sie mit Mayonnaise aus einem großen Glas. Auf das Ganze legte er eine zweite Scheibe Brot.

Sam Healy hatte an diesem Morgen Lebensmittel eingekauft.

Er ging wieder ins Wohnzimmer. Aus dem Fenster blickte er auf das ruhige Queens. Auf den Jalousien in den Fenstern der Häuser gegenüber zeichneten sich Silhouetten ab. Ihr Anblick deprimierte ihn. Auch auf das Spiel konnte er sich nicht konzentrieren. Die Mets hatten weniger Glück als alle lüsternen Cousinen zusammen.

Er warf einen Blick auf das Cover der Videokassette und kam zu dem Schluss, dass er Pornofilme eigentlich nicht mochte. Sie anzuschauen war so interessant, als ob man einen Film sähe, in dem jemand zum Abendessen ein Steak verzehrt. Auch das schräge, nuttige Make-up und die Unterwäsche, die die Darstellerinnen trugen, gefielen ihm nicht. Sie wirkten künstlich und wie Prothesen: die fingerlosen Spitzenhandschuhe, die Hüfthalter, die schwarzen Leder-BHs, die orangefarbenen Netzstrümpfe.

Und die Silikonmöpse mochte er nicht.

Er mochte Frauen wie Cheryl.

Er mochte Frauen wie Rune.

Waren sie sich ähnlich? Er fand, nicht. Wieso nur interessierte er sich für beide?

Er mochte Unschuld, er mochte Schönheit ... (Aber wie unschuldig war Rune? Sie hatte ihm *Lüsterne Cousinen* ausgeliehen. Und wo lag darin die Botschaft an ihn?)

Aber was immer er auch mochte, Sam Healy glaubte nicht, dass es Sinn hatte, sich mit jemandem wie Rune einzulassen. Als sie sich am Abend kürzlich gesehen hatten, hatte er versprochen, sie anzurufen. Aber obwohl er ein Dutzend Mal daran gedacht hatte, den Hörer abzunehmen, hatte er jedes Mal widerstanden. Es schien ihm besser so. Stoischer. Und sicherer für ihn. Es war lachhaft. Die schrägen Klamotten, die sie trug. Die drei Armbanduhren. Sie hatte nur einen Namen, und der war natürlich falsch, wie ein Künstlername. Und darüber hinaus war sie vermutlich fünfzehn Jahre jünger als er.

Oh nein – schon wieder diese verflixte Fünfzehn.

Überhaupt keinen Sinn.

Und dazu kam, dass sie Detektiv spielte, was ihn wirklich aufregte. Brave Bürger, durch die Zuckerwatte aus dem Fernsehen dazu angespornt, der Polizei die Arbeit abzunehmen, versuchten oft, den Cop zu spielen. Und am Ende wurden dann sie oder jemand, der ihnen nahe stand, fast dabei getötet.

Wieso dachte er dann aber so viel an Rune? Wieso traf er sich mit ihr?

Etwa, weil er Cheryl, die angehende Exfrau, die ständig Verabredungen hatte, eifersüchtig machen wollte?

Weil sie sexy war?

Weil er auf jüngere Frauen stand?

Weil er ...

Das Telefon klingelte.

Er hob ab.

»Hallo?«

»Sam.« Es war der Einsatzleiter des 6. Reviers, der im Rang Zweithöchste auf der Wache.

»Brad. Was gibt's?«

»Wir haben wieder eine.«

»Schwert Jesu?«

»Jau. 47th Street, nahe Eighth. Vor kurzem erst hochgegangen.«

Herrje. Das ging ja immer schneller. Nur ein Tag seit der letzten. »Wie schlimm?«

»Niemand außerhalb des Kinos, aber innen hat's 'ne verdammte Sauerei gegeben.«

»Gleicher MO?«

»Scheint so. Du hängst dich dran. Und zwar voll.«

Healy zögerte. Er hatte keine Lust, ein Blatt vor den Mund zu nehmen. »Ich dachte, du wolltest es niedrig hängen.«

Es wurde eine Sekunde stumm. Diese Frage hatte der Einsatzleiter nicht erwartet. »Es ist irgendwie so ... Es ist so, dass es inzwischen irgendwie peinlich ist.«

»Peinlich.«

»Du weißt schon. Wir brauchen einen Deli im Knast. Das kommt vom Bürgermeister.«

»Uns du hast's abgekriegt«, sagte Healy. »Irgendwelche Zeugen?«

Die Antwort war ein bitteres Lachen. »Teile davon, ja. Die Wichser müssen diesmal ein Pfund Plastik verwendet haben.«

Sam Healy legte auf und zog seine Jeansjacke an. Er war schon auf dem Weg zum Aufzug, als ihm seine Pistole einfiel. Er ging zurück, um sie zu holen, und musste drei lange Minuten auf den Aufzug warten. Die Tür ging auf. Er ging hinein. Er schaute auf die Uhr. Wenigstens das Timing stimmte. Rune würde auf Arbeit sein und von dem Anschlag erst später hören. Er würde Zeit haben, die Spuren zu sichern und den Tatort abzusperren, bevor sie es erfuhr.

Das war ein Problem, das er zuvor noch nie bei einer Freundin gehabt hatte: widerrechtliches Betreten eines Tatorts.

Rune saß in der U-Bahn und dachte über Männer nach.

Ältere Männer, jüngere Männer.

Ihr letzter Freund, Richard, war etwa im gleichen Alter gewesen wie sie, nur wenige Jahre älter. Groß, schlaksig, mit so einem schmalen Franzosengesicht, wie man es im schwulen und im heterosexuellen New York überall sah. (Sie hatte ihn in Bars alleine gelassen, um aufs Klo zu gehen, und war dann zurückgekommen und hatte sehen müssen, wie Barkeeperinnen ihm über den Tresen gebeugt mit verträumtem Blick Gratisdrinks einschenkten.)

Sie waren etwa sechs Monate zusammen gewesen. Sie hatte die Zeit genossen, aber am Ende war ihr klar geworden, dass es nicht funktionieren würde. Er war ihre Einfälle für Verabredungen leid geworden: neben den riesigen Abluftschächten der Klimaanlage eines Bürogebäudes in Midtown picknicken, mit den Dobermännern auf ihrem Lieblingsschrottplatz in

Queens spielen, auf der Suche nach berühmten Schauplätzen von Gangsterfehden durch die Stadt stromern. Sie hatten übers Heiraten gesprochen. Aber keinem war es richtig ernst damit gewesen. »Es ist einfach so«, hatte Richard gesagt, »dass ich mich, glaube ich, verändere. Ich steh nicht mehr so auf abgefahrene Sachen. Und du wirst …«

»Immer abgefahrener?«

»Nein, das ist es nicht. Ich glaube, ich würde sagen, dass du immer mehr du wirst.«

Was sie als Kompliment auffasste. Trotzdem hatten sie kurz darauf Schluss gemacht. Sie telefonierten noch, tranken ab und an ein Bier zusammen. Sie wünschte ihm alles Gute, obwohl sie auch beschlossen hatte, dass, sollte er die große, blonde Werbemanagerin heiraten, das Hochzeitsgeschenk der ein Meter zwanzig lange, ausgestopfte Leguan sein würde, den sie in einem Antiquitätenladen auf der Bleeker Street gesehen hatte.

Jung, alt …

Aber nein, es ist nicht das Alter. Es ist das Lebensgefühl.

Ihre Mutter hatte ihr gesagt – während einer ihrer ziemlich wirren Vorträge über den Ernst des Lebens, die sie ihr von zwölf bis achtzehn gehalten hatte –, ältere Männer würden immer nur das eine von ihr wollen. Runes Erfahrungen nach waren es jedoch so ziemlich alle Männer, die nur das eine wollten, und gewöhnlich war man bei den älteren sicherer, da man länger wachzubleiben in der Lage war und man sie, wenn es zum Schlimmsten kam, gewöhnlich damit zur Räson bringen konnte, dass man von seinem letzten, zwanzigjährigen Lover erzählte, der einem die ganze Nacht mit seiner Sexakrobatik wachgehalten hatte.

Nicht, dass sie vorgehabt hätte, Healy abzuschrecken. Verdammt, sie fand ihn total sexy. Sie wünschte sich nur, er hätte sich etwas beeilt, um die Präliminarien hinter sich zu bringen und dann ernsthaftere Schritte zu unternehmen. Vielleicht war es ja daneben gewesen, ihm *Lüsterne Cousinen* auszuleihen. Es steckte so viel von einem Gentlemen in ihm, und sie hätte gern gesehen, was sich darunter verbarg.

Aber was fängt man mit einem sexy Gentleman an, der einen nicht anruft?

Der Zug fuhr in die Station ein, und sie stieg aus, erklomm die steilen Treppen und ging los in Richtung Westen.

Sie fragte sich, ob an dem, was sie für ihn empfand, etwas Schräges oder Freudianisches war. Vaterbild, etwas in der Art. Diese Ödipus-Geschichte.

Okay, er war älter.

Okay, er war ein Cop.

Okay, ihre Mutter würde ausrasten, wenn sie das hörte.

Trotzdem ...

In einem Deli kaufte sie sich eine Schokoladenmilch und eine Packung Cremeplätzchen – Mittagessen –, ging ein Stück weiter, setzte sich auf einen Hydranten und trank die Milch mit einem geknickten Halm aus dem Karton.

Healys Frau, überlegte sie. Wahrscheinlich war sie das Problem. Wieso er nicht angerufen hatte.

Er fühlte sich zu Rune hingezogen – oh, so viel war ihr klar – aber er war immer noch in seine Frau verliebt.

Das war etwas Komisches bei den Männern: Für sie war Liebe etwas wie ein Geschäft. Sie setzten sich in den Kopf, dass es total bescheuert wäre, etwas, in das man so viel investiert hatte, zu rasch aufzugeben. Die Frau, wie hieß sie noch gleich, Cheryl? Die war natürlich eine Schreckschraube. Die würde ihn lebendig auffressen. Ach, wahrscheinlich baldowerten gerissene Anwälte bereits aus, wie sie den Unterhalt aus ihm herauspressen konnten, während sie sich in orientalische Seidengewänder hüllte und eine Affäre nach der anderen hatte. Sie vernachlässigte Adam, sperrte ihn in den Keller, während sie es mit ihren Gespielen auf dem Fußboden des Wohnzimmers trieb.

Vampirin, Vampirin!

Die musste er schleunigst abservieren.

Sie schlürfte gerade die letzten Tropfen Milch durch den Halm, als sie den Kombi um die Ecke biegen und an sich vorbeifahren sah. Er wurde langsamer, hielt ruckartig an und fuhr quietschend rückwärts, bis er direkt vor ihr zum Halten kam.

Der Motor lief einen Augenblick leer, dann erstarb er. Sam Healy stieg aus. Er schaute auf Rune, dann auf die rauchende Front des Pink Pussycat, dann wieder auf Rune. Sie nahm die Videokamera und ging zu ihm.

»Woher …«, setzte er an.

Rune hielt ein schwarzes Kästchen hoch. »Die Dinger hier sind toll. Polizeifunkempfänger. Reporter benutzen die, um die Knüller mitzukriegen. Ich hab den Ruf gehört. Code Zehn-Dreiunddreißig.«

Das Lächeln kam von tief herauf und ließ sich nicht unterdrücken. »Du dürftest nicht hier sein. Aber ich werd's leid, dir das ständig zu erzählen, deshalb lass ich's, glaube ich.«

»Tut mir Leid, das mit den Scherereien zu Hause.«

Er runzelte kopfschüttelnd die Stirn. »Welche Scherereien?«

»Das mit dem kaputten Telefon. Weswegen du nicht hast telefonieren können.«

Möglicherweise wurde er rot, aber wenn, dann ließ er sich nichts anmerken. »Tut mir Leid. Ich hatt's tun sollen.«

Keine Ausreden. Das gefiel ihr. »Ich wäre ja sauer«, sagte sie. »Nur sieht's so aus, als würdest du dich freuen, mich zu sehen.«

»Vielleicht freu ich mich ja.«

»Hey, Sam«, rief eine Stimme neben dem zerschmetterten Kassenhäuschen.

Sie drehten sich um. Rune war froh, dass es nicht der Braune Anzug war. Ein uniformierter Cop winkte lässig. »Der Truppführer sagt, es sei okay, reinzugehen«, rief er. »Wir haben Scheinwerfer für dich aufgestellt. Ist allerdings nicht viel zu sehen.«

»Darf ich?«, fragte Rune.

Healy hielt den Blick auf die Gebäudefront gerichtet.

»Bitte?«

»Wenn du dich da drin verletzt«, sagte er, »kann ich meinen Job verlieren.«

»Ich verletz mich schon nicht. Ich bin tough. Von mir prallt alles ab.«

Seine Lippen zuckten leicht, Sam Healys Version eines Seufzens, und er nickte auf eine Weise mit dem Kopf, die alles bedeuten konnte, aber, wie Rune wusste, lautete: *Halt die Klappe, und schieb deinen Arsch da rein.*

»Keine Aufnahmen.«

»Och.«

»Nein.«

»Okay, du hast gewonnen.«

Eine Stunde lang wühlten sie sich gemeinsam durch die Trümmer. Immer wieder kam Rune mit Metallsplittern und Drähten und Schrauben zu Healy gerannt, worauf er ihr erklärte, das sei Sitzmaterial oder Drähte aus der Wand oder Wasserrohre.

»Aber die sind alle verbrannt. Ich dachte …«

»Hier ist alles verbrannt.«

»Das stimmt«, sagte sie und wühlte weiter.

Healys eigener Haufen mit verwertbarem Abfall, wie Rune es bei sich nannte, wuchs an und lagerte in einem Stapel aus Plastikbeuteln unter dem Ausgangsschild.

»Nichts hab ich. Überhaupt nichts.«

»Keine Botschaft diesmal«, bemerkte Rune.

»Der MO ist der gleiche wie beim ersten Mal«, sagte er.

»Modus Operandi«, sagte Rune.

»Es war eine C-3-Bombe. Zeitzünder. Weißt du, diese beiden letzten Anschläge stützen deine Theorie nicht, dass jemand den Mord an Shelly vertuscht. Niemand würde einfach weiterbomben, nur um ein Verbrechen zu vertuschen.«

»Aber sicher. Wenn die schlau sind …«

Sie hatten beide zu husten angefangen; der Qualm war dick. Healy winkte ihr, mit ihm nach draußen zu gehen.

Als sie schwer atmend ins Freie traten, ließ Rune den Blick über die Menge gleiten.

Sie sah eine Farbe aufblitzen.

Rot. Es sah aus wie eine rote Jacke.

»Schau! Da ist er!«

Sie konnte sein Gesicht nicht erkennen, aber es hatte den Anschein, als sehe er sie; der Mann drehte sich um und verschwand in östlicher Richtung in der 47th Street.

»Ich lauf ihm nach!«

»Rune!«, rief Healy, aber die duckte sich unter dem gelben Band durch und rannte durch die Zuschauermenge, die sich nach vorn drängelte, um einen Blick auf die Katastrophe zu erhaschen.

Als sie endlich durchgebrochen war, war er allerdings schon zwei Straßen weiter. Sie konnte gerade noch den Hut sehen. Sie wollte über den Broadway laufen, hatte aber die Ampeln gegen sich, und durch den Verkehr kam sie nicht – es gab zwar kleine Lücken zwischen den Autos, aber die Fahrer beschleunigten schnell, so dass sie sich nicht durchquetschen konnte. Niemand ließ sie vorbei. Es war so frustrierend wie Zahnweh.

Der Mann in dem roten Anorak blieb stehen und schaute, an ein Gebäude gelehnt, zurück. Er schien außer Atem zu sein. Dann überquerte er die Straße und verschwand in der Menge der Passanten. Rune fiel auf, dass er einen steifen Gang hatte – und sie erinnerte sich an Warren Hathaways Beobachtung, dass der Mann, der die Bombe gelegt hatte, einen älteren Eindruck gemacht hatte.

Keuchend kehrte sie zu Healy zurück. »Er war es.«

»Der Typ in der Jacke?«

Sie nickte. Healy schien leicht skeptisch zu sein, und sie dachte daran, ihm zu erzählen, dass Hathaway bestätigt hatte, dass er im Velvet Venus gewesen war. Aber dann hätte sie gestehen müssen, dass sie Healys Diplomatenkoffer gefilzt hatte, und gegen das, was daraus erwachsen konnte, war sie nicht gewappnet.

Er kämpfte mit sich. Er ging zu einem uniformierten Cop und flüsterte ihm etwas zu. Der Cop lief zu seinem Wagen, schaltete das Blaulicht an und fuhr davon.

Healy kehrte zu Rune zurück. »Geh jetzt nach Hause«, sagte er.

»Sam.«

»Nach Hause.«

Mit zusammengepressten Lippen schaute sie ihn an und gab ihm zu verstehen – versuchte, ihm zu verstehen zu geben –, dass das alles, gottverdammich, wirklich kein Spiel für sie war. Überhaupt nicht.

Etwas davon musste er verstanden haben; er stieß einen lauten Seufzer aus und schaute sich nach einem unsichtbaren Publikum um, wie dem, das Danny Traub mit sich herumschleppte. »Na schön«, sagte er. »Komm mit.« Er machte kehrt und ging schnell in das Kino zurück. Rune musste laufen, um mit ihm Schritt zu halten.

Urplötzlich blieb er stehen und drehte sich um. Er sprach, als sei es ein Text aus einer High-School-Aufführung und er ein Darsteller mit Nicoles Talent. »Ich weiß, ich habe nicht angerufen, wie ich es versprochen hatte, und du musst nicht, wenn du nicht willst. Aber ich hatte mir gedacht, morgen Abend – da ist mein freier Tag – könnten wir vielleicht ausgehen.«

Was für ein Ort, um sich mit ihr zu verabreden! Ein ausgebombtes Pornokino.

Sie ließ ihm keine Zeit zur Verlegenheit über seine Vorstellung. »Isch nähmä Ihrä bezaupernta Oinlatunk erfröht ahn«, sagte sie lächelnd. »Sahgen wihr, neihn?«

Er schaute sie völlig ratlos an.

»Neun?«, sagte Rune.

»Ah, klar. Gut.«

Und mit einem mühsam unterdrückten Lächeln ging er in das Kino zurück, wobei er sich mit einem Plastikbeutel für Beweisstücke gegen das Bein klopfte.

19

Rune verbrachte den Tag damit, die Rollen mit den entwickelten Aufnahmen für die House O' Leather-Werbung zusammenzusuchen, die sie zusammen mit den Schnittanweisungen in einen großen weißen Umschlag stopfte.

Sam holte sie bei L&R ab und fuhr zu einer Firma für Postproduction, wo die Techniker das Rohmaterial zu einer Rohfassung zusammenschneiden würden. Rune gab es ab mit der Anweisung, die Kassetten so schnell wie möglich an L&R und den Kunden zu liefern, auch wenn das Überstunden bedeutete.

»Okay«, sagte sie dann. »Das war's. Zeit zum Feiern. Ab in den Club.« Und sie beschrieb ihm den Weg zu den West Side Piers.

»Wohin?«, fragte Healy zweifelnd. »Ich glaube nicht, dass dort was ist.«

»Oh, du würdest staunen.«

Eins musste sie ihm lassen – ein Spielverderber war er nicht.

Healy hielt es etwa zwei Stunden in dem Schuppen aus, bevor es ihm gelang, ihr zuzuschreien: »Ich fühl mich hier nicht so recht wohl.«

»Wie das?«, schrie Rune.

Er schien sich nicht sicher zu sein. Vielleicht war es das Dekor: schwarze Schaumstoffblasen, die wie Lava aussahen. Blitzende purpurrote Deckenlampen. Eine ein Meter achtzig große Plexiglaskugel als Aquarium.

Und erst die Musik. (Er fragte sie, ob die Tonanlage defekt sei, und sie musste ihm sagen, dass der Effekt beabsichtigt war.)

Außerdem war er nicht ganz passend gekleidet. Rune hatte leger gesagt und dementsprechend gelbe Strumpfhosen, einen schwarzen Minirock und – über einem roten Top – ein schwarzes T-Shirt mit Löchern wie ein Schweizer Käse angezogen.

Sam Healy trug Bluejeans und ein kariertes Hemd. Das Einzige, was er mit den übrigen Clubbies teilte, war ein Paar schwarzer Stiefel. Bei ihm waren es allerdings Cowboystiefel.

»Ich glaub, ich hab da was falsch verstanden«, sagte er.

»Na ja, vielleicht löst du ja einen Trend aus.«

Das vielleicht nicht, aber er wurde auch nicht angeglotzt wie ein Außerirdischer, wie Rune bemerkte. Zwei Blondinen mit Pagenschnitt hoben ihre schmalen Gesichter und strahlten einige ernst gemeinte ›Wie wär's mit uns‹-Schwingungen in seine Richtung ab. Rune nahm ihn am Arm. »Diese eingesunkenen Wangen, siehst du sie? Die sind ein Zeichen für mangelnde emotionale Stabilität.« Sie grinste. »Komm, wir tanzen noch was.« Damit fing sie an, sich zur Musik zu drehen.

»Tanzen«, sagte Healy und machte es ihr nach. »Ich habe eine Idee«, sagte er zehn Minuten später.

»Den Ton kenn ich. Du findest's nicht gut hier.«

Healy wischte sich mit einer Hand voll Barservietten über die Stirn und den Kopf. »Ist hier schon mal jemand ausgetrocknet?«

»Das ist doch der halbe Spaß.«

»Also tanzen tust du wirklich gern.«

»Tanzen ist das Allerbeste! Ich bin frei! Ich bin ein Vogel.«

»Na fein, wenn du wirklich aufs Tanzen stehst, dann probieren wir mal einen Schuppen aus, den ich kenne.«

»Du kannst das aber echt gut.« Rune trank ihr drittes Bier halb aus, während sie weiter versuchte, sich im Takt der Musik zu bewegen.

»Oh, wenn du das gut findest, dann versuch mal meinen Laden.«

»Ich kenne alle Clubs. Wie heißt deiner?«

»Von dem hast du noch nie gehört. Der ist wirklich exklusiv.«

»Echt? Braucht man einen besonderen Ausweis, um da reinzukommen?«

»Man muss das Kennwort kennen.«

»Na gut! Dann los.«

Das Kennwort lautete ›Howdy‹, und das Girl an der Tür, das die Ausweise kontrollierte und den Gästen winzige Karten von Texas in die Hände stempelte, antwortete mit der Gegenparole: ›Wie geht's denn so heut Abend?‹

Sie wurden in den Club geleitet – im dem es dafür, dass eine vierköpfige Swingband spielte, unglaublich still war. Oder vielleicht wirkte es auch nur so nach dem ohrenbetäubenden Lärm von Runes Laden. Sie wurden an einen kleinen Tisch mit einer Plastik-Karotischdecke gesetzt.

»Zwei Lone Stars«, bestellte Healy.

Rune musterte das Mädchen am Nebentisch. Enger weißer Pullover, blauer Jeansrock, Strümpfe und weiße Cowboystiefel.

»Sehr, sehr abgefahren«, sagte sie.

»Hast du Hunger?«

»Soll das heißen, dass das auch noch ein Restaurant ist? Und, muss man da seine eigene Kuh aus dem Pferch hinten raussuchen?«

»Die Spare-Ribs sind toll.«

»Sehr abgefahren.«

»Der andere Laden hat mir gefallen«, sagte er. »Aber ich muss mich ein bisschen vor Lärm in Acht nehmen.« Er deutete auf seine Ohren.

Sie tranken ihr Bier und waren immer noch durstig. Sie bestellten einen Pitcher.

»Kommst du oft hierher?«, fragte Rune.

»Früher.«

»Mit deiner Frau?«

Eine Weile gab Healy keine Antwort. »Manchmal. Es ist nicht so, dass das ein besonderer Ort für uns war.«

»Siehst du sie überhaupt noch?«

»Meistens, wenn ich Adam abhole.«

Meistens, registrierte sie.

Healy fuhr fort. »Es gibt noch Bücher, die sie dagelassen hat, und sie kommt vorbei und holt sie. Küchensachen. So Zeug ... Ich hab dich noch gar nicht gefragt, ob du mit jemandem gehst.«

»Ich bin gerade irgendwie zwischen zwei Freunden«, sagte Rune.

»Wirklich? Das überrascht mich.«

»Echt? Das ist weniger unglaublich als andere Sachen, wie sprechende Hunde oder Aliens.«

»Ich dachte, die stehen bei dir Schlange.«

»Männer haben bei mir immer so komische Ansichten. Die meisten ignorieren mich. Von denen, die mich nicht ignorieren, wollen viele nur Sex, um mich dann hinterher ignorieren zu können. Manchmal wollen sie mich adoptieren. Hast du schon mal Leute gesehen, die am Samstagabend im Waschsalon ihre Unterwäsche waschen und zwei Wochen alte *People*-Hefte lesen? Das bin ich. Von dem, was ich beim Spülgang schon erfahren hab, könnt ich 'ne Biografie über Cher oder Vanna White oder Tom Cruise schreiben.«

»Lass uns tanzen«, sagte er.

Rune runzelte die Stirn und schaute zur Tanzfläche hinüber.

»Das heißt Twostepp«, sagte Healy. »Der beste Tanz der Welt.«

»Lass mich mal eins klarstellen«, sagte sie. »Man hält sich aneinander fest und tanzt gleichzeitig?«

Healy lächelte. »Das ist mal ganz was Neues.«

Tommy Savorne drückte auf die Klingel von Nicole D'Orleans' Wohnung und dachte daran, wie seltsam es sein würde, sie da stehen zu sehen und nicht Shelly.

Er hatte versucht – oft in letzter Zeit –, sich an das erste Mal zu erinnern, als er Shelly gesehen hatte. Er konnte es nicht. Das war noch so etwas Seltsames. Er hatte ein gutes Gedächtnis, und es schien keinen Grund zu geben, wieso er sich nicht an Shelly erinnern sollte. Sie war ein Mensch gewesen, den man sich deutlich vorstellen konnte. Vielleicht lag es an den Posen, die sie einzunehmen pflegte. Sie war nie – wie war das Wort? – unbesonnen gewesen bezüglich dessen, was sie tat. Sie hatte stets darauf geachtet, wie sie ging oder saß oder sprach.

Oder was zu tun sie beschloss.

Er hatte noch Bilder aus der letzten Zeit: Shelly am Asilomar Beach in Pacific Grove oder bei Point Lobos auf den Kliffs, wo einen die Parkwächter ständig ermahnten, nicht zu nahe an die Kante zu gehen. Mann, dort konnte er sie sich ganz deutlich vorstellen.

Er stellte sie sich im Bett vor.

Aber ihre erste Begegnung, nein, da gab es überhaupt kein Bild.

Er hatte es in letzter Zeit oft versucht.

Nicole öffnete die Tür.

»Hey, hallo«, sagte sie.

»Hi, Baby.« Er setzte seinen Cowboyhut ab, küsste sie auf die Wange und umarmte sie und empfand die wunderbare Ge-

genwart einer üppigen Frau an seinem Körper. Sie sah gut aus: blassblaues Seidenkleid mit tiefem Ausschnitt, hohe Pumps, die Haare hoch nach hinten toupiert. Das Make-up – na ja, da hatte sie etwas übertrieben, aber das konnte er mit ein bisschen Gel auf den Scheinwerfern abdämpfen. Er nahm seine Kamerataschen auf und trug sie hinein.

Ihm fielen ihre baumelnden Zirkon-Ohrringe auf. Sie waren hübsch, würden aber Reflexe im Objektiv geben. Die mussten weg.

»Hübsch siehst du aus«, sagte er.

»Danke, komm rein. Willst du etwas trinken?«

»Klar. Saft. Mineralwasser.«

»Du hast also, irgendwie, ganz zu trinken aufgehört?«

»Jawoll«, sagte er.

»Gut für dich. Was dagegen, wenn ich …«

»Ach Gott, nein. Nur zu.«

Nicole goss zwei Gläser Orangensaft ein. Fügte ihrem Wodka hinzu. Die Flasche zitterte beim Einschenken leicht in ihrer Hand. Er lächelte. »Was, bist du nervös?«

»Ein bisschen, schätze ich. Ist das nicht verrückt? Ich drehe Sexfilme und denk mir nichts dabei. Und dann steh ich in Kleidern vor der Kamera und hab Schmetterlinge im Bauch.«

»Ach, das wird ein Klacks.« Sie stießen an. »Auf deine neue Karriere.«

Sie tranken und setzten die Gläser ab. Ihr Blick war unsicher; anscheinend hatte sie über etwas nachgedacht. Sie beschloss, damit herauszurücken. »Wenn das hinhaut, Tommy, meinst du, dann gäb's auch noch andere, wo ich mitmachen könnte?«

Tommy trank sein Glas halb aus. »Ich wüsste nicht, weshalb nicht.« Dann: »Ich sollte anfangen aufzubauen. Kannst du mir die Küche zeigen?«

Sie führte ihn in den großen, gekachelten Raum. In der

Mitte hing an Ketten ein großes Stahlgestell von der Decke. Dutzende schwerer Kupferpfannen und Töpfe hingen daran.

»Das ist genau richtig.«

»Wir haben es letztes Jahr renovieren lassen.«

Er schaute sich um. »Wir können die Pfannen benutzen. Kupfer macht sich gut im Film.«

Gemeinsam fingen sie an, die Kamera und die Scheinwerfer zu arrangieren.

»Ist es dir schwer gefallen, du wißt schon, aus dem Geschäft auszusteigen?«

»Aus der Pornobranche? Klar, finanziell war's 'ne Quälerei. Für 'ne Weile war ich dann Assistent bei verschiedenen Filmgesellschaften.«

»Wie das, was Rune macht?«

»Rune? Ach ja, das Mädchen. Genau, wie sie. Und irgendwann hab ich dann den einen oder anderen Job als Kameramann gekriegt, dann hab ich bei ein paar Dokumentarfilmen Regie geführt.«

»Ich wäre gern Schauspielerin. Ich denke immer, ich könnte Stunden nehmen. Ich meine, so schwer kann das doch nicht sein. Shelly hatte einen guten Lehrer, Arthur Tucker. Sie hat gesagt, er hätte ihr sehr geholfen. Ich weiß gar nicht, wieso er nicht da war. Er ist nicht zur Gedenkfeier gekommen. Ich hätte gedacht, er ruft mal an.«

»Der Lehrer?«

»Klar.«

»Ich weiß nicht«, sagte Tommy. »Wenn jemand stirbt, dann wird es manchen Leuten mulmig. Die können damit nicht umgehen.« Er wandte sich zu ihr und musterte sie eindringlich. »Du solltest spielen. Du solltest immer vor der Kamera stehen. Du bist sehr schön.«

Einen Augenblick lang trafen sich ihre Blicke. In Nicoles Hand lag ein Kupfertopf. Sie wandte den Blick ab.

Er beendete das Einrichten der Kamera und der Scheinwerfer. Nicole beobachtete, wie geschickt und zielstrebig er mit der Ausrüstung hantierte. Sie lehnte sich an die Kochinsel und ließ gedankenverloren den Kupfertopf kreiseln. Sie senkte den Blick auf seine hypnotisierende Bewegung.

»Ich weiß, dass Shelly beim Drehen von Pornofilmen so einen Kick hatte, aber alles in allem verstehe ich nicht, wieso sie nicht damit aufgehört hat.«

»Weil«, sagte Tommy und trat nahe an sie heran, »sie eine Nutte war. Genau wie du.« Und er ließ das lange Bleirohr auf ihren Hinterkopf krachen.

20

Am Ende landeten sie auf ihrem Hausboot.

Zuerst, nach dem Country-Western-Club, waren sie schweißgebadet gewesen und hatten gefunden, es sei sinnvoll, ein bisschen spazieren zu gehen. Als sie dann durch West Village gewandert waren, war eine kühle Abendbrise aufgekommen, worauf Healy einen Kaffee in der Nähe vorgeschlagen hatte, und sie hatten auf der Hudson Street eine Cappuccinobar aufgesucht, eine mit einem Springbrunnen, bei dem das Wasser aus dem Kopf einer Ziege in ein mit Münzen gefülltes Becken spritzte.

Eine der Münzen war ein Zehner mit Indianerkopf, und Rune hatte eine Weile damit zugebracht, die Münze unauffällig herauszufischen, während Healy versucht hatte, die Kellnerin abzulenken.

»Hmm«, hatte Healy gemurrt, »einfacher Diebstahl. Und ich bin Komplize.«

Sie hatte die Münze herausgezogen und das schleimige

Brunnenwasser aus ihrem Ärmel gewrungen. »Der war tiefer unten, als ich gedacht hatte.«

Danach waren sie noch fünf oder sechs Straßen weitergegangen und hatten festgestellt, dass es nicht mehr weit zu ihrem Boot war.

»Ich wohne nur drei Straßen von hier.«

»Wo?«, fragte er.

»Im Fluss.«

Er starrte sie die üblichen fünf Sekunden lang an, bevor er die übliche Frage stellte. »*Im* Fluss?«

»Ich hab ein Hausboot.«

»Das glaub ich dir nicht. Niemand in New York hat ein Hausboot. Das muss ich sehen.«

Ein Satz, mit dem es schon mancher bei ihr versucht hatte.

Nicht, dass das etwas ausmachte. Sie hatte sowieso vorgehabt, ihn einzuladen.

Nachdem sie ihm das Hausboot gezeigt hatte, suchte Rune nach etwas, was sie ihm hätte anbieten können. Bier erschien ihr nach dem Kaffee nicht das Richtige zu sein, und ihre einzige Flasche Schnaps war vor einem oder zwei Jahren mit Folie abgedeckt worden, so dass am Boden nur noch ein dunkler Rest schwappte.

»Tut mir Leid.« Sie hielt die Flasche hoch.

»Bier ist okay.«

Sie standen auf dem Deck und schauten hinüber nach New Jersey, spürten von der ganzen Tanzerei die Nerven in den Beinen kribbeln und fühlten sich müde und aufgedreht zugleich.

Sie war sich nicht sicher, wie es angefangen hatte. Sie erinnerte sich, etwas über die Sterne gesagt zu haben, die man wegen der Lichter in der Stadt nicht gut sehen konnte, trotzdem hatten beide hochgeschaut, und dann hatte beim Näherkommen sein Gesicht den Himmel verdeckt, und sie hatten sich geküsst, und zwar ziemlich ernsthaft.

Sie spürte das leise Kitzeln seines Schnauzers, dann seine Lippen und dann seine Arme, die sich um sie schlossen. Sie hatte erwartet, dass er behutsamer sein würde, so etwa, wie wenn er sich an einer Rohrbombe entlangtastete, bereit, jeden Augenblick zurückzuspringen.

Aber so war er ganz und gar nicht. Keine Unentschlossenheit, kein Zögern. Sie vermutete, dass sie möglicherweise nicht das erste Mädchen war, das er küsste, seit Cheryl ihn verlassen hatte. Sie wusste, dass er sie begehrte. Ihre Arme schlossen sich fest um seinen Hals.

Sie dirigierte sich und ihn ins Schlafzimmer.

Mitten auf dem Bett saß ein riesiger ausgestopfter Drache.

»Ein Ungeheuer«, sagte er.

»Ein liebes Ungeheuer.«

»Wie heißt er?«

»*Ihr* Name ist Persephone.«

»Ich bitte vielmals um Verzeihung.«

Rune nahm den Drachen und hielt sich sein Maul ans Ohr.

»Sie verzeiht dir. Sie mag dich sogar.«

Einen Augenblick lang regte sich nichts, keiner von beiden sprach ein Wort. Dann kniete er sich auf das Bett.

Ihre Arme schlangen sich um ihn, sie küsste ihn fest, drückte ihn mit gierigen Händen an sich. Der Drache steckte immer noch zwischen ihnen. Sie überlegte, einen Witz darüber zu machen. Über etwas, das zwischen sie käme, ha, ha, aber er küsste sie schnell und leidenschaftlich.

Rune packte das Spielzeug und warf es zu Boden.

Als Nicole D'Orleans die Augen aufschlug – keuchend, nach Luft schnappend, mit weit aufgerissenem Mund –, als sie zu sich kam, war sie nackt. Die Arme waren über ihrem Kopf mit den Handgelenken ans Ende des Topf- und Pfannengestells gefesselt. Ihre Füße berührten gerade noch den Boden.

Gut. Er hatte schon gefürchtet, zu hart zugeschlagen zu haben.

Er begutachtete die Knoten. Fachmännisch geknüpft, ohne dass sie den Kreislauf abschnitten, aber so, dass sie sich auf keinen Fall losreißen konnte.

»Nein! Was machst du da?« Sie weinte.

Tommy trug eine schwarze Skimaske. Nackt bis zur Hüfte, kauerte er unter ihr, um auf die gleiche Weise ihre Füße festzubinden – präzise, sorgfältig, gewissenhaft. Er fesselte einen Knöchel an eine Chromleiste am Fuß der Kochinsel.

»Neiiiiiin!« Ein langes Heulen, das zum Ende hin höher wurde. Mit dem freien Fuß trat sie nach ihm. Er wich mühelos aus.

»Wieso machst du das, Tommy? Wieso …«

Die Kamera war auf sie eingestellt und lief. Die Scheinwerfer waren heiß, und sie schwitzte von der Hitze ebenso wie vor Angst.

Geduldig fesselte er ihren anderen Fuß. Gereizt stellte er fest, dass es nichts gab, woran er ihn festbinden konnte. Er musste das Seil um ein Schrankscharnier schlingen. »Sieht nicht gut aus.« Er trat zurück und richtete die Kamera weiter nach oben aus, um die plumpe, schlampige Arbeit nicht ins Bild zu bekommen.

»Was hast du vor?«

Er stemmte die Hände in die Hüften. Mit der nackten Brust, der engen Jeans, der Maske sah er aus wie ein mittelalterlicher Henker.

»Was willst du?«, kreischte sie. »Lass mich in Ruhe.«

Er war oft platt, wie dumm manche Leute waren. Was mochte er wohl wollen?

Das schien ihm doch ziemlich scheißeindeutig zu sein.

»Ich will nur ’n Film drehen, Süße«, teilte er ihr mit. »Genau das, was du den ganzen Tag lang machst. Es gibt nur einen Unterschied: Du tust so als ob. Das hier ist echt. Dieser Film wird deine Seele zeigen.«

»Du bist …« Ihre Stimme klang leise, stockte in lähmendem Schrecken. »Das ist ein Snuff-Film, oder? Mein Gott …«

Er zog noch mehr Seile aus seiner Tasche. Einen Augenblick lang hielt er inne, musterte sie.

Nicole begann zu schreien.

Tommy nahm einen SM-Knebel – einen Lederriemen, an dem eine rote Kugel befestigt war – und zwängte ihn ihr in den Mund. Er band ihn hinter ihrem Kopf fest.

»Da wird ein Mist verkauft. Du weißt schon, Höschen aus Leder, Gesichtsmasken, Sackhalter aus Latex. Alles viel zu kompliziert, wenn du mich fragst. Ich persönlich steh auf einfache Sachen. Man muss es nur richtig anfangen. Das ist gewissermaßen ein Ritual. Wenn man's verkehrt macht, zahlen sie nicht. Der Kunde von mir – für das hier krieg ich übrigens fünfundzwanzigtausend – legt Wert darauf, dass die Knoten genau richtig sitzen. Die sind sehr wichtig, die Knoten. Einmal wollte so ein Typ nur Rothaarige. Mann, das ist gar nicht so einfach. Also hab ich zwei, drei Tage lang den Highway 101 abgegrast. Schließlich hab ich so 'ne Studentin von irgend'nem Provinz-College aufgegabelt. Ich hab sie in 'nen Schuppen gebracht und den Film gedreht. Ich fand ihn echt gut. Aber der Kunde war stinksauer. Und weißt du, warum? Sie war keine natürliche Rote. Die Haare an ihrer Möse waren schwarz. Ich hab nur fünftausend gekriegt. Und was sollte ich machen? Ihn verklagen?«

Nachdem er die fachmännische Fesselung abgeschlossen hatte, wühlte er in seiner Tasche herum. Er fand eine Peitsche, einen Ledergriff, an dem ein Dutzend Lederriemen hingen. Er trank einen großen Schluck Wodka aus der Flasche. Er schaute auf die Uhr. Der Kunde zahlte für ein Zweistundenband. Tommy würde es zwei Stunden lang dauern lassen. Er glaubte an die Redensart, der zufolge der Kunde immer Recht hat.

21

Sam Healy und Rune lagen im Bett und schauten den Lichtern zu, die der Hudson River an die Decke warf.

Healy fühlte sich pudelwohl. Nicht übel für einen alten Knochen, hätte er gerne gesagt. Oder etwas Ähnliches. Aber er erinnerte sich an Zeiten wie diese – und das war eines, woran er sich ganz deutlich erinnerte: Man redete nicht über sich selbst.

Eben, in diesem Augenblick, vielleicht nur in diesem Augenblick, waren sie zu zweit, und das war alles, was zählte. Er konnte über sie reden oder über sie beide ... Aber dann fiel ihm noch etwas anderes ein: Manchmal ist es am besten, überhaupt nicht zu reden.

Rune lag an ihn gekuschelt und drehte seine Brusthaare zu Ringelschwänzchen.

»Autsch«, sagte er.

»Glaubst du, dass die Leute glücklich und zufrieden bis an ihr Lebensende leben?«

»Nein.«

Sie reagierte nicht darauf, und er fuhr fort. »Ich glaube, das ist wie ein Kreislauf. Du weißt schon, manchmal glücklich, manchmal unglücklich.«

»Ich glaube, dass es geht«, sagte sie. Ein Schlepper fuhr vorbei. Healy zog die Decke über sich.

»Die können nicht reinschauen ...« Sie zog die Decke herunter und zwirbelte weiter. »Wieso entschärfst du eigentlich Bomben?«

»Das kann ich gut.«

Sie grinste und rieb den Kopf an seiner Brust. »Andere Sachen kannst du auch gut, allerdings nicht beruflich, hoffe ich.«

Da. Sie redete über ihn. Das war in Ordnung.

»Das hebt einen ab. Nicht viele Leute haben Lust, Bomben zu entschärfen.«

»USVs«, korrigierte Rune. »Wieso bist du überhaupt Bulle geworden?«

»Von irgendwas muss man ja leben.«

Rune verschwand für einen Moment und kehrte mit zwei Bieren zurück. Das eisige Kondenswasser tropfte auf ihn herunter.

»Hey.«

Sie küsste ihn.

»Hättest du gern ein Geschenk?«, fragte er sie.

»Ich mag Rosenquarz und blauen Topas. Gold kommt immer gut. Silber, wenn's dick ist.«

»Und wie steht's mit Informationen?«

Rune richtete sich auf. »Habt ihr einen Verdächtigen mit rotem Anorak gefunden?«

»Nee.«

»Habt ihr Fingerabdrücke auf einem der Engelbriefe gefunden?«

»Nee. Aber ich habe etwas über den Sprengstoff bei dem zweiten Anschlag herausgefunden.«

»Und das willst du mir erzählen?«

»Jawoll.«

»Warum?«, fragte sie lächelnd.

Er wusste es selbst nicht. Aber wenigstens war das etwas, was er über sie sagen konnte. Und es schien sie glücklich zu machen.

»Darum.«

»Was ist damit?«, fragte sie.

»Er wurde von einem Militärstützpunkt gestohlen. Einem Ort namens Fort Ord in Monterey. Wer immer das war, ist mit …«

»Kalifornien?«, fragte Rune, während sie sich aufsetzte und die Decke von Healy herunterzog und sich selbst damit einwickelte.

»Genau.«

Sie runzelte die Stirn. »Monterey, das ist da, wo Shelly und Tommy früher gewohnt haben.«

»Wer?«

»Tommy Savorne. Ihr früherer Freund. Er wohnt immer noch dort.«

Healy holte sich ein Stück Decke zurück. »Und?«

»Na ja, ist sicher nur so ein Zufall, wie es scheint, oder?«

»Der Sprengstoff wurde vor über einem Jahr gestohlen.«

»Verstehe.« Rune legte sich wieder hin. »Er ist in der Stadt, weißt du?«, sagte sie kurz darauf.

»Tommy?«

Sie nickte. »Er war schon vor dem ersten Anschlag in der Stadt.«

Ein Schlepper tutete.

Ein Hubschrauber aus der Trump-Flotte auf Anflug aus Atlantic City knatterte tief über sie hinweg.

Rune und Healy schauten sich an.

Healy stand an dem Münztelefon gegenüber den Docks. Rune zupfte an seinem Arm.

»Er könnte in Vietnam gewesen sein. Er ist in dem Alter. Dann wüsste er, wie ...«

»Psst.« Healy machte Rune Zeichen und fing dann an, in den Hörer zu sprechen.

»Officer Zwei-fünf-fünf auf Festnetzanschluss. Stellen Sie mich durch zum Einsatzleiter Sechstes.«

»Roger, Zwei-fünf-fünf. Er ist im Einsatz. Geben Sie mir Ihre Nummer, dann benachrichtigen wir ihn, dass er auf Festnetz zurückruft.«

»Negativ, Zentrale. Es ist dringend. Ich brauche diesen Einsatzleiter sofort.«

Eine lange Pause, dann statische Geräusche, dann eine Stimme. »Hey, Sam. Hier ist Brad. Wasislos?«

»Ich habe vielleicht einen Verdächtigen bei den Pornoanschlägen. Überprüf mal CATCH, die National Crime Database und die CID der Army und sag mir, was du über Thomas oder Tommy Savorne rauskriegst. Ich warte.«

»Wird geschrieben wie?«

Healy schaute Rune an. »Wie wird er geschrieben?«

Sie zuckte die Achseln.

»Probier's aus.«

Zwei Minuten später war der Einsatzleiter wieder am Apparat.

»Da hast du ja einen schlimmen Finger erwischt, Kumpel. Thomas A. Savorne, Hauptgefreiter, LKA Fort Ord in Kalifornien. Derzeitiger Aufenthalt unbekannt. Unehrenhafte Entlassung vor eineinhalb Jahren als Teil einer Abmachung mit dem Büro des Militärgerichtsvorsitzenden gegen das Einverständnis, ein Verfahren vor dem Militärgericht einzustellen. Ein Mitbeschuldigter, dem der Prozess gemacht wurde, wurde zu elf Monaten wegen Diebstahls einerseits und unerlaubten Waffenbesitzes andererseits verurteilt. Sam, der Mitbeschuldigte wohnt noch immer da draußen und handelt angeblich mit Waffen. Dem FBI ist es bis jetzt nicht gelungen, ihn festzunageln.«

»Verdammt ... Was hat Savorne beim Militär gemacht?«

»Pionier.«

»Er kennt sich also mit Sprengstoffen aus.«

»Ein bisschen zumindest, schätze ich.«

Healy fuhr zu Rune herum. »Wo ist er? Hast du irgendeine Ahnung?«

»Nein ...« Und dann erinnerte sie sich. »Oh, mein Gott, Sam – er wollte heute Abend zu Shellys Freundin nach Hause kommen. Vielleicht hat er vor, ihr auch wehzutun.« Sie gab ihm Nicoles Namen und Adresse.

»Okay, Brad, hör zu«, sagte Healy. »Ich habe möglicherweise einen aktuellen Zehn-Dreißig, eins-vier-fünf West 57th Street. Apartment?«

Er schaute Rune an. »Ich weiß nicht mehr«, sagte sie. »Der Nachname ist D'Orleans.«

Healy wiederholte den Namen. »Zielperson möglicherweise bewaffnet, möglicherweise mit Plastik, und es liegt unter Umständen eine Geiselnahme vor.«

»Ich schick das Überfallkommando.«

»Noch etwas ... Der Typ ist wahrscheinlich emotional gestört.«

»Ach, das ist ja was ganz Tolles, Sam. Ein Irrer mit Plastiksprengstoff und 'ner Geisel. Irgendwann tu ich dir mal 'nen Gefallen. Zehn-vier.«

»Zwei-fünf-fünf Ende.«

Rune legte sich schon ihre Argumente zurecht – um ihn dazu zu überreden, sie mitzunehmen. Aber das war gar kein Problem. »Na los«, sagte Healy. »Beeilen wir uns. An der Sixth Street wartet ein Streifenwagen auf mich.«

Die 57th Street West war erleuchtet wie ein Festzelt. Blinkende Lichter, blau-weiße Autos und Mannschaftswagen des Überfallkommandos parkten in der Straße. Der große Truck des Bombenkommandos mit dem Bombentransportbehälter auf einem Anhänger stand vor einem Eingang mit Markise.

Niemand schien es jedoch besonders eilig zu haben.

Zwei der Jungs vom Überfallkommando mit schwarzen Maschinenpistolen – wie sie beim Militär üblich waren lehnten rauchend im Eingang. Die Helme hatten sie zurückgeschoben. Sie sahen schrecklich jung aus – wie Lacrossespieler aus der Bronx.

Sie waren also, wie Rune es verstand, rechtzeitig eingetroffen. Sie hatten rasch gehandelt und Tommy gefangen. Alles war vorbei. Sie hielt Ausschau nach Nicole. Das musste ja eine Überraschung gewesen sein. Das Klopfen, das Aufspringen der Tür, Cops, die mit ihren Kanonen auf Tommy zielten.

Er war es die ganze Zeit gewesen, der Mörder. Wie hatte

sie sich nur so in ihm täuschen können? Wie hatte er einen so unschuldigen Eindruck machen können? Der in dem roten Anorak. Ach, und dem Cowboyhut. Und das rote Gesicht – keineswegs von der Sonne, sondern von Tränengas.

Eifersucht. Er hatte sie aus Eifersucht umgebracht.

Healy hielt sie auf, als sie dem Gebäude nahe kam. »Bleib hier stehen. Das ist nichts für dich.«

»Aber ...«

Er wedelte nur mit der Hand, und sie blieb stehen. Er verschwand in dem Haus. Die Nacht hallte wider von Funkmeldungen über die Lautsprecher der Streifenwagen. Blaulichter beschrieben blitzende elliptische Bahnen.

Rune schaltete die Kamera ein und öffnete die Blende, um im natürlichen Licht aufzunehmen, wie Tommy herausgeführt wurde.

Bewegung. Männer erschienen.

Sie richtete die Kamera auf die Tür.

Aber er war nicht in Handschellen. Um Gottes willen, sie hatten ihn erschossen! Tommy war tot, auf einer Trage, bedeckt mit einem blutigen Laken.

Sie spürte, wie ihr die Knie weich wurden, während sie die Kamera auf die Tür hielt und sich redlich bemühte, die Aufnahme nicht zu verwackeln – die Aufnahme von den ungerührten Sanitätern, die Tommys Leiche aus der Wohnung rollten.

Ein grausiges, bewegendes Filmende.

Und Shelly Lowes Mörder starb auf genau die gleiche Weise, wie er getötet hatte – gewaltsam. In der Bibel steht ein passender Nachruf – passend auf einen Menschen, der religiöse Fanatiker vorschob, um seine Verbrechen zu vertuschen: Alle, die zum Schwert greifen, werden durch das Schwert umkommen ...

Das Bild durch den Sucher wurde schwarz, als eine Gestalt aus der Menge auf sie zukam.

Rune schaute auf.

»Es tut mir Leid«, sagte Sam Healy leise.

»Wie bitte?«

»Wir haben's nicht rechtzeitig geschafft.«

Rune begriff nicht. »Du meinst, um ein Geständnis zu bekommen?«

»Um ihn zu bekommen.«

»Aber ...« Rune nickte mit dem Kopf in Richtung des Hecks des Notarztwagens.

»Tommy war weg, als sie angekommen sind, Rune. Das ist Nicole.«

22

Neben Healy stand ein anderer Cop. Er trug einen hellen Anzug, hauptsächlich aus Kunstfaser, und er stand da mit der müden Haltung eines durch nichts aus der Ruhe zu bringenden Staatsbeamten. Dünn, humorlos. Seine Augenlider waren schwer von Ermattung und Langeweile.

Schwer von Jahren der Befragung widerwilliger Zeugen.

Von Jahren des Kniens über Leichen in ihren Särgen aus Gossen und Autositzen und Pensionen.

Von dem, dessen er oben Zeuge geworden war.

»Ist sie tot?«, fragte Rune flüsternd.

Der andere Cop antwortete, aber zu Healy gewandt: »BEAT.«

»Was?«, fragte Rune.

»Bestätigter Exitus am Tatort«, sagte Healy.

Exitus.

Der Cop fuhr fort, mit Healy zu sprechen, als ob Rune nicht dabei wäre. Sie glaubte sich zu erinnern, dass Healy ihr diesen finsteren Menschen vorgestellt hatte. Sie war sich nicht sicher.

Sie glaubte, einen Namen gehört zu haben, aber alles, woran sie sich erinnerte, war Mordkommission. »Sieht aus wie Folter, Strangulation, dann Verstümmelung. Es ist zu einer Gliedabtrennung gekommen.« Er schüttelte den Kopf und zeigte endlich eine Gefühlsregung. »Was dieses gottverdammte Geschäft aus den Menschen macht. Porno ... Wie bei jeder Sucht. Man braucht immer mehr, um high zu werden.«

Dann wandte Mordkommission sich an Rune. »Würden Sie uns sagen, was Sie wissen, Miss?«

Eine wortreiche Erklärung. Sie tat ihr Bestes, und der Mann schrieb mit schmalen Fingern in ein kleines billiges Notizbuch mit. Aber sie brach immer wieder ab und musste eine Menge ›Ähs‹ und ›Nein, Moments‹ einstreuen. Sie hatte geglaubt, die Geschichte von Nicole D'Orleans besser zu kennen. Aber sie wurde immer wieder von etwas abgelenkt.

Es war das Bild von Nicole.

Es ist zu einer Gliedabtrennung gekommen.

Sie erzählte ihm von ihrem Film, wie sie Shelly kennen gelernt hatte, über die Filmgesellschaft. Dann darüber, dass Tommy in Shelly verliebt gewesen war und sie ihn hatte sitzen lassen und nach New York gezogen war, und dass er Sprengfachmann war und Sprengstoff von der Army gestohlen hatte – Healy sprang hier mit Einzelheiten ein. Und dass er furchtbar sauer darüber gewesen sein musste, dass Shelly ihn verlassen hatte, und so verrückt, dass er sich die Geschichte mit dem Schwert Jesu und die Anschläge ausdachte, um seinen Mord zu vertuschen. Wahrscheinlich hatte er sich gedacht, Shelly und Nicole seien ein Paar, und Nicole zu einem Ritualmord auserkoren – wiederum aus Eifersucht.

Rune beendete ihre Geschichte und gab ihm eine Beschreibung von Tommy.

Der billige Füller des Detectives tanzte über das Papier. Er schrieb alles mit seiner dahinhuschenden Handschrift auf, ohne das Geringste von ihrem Dokumentarfilm, von Nicole, von Shelly, über die Filme, die sie drehten, zu begreifen. Er schrieb ohne eine Gefühlsregung auf seinem dünnen, grauen, unbeweglichen Gesicht. Er schrieb ihre Antworten auf, dann schaute er sich um.

Mordkommission winkte einem dürren, puertoricanisch aussehenden Wrack von Mann zu, der ein blaues Stirnband trug, um seine schwarzen Locken in Schach zu halten.

»SoKo?«, fragte Healy.

»Er hat in der Menge gesteckt. Wusste nicht, dass wir einen konkreten Verdächtigen hatten. Ich schick ihn mit einer Beschreibung zurück.«

Mordkommission nickte Rune zu. Er ging zu dem SoKo-Mann, und sie begannen, mit zu Boden gesenkten Köpfen miteinander zu sprechen. Keiner schaut dabei dem andern in die Augen.

»Ist das ein Cop?«, fragte Rune, die ihn anstarrte.

»Er gehört zum Sonderkommando. Undercover. Die heutige Farbe des SoKo ist blau – siehst du sein Stirnband? Sie tragen das, damit wir wissen, dass sie zu uns gehören. Nach einem Mord mischen sie sich unter die Menge und horchen, stellen Fragen. Jetzt allerdings, wo wir die Identität des Verdächtigen kennen, zeigt er einfach seine Marke und befragt die Leute.«

»Achtung, der Bus kommt durch!«, rief eine Stimme. Der Notarztwagen fuhr an. Healy trat beiseite. Rune schulterte den Sony und nahm den kastenförmigen orange-blauen Truck auf, der sich durch die Menge zwängte, um Nicoles Leiche zum Leichenschauhaus zu bringen.

Healy ging mit ihr zur nächsten Ecke. Sie lehnte sich an einen Briefkasten und kniff die Augen zusammen.

»Wir haben miteinander geredet, Tommy und ich. Ich war einen halben Meter von ihm entfernt. So nahe wie dir jetzt ... So einem Mann, einem Mörder. Und er hat einen so normalen Eindruck gemacht.«

Healy blickte schweigend zurück zu den sich drehenden Lichtern. Obwohl er nicht so ruhig war, wie Mordkommission es gewesen war, ganz und gar nicht. Er hatte sie gesehen, Nicole, und er war erschüttert. Rune kam der Gedanke, dass ein Vorteil der Arbeit mit Bomben war, dass man mehr mit Maschinen und Chemikalien zu tun hatte als mit Menschen.

»Ich hätte eigentlich heute Abend hier sein sollen«, sagte Rune leise. »Er wollte, dass ich auch komme.«

»Du?«

»Er hat gesagt, er würde 'nen Film drehen. Einen seriösen. Herrje, Sam, wieso hat er das gemacht? Ich begreif das einfach nicht.«

»Der Kerl jagt ein Dutzend Menschen in die Luft, nur um den Mord an seiner Freundin zu vertuschen, und schlachtet dann jemanden so bestialisch ab ... Ich habe keine Ahnung, wie der tickt.«

»Wann, glauben sie, ist er gegangen?«

»Es gab keine Totenflecken. Keine Leichenstarre. Vermutlich zwanzig Minuten, eine halbe Stunde, bevor wir gekommen sind.«

»Er ist also immer noch in der Stadt.«

»Das bezweifle ich. Es gibt Leute, die ihn kennen, Leute, die die beiden zusammen gesehen haben. Ich wette, er hat sich ein Auto besorgt und fährt zu einem kleinen Flughafen und nimmt dann einen Anschlussflug nach Kalifornien, Hartford, Albany, White Plains.«

»Ihr müsst sie anrufen. Eine Beschreibung ...«

»Wir können nicht jeden Flugplatz im Nordosten abriegeln, Rune. Jetzt läuft eine stadtweite Fahndung nach ihm, aber wahrscheinlich wird er's schaffen, aus der Gegend rauszukommen. Sie werden ihn erwischen, wenn er nach Hause kommt – wo ist das? Monterey? Die Militärpolizei ist auch hinter ihm her. Und mit dem Diebstahl von Bundeseigentum und einer Flucht über Staatsgrenzen kommt auch noch das FBI ins Spiel.«

»Ach, Sam.« Sie drückte den Kopf an seine Brust.

Er hielt sie fest, was ihr gut tat, was ihr aber noch mehr gut tat, war der Umstand, dass sie vor einem halben Dutzend der Jungs standen, mit denen er zusammenarbeitete, und dass er sie dennoch umarmte, ohne sich umzuschauen oder es so aussehen zu lassen, als sei sie nur eine verstörte Zeugin. Er hielt sie fest, und sie spürte, dass ein Teil des Schreckens auf ihn überging, und sie konnte es zulassen. Er wusste, was zu tun war; er konnte ihn abschütteln. Das war sein Job.

Sie gingen.

Nach Süden in den Theater District, dann durch die geometrischen Figuren aus kaltem Neon am Times Square. Den Broadway hinunter. An einer vierköpfigen Bande schwarzer Jugendlicher in billigen Klamotten mit rund geschorenen Köpfen und mit dem Rasiermesser gezogenen Streifen, die unschuldig und missmutig aussahen. Vorbei an männlichen und weiblichen Geschäftsleuten in Laufschuhen. Vorbei an Straßenhändlern, vorbei an einem Paar – deutsche oder skandinavische Touristen – in Nylon-Trainingsanzügen und Nikons in der Hand. Sie drehten ihre mit strähnigen blonden Haaren bedeckten Köpfe, und in ihren Gesichtern stand die Frage ›*Das* ist New York?‹ geschrieben.

Vorbei an den Reklametafeln, auf denen fünfzehn Meter hohe Models, sexy zurückgelehnt, Spirituosen und Jeans und Videorecorder verkauften, vorbei an einem Pornokino, aus dem der Geruch von Lysol drang (vielleicht waren auf der Leinwand gerade Shelly oder Nicole zugange). Es war unmöglich zu erkennen, welche Filme liefen; die Anzeige versprach lediglich, dass drei superheiße Knüller zu sehen seien.

»Weißt du«, sprach Rune ihre ersten Worte, seit sie losgegangen waren. Ihre Stimme stockte. »Weißt du, dass die 43rd Street früher die große Unterhaltungsmeile war? Lauter

Theater und Varietés. Ich rede von der Jahrhundertwende. Vor langer Zeit.«

»Das hab ich nicht gewusst.«

»Der Times Square ist ziemlich neu.«

Sie kamen an einem großen Standbild vorbei, der Statue einer Frau in prächtiger Gewandung. Sie blickte herab auf Tauben und ein Dutzend Obdachloser.

Wer war das?

Eine griechische oder römische Göttin?

Rune dachte an Eurydike, dann an Shelly. Eine Gefangene der Unterwelt. Allerdings war da kein Orpheus mit Leier in der Nähe. Die einzige Musik war ein scheppernder Rapsong aus einer blechernen Musikbox.

Als sie zum Flatiron Building kamen, blieben sie stehen.

»Ich sollte nach Hause gehen«, sagte Rune.

»Willst du Gesellschaft?«

Sie zögerte. »Ich brauche keine …«

»Ich habe nicht gefragt, ob du *brauchst*. Ich habe gefragt, ob du *willst*.«

»Zu dir?«, fragte Rune.

»Es ist eng, hässlich. Aber gemütlich.«

»Heute Abend wär mir gemütlich ganz recht, glaub ich.«

»Ich muss noch ein bisschen beim Papierkrieg mithelfen – willst du mich dort treffen? Ich geb dir die Schlüssel.« Er schrieb ihr die Adresse auf. Sie nahm den Zettel und die Schlüssel.

»Ich müsste noch ein paar Sachen von mir zu Hause holen.«

»Bei mir dürfte es nicht länger als eine Stunde oder so dauern. Ist bei dir alles in Ordnung?«

Rune versuchte, sich etwas Lustiges und Schlagfertiges einfallen zu lassen, etwas, das eine toughe Nachrichtenmoderatorin hinpfeffern würde. Aber sie schüttelte nur den Kopf und bedachte ihn mit einem blutleeren Lächeln. »Nein, ist es nicht.«

Er beugte sich zu ihr und küsste sie. »Willst du ein Taxi?«

»Wenn ich gehe, fühl ich mich besser.« Er wandte sich ab.

»Sam …«, sagte sie.

Er blieb stehen. Aber ihr fiel nichts ein, was sie hätte sagen können.

Im Hausboot stapelte Rune die Bänder aufeinander, die sie aufgenommen hatte – das Rohmaterial für *Nachruf auf einen Pornostar* –, und legte sie in ihr Regal, das Skript für den Kommentar jedoch steckte sie in die Tasche. Das war etwas, wobei sie Sam um Rat fragen konnte. Ihn bitten, er solle so tun, als sitze er im Publikum, und es ihm vorlesen.

Aber nicht heute Abend.

Morgen früh.

Das würde bis morgen früh warten müssen.

Sie warf einen Blick in ihre Tasche und sah das Manuskript – jenes, das sie aus Arthur Tuckers Büro gestohlen hatte. Sie holte es heraus und blätterte es durch. Verdammt, das hatte sie völlig vergessen. Und jetzt, wo er nicht mehr unter Verdacht stand, hätte sie es ihm eigentlich zurückgeben müssen. Es ihm anonym zuschicken. Sie warf es auf den Tisch und ging ins Schlafzimmer an ihre Kommode. Sie packte einen Rock, ein T-Shirt, Bluse, Socken, Unterwäsche (ohne Disneyfiguren, Mädel; nimm das unbequeme Teil mit den Spitzen). Sie legte noch ihre Zahnbürste und das Make-up dazu und fing an, die Lichter auszumachen.

Rune blieb am Wohnzimmerfenster stehen, von dem aus man auf die Lichter der City blickte.

Nicole …

Von den beiden – Nicole und Shelly –, war da Nicoles Tod nicht der tragischere?, fragte sie sich. Für sie empfand Rune mehr Mitleid. Shelly, die Klügere, Talentiertere, eine Künstlerin, war auch die Risikobereitere gewesen. Sie konnte es sich aussuchen, bis direkt an die Grenzen zu gehen. Verdammt, sie hatte es sich ausgesucht, sich auf Tommy einzulassen. Nicole war für Risiken nicht so sehr zu haben gewesen. Sie war süß und – trotz ihres Berufs – unschuldig. Sie hatte ihre Nägel gepflegt, sie hatte gefickt, sie hatte davon geträumt, ein Schuhgeschäft zu eröffnen, sie hatte von dem Werbefachmann geträumt, den sie heiraten könnte. Sie ...

Der Geruch.

Rune wurde sich seiner mit einem Schlag bewusst, obwohl ihr sofort klar war, dass sie ihn schon seit geraumer Zeit wahrgenommen hatte, die ganze Zeit, seit sie auf das Hausboot zurückgekommen war. Er hatte etwas Vertrautes, aber etwas beängstigend Vertrautes. Wie der süßlich-ekelhafte chemische Geruch, der einen stört, unmittelbar bevor einem einfällt, dass es ein Geruch wie beim Zahnarzt ist.

Reiniger? Nein. Eau de Cologne? Vielleicht. Parfüm.

Runes Gedanken fingen an zu rasen, und ihr gefiel nicht, welche Richtung sie nahmen.

Räucherstäbchen! Sandelholz.

Der Geruch von Tommy Savornes Wohnung.

Rennen oder das Tränengas holen?, dachte sie.

Rune wandte sich hastig zur Eingangstür.

Aber Tommy war zuerst da und versperrte sie mit seinem Körper. Er lächelte, als er den Riegel umlegte.

23

Sie wehrte sich.

Knie, Ellbogen, Hände ... alles, woran Rune sich aus einem Video über Selbstverteidigung erinnerte, das sie immer wieder angeschaut hatte, weil der den Schwarzen Gürtel tragende Taekwondo-Lehrer so niedlich gewesen war.

Aber sie erreichte nichts.

Tommy war sehr betrunken – ihr wurde klar, wieso Warren Hathaway ihn für älter gehalten hatte oder wieso er so außer Atem gekommen war, als sie ihm vom Pink-Pussycat-Kino aus nachgejagt war. Und sie konnte seinen grapschenden Händen ausweichen.

Sie packte eine Stehlampe und schlug ihn so fest, dass das Fleisch an seinem Arm bebte. Wenngleich jedoch der Alkohol seine Koordination beeinträchtigte, machte er ihn auch empfindungslos, so dass Tommy nur knurrte, den Lampenständer beiseite schmetterte und ihr mit dem Unterarm ins Gesicht schlug. Sie ging hart zu Boden. Sie versuchte, an das Tränengas zu kommen, aber er schleuderte ihre Tasche durch den Raum.

»Miststück.« Er packte sie am Pferdeschwanz und zerrte sie zu einem Stuhl mit Rückenlehne, warf sie darauf und schlang braunen Klingeldraht um ihre Hand- und Fußgelenke.

»Nein!«, schrie sie. Der Draht schnitt in ihr Fleisch und schmerzte fürchterlich.

Er setzte sich sachte schaukelnd auf die Fersen und musterte sie. Seine Haare waren fettig. Die winzigen Rillen und Furchen an seinen Fingern waren dunkelrot gefleckt wie chinesisches Craqueléporzellan, auf seinem Hemd waren Schweißflecken, und seine Jeans war dunkel von schwarzen Mustern, die, wie Rune wusste, von Nicoles Blut stammten.

Er schaute sie lüstern an. »War sie gut?«

»Was wollen Sie von mir?«

»War es die Sache wert?«

»Wovon reden Sie überhaupt?«

»Mit Shelly zu schlafen. Du warst doch ihre Freundin, stimmt's? Du und Nicole, alle beide – ich hab die Filme gesehen. Ich hab in ihrem Gesicht gesehen, wie sehr es ihr gefallen hat! Hat's ihr mit dir auch gefallen? Hat's dir gefallen?« Tommy blinzelte. »Willst du drüber nachdenken, während du stirbst?«, fragte er ruhig.

»Ich hab Ihnen Shelly nicht weggenommen. Ich hab sie ja kaum gekannt. Ich hab nur …«

Er öffnete seine Tasche und holte ein langes Messer heraus. Auf dem Holzgriff waren dunkle Flecken. Und noch etwas anderes hatte er in der Hand: eine Videokassette. Er blickte zu Runes Fernseher und Videogerät, schaltete beide ein und legte, nach drei Versuchen, das Band ein. Ein Knistern, dann ein Summen, und auf dem Bildschirm erschien ein schwarz-weißes Schneegestöber.

Er schaute fast beiläufig hin, während er murmelnd anfing, eine Art Mantra zu rezitieren. »So wie ich es sehe, ist Pornografie Kunst. Was genau ist Kunst? Es ist Schöpfung. Das Erschaffen von etwas, wo zuvor nichts war. Und was zeigt Pornografie? Ficken. Den Akt der Schöpfung.« Er suchte an dem Videogerät den Schnellvorlauf, fand ihn aber nicht.

Er wandte sich wieder ihr zu. »Als mir das klar wurde, war das wie eine Erleuchtung. Eine religiöse Erfahrung. Wenn man übers Ficken schreibt, ist es nicht wirklich. Aber im Film … da kann man nichts vortäuschen. Man schaut sozusagen zu, wie sich vor einem der Akt der Schöpfung vollzieht. Das ist ganz erstaunlich, scheiße noch mal.«

»Oh Gott, nein.« Rune starrte auf den Bildschirm und fing an zu weinen.

Sah:

Nicole, die von einem Gestell hing.

Nicole, die sich vergeblich wand, um der geschwungenen Peitsche auszuweichen.

»… aber beim Film ist es so ganz anders. Der Künstler kann nicht lügen. Ausgeschlossen. Ich meine, man sieht es doch direkt vor sich. Man sieht den Ursprung des Lebens direkt vor sich …«

Nicole, die mit Blicken flehte, hinter dem Knebel vielleicht schrie.

Nicole, die Tränen weinte, welche ihr das Make-up in braunen und schwarzen Streifen übers Gesicht schwemmten.

Nicole, die die Augen schloss, als Tommy mit einem Messer auf sie zukam.

»... auch religiös. Am Anfang schuf Gott ... Verstehst du, schuf. Das ist doch 'n verflucht verrückter Zufall, meinst du nicht? Gott und der Künstler. Und in der Pornografie kommt alles zusammen ...«

Nicole, die starb.

Rune überließ sich ihrem Schluchzen.

Savorne betrachtete das Band mit traurigen, gierigen Augen. »Ich habe Shelly wirklich geliebt«, sagte er nuschelnd. »Als sie mich verlassen hat, bin ich gestorben. Ich konnte nicht glauben, dass sie tatsächlich weg war. Ich wusste nicht, was ich machen sollte. Ich bin immer aufgewacht, und da lag dann der ganze Tag vor mir, ohne sie, Stunden um Stunden ohne sie. Ich wusste nicht, was ich machen sollte. Ich war wie gelähmt. Zuerst hab ich sie gehasst. Dann wurde mir klar, dass sie krank war. Sie war verrückt geworden. Und ich wusste, dass sie nicht alleine schuld daran war. Nein, da waren noch andere: Leute wie Nicole. Leute wie du. Leute, die sie verführen wollten.«

»Ich hab sie nicht verführt.«

Runes Worte drangen nicht durch. Tommy stellte seinen Camcorder auf, dann hielt er inne. »Ich bin müde. Ich bin ja so müde. Es ist schwer. Die Leute haben ja keine Ahnung, wie schwer das ist. Es ist, als ob man im Schlachthaus arbeiten würde, weißt du? Ich wette, den Kerlen dort hängt das auch früher oder später zum Hals raus. Aber sie können nicht weg. Sie haben einen Job zu erledigen. Und so komm ich mir auch vor.«

Er schaltete die Scheinwerfer ein. Das plötzliche grelle Licht ließ Rune aufschreien.

»Wenn sie sterben«, sagte er leise, »stirbt auch ein Teil von mir. Aber das versteht keiner.«

Er schaute sie an und berührte ihr Gesicht. Rune nahm den metallischen Geruch von Blut wahr. »Wenn du stirbst«, sagte Tommy, »stirbt auch ein Teil von mir. Das muss ein Künstler durchstehen ... Da war ein Abend ...« Er schien von seinem Gedanken abzukommen. Er setzte sich, die Hände an der kleinen Kamera, und blickte zu Boden. Rune wand sich. Der Draht war dünn, gab aber nicht nach.

Schließlich nahm er seinen Gedankengang wieder auf. »Da war ein Abend, damals wohnten wir noch in Pacific Grove. Nicht weit vom Strand. Mit den Filmen war alles glatt gelaufen, und wir hatten echt gut Geld verdient. Damals hab ich Regie geführt. Wir schauten uns einen Rohschnitt an, Shelly und ich, und normalerweise hat sie das Zugucken selber angeturnt, und wir haben wild losgelegt. Aber diesmal stimmte irgendwas nicht. Ich hab die Arme um sie gelegt, und sie hat nicht reagiert. Sie hat auch nichts gesagt. Sie hat mich bloß so komisch angeguckt. Sie hat ausgesehen, als hätte sie ihren eigenen Tod gesehen. Und nicht lange danach hat sie mich verlassen.

Ich hab Stunden um Stunden drüber nachgedacht. Sie so vor mir gesehen, mit diesem Ausdruck im Gesicht ...« Er starrte Rune mit ernstem Gesicht eindringlich an. Ein Mann, der von bedeutsamen Dingen sprach. »Und am Ende hab ich's kapiert. Das mit dem Sex und dem Tod ... dass sie in Wirklichkeit das Gleiche sind.«

Einen Augenblick lang war er in seinen Erinnerungen verloren, dann richtete er den Blick wieder auf Rune, beinahe erstaunt, sie zu sehen. Er holte die Wodkaflasche aus seiner Tasche und nahm einen weiteren Schluck. Er lächelte. »Lass uns einen Film drehen.«

Tommy schaltete die Kamera ein und stellte sie auf Rune scharf.

Infolge der Hitze der Scheinwerfer rann ihm der Schweiß aus den Augenhöhlen, und er machte keinen Versuch, ihn wegzuwischen.

Rune schluchzte.
Er streichelte das Messer. »Ich möchte Liebe machen mit dir.«
Er trat vor und legte die Klinge auf Runes Unterarm.
Er drückte kurz zu und machte einen kurzen Schnitt.
Sie stieß wieder einen Schrei aus.
Noch ein Schnitt, kürzer. Er begutachtete ihn gewissenhaft. Er hatte ein Kreuz geschnitten.
»Das mögen sie«, erklärte er. »Die Kunden. Die mögen so Kleinigkeiten wie das da.«
Er hob das Messer an ihre Kehle.
»Ich will Liebe machen mit dir. Ich will Liebe machen mit …«
Der erste Schuss war zu niedrig und weit daneben. Er löschte einen Scheinwerfer aus.
Tommy wirbelte herum, schaute sich um, Verwirrung und Panik im Blick.
Der zweite war näher. Er pfiff an seinem Kopf vorbei und verschwand durch das Fenster irgendwo in der dunklen Oberfläche des Hudson.
Der dritte und vierte trafen ihn in die Schulter und den Kopf, und er brach einfach in der Hüfte ein und fiel um wie ein Mehlsack, der von einem Laster geworfen wurde.
Schwer atmend, seinen Smith & Wesson-Dienstrevolver noch immer auf den Kopf des Toten gerichtet, kam Sam Healy langsam herbei. Seine Schusshand zitterte. Sein Gesicht war bleich.
»Oh, Sam«, schluchzte Rune. »Sam.«
»Bist du in Ordnung?«
Tommy war gegen Rune gefallen, sein Kopf lag auf ihrem Fuß. Sie versuchte freizukommen. »Schaff ihn weg!«, sagte sie schreckerfüllt unter Tränen. »Schaff ihn von mir runter. Bitte, schaff ihn weg!«
Healy drehte ihn mit dem Fuß um und vergewisserte sich, dass er tot war, dann fing er an, den Klingeldraht zu lösen.

»Gott, bin ich ein lausiger Schütze.« Er versuchte zu scherzen, aber sie konnte das Zittern in seiner Stimme hören.

Als Rune frei war, ließ sie sich an seine Brust fallen.

»Schon gut«, sagte er immer wieder, »schon gut, schon gut.«

»Er wollte mich umbringen. Er wollte es aufnehmen. Was er mit Nicole gemacht hatte, das wollte er auch mit mir machen.«

Healy sprach in ein Motorola Walkie-Talkie. »Zwei-fünf-fünf an Zentrale.«

»Sprechen Sie, Zwei-fünf-fünf.«

»Ich habe einen BEAT auf einem Hausboot auf dem Hudson River Nähe Christopher. Schickt die Mordkommission, einen Bus vom Überfallkommando und einen Arzt von der Gerichtsmedizin.«

»Roger, Zwei-fünf-fünf. Nur den BEAT? Sind Sie auch verletzt?«

Healy wandte sich an Rune. »Alles in Ordnung bei dir? Brauchst du einen Arzt?«

Aber sie blickte nur starr auf Tommys Leiche und hörte kein Wort von dem, was er sagte.

Es war sehr heimelig.

Das war der unheimliche Teil.

Rune war um halb acht aufgewacht. Sie hatte einen Albtraum gehabt, aber er hatte nicht von Tommy oder Shelly gehandelt. Nur so ein Vergessen-haben-zu-lernen-Albtraum. Die hatte sie oft. Aber sie beruhigte sich sofort, als sie neben sich Sam schlafen sah. Sie beobachtete, wie er langsam atmete, die leichte Bewegung seiner Brust, dann stieg sie aus dem Bett und ging in die Wohnung.

Reine Vorstadt, total heimelig.

Sie machte Kaffee und Toast und schaute sich die ganzen Bierflaschen und Käsescheiben und das Junkfood im Kühlschrank an. Wieso kühlte er Fritos?

Nein, das Ganze hier kam ihr nicht richtig vor. Sie aß Junkfood, aber er war ein Mann. Und Polizist noch dazu. Ihr schien, dass er etwas Gehaltvolleres als Bier und Tortilla Chips zu sich nehmen müsste. Im Gefrierfach waren Tiefkühlgerichte, drei Stapel, unterschiedliche. Er arbeitete sich wohl von rechts nach links durch, stellte sie sich vor, damit er nicht zweimal nacheinander das Gleiche essen musste.

Sie ging durch eine hässlich gelbe Küche mit riesigen Butterblumen am Kühlschrank und überall rosa Rubbermaid-Geschirr – Abfallkörbe, Wäschegestelle, Papierhandtuchhalter, Geschirrfächer. Überall hingen Bilder von Adam.

Rune schaute sich alles an, während sie Kaffee kochte und Brot toastete.

War es so, wenn man eine Ehefrau war?

Vermutlich war es so, wenn man eine Cheryl war.

Rune wanderte durch den Bungalow und trank dabei Kaffee aus einem weißen Becher mit Kuh-Comics.

Ein Zimmer war das Arbeitszimmer. An Stellen, wo Möbel hätten stehen müssen, klafften seltsame Lücken. Cheryl hatte anscheinend ganze Arbeit geleistet; nach dem zu urteilen, was noch da war, hatte sie die guten Sachen mitgenommen.

In dem mit weißem Flokati ausgelegten Wohnzimmer besichtigte sie die Bücherregale. Beliebte Taschenbuchromane, Schulbücher, Innenarchitektur. *Sprengstoffentsorgung – Chemische Waffen ... Die Claymore Mine: Maßnahmen und Taktiken.*

Das letzte war ziemlich zerfleddert. Wasserflecken hatte es auch, und sie fragte sich, ob er es wohl in der Badewanne gelesen hatte.

Sprengtechnik stand gleich neben *Die Kunst der französischen Küche.*

Sam Healy mochte ein Mensch sein, in den man sich leicht verlieben und mit dem man Spaß haben konnte, aber Rune konnte sehen, dass es wahrscheinlich nicht immer ganz einfach war, mit ihm verheiratet zu sein.

Sie ging wieder in die Küche, setzte sich an den mit rissigem Kunststoff bezogenen Tisch und schaute hinaus auf den Hinterhof.

Nicole ...

Nicole, geblendet von Glitter und Kohle und heißen Scheinwerfern. Von Koks. Gott, die toupierten Haare, das glänzende Make-up, die gemeingefährlichen Fingernägel, die Aerobic-gestählten Schenkel ... Ein süßes, einfaches Mädchen, das nichts zu suchen hatte bei dem, was es gemacht hatte.

Shelly und Nicole.

Die lüsternen Cousinen ...

Nun, jetzt waren sie beide nicht mehr.

Rune fand es entsetzlich, auf diese Weise in seinen Tod hineinzustolpern. Es wäre besser, dem Tod ins Auge zu sehen, sich ihm zu stellen, ihn zu beleidigen und herauszufordern, als ihm ahnungslos in die Fänge zu gehen ...

Für einen Moment bereute Rune die ganze Geschichte – ihren Film, Shelly, Nicole.

Diese Pornofilme – ein beschissenes kleines Geschäft war das, und sie hasste es. Keine ideale Einstellung, Kleine, wenn man einen Dokumentarfilm drehen wollte, aber, verdammt noch eins, so empfand sie es nun mal.

Bilder der vergangenen Nacht kamen zurück. Tommys Gesicht, das von Nicole – schlimmer, das rotfleckige Laken. Das blutige Muster auf Tommys Hand. Die Hitze der Scheinwerfer, das unbewegliche, Grauen erregende Auge des Kameraobjektivs, das auf sie zielte, während Tommy auf sie zukam, das Geräusch der Kugel, die in seinen Kopf einschlug. Sie spürte, dass ihre Hand zitterte und tief in ihr ein schrecklicher, wirbelnder Strudel einsetzte.

Nein, nein, nein ...

Sam Healys verschlafene Stimme rief sie aus dem anderen

Raum und brach den Bann. »Rune, es ist noch früh. Komm wieder ins Bett.«

»Zeit zum Aufstehen. Ich hab Frühstück gemacht.« Wie eine gute Ehefrau, hätte sie am liebsten hinzugefügt, dachte sich aber, wieso sie für Cheryl Werbung machen sollte. »Wir schneiden heute die Endfassung des House O' Leather-Teils. Von dem ich dir erzählt hab. Ich muss in 'ner Stunde bei der Arbeit sein.«

»Rune«, rief Healy wieder, »komm her. Ich hab hier was, was ich dir zeigen will.«

»Ich hab Toast gemacht, für dich.«

»Rune.«

Sie zögerte, dann ging sie ins Bad und kämmte sich die Haare und sprühte sich mit Parfüm ein. Rune wusste eine Menge über Männer am frühen Morgen.

24

Sie hatte nicht geplant, dass ihr Leben gewaltsam verliefe. Und ganz gewiss hatte sie nicht geplant, gewaltsam zu sterben. Aber Shelly Lowe war süchtig – süchtig nach der Macht, die die Filme, die sie drehte, ihr verliehen, süchtig nach dem unverhohlenen Drang, den vielleicht alle Künstler verspüren, sich vor ihrem Publikum zu entblößen, und zwar in jeder Beziehung.

Und wie alle Süchtigen nahm Shelly es in Kauf, dass diese Macht sie überwältigte.

Sie war sich dieses Risikos bewusst, und sie scheute nicht davor zurück. Sie stellte sich ihm und unterlag. Gefangen zwischen Kunst und Lust, zwischen Schönheit und Sex, verlor Shelly Lowe ihr Leben.

In ihren schlichten Grabstein auf einem kleinen Friedhof in Long Island, New York, ist eine einzige Zeile eingemeißelt: ›Sie lebte nur für ihre Kunst‹, was als Nachruf für diesen Pornostar angemessen erscheint.

ABBLENDE auf:

ABSPANN ...

»Was meinst du?«, fragte Rune Sam Healy.

»Hast du das geschrieben?«

Rune nickte. »Ich hab hundertmal neu angefangen. Ist es zu, du weißt schon, zu blumig?«

»Ich finde es wunderschön«, sagte Healy. Er legte den Arm um sie. »Ist das die fertige Sendefassung?«

»Noch lange nicht.« Rune lachte. »Ich muss noch einen Sprecher finden, der den Kommentar spricht, und dann dauert es noch drei Wochen, bis ich insgesamt zehn Stunden Band auf achtundzwanzig Minuten zusammengeschnitten hab. Das Drehen war der witzige Teil. Jetzt fängt die Arbeit an ... Hey, Sam, ich hab mir was überlegt. Hat schon mal jemand 'ne Dokumentation über das Bombenkommando gemacht?«

Er küsste ihren Hals. »Wieso meldest du dich heute nicht krank? Dann könnten wir drüber reden.«

Sie küsste ihn rasch und wälzte sich aus dem Bett. »Bei Larry und Bob ist eh schon dicke Luft. Ich hab ihnen gestern keine frischen Croissants mitgebracht.«

»Geht's wieder ums House O' Leather? Ist der Name eigentlich echt?«

»Ich mach nur die Werbung. Für den schlechten Geschmack der Kundschaft bin ich nicht verantwortlich.«

Sie trank ihren Kaffee aus. Sie spürte, dass er sie anschaute.

Nein, es war mehr ein Starren.

Nein, es war schlimmer; es war so ein Trottelblick, wie Männer ihn Frauen manchmal zuwerfen – wenn sie von jenem *Gefühl* überwältigt werden, das sie für Liebe halten, das aber gewöhnlich bedeutet, dass sie geil oder schuldbewusst oder unsicher sind. Unter so einem Blick kann man ersticken.

»Ich muss los«, sagte Rune und ging mit einem koketten Lächeln zur Tür, das auf Männer, die besoffen vor trotteliger Liebe sind, manchmal die Wirkung von kaltem Wasser hat.

»Hey«, sagte er mit tiefer Stimme, mit der er sich anhörte wie ein Cop.

Ich bleib nicht stehen. Immer cool. Abstand halten. Es besteht keine Eile.

»Rune.«

Sie blieb stehen.

Also, ich werd ihm jetzt ganz neckisch und zickig zuzwinkern, und dann nichts wie raus.

»Komm doch noch mal kurz her.«

Zwinkern, Mädel. Na los.

Stattdessen jedoch ging sie langsam zu ihm zurück. *Soo* spät war es ja wirklich noch nicht.

Rune spürte es, kaum dass sie das Büro betreten hatte, und was sie spürte, verhieß nichts Gutes.

Rune hängte ihren Mantel an die Garderobe, an der der Lack abblätterte, und schaute sich um.

Was war es?

Nun ja, erstens: Die Post lag noch auf der Erde. Normalerweise brachte Larry sie an Cathys Schreibtisch – na schön, inzwischen Runes Schreibtisch – und schaute sie durch.

Und da war die Kaffeemaschine, die Larry immer sofort anstellte, bei der jetzt jedoch der Stecker gezogen war und die nicht ihren üblichen säuerlichen Brandgeruch verströmte.

Und da war Bob.

Der bereits im Büro war – um Viertel vor zehn! Rune konnte ihn durch die Milchglasscheibe erkennen.

Irgendetwas Großes war im Gange.

Verzerrt durch die Scheibe, bewegten sich zwei Köpfe. Larry war auch drin, aber das war nichts Ungewöhnliches. Larry kam immer früh; er hatte Angst, die Schecks der Kunden würden sich auflösen, wenn er sie nicht rechtzeitig einsammelte.

»Sie ist da.« Die Stimme war leise, drang jedoch deutlich durch die Trennwand.

Sie. Das hörte sich nicht gut an.

»Stimmt. Reden wir mit ihr.«

Die Tür öffnete sich, und Larry winkte sie zu sich. »Rune. Könntest du mal 'ne Minute kommen?«

Sie ging ins Büro. Beide wirkten müde und zerknittert. Sie rekapitulierte ihre Fehltritte in letzter Zeit. Die Liste war lang, enthielt aber überwiegend kleinere Patzer.

»Rune, setz dich.«

Sie setzte sich.

Bob schaute Larry an, dieser sprach: »Die Sache ist die, wir haben da einen Anruf von unserem Kunden gekriegt.«

»Wir beide«, warf Bob ein. »Heute Morgen um neun.«

»Mr. Brieftasche?«

Verdammter Mist, die Postproduction hatte die Sendung nicht rechtzeitig abgeliefert. »Ich hab der Postpro gesagt, sie sollen es sofort ausliefern. Ich hab denen gedroht. Sie haben mir absolut garantiert, dass ...«

»Das Band ist an den Kunden geliefert worden, Rune. Das Problem ist, es hat ihnen nicht gefallen.«

Die wollen mir was vom Gehalt abziehen. Darum geht's. House O' Leather hat das Honorar runtergehandelt, und sie wollen mir das Gehalt kürzen.

Sie seufzte. »Und was hat ihnen nicht gefallen? Es waren die Dominos, stimmt's? Ach, kommt schon. Ich hab die Dinger dreimal aufgestellt. Ich ...«

Larry spielte nervös mit einer Münze. »Nein, ich glaube, die Dominos waren okay. Er hat gemeint, das Logo sei immer noch ein bisschen verzerrt gewesen, du weißt schon, schief. Aber damit hätt er leben können.«

»Die Übergänge?«, fragte Rune. »Ich hab die Blenden echt ganz vorsichtig …«

»Zeig ihr, worüber er nicht so ganz glücklich war«, sagte Bob zu Larry.

Larry drückte auf die Play-Taste des Dreiviertel-Zoll-Sony-Recorders. Eine farbenfreudige Copyright-Anzeige erschien. Der Countdown von zehn setzte ein, und jede Sekunde wurde mit einem elektronischen Piep angezeigt. Bei drei wurde der Bildschirm schwarz. Dann:

Aufblende: Die lächelnde Tochter, die erklärte, dass die Brieftaschen des House O' Leather aus feinstem, nach alten Familienmethoden behandelten und gegerbten Rindsleder handgefertigt würden.

Schnitt auf: Fabrikarbeiter, die Brieftaschen und Börsen herstellten.

Schnitt auf: Die Tochter, eine Brieftasche streichelnd (Modell HL/141).

Abblende auf: Die dramatische Domino-Einstellung.

Schnitt auf: Zwei Frauen, die auf einem Wasserbett oralen Sex praktizierten, während der Abspann von *Lüsterne Cousinen* über den Bildschirm rollte.

»Oh«, sagte Rune.

Abblende.

»Er hat uns gefeuert, Rune«, sagte Larry. »Sie zahlen kein Honorar, sie zahlen keine Spesen.«

»Ich glaub, da ist irgendwie was dazwischengeraten«, sagte Rune.

»Irgendwie«, sagte Larry.

»Das heißt, wir verdienen nichts, und wir haben ungefähr fünfundsiebzigtausend in den Sand gesetzt«, fügte Bob hinzu.

»Oh.«

»Ich weiß, dass es ein Unfall war«, sagte Larry. »Ich will nicht behaupten, dass es keiner war, aber ... Rune, du bist 'n nettes Mädchen ...«

»Ihr schmeißt mich raus, stimmt's?«

Sie hielten es nicht einmal für nötig zu nicken.

»Am besten, du sammelst ein, was du hier hast, und haust jetzt ab.«

»Wir wünschen dir alles Glück der Welt«, sagte Bob.

Rune wusste, dass er es nicht so meinte, aber es war nett von ihm, dass er sich wenigstens bemüht hatte.

Das alles bedeutete nicht, dass sie nicht gut war.

Rune ging am Hudson entlang und starrte in die olivbraunen Schatten, die sich über die gekräuselte Wasseroberfläche streckten. Möwen stemmten sich, auf einem Bein stehend, gegen die kühle Morgenbrise.

War schließlich Einstein nicht wegen schlechter Leistungen in Mathe von der Schule geflogen? War Churchill nicht aus der Regierung geflogen?

Sie hatten weitergemacht und es allen gezeigt.

Der Unterschied war allerdings, dass sie eine zweite Chance bekommen hatten.

Das war es also gewesen: kein Verleiher. Und kein Geld für den Schnitt, die Kommentare, Titel, Soundtrack ...

Rune hatte dreißig Stunden ungeschnittener Bänder, die in einem halben Jahr keinen Cent mehr wert sein würden – wenn die Welt sich um Shelly Lowe nicht mehr scheren würde.

Sie ging nach Hause auf ihr Hausboot und stapelte alle Kassetten auf ihr Regal, warf das Manuskript obendrauf und ging in die Küche.

Den Nachmittag verbrachte sie damit, dass sie Tee trinkend auf Deck saß und in ein paar Büchern schmökerte. Eines, in dem sie sich aus irgendeinem Grund festlas, war ihr altes Exemplar von Dantes *Inferno*.

Sie fragte sich, wieso ausgerechnet dieser Band – und nicht der übers Fegefeuer oder der über das Paradies – der Bestseller war.

Fragte sich, auf welche Ebenen der Hölle die Menschen absteigen.

Dabei dachte sie vor allem an Tommy Savorne. Aber es gab auch noch andere.

Danny Traub, der, selbst wenn er Geld für eine gute Sache stiftete, ein Mistkerl war, dem es Spaß machte, Frauen Schmerzen zuzufügen.

Michael Schmidt, der sich für Gott hielt und aus einem nichtigen Grund einer guten Schauspielerin die Chancen zerstört hatte.

Arthur Tucker, der Shellys Stück gestohlen hatte, als sie tot war.

Rune fragte sich, wieso der Abstieg das Natürliche zu sein schien, wieso es so viel schwerer war, aufzusteigen, wie Shelly es versucht hatte. Als gäbe es irgendeine gewaltige Schwerkraft der Finsternis.

Das gefiel ihr, *Schwerkraft der Finsternis*, und sie schrieb es in ihr Notizbuch. Sie wünschte sich, es hätte ein Manuskript gegeben, in dem sie den Ausdruck hätte verwenden können.

Wenn Shelly nicht hätte sterben müssen, ob sie dann je wie Eurydike aus der Unterwelt entkommen wäre?

Rune döste ein und wurde bei Sonnenuntergang wieder wach, als sich die orange Scheibe über dem Flachland von Jersey am Rand der dichten Atmosphäre kräuselnd in die Erde bohrte.

Sie streckte sich, ging unter die Dusche und aß zum Abendessen ein Käsesandwich.

Danach ging sie zu einer Telefonzelle und rief Sam Healy an.

»Ich bin rausgeflogen.« Sie erzählte ihm die Geschichte.

»Oh nein. Das tut mir Leid.«

»Ich finde nur schade, dass wir es nicht an die Sender geliefert haben«, witzelte sie. »Kannst du dir das vorstellen? *Lüsterne Cousinen* in einem Werbespot zur Hauptsendezeit? Junge, das wär der Hammer gewesen.«

»Brauchst du Geld?«

»Ach, das ist nicht so wild. Ich werd ständig rausgeschmissen. Ich glaub, ich bin schon öfter rausgeflogen, als eingestellt worden. Haut wahrscheinlich nicht hin, aber mir kommt's so vor.«

»Na schön, willst du ausgehen und dich besaufen?«

»Nee, ich hab was vor«, sagte sie. »Lass uns das morgen machen.«

»Einverstanden. Geht auf mich.«

Sie legten auf, und Rune nahm ein paar Dollar in Quartern und rief den Telefonservice an.

Sie verbrauchte die meisten Münzen. Es kostete sie eine Weile, um eine Tanzschule zu finden, die versprach, sie an einem einzigen Abend zu einer Meisterin im texanischen Twostepp zu machen.

Der Schuppen hielt sein Versprechen nicht so ganz. Sie brauchte eine ganze Weile, um die davon zu überzeugen, dass sie nicht an einem Kurs für lateinamerikanische Tänze oder an dem ›Chic to Chic‹-Fred-und-Ginger-Special interessiert war.

Nachdem der Unterricht allerdings angefangen hatte, begriff sie die Schritte recht schnell, so dass sie glaubte, sich behaupten zu können. Am nächsten Abend überraschte sie Healy, indem sie in einem karierten Rock mit blauer Bluse bei ihm aufkreuzte.

»Ich seh aus wie 'ne Flickenpuppe. Damit werd ich mich nie südlich der Bleecker Street blicken lassen können – ich hoffe, du bist zufrieden.«

Sie gingen wieder zu seinem Texasclub und tanzten ein, zwei Stunden, in denen sie ihm mit dem, was sie gelernt hatte, mächtig imponierte. Dann erklomm ein Amateur-Ausrufer die Bühne und forderte zu einem improvisierten Squaredance auf.

»Genug ist genug«, sagte Rune. Sie setzten sich an ihren Tisch und fingen an, sich über einen Teller mit Spanferkelrippchen herzumachen.

Um elf kamen zwei Cops herein, die Healy kannte, und nach einer halben Stunde war die Kneipe so voll, dass sie alle zu einer anderen Kneipe aufbrachen, einem Abhängeschuppen auf der Greenwich Avenue. Sie hatte erwartet, sie würden sich über Kanonen und tote Gangster und Blutflecken unterhalten, sie erwiesen sich jedoch als ganz normale Menschen, die über den Bürgermeister und Washington und Filme stritten.

Sie amüsierte sich prächtig und vergaß ganz, dass es sich um Cops handelte, bis auf einmal, als draußen auf der Straße ein Laster eine Fehlzündung hatte und drei von ihnen (Sam war nicht darunter) schon halb an ihre Hüfte fassten, um eine Sekunde später, als sie merkten, dass es nur ein Laster gewesen war, die Hände fallen zu lassen, ohne das Gespräch auch nur einen Moment zu unterbrechen und ohne über das, was sie gerade getan hatten, zu lachen.

Aber dadurch musste Rune wieder an Tommy denken, und das erinnerte sie an Nicole, und der Abend wurde schal. Sie war froh, nach Hause und ins Bett zu kommen.

Am nächsten Tag meldete sie sich beim Arbeitsamt auf der Sixth Avenue, wo sie die meisten Angestellten beim Namen kannte, arbeitslos. Die Schlangen waren nicht lang – was sie als Maßstab für eine gesunde Wirtschaftslage nahm. Gegen Mittag war sie wieder draußen.

In der folgenden Woche sah sie Healy dreimal. Sie spürte, dass er sie gern öfter gesehen hätte, aber eine der Warnungen ihrer Mutter handelte von Männern, die sich über eine andere Frau hinwegtrösten wollten. Und sich auf einen *älteren*

Mann einzulassen, der sich über eine andere Frau hinwegtrösten wollte, erschien ihr alles andere als klug.

Trotzdem fehlte er ihr, und als sie am Donnerstag anrief, verspürte sie einen angenehmen Ruck, als er ihr einen Vorschlag machte. »Morgen hab ich meinen freien Tag, wie wär's, wenn wir ...«

»Etwas in die Luft jagen?«

»Irgendwo Picknick machen, wollte ich eigentlich sagen.«

»Oh, klar! Ich fänd's toll, aus der Stadt rauszukommen. Die Straßen stinken wie nasser Hund, und morgen soll's sechsunddreißig Grad geben. Es ist nur so, dass ich mich in so 'nem Restaurant vorstellen soll.«

»Willst du einen Film über ein Restaurant drehen?«, fragte er.

»Sam, ich bewerb mich um 'nen Job als Kellnerin.«

»Verschieb das um einen Tag. Wir fahren raus aus der Stadt.«

»Du setzt mir das Messer an den Hals.«

»Ich ruf dich morgen an und sag dir Genaueres.«

»Ich hab nicht ja gesagt.«

»Morgen.«

Er legte auf.

»Ja« sagte sie.

25

Kent war ein Städtchen im Putnam County, siebenundsechzig Meilen nördlich von New York City an der Grenze zu Connecticut. Die Einwohnerzahl betrug 3700.

Die Stadt hatte sich seit dem Tag ihrer Gründung im Jahre 1798 nicht sehr verändert. Für Pendler lag sie zu weit von New York oder Albany oder Hartford entfernt, obwohl ein paar Leute zur Arbeit am Vassar-College nach Poughkeepsie fuhren. Die Einwohner verdienten ihr Geld vor allem mit Landwirtschaft und Tourismus und in den Haupterwerbszweigen einer kleinstädtischen Ökonomie: Versicherungen, Immobilienhandel und Baugewerbe.

In Reiseführern über die Gegend war Kent gewöhnlich nicht aufgeführt. Der *Mobil Guide* hatte dem Restaurant im Travelodge an der Interstate zwei Sterne verliehen. Das Landwirtschaftsmuseum fand Erwähnung. Ein Frühlingsblumenfest ebenfalls.

Es war ein stiller Ort.

Außerhalb der kleinen Innenstadt, etwa eine Meile hinter der letzten von sieben protestantischen Kirchen, lag ein alter Steinbruch. Die riesige Grube diente einem doppelten Zweck: samstagabends als Platz zum Abhängen für Jugendliche, die entweder eine Verabredung oder ein Sixpack Budweiser mitgebracht hatten, und als behelfsmäßige Schießanlage tagsüber. An diesem Nachmittag standen drei Männer vor einem sich in Zersetzung befindlichen Holzbrett, das als Tisch für aufgestütztes Schießen und als Ablage für Munition und Zielscheiben und Reservemagazine fungierte.

Alle drei hatten die von der NRA empfohlene stehende Schussposition eingenommen – rechter Fuß zurück, parallel zum Ziel, den linken nach vorn in Richtung der Schießbahn. Es waren hochgewachsene Männer mit kurz geschnittenen Haaren, die mit Spray in Form gehalten wurden. Zwei der Männer waren dünn und hatten graue Strähnen. Der andere, ein junger Mann mit schwarzen Haaren, hatte einen Bierbauch, während seine Beine dünn und seine Schultern breit waren. Sie trugen alle helle Schuhe, leichte Hosen (zwei rosa, eine grau) und kurzärmlige weiße Hemden und Krawatten, die von einer Nadel gehalten wurden. In der Hemdtasche des Fetteren steckte ein Plastikhalter für Kugelschreiber und Bleistift.

Alle trugen tropfenförmige, gelb getönte Schieß-Sonnenbrillen aus bruchsicherem Glas. In ihren Ohren steckten fleischfarbene Ohrstöpsel.

Ein dünner Mann und der Fette hielten Kalaschnikow-Sturmgewehre in der Hand, deren Magazine sie gerade auf Papierziele in fünfzig Meter Entfernung leer gefeuert hatten. Sie setzten die Gewehre, Mündung nach oben, auf der Erde ab und fingen an, die leeren Patronenhülsen aus Messing einzusammeln, um sie am Wochenende selbst wieder neu zu füllen.

Der dritte Mann hielt eine klobige, unförmige israelische Uzi, mit der er zwei Sekunden lange Stöße abfeuerte. Die Mündung endete in einem fünfundzwanzig Zentimeter langen Schalldämpfer, und das Gewehr machte ein Geräusch wie eine gedämpfte Kettensäge.

Alle drei Gewehre waren vollautomatisch und verstießen somit gegen Bundes- und Staatsgesetz. Der Schalldämpfer stellte einen gesonderten Verstoß dar. Keiner der Männer jedoch hatte in diesem Teil des Countys je einen Agenten von FBI oder BATF gesehen, und sie machten aus dem Besitz dieser Waffen kein größeres Geheimnis als aus dem ihrer 30–06er Lieblingsjagdflinte oder der doppelläufigen Remington.

Der Mann mit der Uzi zielte sorgfältig und leerte sein Magazin.

Er nahm seine Ohrstöpsel heraus. »Feuer einstellen«, sagte er, obwohl die anderen ihre Waffen, Mündung in Richtung Ziel, bereits auf der Bank abgelegt hatten. Außer den dreien war niemand anwesend, aber sie waren auf den Umgang mit Feuerwaffen gedrillt und beachteten Formalitäten wie diese – es war das Gleiche wie vor einer Stunde, als sie angekommen waren. Da hatte der gleiche Mann die anderen angeschaut und gesagt: »Bereitschaft links, Bereitschaft rechts, Bereitschaft Feuerlinie … Feuer eröffnen.«

Das waren Rituale, an die sie sich hielten und an denen sie sich erfreuten.

Er setzte die Uzi ab und ging die Schießbahn hinunter, um die Zielscheiben zu holen. Als er zu den Schießstationen zurückkam, nahmen sie ihre Waffen auf, entnahmen die Magazine, öffneten die Patronenkammern, legten die Sicherheitshebel um und machten sich auf den Weg zum Parkplatz. Die Waffen verschwanden im Kofferraum eines Cadillac El Dorado.

Die Fahrt dauerte nur zehn Minuten. Das Auto bog in die schwarze Schotterauffahrt eines weißen Kolonialbaus ein, der mit Geld aus dem Versicherungsgeschäft des Mannes erbaut worden war. Die drei Männer gingen über einen Pfad aus Feldsteinen zum Eingang zu einem Wohnzimmer. In dem großen Raum, der mit dunkelgrünen Tapeten und Paneelen ausgekleidet war, rollten sie eine große graue Plane aus und legten die Gewehre auf das dicke Segeltuch. Verbeulte Reinigungssets kamen zum Vorschein, und der süße Duft von Lösungsmittel erfüllte das Zimmer.

Innerhalb von dreißig Sekunden waren die Waffen in ihre Einzelteile zerlegt, und die drei Männer zogen durch die Läufe Lappen, die durch Ösen am Ende von Aluminiumstangen befestigt waren. Liebevoll reinigten sie ihre Waffen.

Einer der dünnen Männer, John, schaute auf seine Uhr und ging zum Schreibtisch – es war sein Haus – und setzte sich. Nach sieben Sekunden klingelte das Telefon, und er meldete sich. Er legte auf und kam zur Plane zurück. Er fing an, den Riemen seiner Kalaschnikow mit Öl einzureiben.

»Gabriel?«, fragte Harris, der Dunkelhaarige und Fettere.

John nickte.

»Hat er herausgefunden, was passiert ist?«

»Ja, hat er«, sagte John.

»Wer ist auf unser Trittbrett aufgesprungen?«, fragte William, der dritte Mann.

»Es scheint, als sei da ein Mann gewesen, der das Mädchen umbringen wollte, die aus den Schundfilmen. Er hat die zweite Bombe gelegt. Die Polizei hat ihn erledigt.«

»Und die Presse glaubt, er hätte hinter allen Anschlägen gesteckt?«, fragte William.

»Scheint so. Um zu vertuschen, was er gemacht hatte.«

»Medien«, sagte Harris. »Fluch und Segen.«

John baute seine Kalaschnikow fertig zusammen, schloss die Patronenkammer, legte den Sicherheitshebel um und legte die Waffe neben einem halbautomatischen Thomson-Gewehr, einer Remington-Pumpgun, einer Enfield .303, einem M1-Karabiner und einem .30–06 Sturmgewehr auf ein Gestell aus Rosenholz. »Was meint ihr?«

»Die ganze Arbeit von Gabriel war umsonst, wenn alle glauben, die Anschläge hätte jemand anders verübt«, sagte Harris. »Ihr wisst allerdings auch, dass das ein guter Deckmantel ist. Jetzt steht er nicht mehr unter Druck. Es war gut, dass wir die Zählung mit der Passage über den dritten Engel nach dem zweiten Anschlag aufgenommen haben.«

William benutzte ein winziges Periskop, um den Lauf seiner Waffe auf etwaige Schießpulverpartikel zu untersuchen, die er übersehen haben könnte. »Wir können nicht einfach aufhören. Bruder Harris hat Recht.«

»Nein. Wir können nicht einfach aufhören«, sagte John bedächtig. Er goss Wasser in eine Kaffeemaschine und fing an, eine Kanne Koffeinfreien zu kochen. Wie die anderen hielt er Koffein für ein sündhaftes Genussmittel. »Aber ich bin mir nicht sicher, ob ich Gabe zustimme. Die Polizei wird die anderen Anschläge nicht zu den Akten legen. Die Experten werden ihre Berichte abschließen und herausfinden, dass jemand anderes hinter ihnen steckt.«

»Gabriel wird bleiben, um die Sache zu verfolgen«, sagte Harris. »Er wird nicht zögern, sich zu opfern.«

»Aber das sollte er nicht«, sagte John. »Er ist zu wertvoll.«

»Dann lasst uns New York aufgeben«, sagte William. »Schicken wir ihn nach Los Angeles. Hollywood. Ich habe immer gesagt, dass wir dort hätten anfangen sollen. In Kalifornien kennt kein Mensch Gabriel. Er hat seine sämtlichen Bindungen in Manhattan.«

»Bei allem Respekt«, sagte John, »ich glaube, wir müssen beenden, was wir begonnen haben.« Er sprach leise, als bereite es ihm Qualen, anderer Meinung zu sein.

Johns Anschein von Milde war irreführend. Harris und William jagten Rotwild und Gänse mit der erregten, gierigen Liebe zur Jagd, John nicht. John war Marinesoldat in Vietnam gewesen und hatte nie über seine Einsätze gesprochen. William und Harris wussten, dass diejenigen, die nicht übers Töten redeten, diejenigen waren, die die stärkste persönliche Beziehung dazu hatten.

»Wir können New York noch nicht aufgeben«, sagte John. Er zuckte die Achseln. »Das ist meine Meinung.«

William hustete und spuckte in ein Taschentuch aus Leinen. »Na gut. Was meint Gabriel?«

Harris ließ den Verschluss seiner Maschinenpistole zurückschnappen. »Er wird tun, was wir von ihm verlangen.«

»Aber er sollte schnell handeln.«

John goss Kaffee in Becher und reichte sie William und Harris. »Oh, das wird er.«

William nickte. »Was soll das Ziel sein?«

Johns Augen huschten zu einem beleuchteten Kruzifix über seinem Schreibtisch, dann wandte er den Blick den anderen Männern zu.

»Manchmal empfinde ich zu Zeiten wie diesen eine große Vermessenheit«, sagte Harris. »Zu entscheiden, wer leben soll und wer sterben soll.«

»Gabriel hat mir von jemandem erzählt. Ich finde, es ist ein interessanter Gedanke.«

»Dann schließen wir uns seinen Gedanken doch an«, sagte Harris nickend.

»Einverstanden.«

»Lasst uns für den Erfolg seiner Mission beten.«

Die Augen fest geschlossen, sanken die drei Männer, die den Ältestenrat der New-Putnam-Pfingstgemeinde des Geoffenbarten Heilands bildeten, bekannt – wenngleich nur untereinander – als Schwert Jesu, zum Gebet auf die Knie. Und sie beteten so inbrünstig, dass sich ihre verkniffenen Lippen in stummen Worten bewegten und Tränen in ihre Augen traten.

Zehn Minuten darauf erhoben sie sich erfrischt und gereinigt von der Erde, und John tätigte einen Anruf bei Gabriel, der in der schrecklichen Stadt Sodom auf ihre Botschaft wartete.

Sam Healy hörte sich nicht ganz richtig an.

Rune war sich nicht sicher, was es war. Vielleicht stand er gerade neben einer Fünf-Pfund-Ladung C-4 oder einer Landmine.

»Also. Was soll es werden? Sonne und Sand? Berge? Ich brauche frische Luft und Wildnis, Stinktiere und Dachse, sogar Würmer und Schlangen. Wo fahren wir hin?«

Der Rushhour-Verkehr strömte an der Telefonzelle vorüber. Es war acht Uhr früh.

»Äh, Rune ...«

Oh, Junge. *Den* Ton kenn ich doch.

»Es ist irgendwie etwas dazwischengekommen.«

Irgendwie, klar.

»Was? Hast du einen Auftrag?«

Stille.

»Ich will ehrlich zu dir sein ...«, sagte Healy.

Oh, Scheiße. Wie sie dieses Wort hasste: *Ehrlich*. Das war wie *Setz dich, Liebes*. Gleichauf mit *Es gibt da etwas, worüber wir reden müssen.*

»Cheryl hat angerufen«, sagte Healy.

Hey, das ist doch nicht das Ende der Welt.

Noch nicht.

»Geht es Adam gut? Stimmt irgendwas nicht?«

»Nein. Alles in Ordnung.«

Noch eine Pause.

»Sie wollte mich sehen. Um zu reden ... über unsere Situation.«

Er hat ihr von mir erzählt? Ein warmer Strom der Freude breitete sich in ihrem Magen aus. »Unsere ...«, sagte Rune.

»Cheryls und meine, meine ich«, sagte Healy.

»Oh.« Dieses *Unsere*.

»Ich weiß, dass wir etwas vorhatten, aber ich dachte, ich müsste ...«

»Hey, kein Problem«, sagte Rune munter. Ich werd nicht fragen. Um keinen Preis der Welt werd ich fragen ...

Wohin sie gehen, was sie machen, das ist ihre Angelegenheit. *Ich werd nicht fragen.* »Wird sie die Nacht über bleiben?«, fragte sie.

Oh Scheiße, nein, nein, nein ... »Tut mir Leid, geht mich nichts an.«

»Nein, wird sie nicht. Wir werden nicht mal zusammen zu Mittag essen.« Er lachte. »Wir reden nur. Auf neutralem Boden.«

Über ihre Situation reden? Die Kuh hatte ihn sitzen lassen. Das ist keine Situation; das ist Kriegsführung.

So höflich wie möglich: »Na ja, ich hoffe, ihr kriegt alles geregelt.«

Großes, breites Grinsen. Ich bin ja so stolz auf mich.

»Ich ruf dich morgen an«, sagte er.

»Kein Telefon, weißt du noch?«

»Rufst du mich an?«

»Mach ich.«

»Du hörst dich nicht sauer an ...«

Nicht? Ich werd mir Mühe geben ...

»... aber wahrscheinlich bist du's. Tatsache ist, ich mag dich sehr, Rune. Ich wollte dich nicht belügen.«

»Ehrlich, klar, ich weiß Ehrlichkeit zu schätzen, Sam. Die ist sehr wichtig.«

Sie legten auf.

»Scheiß auf Ehrlichkeit«, sagte sie laut.

Er hätte mir glatt ins Gesicht lügen sollen. Mir erzählen, er müsste Bomben auseinander bauen. Er müsste sich die Galle rausnehmen lassen. Er hätte Tickets, um mit Adam zu den Mets zu gehen.

Sie lehnte sich für einen Moment an die Telefonzelle und betrachtete die Graffiti, die an die durchsichtigen Scheiben der Zelle gesprüht waren. Ein Motorrad fuhr vorbei. »Willste mitfahren?«, rief eine Stimme. Aber die Honda wurde nicht langsamer.

In kitzelnden Strömen rann ihr der Schweiß übers Gesicht. Sie wischte ihn ab und ging in Richtung Westen auf den Fluss zu. Sie trat in eine Pfütze Teer, die ihren Schuh festhielt. Als sie ihn befreite, blieben dicke schwarze Stränge kleben.

Rune seufzte und setzte sich an den Straßenrand, um abzuwischen, was sie konnte.

Picknick, dachte sie. Strand. Berge.

Er hätte mir erzählen können, er hätte Kopfweh. Oder ’ne Magengrippe.

Über ihre Situation reden …

Servier sie ab, Healy, dachte Rune. Die ist nix für dich.

Sie wusste allerdings, wohin es führen würde.

Er würde zu seiner Frau zurückkehren.

Das war megaoffensichtlich. Zurück zu Cheryl mit ihrer Blümchen-Klebefolie. Cheryl mit ihren weißen Seidenblusen und großen Möpsen. Die Liebling-ich-mache-Auberginenauflauf-für-die-Andersons-Cheryl. Die wahrscheinlich ein unheimlich netter Mensch war und die nur weggegangen war, nachdem er ihre tränenreiche und völlig vernünftige Bitte, die Arbeit mit den Bomben aufzugeben, abgelehnt hatte.

Sicher war sie ein anständiger, süßer, ein guter Mensch. Eine perfekte Mutter.

Wie ich sie hasse …

Rune hatte die Vorstellung in dem Restaurant abgesagt, weil sie gedacht hatte, sie wäre auf dem Weg zum Strand. Sie hatte kein Geld, um an ihrem Film weiterzuarbeiten. Sie saß an einem kochend heißen Augustwochenende im verlassenen New York fest. Und ihr einziger Freund hatte vor, mit seiner Frau heute Nacht in die Kiste zu steigen.

Ach, Sam.

In diesem Augenblick fiel ihr Blick auf ein Schaufenster, und sie sah ein altes, verblichenes, welliges Schild, das für einen Steuerberater zwecks Steuerrückzahlung warb.

Rune las das Schild und lächelte. »Danke, Gott«, sagte sie.

Sie stand auf und hinterließ auf dem ganzen Rückweg zu der Telefonzelle schwarze Teerstapfen.

Rune öffnete die Tür zu ihrem Hausboot und ließ Warren Hathaway ein, der mehrere Tüten schleppte. In Sportkleidung – Shorts, einem dunkelgrünen T-Shirt und Tennisschuhen – sah er viel weniger spießig aus als im Anzug.

»Hey, Warren, Sie sehen voll witzig aus.«

»Witzig?«

»Abgefahren. Na, Sie wissen schon, cool.«

»Fein, danke.« Hathaway lachte.

»Wie finden Sie's?« Rune macht eine Pirouette. Sie trug einen Minirock und ein rotes Unterhemd über ihrem Bikini.

»Sie sehen selber ziemlich witzig aus. Was sind das da auf Ihrem Rock? Elektrische Aale?«

Sie blickte an sich herab auf die Schnörkel, die von größeren Schnörkeln ausgingen. »Das ist aus Südamerika. Das sind Landeflächen für Raumschiffe, glaub ich.«

»Aha. Raumschiffe, klar.«

Rune schlang ihre Leopardenfelltasche über die Schulter und schloss die Eingangstür ab.

»Ich hab mich wirklich gefreut, von Ihnen zu hören. Ich wollte schon anrufen. Das heißt, ich *habe* angerufen – dort, wo Sie bisher gearbeitet haben. Aber die sagten, Sie hätten kein Telefon zu Hause. Ich bin froh, dass Sie angerufen haben. Ich wusste, nicht, ob ich je noch mal von Ihnen höre.«

Auf keinen Fall würde sie ihm sagen, dass sie versetzt worden war oder – zumindest nicht, ehe er einige Drinks intus hatte – dass sie für ihren Film etwas Unterstützung brauchte, und ihn fragen, ob er noch mal über die Investitionsidee nachgedacht hatte. »Ich hab mir gedacht, es wäre witzig, 'n bisschen frische Luft zu schnappen«, sagte sie daher nur. »Ich hatte nicht vor, 'n Trip nach Fire Island rauszuschinden. Sie haben ein Haus dort draußen?«

Sie gingen über die Werft zu seinem Auto.

»Schön wär's. Ich teile mir im Sommer eins mit anderen. Dort gehen viele von der Firma zusammen hin. Und als Sie sagten, Sie wollten raus aus der Stadt, da habe ich an die Insel gedacht.«

»Ich war noch nie dort. Wieso heißt sie eigentlich so, frag ich mich. Fire Island.«

Hathaway zuckte die Achseln. »Ich bin mir nicht sicher. Ich schaue nach und ruf Sie an.«

Rune sah, wie er sich mit gerunzeltem Gesicht seine Aufgabe einprägte. Es schien, als müsse er, Mutters Anweisungen zufolge, immer noch ein bisschen daran arbeiten, lockerer zu werden.

Sie verstauten ihre Taschen im Kofferraum und stiegen ein.

»Schnallen Sie sich an«, sagte er.

»Jawoll, Sir.«

Er ließ den Wagen an und fuhr auf den Highway nach Süden.

Rune brauchte das Thema nicht einmal anzusprechen. »Ich habe mir mal Zahlen von einer ganzen Menge Dokumentarfilme vorgenommen«, sagte Hathaway, noch bevor sie eine halbe Meile weit gekommen waren. »Sie waren irgendwie ganz ermutigend. Es ist keine Goldgrube. Aber es hat den Anschein, als ließe sich Geld damit verdienen. Wir können uns das im Einzelnen mal anschauen, wenn Sie wollen.«

»Klar.«

Er setzte den Blinker und überprüfte den toten Winkel, bevor er vorsichtig die Spur wechselte.

Zwei Stunden später gingen sie von der Fähre und wanderten über die sandigen Gehsteige zu seinem Ferienhaus, das auf halbem Weg zwischen Kismet und Ocean Beach auf Fire Island lag. Es handelte sich um eine billige Kombination aus grobkantigem, dunklem Holz und Glas und Gelbkiefer mit Kunstharz, das so dick war, dass die Fasern unter der Lackschicht verzerrt erschienen. Als Warren endlich die Tür aufgekriegt hatte – er hatte Probleme mit dem Schlüssel –, war Rune enttäuscht. Die Fenster starrten vor Dreck. Überall waren Sand- und Salzkörner. Der Gestank nach Lysol und der säuerliche Duft von Schimmel kämpften um die Vorherrschaft.

Ein Dreckloch, ein romantischer Strand – und ein Buchprüfer.

Tausend Dank, Sam.

Aber hey, es hätte auch schlimmer kommen können. Wenigstens war er ein reicher Buchprüfer und so gut wie bereit, in ihren Dokumentarfilm zu investieren.

Und außerdem hatten sie eine glühend heiße Sonne und einen Karton Budweiser und Kartoffelchips und Cheez-Whiz-Sprühkäse und Twinkies und den nimmer ruhenden Atlantik.

Was wollte man mehr?

Arthur Tucker, jetzt nicht mehr im werktäglichen Anzug, sondern in einem alten Arbeitshemd und Hose und Schuhen mit Gummisohlen, beugte sich im Fond des Taxis vor und befahl dem Fahrer, das Tempo zu verringern.

Sie fuhren über den West Side Highway.

»Was suchen wir eigentlich?«, fragte der Mann mit schwerem Akzent.

»Ein Hausboot.«

»Ha. Sie machen Witze.«

»Langsamer.«

»Hier«, sagte er. »Hier anhalten.«

»Sind Sie sicher?«, fragte der Fahrer. »Hier?«

Tucker gab keine Antwort. Der Chevy hielt an. Er stieg aus, griff nach der schweren Segeltuchtasche und bezahlte den Fahrer. Er achtete darauf, keine Quittung zu verlangen; je weniger Spuren, wusste er, desto besser.

26

»›Das sind die, welche aus der großen Trübsal kommen, und ihre Kleider gewaschen und sie weiß gemacht haben im Blut des Lammes‹«, sagte Harris.

John fuhr mit dem Finger über seine zerfledderte King-James-Bibel. »›Und Gott wird alle Tränen abwischen von ihren Augen, und der Tod wird nicht mehr sein, und kein Leid noch Geschrei noch Schmerz wird mehr sein …‹«

Gemeinsam mit William sprachen die beiden Männer ein flüchtiges »Amen«.

John trank seine Limonade und strich die Stelle an. Es gab keine Priester in ihrer Kirche. Da Gottes furchtbarer und gerechter Wille jede Seele (das heißt jede gläubige, nicht sündhafte, weiße Seele) gleichermaßen anrührte, bestand kein Bedarf für Geistliche. Laien hielten Predigten und vollzogen den Gottesdienst. John war ein beliebter Redner.

Er schaute auf seine Uhr und blickte die beiden anderen an. Die nickten. Dann wählte er eine Nummer für ein Ferngespräch.

Beim vierten Klingeln wurde abgenommen.

»Gabriel? Wie stehen die Dinge? … Gut. Freut mich sehr, das zu hören. Die Brüder Harris und William und ich haben uns hier versammelt. In Gedanken sind wir bei dir … Wir sind bereit zu tun, worum du gebeten hast.«

John lauschte nickend. Seine grau melierten Augenbrauen hoben sich, und sein Gesicht errötete vor Aufregung. »Wie ist die Nummer?«

Er legte auf und wandte sich an Harris. »Er hatte einen glänzenden Einfall. Da niemand glaubt, dass es uns gibt, sagte er, habe er beschlossen, dem Willen des Herrn ein lebendes Zeugnis zu schaffen.« Er warf einen Blick auf die Telefonnummer und fing an zu wählen.

Mit seiner Frau darin wirkte das Zimmer kleiner.

Healy hatte den Eindruck, sie sei gewachsen. Aber vielleicht lag es nur daran, dass Zimmer immer kleiner wirkten, wenn die Exgattin sich darin aufhielt.

»Wie geht es dir?«, fragte Healy.

»Nicht schlecht. Und dir?«, antwortete Cheryl. »Du hast zugenommen.«

»Ich trainiere nicht mehr so viel wie früher.«

»Das heißt, du verbringst nicht mehr drei Abende in der Woche im Sportstudio?«

Er antwortete nicht, und sie ritt nicht darauf herum.

»Adam erzählt, du hättest eine Freundin.«

»Eine richtige Freundin ist das nicht.«

»Sie ist jung, sagt er.«

»Du warst diejenige …« Hoppla. Pass auf.

»Ich sage ja gar nichts. Ich habe nicht erwartet, dass du im Zölibat lebst.«

»Wir sind nur Freunde.«

»Freunde.« Cheryl trug ein rosa Kostüm. Sie sah aus wie einer Kochsendung entsprungen. Munter und patent, aus einem Sieb Mehlklümpchen herausklopfend.

Healy fand, sie müsste angesichts der Trennung, na ja, selbstmordgefährdeter wirken.

Sie saßen dicht nebeneinander auf der Couch. Healy kam zu dem Schluss, er brauche mehr Mobiliar. »Kann ich dir etwas anbieten?«, fragte er. »Etwas zu trinken?«

»Nein.«

»Ich habe die Scheidungspapiere noch nicht bekommen«, sagte er.

»Ich habe sie meinen Anwalt noch nicht abschicken lassen.«

»Ich dachte, du hättest es eilig«, sagte er.

»Ich bin mir gar nicht so sicher, ob ich es eilig habe.«

»Oh.«

Die Sonne fiel in einem vertrauten Muster auf den weißen Teppich. Er erinnerte sich an den Tag, als sie ihn gekauft hatten. Sie hatten einen Flokati genommen, weil er schicker aussah als ein Florteppich, obwohl er billiger war. Er erinnerte sich an den Händler. Ein junger Mann mit rasiermesserkurz geschorenen schwarzen Haaren und Augenbrauen, die sich in einem einzigen Streifen quer über sein Gesicht zogen. Danach war er mit Cheryl in die Fressabteilung in der Paramus Mall gegangen, und als sie zu Hause waren, hatten sie miteinander geschlafen. Auf dem alten Teppich.

Heute redeten sie eine Stunde lang.

Healy war sich nicht sicher, wie seine Worte ankamen. Er schien sich auf vertrautem Terrain zu bewegen, obwohl der Ton diesmal ein anderer war. Er fühlte sich nicht in der Defensive. Er war weder verzweifelt noch durcheinander. Vielleicht lag es daran, dass er Rune kennen gelernt hatte, vielleicht daran, dass er das unbestimmte Gefühl hatte, das Gleichgewicht des Hauses hätte sich verlagert, und es sei jetzt mehr *sein* Haus als ihrer *beider* Haus. Von Zeit zu Zeit fielen sie in die Rolle von Gegnern zurück. Junge, wie bekannt sich das anhörte: *Hey, das lag an dir, nicht an mir ... Wenn du etwas gesagt hättest, hätte ich ... Das war nicht meine Schuld ... Klar, red nur weiter, solange du willst, du weißt selbst, dass nichts davon stimmt ...*

Die alten Argumente ... Lieber hätte ich jeden Tag mit einer Rohrbombe zu tun ...

Aber keiner von beiden empfand den Drang, dem anderen an die Kehle zu gehen. Und nachdem sie das harmlose Geplänkel hinter sich hatten, ließen sie es sich einfach gut gehen. Healy holte Bier, und sie schwelgten in Erinnerungen. Cheryl sprach von damals, als ein alter Freund angerufen hatte, um zu sagen, dass sie nicht zum Essen kommen könnten, weil seine Frau ihn gerade verlassen hätte, aber er könne morgen kommen, nur eben ohne Auflauf, weil er nicht wisse, wie man einen macht.

Und Healy erzählte davon, als sie einmal nach Hause gekommen waren und der Hund im Esszimmer mitten auf dem Tisch gestanden und den Kerzenleuchter angepinkelt hatte.

Und beide lachten über die Nacht, die sie in Cheryls Elternhaus verbracht hatten, und, weißt du noch?, auf dem Billardtisch im Spielzimmer ...

»Als ob ich das vergessen könnte ...«

Dann war auf einmal Stille, und es schien, als seien sie an einem Punkt angekommen, an dem eine Entscheidung anstand. Healy kannte die Alternativen allerdings nicht und versuchte Zeit zu schinden. Er überließ es Cheryl, aber die war auch keine große Hilfe. Sie saß mit gefalteten Händen da und schaute aus dem Fenster, das sie tausendmal geputzt hatte, auf den Rasen, den er hundertmal gemäht hatte.

»Süße«, sagte Healy schließlich, »weißt du, was ich denke …«

Das Telefon klingelte.

Er fragte sich, ob es wohl Rune sei und wie er damit umgehen solle.

Sie war es nicht.

»Sam?«, fragte der Einsatzleiter des Kommandos. »Wir haben eine scharfe Ladung.«

»Red schon.«

»Diese Arschlöcher vom Schwert Jesu haben angerufen. Die Ladung steckt in einer Tasche auf einem Hausboot auf dem Hudson …«

»Hausboot? Wo?« Sein Herz hämmerte.

»Nähe Christopher. Elfte vielleicht.«

»Das ist meine Freundin«, flüsterte er.

»Was? Das Mädel, das mal hier war?«

»Genau.«

»Na gut, keine Panik. Wir haben einen sauberen Sicherheitsbereich, und das Boot ist leer. Sie ist nicht da.«

»Wo ist sie?«

»Ich weiß nicht, aber das Boot haben wir durchsucht.«

»Was ist es für eine Ladung?«

»Anders diesmal. Die Streife hat einen Blick darauf geworfen, bevor sie uns angerufen hat. Sieht aus wie ein Haufen C-3 oder C-4 in Kugellager eingebettet. Keine große Ladung. Nur ein paar Unzen.«

»Anti-Personen-Ladung also.« Kugellager oder Münzen wurden Sprengstoffen beigemischt, um einen größtmöglichen Personenschaden zu bewirken.

»Genau.«

»Kann's der Roboter bergen?«

»Nee. Zu eng auf dem Schiff.«

Healy stellte sich Runes Boot vor und wusste, dass es von Hand erledigt werden musste.

»Verdammt, legt eine Bombendecke drüber, und lasst es hochgehen.«

»Da ist nur ein Problem. Deine Freundin war sich nicht klar darüber, nehme ich an, aber sie hat direkt neben einem Tanker festgemacht, der fünftausend Kubikmeter Propangas geladen hat. Wenn die Bombe hochgeht und den Tanker erfasst – dann fliegen drei Blocks auf der West Side in die Luft.«

»Verdammt, dann schleppt das Ding da weg.«

»Ich habe angerufen, das dauert zwei Stunden, um 'nen Schlepper vor Ort zu bringen und den Tanker in Bewegung zu setzen. Der ist an Entladepumpen an Land angeschlossen. Das verflixte Ding lässt sich einfach nicht bewegen.«

»Und wie viel Zeit haben wir, bis die Ladung hochgeht?«

»Fünfundvierzig Minuten.«

»Ich bin sofort da.«

»Eins noch, Sam. Es ist komisch.«

»Was?«

»Das Schwert Jesu … die haben nicht einfach eine Drohung ausgestoßen. Sie haben gesagt: ›Schickt das Bombenkommando zu einem Hausboot auf dem Hudson nahe Christopher.‹ Als ob es das Wichtigste gewesen wäre, jemanden von der Abteilung dorthin zu kriegen.«

»Deshalb auch die Anti-Personen-Ladung, meinst du?«

»Jau. Ich glaube, das geht gegen uns.«

»Notiert«, sagte Healy. Er legte auf. Wandte sich an Cheryl, die das Gespräch mitbekommen hatte.

Er fragte sich, ob sie ihn wieder mit einem ihrer resignierten Blicke bedenken würde. Dem Da-geht's-schon-wieder-los-Blick. Den Schild gegen seine Starrköpfigkeit und seinen Egoismus. Aber nein, Cheryl stand auf, ließ ihre weiße Kunstlederhandtasche zu Boden fallen und ging direkt auf ihn zu. Sie legte die Arme um ihn. »Sei vorsichtig.« Er merkte erstaunt, wie fest er sie umarmte.

Er atmete schwer im Splitterschutzanzug.

Ging über die Gangway auf Runes Hausboot. Versuchte, nicht daran zu denken, wie er das letzte Mal hier war. Daran, dass sie zusammen im Bett gelegen hatten. An das Stofftier, Persephone, das zu Boden gefallen war.

Er sah die Tasche, spähte hinein.

Okay. Probleme.

Es war eine der raffiniertesten Bomben, die er je gesehen hatte. Sie hatte einen Infrarot-Abstandsmesser, so dass sie durch eine zu nahe kommende Hand ausgelöst wurde. Und sie hatte eine mehrfache Ruhestromschaltung – zwanzig oder dreißig feine Drähte, die von einer abgeschirmten Energiequelle zum Zünder liefen. Eine herkömmliche doppelte Ruhestromschaltung konnte man entschärfen, indem man beide Drähte gleichzeitig durchschnitt. Aber diese vielen Drähte durchzuschneiden, war unmöglich. Der Timer war digital, so dass es keine Möglichkeit gab, den Mechanismus zu verkleben.

Und um allem das i-Tüpfelchen aufzusetzen, saß in der Mitte der Ruhestromschaltung ein Quecksilber-Bewegungsschalter.

Toll, ein Bewegungsschalter in einer Bombe auf einem Hausboot …

Healy gab die Informationen an den Einsatzleiter weiter, der zusammen mit Rubin und mehreren anderen Mitgliedern des Kommandos am Ende des Piers hinter Sandsäcken kauerte. Sie hatten beschlossen, nur wenige Beamte mitzunehmen; wenn der Propantanker in die Luft ging, würde jeder, der sich innerhalb der nächsten beiden Blocks aufhielt, getötet werden, und sie konnten es sich nicht leisten, den größten Teil des Kommandos zu verlieren.

»Ich könnte den Bewegungsschalter durchschneiden«, sagte er schwer atmend. Er war nicht verdrahtet. »Aber ich komm nicht in die Tasche rein. Der Abstandsmesser würde die Explosion auslösen.«

»Wie empfindlich ist der Bewegungsschalter?«, fragte Rubin über Funk.

»Ziemlich«, antwortete Healy. »Sieht aus, als würde alles über drei oder vier Grad den Stromkreis schließen.«

»Könntest du das Quecksilber einfrieren?«

»Ich krieg nichts in die Tasche rein. Der Abstandsschalter.«

»Stimmt.«

»Ich werd sie wohl oder übel langsam raustragen müssen.«

Healy verschaffte sich einen Überblick. Er würde die Bombe bis zu der Lücke in der Hausbootreling schaffen, wo sich die Gangway befand. Das würde hinhauen; die Tasche würde relativ gerade bleiben. Aber dann würde er sie hochheben und in der Hand tragen müssen, die Gangway abwärts und dann zum BTF, das bis auf drei Meter vom Hausboot entfernt auf dem Pier stand.

Das werden die längsten drei Meter meines Lebens.

Er warf einen Blick auf den Timer. Noch siebzehn Minuten.

»Ich brauche Öl.«

»Welches?«, fragte Rubin.

»Irgendwas.«

»Moment …«

Fünfzehn Minuten.

Er erschrak, als Rubin mit einer Dose Maschinenöl neben ihm auftauchte.

Healy nickte dankend mit dem Kopf – Rubin war nicht mehr an den Funk angeschlossen – und goss das Öl auf das lackierte Deck des Hausboots, um die Reibung zu minimieren, wenn er die Tasche bewegte. Er warf die Dose weg, um darauf die Hand auszustrecken und eine Ecke der Leinwandtasche zu fassen. Er dachte an Adam, dachte an Cheryl, dachte an Rune. Er begann an der Tasche zu ziehen.

Rune schaute Warren Hathaway entgegen, der den Pfad zu dem Strand herunterkam, wo sie sich auf einem großen Badetuch sonnte.

»Ich habe gerade mit ein paar Investoren telefoniert und etwas arrangiert: nichts Großes, aber wenn man bedenkt, dass Sie noch keinen Namen im Filmgeschäft haben, glaube ich, werden Sie zufrieden sein.«

Es sollte so funktionieren: Warren Hathaway würde ihr Geld leihen, damit sie den Schnitt und die Postproduction abschließen konnte. Er wäre ein reines Darlehen mit nur acht Prozent Zinsen. »Üblich sind zwölf, aber da Sie ja eine Freundin sind …«, hatte er gesagt.

Sie hatte ihn umarmt.

»Ich würde ja noch weiter runtergehen, aber das Finanzamt legt Einkommen zugrunde, wenn der Zinssatz nicht marktüblich ist.«

Und wenn schon …

Dann, erklärte er, würden sie etwas machen, was man Joint Venture nennt, ein Ausdruck, den Rune noch nie im Leben gehört hatte und bei dem sie kichern musste. Als sie sich wieder gefasst hatte, hatte er ihr gesagt, er würde die Kosten für die Suche nach einem Verleiher übernehmen, und dann würden sie den Gewinn aufteilen. Sie würde achtzig Prozent bekommen und er zwanzig. Ob das für sie so okay sei.

»Mehr als okay. Hey, das hört sich richtig nach Geschäft an. Wie bei richtigen Erwachsenen.«

»Dann sage ich ihnen Bescheid.«

Dann war er ins Haus gegangen und hatte sie an dem langen Strand alleine gelassen, wo sie döste, an Sam Healy dachte, dann an ihren Film, dann wieder döste und versuchte, *nicht* an Sam Healy zu denken.

Sie hörte das Wasser rauschen und die Möwen über sich kreisen und kreischen. Rune schlief zu den Lauten ein.

Eine Stunde später wachte sie beim ersten Brennen auf.

Rune begutachtete ihren Arm.

Oh, Junge …

Ich habe dunkle Haare und einen Zentimeter Sonnencreme auf mir. Ich dürfte auf keinen Fall einen Sonnenbrand dritten Grades bekommen.

Aber sie spürte, wie sich auf ihrem Rücken die Blasen bildeten – ein kriechendes, feucht-kaltes Gefühl.

Benommen richtete sie sich langsam auf und warf sich eine Decke über die Schultern. Sie ging zum Haus.

Vielleicht sollte sie Warren bitten, sie mit einer Sonnenbrandcreme einzureiben, aber sie schätzte, dann würde eins zum anderen führen … Nicht, dass er nicht niedlich war, nicht, dass sie keine Lust gehabt hätte, Healy ein bisschen eifersüchtig zu machen. Aber angesichts Warrens Beteiligung an ihrem Film dachte sie sich, kein Sex wäre das Sinnvollste. Alles streng professionell.

Ihr Rücken schmerzte von einem wilden Brennen, und sie tanzte über den heißen Beton des Innenhofs ins Haus.

Drinnen war Warren, der in seiner Sporttasche kramte.

»Ich hoffe, Sie haben was gegen Sonnenbrand da drin«, sagte sie. »Oder eine Brandsalbe. Ich bin die Krebsfrau.«

»Ich glaube, ich habe etwas, was Sie gleich wieder in Ordnung bringt.«

Sie schaute sich um. »Hatten Sie nicht zwei Taschen dabei?«

»Stimmt«, sagte er sachlich. »Die eine habe ich auf Ihrem Hausboot gelassen.«

»Ach, zu dumm.«

»Nein, das war Absicht.« Er starrte in die Tasche und wühlte weiter.

»Wirklich? Wieso?«

»Um das Bombenkommando auf Trab zu halten.«

Und damit holte er einen roten Anorak aus der Tasche, faltete ihn sorgfältig auseinander und platzierte einen faustgroßen Klumpen Plastiksprengstoff und einen Zünder auf den wackligen Holztisch.

27

Sie kam nicht weiter als bis zur Glastür.

Hathaway wirkte schwabbelig, aber er war drahtiger als ein Kleiderhaken. Er packte sie an den Handgelenken und ließ nicht mehr los; dann zerrte er sie zurück in einen der mit Holz ausgekleideten Räume. Genau wie am Pier. Er war es, der sie verfolgt hatte, er war es, der sie angegriffen hatte!

Er versetzte ihr einen harten Schlag, so dass sie zu Boden flog. Sie konnte sich nicht mit den Händen schützen. Ihr Kopf traf zuerst auf. Einen Moment lang lag sie fassungslos da; der Schmerz breitete sich von ihren Augen durch den Schädel aus. Ihr wurde schlecht.

»Warren ...«

»Gabriel«, sagte Hathaway munter, als hätte er sie gerade von einem Gemeindetreffen abgeholt. Er ging in den Nebenraum, um die Tasche und den Sprengstoff zu holen. »Du kannst mich Gabriel nennen«, sagte er, als er, an seinem Eistee schlürfend, zurückkam.

»Das Schwert Jesu«, flüsterte Rune. »Es gibt also wirklich ein Schwert Jesu.«

»Und wir sind sehr ungehalten darüber, dass die Leute denken, wir seien nur die Erfindung eines mörderischen Psychopathen. Das haben wir dir zu verdanken. Dir und deinem Film.«

»Was wollen Sie? Was haben Sie mit mir vor?«

Hathaway fing an, Werkzeug und Draht und kleine Schachteln aus seiner Tasche zu holen. »Du musst begreifen, dass ich nicht glaube, dass wir die Sünde und das Böse ausrotten können. Es hat immer Huren gegeben, es hat immer die Sünde gegeben. Aber es hat auch immer diejenigen gegeben, die dagegen kämpfen, auch wenn sie das eigene Leben opfern müssen.« Er schaute sie aufmerksam an, und als er sprach, war der vernünftige Tonfall seiner Stimme irgendwie ebenso Furcht erregend, wie es Tommy Savornes Irrsinn gewesen war. »In gewisser Weise mögen wir Reklame. Damit verbreiten wir die Botschaft. Die Menschen müssen sich ihr nur noch öffnen.«

»Sie waren überhaupt kein Zeuge«, sagte Rune. »Die erste Bombe – die haben Sie gelegt.«

»Als ich aus dem Kino gehen wollte, hat mich ein Mann aufgehalten. Er hat mich ›Bruder‹ genannt. Er hatte ein gütiges Gesicht. Ich dachte, ich könnte ihm helfen, ich könnte ihn dazu bringen, zu bereuen und Jesus anzunehmen. Selbst wenn wir beide bei der Explosion gestorben wären, wäre er ins Reich Gottes eingekehrt. Das wäre etwas Wunderbares gewesen. Leider war es ihm keineswegs um die Erlösung zu tun, sondern um zwanzig Dollar für einmal Blasen. Als ich mich abwandte und gehen wollte, ist die Bombe explodiert. Ihm hat sie den größten Teil des Kopfs weggerissen, aber das, was von seinem Körper übrig geblieben war, hat mir das Leben gerettet. Das ist Ironie, schätze ich. Gottes Wege sind seltsam und wunderbar.«

Und die Verletzungen in seinem Gesicht – zum Teil kam es vom Tränengas.

Rune wurde auch bewusst, dass er gelogen hatte, als er behauptet hatte, der Mann in dem roten Anorak sei älter gewesen – um den Verdacht von sich selbst abzulenken. Und den Hut hatte er getragen, um seine Glatze zu verstecken.

»Ich hab dich draußen vor dem Kino gesehen«, fuhr Hathaway fort. »Mit deiner Kamera. Ich dachte, du seist eine dieser Sünderinnen. Ich wollte dich umbringen. Aber dann dachte ich, wir könnten dich möglicherweise benutzen.« Er schaute sich nickend in dem Raum um. »Und ich denke, ich hatte Recht.«

»Was haben Sie mit mir vor?«

»Dich zu einem lebendigen Zeugnis des Willens des Herrn zu machen.«

»Wieso mich? Ich mache diese Filme nicht.«

»Du hast einen Film über eine pornografische Schauspielerin gemacht. Du idealisierst sie ...«

»Nein, tu ich nicht. Ich zeige, was die Branche ihr angetan hat.«

»Sie hat genau das bekommen, was sie verdient hatte. Du solltest Filme über Missionare machen, über die Herrlichkeit Gottes ...«

»Ich zeig Ihnen meinen Film! Da wird nichts Glanzvolles gezeigt!«

Hathaway schaute sie lächelnd an. »Rune, wir alle müssen Opfer bringen. Du solltest stolz auf das sein, was mit dir geschehen wird. Ich vermute, die Zeitungen werden mindestens ein Jahr lang darüber berichten. Du wirst berühmt werden.«

Er setzte sich auf das schmale Bett, breitete die Einzelteile der Bombe aus und überprüfte jedes gewissenhaft.

Sie rutschte näher, bis ihre Füße ein Stück unter dem Bett waren.

»Versuch nicht, dich auf mich zu stürzen.« Er hielt das Teppichmesser in der Hand, an das sie sich von dem ersten Angriff auf dem Pier erinnerte. »Ich kann dir sehr, sehr wehtun. Deshalb trage ich auch einen roten Anorak – manchmal muss ich Menschen wehtun. Manchmal bluten sie.«

Rune ließ sich aufs Bett zurückfallen.

Hathaway sprach in besänftigendem Ton, während er einen weißen Zylinder in die Mitte des Sprengstoffklumpens hineindrückte. »Das sind ungefähr drei Unzen C-3.« Er hob den Kopf. »Normalerweise würde ich nicht so ins Detail gehen, aber da du in diesem Projekt meine Partnerin bist, dachte ich, du würdest gerne wissen, was dir bevorsteht. Er wäre nicht fair, dich glauben zu lassen, du könntest einfach die Drähte rausziehen und auf Hilfe warten.« Er hielt eine Plastikschachtel hoch, in die er den Sprengstoff hineinpresste. »Und das hier ist etwas ganz Raffiniertes. Eine Erschütterungsbox. Sie hat einen flüssigen Quecksilberschalter. Wenn man sie hochhebt und versucht, den Zünder herauszuziehen, dann löst er die Explosion aus. Die Batterie ist innen, deshalb kann man den Strom nicht unterbrechen.« Er führte Drähte zu einer anderen kleinen schwarzen Schachtel mit Uhr. »Der Zeitzünder. Er ist eingestellt und wird elektronisch scharf gemacht. Er hat eine Ruhestromschaltung. Wenn man den Draht löst oder durchschneidet, misst der Zünder einen Spannungsabfall und löst die Bombe aus.« Er lächelte. »Gott hat den Menschen ganz wunderbare Gehirne geschenkt, nicht wahr?«

»Bitte, ich mache alles, was Sie wollen. Wollen Sie, dass ich einen Film über Gott drehe? Das kann ich machen.«

Hathaway musterte sie einen Augenblick lang. »Weißt du, Rune, es gibt Geistliche, die Reue zu jeder Zeit annehmen, gleich, ob der Sünder aus freiem Willen handelt oder ob er, sagen wir, gefoltert wird.« Er schüttelte den Kopf. »Aber ich bin da komisch. Ich brauche etwas mehr Ernsthaftigkeit, als die Situation es zulässt. Um also deine Frage zu beantworten: Nein, ich möchte nicht, dass eine kleine Hure wie du einen Film über Gott dreht.«

»Ach ja?«, sagte Rune. »Und was denken Sie, was Sie sind – ein guter Christ? Schwachsinn. Sie sind ein Mörder. Das sind Sie.«

Hathaway hob den Blick zu ihr, während er nach den Drähten griff. »Fluch, so viel du willst. Der Herr weiß, wer Seine Getreuen sind.«

Er trat zurück. »Das wär's.« Er platzierte das Gebilde aus Drähten und Schachteln auf dem Nachttisch, den er in die

Mitte des Zimmers schob. »Und jetzt will ich dir sagen, was geschehen wird.« Er war stolz. Er warf einen kritischen Blick auf die Decke und die Wände. »Die Explosion wird die meisten der inneren Wände herausreißen – das sind nur Gipsplatten – und den Boden und die Decke ebenfalls. Die Außenwand ist massiv und dürfte nicht einbrechen. Andererseits möchte man ja auch nicht zwischen der Bombe und der Wand festsitzen.«

Hathaway hüpfte auf dem Boden nahe der Bombe. »Holz.« Er schüttelte den Kopf. »Damit hatte ich nicht gerechnet. Die Splitter werden das größte Problem sein. Und Feuer. Aber du musst einfach das Beste hoffen. Allerdings reicht der Sprengstoff völlig aus, um dich umzubringen. Genau genommen, würde ich sagen, hast du eine zwanzigprozentige Chance, sofort getötet zu werden. Also würde ich vorschlagen, du nimmst die Matratzen und Federn und legst sie über dich ...« Er schaute sich um. »In dieser Ecke da. Dann wirst du ins Wohnzimmer geschleudert. Es ist schwer zu sagen, was genau passieren wird, aber ich kann dir garantieren, dass du auf Dauer taub und blind sein wirst. Wenn C-3 explodiert, verbreiten sich giftige Dämpfe. Das heißt, selbst wenn du durch die Explosion nicht blind wirst, dann durch den Rauch. Ich denke, du wirst wahrscheinlich einen Arm oder ein Bein oder eine Hand verlieren. Verbrennungen an der Lunge von den Dämpfen. Das kann man nicht genau wissen. Wie ich schon sagte, werden die Splitter ein Problem. Dadurch sind übrigens die meisten Seeleute in den Seeschlachten des neunzehnten Jahrhunderts gestorben. Splitter, nicht Kanonenkugeln. Hast du das gewusst?«

»Warum tun Sie mir das an? Was ist der Zweck?«

»Damit du allen von uns erzählst. Die Menschen werden uns glauben und uns fürchten. Du wirst von der Wohlfahrt leben, von Gottes Gnade leben. Du kannst natürlich auch sterben. Genau genommen kannst du wählen. Du brauchst sie nur anzuheben.« Er zeigte auf die Schachtel. »Aber ich hoffe, du tust es nicht. Ich hoffe, du erkennst, wie viel Gutes du tun kannst, welche Botschaft du unserer armen, sündhaften Welt hinterlassen kannst.«

»Ich weiß, wer Sie sind. Ich kann ...«

»Du kennst Warren Hathaway, was natürlich nicht mein richtiger Name ist. Und wie willst du mich bei einer Gegenüberstellung herausfinden ohne Augen?« Er lachte und nickte ihr zu. »Du hast dreißig Minuten Zeit. Möge Gott dir vergeben.«

Rune starrte zurück.

Hathaway lächelte und verließ kopfschüttelnd das Zimmer. Sie hörte, wie ein halbes Dutzend Nägel in den Türrahmen geklopft wurden. Dann war Stille. Einen Augenblick darauf klickte der schwarze Kasten, und ein rotes Licht leuchtete auf. Der Zeiger der Uhr setzte sich in Bewegung.

Sie rannte zum Fenster und zog die Hand zurück, um das Glas mit der Handfläche zu durchschlagen.

Auf einmal wurde das Fenster schwarz, und sie stieß ein leises Wimmern aus, als Hathaway begann, das dicke Brett über die Scheibe zu nageln.

»Nein, nein«, weinte sie voller Angst, das Wummern des Hammers könnte die Bombe auslösen.

Zehn Minuten.

Die Segeltuchtasche war an der Lücke der Gangway.

Sam Healy holte tief Luft. Warf einen Blick auf das Bombentransportfahrzeug.

Die längsten drei Meter ...

»Wie geht's, Kumpel?«, fragte der Einsatzleiter durch den Funkkopfhörer.

»Ging noch nie besser«, antwortete Healy.

»Du hast alle Zeit der Welt.«

Atmen. Ein, aus. Ein, aus.

Er beugte sich über die Segeltuchtasche und musterte sorgfältig die obere Seite. Da er sie an den Henkeln nicht gerade halten konnte, würde er sie mit beiden Händen von unten nehmen und hochheben müssen.

Er ging rückwärts auf die Gangway, dann sank er auf ein Knie.

Atmen, atmen, atmen.

Die ruhigsten Hände in der Branche, hatte einst jemand über Healy gesagt. Na, die würde er jetzt auch brauchen. Verfluchte Bewegungsschalter.

Er beugte sich vor.

»Oh, Jesus Christus«, ertönte krachend die Stimme über Funk.

Healy erstarrte, schaute zurück.

Der Einsatzleiter, Rubin und die anderen Männer aus dem Kommando gestikulierten in Richtung Fluss und winkten wie wild. Healy schaute in die Richtung, der ihre Aufmerksamkeit galt. Scheiße! Ein Schnellboot, das dreißig Knoten schaffte, raste nahe am Ufer vorbei und wühlte eine riesige Bugwelle auf. Der Fahrer und seine Passagierin – eine Blondine mit Sonnenbrille – sahen das Bombenkommando und winkten lächelnd zurück.

In zehn Sekunden würde die riesige Bugwelle das Boot erreichen, es zum Schwanken bringen und den Bewegungsschalter auslösen.

»Sam, mach, dass du da wegkommst. Renn einfach.«

Aber Healy starrte wie angewurzelt auf das Kennzeichen des Schnellboots. Die beiden letzten Ziffern waren eine Eins und eine Fünf.

Fünfzehn.

Oh Gott.

»Lauf!«

Aber er wusste, dass es sinnlos gewesen wäre. In einem Splitterschutzanzug kann man nicht rennen. Und außerdem würde in dem Feuersturm aus brennendem Propangas das gesamte Dock verschwinden.

Die Welle war noch sechs Meter entfernt.

Er bückte sich, packte mit beiden Händen die Tasche und machte sich auf den Weg die Gangway abwärts.

Drei Meter bis zum Pier.

Die halbe Gangway geschafft.

Anderthalb Meter.

»Los, Sam!«

Zwei Schritte, und er war auf dem Pier.

Aber er schaffte es nicht.

Als er gerade den Fuß auf das Holz des Piers setzen wollte, traf die Bugwelle das Hausboot. Und sie traf so heftig auf, dass sich die Gangway, als das Boot schwankte, ausklinkte und einen halben Meter tief auf den Pier fiel. Healy verlor das Gleichgewicht und warf sich, die Bombe noch immer in Händen, nach vorn.

»Sam!«

Er drehte sich zur Seite, um seinen Körper zwischen die Tasche und den Propantanker zu bringen, wobei er dachte: Ich bin tot, aber vielleicht kann der Anzug die Splitter aufhalten.

Mit einem dumpfen Knall landete er auf dem Pier. Mit geschlossenen Augen wartete er auf seinen Tod und fragte sich, wie viel Schmerz er spüren würde.

Erst einen Augenblick später wurde ihm bewusst, dass gar nichts passiert war. Und es dauerte noch einen Augenblick, bis ihm bewusst wurde, dass er ganz undeutlich Musik hörte.

Er richtete sich auf, schaute zu den Sandsäcken, hinter denen wie erstarrt das Kommando stand.

Healy zog die Reißverschlüsse der Tasche auf und schaute hinein. Der Bewegungsschalter hatte den Stromkreis geschlossen. Was er allerdings ausgelöst hatte, war nicht der Zünder, sondern offensichtlich ein kleines Radio. Er zog den Helm von dem Schutzanzug aus.

»Sam, was machst du da?«

Er beachtete sie nicht.

Ja, es war eindeutig Musik. Irgendeine Art Unterhaltungsmelodie. Zu keiner Regung fähig, starrte er auf das Radio und fühlte sich unendlich schwach. Noch mehr Krachen. Dann konnte er den Discjockey hören. »Hier ist WJES, Ihre Heimstatt für die süßesten Klänge christlicher Musik …«

Er blickte auf den Sprengstoff. Zog den Handschuh aus und bohrte mit dem Fingernagel hinein. Roch daran. Diesen Geruch hätte er überall erkannt – allerdings nicht aufgrund seines Entschärfungstrainings. Von Adam. Der Sprengstoff bestand aus Knetmasse.

Rune vergeudete keine Zeit mit dem Versuch, durch die Wand zu brechen. Sie sank auf die Knie und zog hervor, was sie unter dem Bett gesehen hatte, als er sie zum ersten Mal in das Zimmer gezerrt hatte.

Ein Telefon.

Als Hathaway sie auf dem Bett nach vorn hatte rutschen sehen, da hatte sie das nicht getan, um sich auf ihn zu stürzen. Sie hatte es getan, weil sie ein altes schwarzes Telefon mit Wählscheibe auf dem Fußboden entdeckt hatte. Mit dem Fuß hatte sie es tiefer in die Schatten unter dem Bett geschoben.

Jetzt zog sie es hervor und nahm den Hörer ab. Stille.

Nein!

Es funktionierte nicht. Dann folgte ihr Blick der Schnur. Hathaway, oder wer auch immer, hatte die Leitung aus der Wand gerissen.

Sie sank zu Boden und kaute mit den Zähnen die Isolation ab, worauf darunter vier kleine Drähte zum Vorschein kamen: weiß, gelb, blau, grün.

Fünf Minuten lang entblätterte sie die vier winzigen Drähte bis auf ihren dünnen Kupferkern. An der Wand befand sich eine Telefonanschlussbox mit vier Löchern. Rune begann, die

Drähte in unterschiedlicher Folge in die Löcher zu stecken. Zusammengekauert, den Hörer unter dem Kinn, lag sie auf dem Fußboden.

Endlich, bei der letztmöglichen Kombination, erhielt sie ein Freizeichen.

Der Zeitzünder an der Bombe zeigte zwölf Minuten an.

Sie wählte die 911.

Und was zum Teufel sollte das nutzen? Hatten die überhaupt eine Feuerwehr auf Fire Island? Und wie sollte sie ihnen auch nur erklären, wo sie war?

Scheiße!

Sie drückte auf die Gabel und wählte Healys Nummer.

Keine Antwort. Sie wollte den Hörer schon auf die Gabel knallen, dann fasste sie sich wieder und drückte erneut – ihr war, als hätte sie nur noch ein paar wenige Wähltöne übrig, und die wollte sie nicht vergeuden. Diesmal rief sie die Vermittlung an und teilte ihr mit gehetzter Stimme mit, es handle sich um einen Notfall, und verlangte das 6. Revier in Manhattan. Sie war verblüfft. Innerhalb von fünf Sekunden wurde sie verbunden.

»Das ist ein Notfall. Ich muss mit Sam Healy sprechen, Bombenkommando.«

Rauschen, jemand in der Nähe des Mikrofons erzählte einen polnischen Witz, wieder Rauschen.

»Stell's durch«, hörte Rune. Mehr Rauschen. Die Pointe.

Rauschen.

Oh, bitte …

Dann Healys Stimme.

»Zentrale an Zwei-fünf-fünf«, sagte der Mann an der Vermittlung. »Ich habe einen Anruf auf Festnetz für Sie. Sie sagt, es sei ein Notfall. Sind Sie empfangsbereit?«

»Ich bin im Einsatz. Wer ist es, was will sie?«

»Sam!«, rief sie.

Aber er hörte sie nicht.

28

»Sagen Sie ihm, Rune«, schrie sie den Operator an. »Na los!«

Kurz darauf wurde die Verbindung besser, wenngleich es immer noch stark rauschte.

»Sam.« Sie weinte. »Er hat mich in ein Zimmer gesperrt, mit einer Bombe. Der Schwert-Jesu-Bomber.«

»Wo bist du?«

»In einem Haus auf Fire Island. Fair Harbor, glaub ich. Er hat eine Bombe aufgestellt.«

Sieben Minuten.

»Wo ist der Typ, der sie aufgestellt hat?«

»Weg. Es ist dieser Warren Hathaway ... der Zeuge beim ersten Anschlag. Er fährt auf der Fähre nach Bay Shore zurück.«

»Okay, ich schicke einen Hubschrauber los. Beschreib das Haus.« Sie beschrieb es. Healy unterbrach das Gespräch für grauenvolle zwanzig Sekunden.

»Okay, womit haben wir's zu tun?«

»Eine große Hand voll von – was? – C-3. Da ist ein Zeitzünder. Er ist auf ungefähr sechs Minuten bis Zündung eingestellt.«

»Herrje, Rune, mach, dass du rauskommst, verflucht ...«

»Er hat mich eingenagelt.«

Eine kurze Pause. Seufzte er? Als er sprach, war seine Stimme beruhigend wie Valium. »Okay, das schaffen wir schon. Hör zu. Okay?«

»Was soll ich machen?«

»Erzähl mir davon.« Rune berichtete ihm, was Hathaway über die Bombe gesagt hatte. Er schien einen Pfiff auszustoßen, als sie es erklärte, aber vielleicht war es auch nur Rauschen gewesen.

Fünf Minuten.

»Wie groß ist das Zimmer?«

»Vielleicht vier mal fünf Meter.«

Pause.

»Also gut, Folgendes: Wenn du so weit wie möglich weggehst und deckst dich mit Matratzen oder Kissen zu, überlebst du wahrscheinlich.«

»Aber er hat gesagt, ich würde taub und blind werden.«

Stille.

»Ja«, sagte er. »Kann sein.«

Vier Minuten, zwanzig Sekunden.

»Es ist so, wenn du versuchst, sie zu entschärfen, und sie hochgeht, dann bringt sie dich um.«

»Sam, ich tu's. Wie? Sag mir, wie.«

Er zögerte. »Zieh nicht den Zünder aus dem Sprengstoff«, sagte er schließlich. »Da ist ein Druckschalter drin. Du musst die Ruhestromschaltung überbrücken und die Leitung zur Batterie durchschneiden. Du brauchst genug Strom, um das Galvanometer zu überlisten, damit es denkt, die Leitung sei nicht durchgeschnitten.«

»Ich weiß nicht, was das heißt!«

»Hör genau zu. Schau dir die Bombe an. Da muss ein kleiner Kasten neben der Batterie sein.«

»Ein grauer. Ich seh ihn.«

»Mit zwei Metallstäben drin?«

»Genau.«

»Du musst ein Stück Draht mit sehr geringem Kaliber …«

»Was heißt Kaliber?« Sie weinte.

»Entschuldige … ich meine, er muss richtig dünn sein. Führe ein Stück von dem einen Kontakt an dem Kasten zum Hauptanschluss, der die Batterie mit dem Kabel verbindet. Siehst du, was ich meine?«

»Ja.«

»Dann schneidest du die Drähte zu der Zeituhr durch.«

Drei Minuten dreißig.

»Okay«, sagte sie.

»Such dir ein Stück Leitung, reiß die Isolation ab, und schlinge einen Draht – nur einen, nicht alle – mit einem Ende um den Kontakt an dem grauen Kasten und dann mit dem anderen um den Kontakt an der Zeituhr. Dann schneidest du die anderen Drähte an der Zeituhr durch.«

»Okay, ich tu's.« Sie starrte die Plastikbestandteile an. Stellte es sich vor.

»Denk dran«, sagte Healy. »Den Bewegungsschalter kannst du nicht überbrücken. Also beweg nicht die Bombe selbst.«

»Die heißen USVs, Sam«, sagte sie durch ihre Tränen hindurch. »Nicht Bomben.«

»Der Hubschrauber ist unterwegs. An der Fähre in Bay Shore wird die County Police warten. Und wir schicken eine Streife nach Fair Harbor raus.«

»Oh, Sam. Soll ich mich nicht einfach unter der Matratze verstecken?«

Er schwieg. Das Rauschen erhob sich wie ein Sturm zwischen ihnen. »›Glaub an das, was es nicht gibt, so als wäre es da, bis es wahr wird‹«, sagte er dann.

Zwei Minuten.

»Bis bald, Sam.« Rune riss die Leitung aus dem Telefon. Dann riss sie mit den Zähnen von einer – der weißen – die Isolierung herunter und schlang einen Draht um die beiden Kontakte, so wie Healy es ihr gesagt hatte.

Neunzig Sekunden.

Jetzt die Batteriedrähte durchschneiden. Sie beugte sich über die Bombe, roch den öligen Duft des Sprengstoffs nur wenige Zentimeter vor ihrem Gesicht und nahm einen der schwarzen Drähte zwischen die Zähne. Sie fing an zu kauen. Tränen fielen auf das Plastik.

Er war dicker, als sie gedacht hatte.

Fünfzig Sekunden.

Ein Zahn brach ab, und sie zuckte vor Schmerz und Schreck zusammen. Zischend sog sie den Atem ein.

Vierzig.

Dreißig …

Der Draht brach durch.

Keine Zeit für den anderen. Hatte er gesagt, schneid beide durch? Sie glaubte, ja. Scheiße. Sie wich von der Bombe zurück, zog die Matratze und den Rost vom Bett und legte sich in der Ecke auf den Boden, wie Hathaway es ihr gesagt hatte. Blind und taub …

Dreißig, neunundzwanzig, achtundzwanzig, siebenundzwanzig …

Sie betete – zu einem Gott, der, wie sie hoffte, ganz anders war als der, den die vom Schwert Jesu als den ihren beanspruchten.

Vierzehn, dreizehn, zwölf, elf …

Rune drückte den Kopf auf die Brust.

Warren Hathaway war stolz auf seine Genauigkeit. Wenn er keine Bomben baute, war er in der Tat Buchprüfer – wenn auch kein vereidigter –, und er genoss den sinnlichen Akt des Eintragens von Zahlen auf das blassgrüne Papier mit einem Füllhalter oder einem Marker mit feiner Spitze – einer, die keine Eindrücke auf dem Blatt hinterließ. Er genoss die Genauigkeit und Exaktheit.

Und er genoss es, große Explosionen zu sehen.

Als daher die Fenster des Strandhauses sich nicht in einem Sturm von Scherben auflösten und die sandige Erde unter dem riesigen Knall der Bombe nicht erbebte, zog sich vor Entsetzen sein Magen zusammen. Er stieß keinen Fluch aus – nicht einmal der Gedanke wäre ihm je in den Sinn gekommen. Stattdessen griff er zu dem Hammer und ging die hundert Meter zurück zum Haus.

Die Prüfungen Hiobs …

Er wusste, dass er die Anlage richtig eingestellt hatte. Es gab keinen Zweifel daran, dass er sich mit seinem Gerät auskannte. Der Zünder steckte genau in der richtigen Schicht Plastik. Das C-3 war in gutem Zustand. Die Batterie war geladen.

Die kleine Hure hatte sein Werk zunichte gemacht.

Er betrat das Haus und ließ den Hammer auf die Holzbohlen knallen, die die Tür versperrten. Er zielte in die Nähe der Nägel, um ihre Köpfe zu lockern und sie dann mit der Klaue zu fassen. Mit einem lauten Krachen wie aus dem Gespensterhaus begannen die Nägel herauszukommen.

Beim ersten Nagel: Er hörte die Stimme des Mädchens, das voller Schrecken fragte, wer da sei.

Der zweite Nagel: Sie schrie um Hilfe. Wie dumm und verzweifelt sie doch manchmal waren. Frauen. Verhurte Frauen.

Der dritte Nagel: Stille.

Er hielt inne. Horchte. Er hörte nichts.

Hathaway zog die restlichen Nägel heraus. Die Tür ging auf.

Rune stand in dem Zimmer vor dem Tisch und blickte ihn herausfordernd an. Die Haare klebten ihr vor Schweiß im Gesicht, die Augen blinzelten. Sie fuhr sich mit dem Handrücken über den Mund und schluckte. In der anderen Hand hielt sie ein Bein, das sie von einem Tisch oder Stuhl abgebrochen hatte.

Er lachte darüber, dann blickte er stirnrunzelnd an ihr vorbei nach der Bombe. Er musterte sie mit professioneller Neugier. Sie hatte die Ruhestromschaltung überbrückt.

Er machte ein finsteres Gesicht. »Hast du das gemacht? Woher hast du gewusst, wie …«

Sie hob die Keule.

»Du Hure«, sagte Hathaway. »Denkst du, damit kannst du mich aufhalten?«

Er machte einen Schritt auf sie zu. Er kam nur wenige Zentimeter weit, bevor er über die straffen Drähte der Telefonleitung stolperte, die Rune vor die Türschwelle gespannt hatte.

Hathaway stürzte schwer. Er fing sich ab, aber sein Handgelenk brach mit einem lauten Krachen, als es auf der Erde aufkam. Er stieß einen Schmerzensschrei aus und rappelte sich auf. Rune ließ die Keule auf seine Schulter sausen, als sie an ihm vorbei durch die Tür rannte. Sie traf ihn, und er fiel mit einem Schrei nach vorn auf seine verletzte Hand.

Hathaway versuchte, auf ein Knie gestützt und einen Fuß gegen den Boden gestemmt, erneut aufzustehen, während er die gesunde Hand in die Tasche steckte, um das Teppichmesser herauszuholen. Er starrte sie an, als sei sie der zur Erde aufgestiegene Teufel. Er kam auf die Füße.

Rune wartete einen kurzen Moment, dann schleuderte sie das Tischbein an Hathaway vorbei.

Danach war alles nur noch unscharf.

Runes Abtauchen, als sie sich gegen die Fußleiste im Wohnzimmer zu Boden warf.

Hathaways verzweifelter, entsetzter Versuch, das Tischbein abzufangen, bevor es das beabsichtigte Ziel traf.

Dann – als es ihm nicht gelang – der gleißende Blitz und der Feuerball, als das Bein die Bombe traf und der Bewegungsschalter das C-3 zündete.

Dann verschwamm die ganze Welt. Sand, Splitter, Bruchstücke der Wand, Rauch, Metall – alles wirbelte in einem einzigen Zyklon umeinander.

Mit den Wänden hatte Hathaway Recht gehabt. Die äußere hielt stand; die Innenwände jedoch brachen und pfiffen um Rune herum wie Trümmer in einem Hurrikan. Der Fußboden senkte sich um fünfzehn Zentimeter. Es gab kein Feuer, aber der Rauch war so beißend, wie er es vorausgesagt hatte. Sie lag zu einem Ball gerollt da, bis ihre Kehle sich zusammenzog und das Husten zu heftig wurde, dann stand sie auf – ohne ins Schlafzimmer zu sehen – und stolperte nach draußen.

Taub, mit tränenden Augen, fiel sie auf die Knie und kroch,

die bitteren chemischen Dämpfe aushustend und -spuckend, langsam zum Strand.

Fire Island war an Wochenenden ausgestorben; sogar der Knall hatte niemanden angelockt. Der Strand war völlig menschenleer.

Rune ließ sich in den Sand fallen und drehte sich auf den Rücken, in der Hoffnung, die Brandung käme allmählich bis an ihre Füße. Der Drang danach wurde immer stärker, ohne dass sie wusste, wieso sie sich so sehr nach der Berührung des Wassers sehnte. Vielleicht war es eine Art Urtherapie; vielleicht brauchte sie das Gefühl der Bewegung von etwas scheinbar Lebendigem.

Beim ersten Gestreiftwerden von kaltem Wasser schlug Rune die Augen auf und suchte den Horizont ab.

Ein Hubschrauber!

Sie sah ihn niedrig anfliegen, dann noch einen.

Dann noch ein Dutzend! Alle kamen direkt auf sie zu, eilten zu einer Rettung aus höchster Not herbei. Dann lachte sie, ein tiefes Lachen, das sie nicht hören konnte, das jedoch in ihrem ganzen Leib widerhallte, während die Hubschrauber sich wie durch ein Wunder in fette Möwen verwandelten, die ihr nicht die geringste Aufmerksamkeit schenkten, während sie zu ihrer unbeholfenen Landung auf dem festen Sand ansetzten.

29

Die nächsten beiden Wochen verbrachte Rune allein. So und nicht anders wollte sie es. Ein paarmal traf sie sich mit Sam Healy, hielt es jedoch für das Beste, alles ein bisschen im Unverbindlichen zu belassen.

Und im Professionellen. Die Sache hatte Folgen gehabt.

Rune hatte der Polizei berichtet, sie hätte Hathaway am Telefon gehört, kurz bevor er sie in dem Schlafzimmer eingesperrt hatte. Vielleicht hatte er ja mit den anderen Mitgliedern vom Schwert Jesu gesprochen. Die New York State Police verfolgte den Anruf zurück und stellte eigene Ermittlungen an. Drei Tage nachdem Gabriel in Stücke gesprengt worden war, wurden drei leitende Mitglieder des Schwertes Jesu verhaftet.

Und dann war da noch Arthur Tucker. Als Rune von Fire Island auf ihr Hausboot zurückkam, sah sie, dass eingebrochen worden war. Zuerst hatte sie geglaubt, es fehle nichts, bis sie feststellte, dass das Manuskript, das sie aus Arthur Tuckers Büro geklaut hatte, nicht mehr da war.

Sie rief ihn an, drohte ihm, die Polizei zu rufen und zu melden, dass er die Stücke der Toten gestohlen hatte. »Nur zu. Da sind Ihre Fingerabdrücke drauf, und in den Polizeiakten gibt es schon einen Bericht über einen Einbruch vor einer Woche – gleich nachdem Sie mich interviewt hatten. Und ich bin auch nicht sehr erfreut darüber, dass Sie der halben Welt erzählt haben, ich stünde in dem Fall unter Verdacht. Das ist Verleumdung.«

Ihr Kompromiss lief darauf hinaus, dass sie beide keine Anzeige erstatten würden, und wenn er mit den Stücken etwas verdiente, würde er ein Viertel davon der New York Aids Coalition spenden.

Dann passierte etwas Merkwürdiges.

Larry – der Larry, der die Hälfte von L&R bildete – war an der Tür ihres Hausboots erschienen.

»Kein Scheißtelefon. Was soll das?«

»Larry, für diese Woche hab ich mein Fett weg.«

»Das ist 'n Scheißhausboot.«

»Willst du was trinken?«

»Kann nicht bleiben. Bin nur vorbeigekommen, um dir zu erzählen, dass das 'n Arsch ist, Mr. House O' Leather, aber wem sag ich das?«

»Ihr habt trotzdem wegen mir das Honorar verloren, Larry. Du kannst mir meinen Job nicht zurückgeben.«

Er schnaubte ein australisches Lachen aus. »Also, Liebes, das wirst du auch nie erleben. Aber Tatsache ist, dass mich so ein Typ angerufen hat, der kennt so 'n paar Leute bei PBS, und es scheint, als wollten die 'ne Serie über neue Dokumentarfilmemacher bringen …«

»Larry!«

»Schon gut, ich hab dich empfohlen. Und sie haben 'n Budget. Nicht viel. Zehntausend pro Film. Aber wenn du ihn damit nicht fertig kriegst, dann kannst du als Filmemacherin einpacken.«

Er schrieb den Namen auf. Sie schlang die Arme um ihn, so weit es ging, und drückte ihn fest. »Ich liebe dich.«

»Wenn du's verpatzt, kenn ich dich nicht mehr. Ach, und sag Bob nichts davon. Es ist nämlich so, der hat da so 'ne kleine Puppe, und auf der steht dein Name, und jeden Abend sticht er mit Nadeln da rein …«

»Das ist doch reiner Stuss, Larry.«

Fünf Minuten nachdem er gegangen war, hing Rune am Telefon. Der Verleiher war ziemlich distanziert gewesen und hatte, ganz unverbindlich, gesagt, sie solle einen Antrag einreichen, dann würden sie über eine Finanzierung entscheiden.

»Antrag? Ich hab den Rohschnitt im Kasten.«

»Tatsächlich?« Er hörte sich beeindruckter an, als jemand beim Film es zeigen durfte. »Alle anderen haben nur diese eine Seite langen Treatments.«

Als sie zwei Tage darauf anrief, teilte er ihr mit, dass sie *Nachruf auf einen Pornostar* an PBS verkauft hatten. Es war für September angesetzt, im Rahmen eines Programms über junge Filmemacher. Ein Scheck für die ganze Postproduction würde ihr in Kürze zugeschickt werden.

Sam Healy tauchte wieder auf und verbrachte nach und nach

immer mehr Nächte auf dem Hausboot. Eine Zeit lang beklagte er sich über das Schaukeln, allerdings hauptsächlich der Form halber; Rune dachte, irgendetwas in ihm sei der Ansicht, es sei besser, wenn die Frau bei ihm einziehe als umgekehrt.

Cheryl traf er auch ein paarmal. Er erzählte Rune davon – *Ehrlichkeit, diese gottverdammte Ehrlichkeit* –, aber es hatte den Anschein, als dienten ihre Treffen dazu, die lästigen Einzelheiten zu besprechen, die Leute, die kurz vor der Scheidung stehen, zu klären haben. Ungeachtet dessen hatte die liebe Cheryl die Papiere noch nicht eingereicht, und ein- oder zweimal, als Rune bei ihm übernachtete, empfing er noch spät Anrufe, die dreißig, vierzig Minuten lang dauerten. Sie konnte nicht hören, was er sagte, hatte aber das Gefühl, es sei nicht die Polizeizentrale, mit der er sprach.

Adam kam zu dem Schluss, dass er Rune sehr lieb hatte, und fragte sie um Rat, welche Rockbands gerade in waren und wo man schicke Secondhand-Klamotten bekommen konnte. (»Schon gut, Sam. Du willst doch nicht, dass er ein Langweiler wird, oder?«) Sie waren zusammen zu einem Spiel der Mets gegangen, nachdem Healy Karten gekauft hatte, aber wegen eines Reiseweckers, der in einem Koffer im Schließfach bei der Hafenbehörde vor sich hin tickte, es nicht geschafft. Rune und Adam hatten einen Heidenspaß gehabt; als jemand versucht hatte, sie anzumachen, indem er sagte, was für einen hübschen Bruder sie hätte, hatte Adam gesagt: »Reden Sie nicht so über meine Mama.«

Über die Reaktion des Burschen hatten sie sich einen Großteil des Heimwegs halb totgelacht.

Heute war Sonntag, und Sam Healy war über Nacht geblieben. Er verfolgte ein Spiel im Fernsehen, während Rune die *Times* durchblätterte, um den Mut dafür zu sammeln, tatsächlich das Frühstück zu machen; sie fragte sich, wie riskant es wohl wäre, Waffeln zu backen. Ein Artikel fiel ihr auf. Sie las ihn und saß plötzlich kerzengerade.

Healy schaute sie an.

Sie zeigte auf den Artikel. »Der Typ, den sie in dem Kofferraum auf La Guardia vor ein paar Tagen gefunden haben.«

»Den aus der Familie?«

»Genau.«

»Was ist mit dem?«, fragte Healy.

»Der Leichenbeschauer hat gesagt, die Autopsie hätte ergeben, dass er schon seit einer Woche tot war.«

Healy wandte sich wieder dem Spiel zu. »Die Yankees liegen sieben zurück, und du machst dir Sorgen um einen toten Killer.«

»Der Assistent des Leichenbeschauers, der die Autopsie vorgenommen hat – sein Name ist Andy Llewellyn.«

Aber Healy verwendete seine ganze Aufmerksamkeit darauf, den Jungs aus der Bronx zu helfen, dieses achte Inning noch zu retten.

»Ich muss noch ein paar Sachen erledigen«, sagte Rune. »Bist du noch da, wenn ich wiederkomme?«

Er gab ihr einen Kuss. »Sie können's schaffen.«

Sie schaute ihn an.

»Die Yankees«, sagte er.

»Ich drück die Daumen«, antwortete Rune ernst.

Rune machte sich auf einen langen Spaziergang und landete – zur eigenen Verwunderung – am Times Square. Sie betrat das alte Nathan's Famous und bestellte eine Cola und eine Portion knuspriger Pommes, die sie mit Sauerkraut und Ketchup und Senf zudeckte und so gut es ging mit dem kleinen roten Spieß aufaß, den man statt einer Gabel bekam.

Sie war noch nicht ganz fertig, als sie plötzlich aufsprang, um nach draußen an ein Münztelefon zu gehen. Sie führte zwei Ferngespräche, und innerhalb von fünf Minuten saß sie in einem Taxi zurück zu ihrem Hausboot und fragte sich, ob Sam ihr wohl das Geld für ein Flugticket leihen würde.

Unter der 727 traf die Scheibe des Lake Michigan – so sehr viel blauer als der Hafen von New York – irgendwo bei Wilmette auf den North Shore. Die fragile Gitterkuppel des Baha'i-Tempels überragte knapp das dunkelgrüne Dach der spätsommerlichen Bäume.

Rune, die durch den Sucher ihrer kleinen Videokamera blickte, verlor den Tempel aus den Augen, als das Flugzeug zur Landung ansetzte. Sie ließ den Auslöser los. Die Räder fuhren unter quietschendem Protest gegen den Sog aus, Glöckchen ertönten, und Lichter leuchteten auf, und fünf Minuten später befanden sie sich auf festem Boden auf O'Hare. Mit dem Aufheulen der Bremstriebwerke lösten sich die beim Landeanflug üblichen Gedanken an Sterblichkeit in Luft auf.

»Willkommen in Chicago«, sagte der Steward.

Ich weiß ja nicht, dachte Rune und öffnete ihren Sitzgurt.

»Die Stadt ist flach ... nicht wie New York, wo sich die gesamte Energie auf einer Felseninsel zusammenballt. Sie wuchert, sie breitet sich aus, sie ist schwach, sie ist ...« Runes Stimme erstarb; der Minirecorder blieb stehen.

»Unbändig?«, schlug der Taxifahrer vor.

»Unbändig?« *Klick*. Sie schaltete den Recorder aus.

Rune betrachtete seinen Kopf, der oben kahl wurde, an dessen Seite die Haare aber nach hinten gezogen und zu einem langen Pferdeschwanz gebunden waren. Im Rückspiegel sah sie, dass er einen dämonischen Spitzbart hatte.

»Ausufernd?«, versuchte er.

Klick.

»... Sie ist schwach und ausufernd ... Große Flächen Landes breiten sich zwischen Buchten aus ...«

»Wie wär's mit *erstrecken sich*«, meinte der Fahrer. »*Ausbreiten* haben Sie schon mal benutzt.«

»Wirklich?« Der Gang ihrer poetischen Gedanken brach ab. Rune ließ den Recorder in ihre Tasche fallen.

»Was sind Sie, Schriftstellerin?«, fragte er.

»Ich bin Filmemacherin«, sagte sie. Was nicht ganz stimmte, dachte sie sich, wenn man, um etwas zu sein, ein geregeltes Einkommen damit verdienen musste. Andererseits hatte *Filmemacherin* sehr viel mehr Klasse als *Aushilfskellnerin in einem Bagel-Restaurant auf der Sixth Avenue*, ein Job, den sie gerade angenommen hatte.

Egal, wer würde das schon nachprüfen?

Der Fahrer – eigentlich ein Teilzeitstudent, Teilzeitfahrer – liebte Filme und war, als das Taxi über die Lawrence Avenue fuhr, zu der Überzeugung gekommen, dass Rune einen Film über Chicago drehen müsste.

Er schaltete das Taxameter ab und machte in der nächsten halben Stunde eine Stadtrundfahrt mit ihr.

»Chicago bedeutet ›Wilde Zwiebel‹«, sagte er. »Das wäre doch ein guter Einstieg für den Film.«

Er erzählte ihr von Captain Streeter, den Haymarket-Aufständen, Colonel McCormick, William Wrigley, Carl Sandburg, Sullivan and Adler, den Sox und den Cubs, der Schiffskatastrophe von Eastland, dem Water Tower, der hässlichen Picasso-Äffin, von Schnee und Wind und Luftfeuchtigkeit, von Saul Bellow und polnischem, deutschem und schwedischem Essen.

»Kielbasa«, sagte er mit Bewunderung in der Stimme.

Er sprach viel von dem Großen Feuer und zeigte ihr, wo es ausgebrochen war, im Westen, am Fluss, und wo es geendet hatte, oben im Norden.

»Hey, das wär doch toll.« Er schaute sich zu ihr um. »Ein Film über Stadtkatastrophen. San Francisco, Dresden, Nagasaki …«

Sie kamen zu ihrem Hotel. Rune bedankte sich und beschloss, obwohl sie seine Ideen durchaus zu schätzen wusste, dass sie diesen Film nie drehen würde. Sie hatte genug Verheerungen erlebt.

Sie tauschten ihre Namen und Telefonnummern aus. Er wollte kein Trinkgeld annehmen, aber sie versprach, ihn als Hintergrundmaterial zu atmosphärischen Zwecken einzusetzen, falls sie je welches brauchen sollte.

Rune checkte in dem kleinen Hotel gleich am Lincoln Park ein. Von ihrem Zimmer aus konnte man über den See sehen, und sie blieb eine Weile am Fenster sitzen.

Das Bad war phantastisch – genug Handtücher, um jeden einzelnen Körperteil mit einem anderen abzutrocknen. Genug Spiegel, dass sie in ihrem Kreuz ein Muttermal entdeckte, von dem sie überhaupt nichts gewusst hatte. Rune verbrauchte das winzige Stückchen Duftseife, um sich das Gesicht zu waschen, danach die kleinen Fläschchen mit Shampoo und Conditioner. Das war echter Luxus; zu Hause benutzte sie ein altes Stück Ivoryseife für alles, Geschirr eingeschlossen. Sie klaute die kostenlose Duschhaube. Nach der Dusche zog Rune ihr einziges Kleid an – ein blaues Seidenteil, das ihre Mutter ihr vor vier Jahren geschickt hatte (aber da sie es erst dreimal getragen hatte, dachte sie sich, es würde als neu durchgehen).

Sie betrachtete sich in dem deckenhohen Spiegel.

Ich, in einem Kleid, in einem Hotel mit Blick auf einen wunderschönen See mit rauschenden, blaugrünen Wellen in einer Stadt, die abgebrannt und aus der Asche auferstanden ist …

Dann wandte sie sich der Tischlampe zu und holte ihr Make-up hervor. Sie fing an, etwas zu tun, was sie seit fast einem Jahr nicht mehr getan hatte – sie legte Nagellack auf. Ein dunkles Rot. Sie war sich nicht ganz sicher, wieso sie diesen Ton ausgesucht hatte, aber er wirkte elegant, kultiviert – eine Farbe, die man für einen Theaterbesuch wählen würde.

»Und dort drüben hat John Dillinger den Löffel abgegeben«, erzählte ihr ein junger Mann mit sandfarbenen Haaren und breitem Unterkiefer. Sie aß gerade einen Hamburger in einer halb leeren Folkkneipe. Er hatte sich über den Tresen gebeugt und zeigte auf das alte Biograf-Filmtheater gegenüber auf der Straße.

»Er ist von 'ner Frau in 'nem roten Kleid verraten worden«, sagte der Mann und legte einen Hauch Flirt in seine Stimme.

Rune schreckte den Typen jedoch ab, indem sie ihn mit leuchtenden Augen fragte, ob man die Blutflecken noch sehen könne.

Das Haymarket Theater befand sich in einem kleinen, einstöckigen viktorianischen Bau auf der Lincoln Avenue, gleich nördlich von Fullerton, von dem Biograf-Kino etwas weiter die Straße hinauf. Sie kaufte ihre Eintrittskarte am Kartenhäuschen und betrat den kleinen Zuschauerraum. Sie suchte ihren Platz und blätterte im Programmheft. Eine Minute nach acht gingen die Lichter aus, und der Vorhang hob sich.

Rune war sich nicht sicher, was sie von dem Stück halten sollte. So sehr sie auch Filme liebte, aus Theaterstücken machte sie sich im Allgemeinen wenig. Gerade wenn man anfing, sich an die gemalten Kulissen und die komische Art, in der alle sprachen und sich bewegten, zu gewöhnen, waren die zwei Stunden um, und man musste wieder in die Wirklichkeit zurückfinden. Das konnte ziemlich nerven.

Aber es war überhaupt nicht schlimm. Wenigstens hatte es, im Unterschied zu vielen modernen Stücken, eine Handlung, der man folgen konnte. Es ging um eine junge Frau – gespielt von einer hübschen braunhaarigen Schauspielerin namens Rebecca Hanson –, die ihr Liebesleben der Familie wegen immer wieder aufschob. Das Hauptereignis in dem Stück war ihr Entschluss, mit zweiunddreißig ihr Zuhause zu verlassen.

Einiges war ziemlich gescheit, wie etwa die Szene, in der ein Schauspieler mit einem anderen sprach, der in einer Rückblende urplötzlich zu einer anderen Person wurde. Es gab lustige Passagen, dann traurige und dann wieder lustige. Rune weinte, als die Schauspielerin ihren Kleinstadtfreund verließ, um nach Europa aufzubrechen.

Den Zuschauern gefiel das Stück sehr, und etwa die Hälfte

spendete dem Star stehend Applaus. Das Stück war lang; als der letzte Vorhang gefallen war, war es Viertel vor elf. Die Zuschauer gingen alle, kurz nachdem die Lichter angegangen waren, bis auf Rune.

Sie wartete, bis die Schauspieler und Schauspielerinnen verschwunden waren, dann spazierte sie hinter die Bühne.

Niemand hielt sie auf.

Rebecca Hansons Garderobe lag am Ende des Flurs.

Rune blieb davor stehen, sammelte sich und klopfte.

»Ja?«

Rune öffnete die Tür.

Shelly Lowe wischte sich die Abschminksalbe aus dem Gesicht und schenkte Rune ein Lächeln. Es war ziemlich offen, fand Rune.

»Ich dachte mir schon, dass ich Sie im Publikum gesehen hätte«, sagte Shelly. »Nun, ich schätze, es ist Zeit für ein kleines Gespräch.«

30

Die beiden Frauen gingen, vorbei an geschlossenen Läden und meist leeren Kneipen, die Lincoln Avenue entlang bis zu der breiten Kreuzung Halsted und Fullerton, dann wandten sie sich nach Osten.

Vor ihnen versanken die Lichter der Straße und der Häuser in einer schwarzen Fläche. Rune fragte sich, ob diese Leere der See war oder der Park oder der Himmel.

Sie musterte Shelly, die Bluejeans, eine Seidenbluse und Turnschuhe trug.

»Sie sehen nicht mehr ganz so aus wie früher. Aber ähnlich.«

»Eine kleine Schönheitsoperation. Augen und Nase. Die wollte ich schon immer aufpolstern lassen.«

»Arthur Tucker hat's die ganze Zeit gewusst, stimmt's?«, fragte Rune.

»Es war gewissermaßen seine Idee. Vor ungefähr einem halben Jahr hat er von meiner Filmkarriere erfahren – natürlich habe ich auch nicht direkt ein Geheimnis daraus gemacht. Wir hatten einen furchtbaren Streit.«

»Ich hab ihn kennen gelernt. Er mag Pornografie nicht besonders.«

»Nein, aber es lag nicht an der Moral. Er fand, die Filme zu drehen würde mich – wie heißt das? – herabwürdigen. So waren seine Worte. Dass es mich daran hindere, groß zu werden. Dass es mich schöpferisch abstumpfen würde. Wie Trinken oder Drogen. Ich habe darüber nachgedacht. Er hatte Recht. Ich habe ihm allerdings gesagt, ich könnte es mir nicht leisten, so einfach aus dem Stand auszusteigen. Ich sei es nicht gewöhnt, arm zu sein. Ich habe gesagt, ich müsste verrückt sein, wenn ich aufgeben würde, was ich mache. Verrückt oder tot.«

»Und er hat gesagt, ›Na, dann stirb‹. Na ja, ich habe darüber nachgedacht, so zu verschwinden wie Gauguin. Aber jede Stadt, die groß genug ist, um ein gutes Theater zu haben, hätte auch einen Pornomarkt gehabt; es bestand das Risiko, dass man mich erkennen würde. Es sei denn ...« Sie lächelte. »Es sei denn, ich wäre wirklich tot. Eine Woche später hat dann diese religiöse Gruppe die erste Bombe in dem Kino gezündet. In den Nachrichten hieß es, wegen der Stärke der Explosion hätten manche Leichen nicht identifiziert werden können. Ich habe mir überlegt, was wäre, wenn jemand so eine Leiche mit mir verwechselt hätte. Ich hätte nach San Francisco, L. A., sogar London gehen können ...

Ich wurde von der Idee ganz besessen. Ich habe mich mit nichts anderem mehr beschäftigt. Dann war ich überzeugt, dass es tatsächlich funktionieren könnte.«

»Sie haben die Bombe von Tommys Armyk-Kumpel bekommen? In Monterey? Dem, der mit ihm zusammen vor dem Militärgericht gestanden hat?«

Shelly zog eine Augenbraue hoch. Es war schwer, sie mit braunen Haaren vor sich zu sehen. Blond war eindeutig ihre Farbe gewesen. »Woher wissen Sie das?«, fragte sie.

»Beziehungen.«

»Er verkauft Munition auf dem Schwarzmarkt. Er war Sprengstoffexperte. Ich habe ihm Geld gegeben, damit er mir eine Bombe baut. Er hat mir erklärt, wie sie funktioniert.«

»Dann haben Sie gewartet. Auf jemanden wie mich. Einen Zeugen.«

Einen Moment lang sagte sie nichts. Vor ihnen auf der linken Seite lag der Park; Paare wanderten zwischen Eichen und Ahornbäumen über das gemähte Gras. »Dann habe ich gewartet«, sagte sie leise. »Ich brauchte jemanden, der mich in dem Zimmer sah, in dem die Explosion war.«

»Sie haben versucht, mich dazu zu bringen, dass ich Sie aufnehme. Ich weiß noch, dass Sie mich darum gebeten haben. Dann ist sie hochgegangen. Nur, dass Sie weg waren und neben dem Telefon die Leiche lag, die Andy Llewellyn für Sie besorgt hatte.«

Shelly lächelte, was Rune für ein bewunderndes Lächeln hielt. »Woher wissen Sie von ihm? Haben Sie das auch herausgefunden?«

»Ich hab seinen Namen in Ihrem Kalender gesehen. Dann hab ich kürzlich in der Zeitung einen Artikel über einen Mord gesehen. Darin war erwähnt, dass er Leichenbeschauer ist. Ich kann mir denken, dass er eine gute Quelle für eine Leiche war.«

»Die Leiche«, sagte Shelly nach kurzem Schweigen. »Ich hatte mich an einen Typen – Andy – erinnert, der mich einmal in einer Kneipe angemacht hatte. Er war echt witzig, netter Typ – für jemanden, der den ganzen Tag Autopsien durchführt. Außerdem bekam er ein ziemlich niedriges Gehalt und war gern bereit, mir für dreißigtausend in bar eine Leiche zu besorgen und es so einzurichten, dass er die Autopsie machen und den Gebissabdruck fälschen konnte – um die Leiche als meine zu identifizieren. Die sind gar nicht so schwer zu bekommen, wissen Sie? In jedem Jahr sterben in der Stadt Dutzende von unidentifizierten Leuten.«

Sie schüttelte den Kopf. »An diesem Abend bin ich irgendwie auf Autopilot gelaufen. Die Leiche war in dem Zimmer von Lame Duck, wo Andy und ich sie am Abend zuvor hingelegt hatten, bevor ich dann zu den Aufnahmen zu Ihnen gekommen bin. Die Bombe war im Telefon. Sie waren draußen. Ich habe Ihnen etwas zugerufen, dann bin ich nach hinten ins Studio gegangen und habe ein paar Knöpfe auf der Fernbedienung gedrückt. Und die Bombe ist hochgegangen.

In meiner Tasche hatte ich meine restlichen Ersparnisse, in bar, die Originalausgabe eines Stücks von Molière, einen Ring von meiner Mutter, ein bisschen Schmuck. Mehr nicht. Meine ganzen Kreditkarten, der Führerschein, Barschecks der Citibank waren in meiner Handtasche in dem Zimmer von Lame Duck.«

»Haben Sie keine Angst, dass man Sie erkennen könnte?«

»Doch, natürlich. Aber Chicago ist anders als New York. Es gibt hier nur ein paar Pornokinos, ein paar Pornoläden. Keine Shelly-Lowe-Poster, wie man sie am Times Square sieht. Keine Shelly-Lowe-Videos in den Schaufenstern der Pornoläden. Und ich hatte die Schönheitsoperation.«

»Und haben sich die Haare gefärbt.«

»Nein, das ist meine natürliche Farbe.« Shelly wandte sich ihr zu. »Und überhaupt, Sie reden jetzt mit mir, nur ein kleines Stück entfernt – was meinen Sie? Wirke ich wie die gleiche Person, die Sie auf Ihrem Hausboot interviewt haben?«

Nein, das tat sie nicht. Überhaupt nicht. Die Augen – das Blau war noch da, aber nicht mehr die Laserstrahlen. Ihre

Haltung, ihre Stimme, ihr Lächeln. Sie wirkte älter und jünger zugleich.

»Ich weiß noch«, sagte Rune, »als ich Sie aufgenommen habe, da waren Sie am Anfang so tough und, ich weiß nicht, so beherrscht.«

»Shelly Lowe war knallhart.«

»Aber dann sind Sie lockerer geworden. Sie sind zu einem anderen Menschen geworden.«

»Ich weiß. Und deshalb ...« Sie wandte den Blick ab. Sie wanderten weiter, und Rune grinste.

»Und deshalb sind Sie auch in mein Hausboot eingebrochen und haben das Band gestohlen. Es hat zu viel verraten.«

»Entschuldigung.«

»Wissen Sie, wir dachten, Tommy sei der Killer.«

»Ich habe davon gehört. Das von Nicole ... Wie traurig.« Sie verstummte. »Danny und Ralph Gutman und all die anderen – die waren nur schmierig. Aber Tommy machte einem Angst. Deshalb habe ich ihn verlassen. Es lag an den Filmen, die er gedreht hat. Er fing an, echte SM-Filme zu machen. Da habe ich ihn verlassen. Ich vermute, er hat festgestellt, dass er auf Schmerz allein keinen mehr hochkriegte, und da hat er angefangen, Snuff-Filme zu drehen. Ich weiß nicht.«

Ein paar Minuten gingen sie schweigend weiter. Dann lachte Shelly traurig auf. »Wie Sie mich aufgespürt haben, werde ich nie begreifen«, sagte sie. »Hier in Chicago, meine ich.«

»Es war Ihr Stück. *Danke für die Blumen*. Ich hab's auf dem Schreibtisch von Arthur Tucker gesehen. Er hatte Ihren Namen ausgestrichen und seinen eigenen hingeschrieben. Ich dachte ... Na ja, ich hab gedacht, er hätte Sie umgebracht – um Ihnen das Stück zu stehlen. Er hat mich echt an der Nase rumgeführt.«

»Er ist Schauspiellehrer, das dürfen Sie nicht vergessen. Und einer der besten Schauspieler, die Sie je kennen gelernt haben.«

»Für diese Vorstellung hat er einen Oscar verdient«, sagte Rune. »Ich hab mir den Namen des Theaters gemerkt. The Haymarket. Der stand auf dem Umschlag. Ich hab das Theater angerufen und gefragt, was sie spielen. Sie sagten *Danke für die Blumen.*«

»Das war seine Idee, das Stück«, sagte Shelly. »Er meinte, wir sollten so tun, als hätte er es geschrieben. Ein Stück von Arthur Tucker hätte viel bessere Chancen, aufgeführt zu werden, als eins von Becky Hanson. Er überweist mir die Tantiemen.«

»Und nichts an die Aids Coalition?«

»Nein. Sollte er?«

Rune lachte. »Eigentlich schon«, sagte sie. »Aber die Dinge haben sich geändert, seit wir unseren Deal abgeschlossen haben.« Verflucht, der Mann war ein guter Schauspieler, dachte sie.

»Arthur hat das Theater hier dazu gebracht, das Stück aufzuführen, und es so arrangiert, dass ich die Hauptrolle spiele ... Ich habe darüber nachgedacht. Es war sehr seltsam. Hier hatte ich die Chance bekommen, meinen eigenen Tod zu inszenieren. Mein Gott, was für eine Gelegenheit für eine Schauspielerin. Bedenken Sie – die Möglichkeit, einen Menschen zu erschaffen. Im wahrsten Sinn des Wortes. Einen ganz neuen Menschen zu erschaffen.«

Ein paar Minuten lang gingen sie durch die Clark Street, bis sie zu einem viktorianischen Backsteinbau kamen. Shelly holte ihre Schlüssel aus der Handtasche.

»Ich kenn mich nicht sehr gut mit Theaterstücken aus«, sagte Rune, »aber mir hat's gefallen. Ich hab nicht alles verstanden, wissen Sie, aber gewöhnlich, wenn ich nicht alles verstehe, bedeutet das, dass das Zeug ziemlich gut ist.«

»Den Kritikern gefällt es. Sie reden davon, ein Tournee-Ensemble nach New York zu schicken. Es wird mir furchtbar wehtun, aber ich werde nicht mitgehen können. Noch nicht.

Ein paar Jahre lang nicht. Das ist mein Plan, und an den muss ich mich halten. Shelly eine Weile in Frieden ruhen lassen.«

»Sind Sie glücklich hier?«, fragte Rune.

Shelly hob ruckartig den Kopf. »Ich bin fast pleite, wohne im zweiten Stock ohne Aufzug. Im letzten Monat habe ich mein letztes Diamantarmband versetzt, weil ich das Geld brauchte.« Sie zuckte die Achseln, dann grinste sie. »Aber die Schauspielerei, das was ich mache? Ja, ich bin glücklich.«

Rune musterte das gewundene, schmiedeeiserne Tor. »Es gibt da ein Problem.«

»Und das wäre?«

»Es gibt einen Film über Sie.«

»Der, an dem Sie gerade gearbeitet haben, als ich umgebracht wurde?« Shelly schaute sie neugierig an. »Aber nach dem Anschlag ... Na, da gab es doch nichts mehr, worüber Sie einen Film hätten drehen können. Sie haben doch damit aufgehört, oder?«

Rune lehnte sich an das Gitter und schaute Shelly ins Gesicht. »Er steht bei PBS auf dem Programm.«

Shelly bekam große Augen. »Ach, Rune, das geht doch nicht ... PBS läuft landesweit. Jemand hier könnte ihn sehen.«

»Sie sehen nicht aus wie Sie.«

»Ich sehe mir genügend ähnlich, dass die Leute eine Verbindung herstellen können.«

»Sie haben mich benutzt«, sagte Rune. »Sie waren nicht ehrlich zu mir.«

»Ich weiß, dass ich kein Recht habe, Sie zu bitten ...«

»Sie wollten mir überhaupt nicht helfen, den Film zu drehen. Sie haben mich nur benutzt.«

»Bitte, Rune, meine ganzen Pläne ... Sie fangen gerade an zu funktionieren. Zum ersten Mal in meinem Leben bin ich glücklich. Niemand weiß, was ich gemacht habe – die Filme. Ich kann gar nicht sagen, wie wundervoll es ist, nicht als ein

Gegenstand betrachtet zu werden. Es ist so wundervoll, sich nicht zu schämen ...«

»Aber das ist *meine* eine große Chance«, sagte Rune. »Ich lebe seit Monaten für diesen Film. Seinetwegen bin ich rausgeflogen und ein paarmal fast umgebracht worden. Er ist alles, was ich habe, Shelly. Ich kann ihn nicht aufgeben.«

In die Augen der Schauspielerin traten Tränen. »Wissen Sie noch, auf Ihrem Hausboot, als wir in dem Sagenbuch geblättert haben? Die Geschichte von Orpheus und Eurydike? Shelly Lowe ist tot, Rune. Bringen Sie sie nicht zurück. Bitte, tun Sie's nicht.« Shellys Augen waren rund und standen voller Tränen. Ihre Hand schloss sich um Runes Arm. »Schauen Sie mich an, Rune! Bitte. So wie Orpheus. Schauen Sie mich an, und schicken Sie mich zurück in die Unterwelt.«

Der Hudson war kabbelig; ein Sturm kam auf. Rune fürchtete, ihre Stromleitung würde unterbrochen werden.

Das würde mir heute noch fehlen. Meine Fernsehpremiere, und in ganz New York ist Stromausfall.

Ein Blitz über New Jersey fror das Bild von Sam Healy ein, der gerade zwei Dosen Bier gleichzeitig öffnete.

Der Regen setzte ein, wurde von heftigen, jähen Böen gegen die Seite des Hausboots gepeitscht.

»Ich hoffe, die Verankerung hält«, sagte Rune.

Healy schaute aus dem Fenster, dann wieder auf das Abendessen, das auf Runes blauem Kunststofftisch stand. Die kalte Sardellenpizza schien ihn mehr zu stören als eine unvermutete Irrfahrt durch den Hafen von New York.

»Zahlen sie viel für den Film?«

»Nee. Das ist öffentlich-rechtliches Fernsehen – da arbeitet man für Gotteslohn«, sagte Rune und schaltete den Fernseher ein. »Und weil, wenn ich Glück habe, ein lüsterner Produzent mit tonnenweise Kohle zuguckt, der darauf brennt, sein Geld loszuwerden.«

»Benutzt du deinen richtigen Namen?«

»Glaubst du etwa nicht, dass Rune mein richtiger Name ist?«

»Nein.« Er trank einen Schluck Bier. »Ist er's?«

»In den Credits steht Irene Dodd Simons.«

»Klasse. Also ist das dein richtiger Name.«

»Kann sein, kann auch nicht sein.« Rune lächelte geheimnisvoll und kuschelte sich in die alte Couch, die sie in einem Gebrauchtmöbellager gekauft hatte. Sie war immer noch uneben von damals, als sie einen großen Teil der Polsterung aufgeschlitzt hatte, um nach verstecktem Geld zu suchen, aber wenn man sich richtig reinsetzte, war sie irgendwann ziemlich gemütlich.

Healy probierte die Couch aus, dann setzte er sich auf den Fußboden, pickte die Sardellen von der halben Pizza und warf sie auf die andere Hälfte.

»Du entschärfst Bomben«, bemerkte Rune. »Und da hast du Angst vor ein paar kleinen Fischchen?«

Der Bildschirm erstrahlte in den grellen, verwaschenen Farben alter Fernsehgeräte, und mit nur einem Hauch von Scheppern dröhnte der Ton aus den riesigen Lautsprechern in den Raum hinein.

Sie saßen die Vorschauen auf künftige Programme aus – eine Wissenschaftssendung über Fruchtwasseruntersuchung und einen Naturfilm, in dem erwachsene Geier gezeigt wurden, die frisch geschlüpfte Geier mit etwas Rotem und Rohem fütterten.

Healy verzichtete auf den Rest der Pizza.

Die Sendung *Junge Filmemacher* wurde von einem Engländer mittleren Alters eingeleitet. Er bezeichnete Irene Dodd Simons als eine junge, zu Hoffnungen Anlass gebende Filmemacherin aus Manhattan, die nie eine formale Filmausbildung genossen, aber beim Drehen von TV-Werbespots Erfahrung gesammelt hatte.

»Wenn die wüssten«, sagte Rune.

»Und nun«, sagte er, während die Kamera an ihn heranfuhr, »unser erster Beitrag, *Nachruf auf einen Pornostar …*«

Aus dem Schwarz der Blende trat langsam als knallbuntes Mosaik der Times Square in der Dämmerung hervor. Männer in Regenmänteln gingen vorüber.

Die Stimme einer Frau: »*Pornofilme. Manche Menschen erregt Pornografie, manche Menschen stößt sie ab, und manche verleitet sie zu perversen und kriminellen Handlungen. Dies ist die Geschichte einer begabten jungen Frau, die ihren Unterhalt in der Welt der Pornografie verdiente, von deren Schwerkraft sie in die Finsternis gerissen wurde …*«

»Hast du das geschrieben?«, fragte Healy.

»Psst.«

Der Times Square löste sich in abstrakte Farben auf, die verblassten, und verwandelte sich in das Schwarz-Weiß-Foto von der Abgangsfeier einer High School.

»Hübscher Effekt.«

»*… einer jungen Schauspielerin, die etwas suchte, was sie nie fand, und die ihre Trauer in der einzigen Welt begrub, die sie verstand – der Glitzerwelt der Phantasie …*«

Die Kamera fuhr näher auf das High-School-Foto zu, das allmählich scharf wurde.

»*Dies ist die Geschichte von Nicole D'Orleans. Leben und Tod eines Pornostars.*«

Ein Schnitt auf Nicole, die in ihrer Wohnung saß und mit Tränen im Gesicht, die von der unbewegten, unsichtbaren Kamera registriert wurden, aus dem Fenster schaute. Sie sprach leise. »*Die Sache ist die, dass diese Filme das Einzige sind, was ich kann. Ich bin gut im Liebemachen. Aber bei allem anderen bin ich 'ne totale Niete. Ich hab's versucht. Es hat nicht funktioniert … Es ist so schwer, wenn man das Einzige hasst, was man wirklich kann.*«

Schnitt zurück auf das High-School-Foto, während der Vorspann ablief.

»Wer hat den Kommentar gesprochen?«, fragte Healy. »Die ist toll.«

Rune gab einen Moment lang keine Antwort. »Ich hab eine Profisprecherin genommen«, sagte sie dann. »Eine Schauspielerin aus Chicago.«

»Eine Profisprecherin? Jemand, den ich kenne?«

»Nee, glaub ich nicht.« Rune warf die Pizza auf den Tisch, rückte näher an Healy heran und legte ihm den Kopf an die Brust, während der Vorspann endete und Nicoles Bild in die schäbige, in kaltem Licht erstrahlende Anzeigetafel eines Kinos auf der Eighth Avenue überging.